大唐辟邪司

III

天局之战

王晴川 著

湖南文艺出版社
HUNAN LITERATURE AND ART PUBLISHING HOUSE

博集天卷
CS-BOOKY

图书在版编目（CIP）数据

大唐辟邪司 . 3/ 王晴川著 . — 长沙：湖南文艺出版社，2018.11
ISBN 978-7-5404-8860-4

Ⅰ . ①大… Ⅱ . ①王… Ⅲ . ①长篇小说—中国—当代
Ⅳ . ① I247.5

中国版本图书馆 CIP 数据核字（2018）第 229592 号

上架建议：长篇小说

DA TANG BIXIE SI. 3
大唐辟邪司 . 3

作　　者：王晴川
出 版 人：曾赛丰
责任编辑：薛　健　刘诗哲
监　　制：于向勇　秦　青
策划编辑：徐　娅　马占国
营销编辑：刘晓晨　刘　迪
版式设计：潘雪琴
封面设计：VIOLET
出版发行：湖南文艺出版社
　　　　　（长沙市雨花区东二环一段 508 号　邮编：410014）
网　　址：www.hnwy.net
印　　刷：北京柏力行彩印有限公司
经　　销：新华书店
开　　本：787mm×1092mm　1/16
字　　数：365 千字
印　　张：22.5
版　　次：2018 年 11 月第 1 版
印　　次：2018 年 11 月第 1 次印刷
书　　号：ISBN 978-7-5404-8860-4
定　　价：49.80 元

若有质量问题，请致电质量监督电话：010-59096394
团购电话：010-59320018

目录

上卷

猫妖秘

（下卷）

潜龙变

上卷

猫妖秘

第一章

入局

　　眼前是一片深邃无边的黑，陆冲适应了好久，才看清这应该是一间逼仄窄小的牢房。牢房内散发着霉腐的气息，墙角处还有两只老鼠旁若无人地窜来窜去。

　　怎么回事，怎的老子被关进了大牢？

　　陆冲的脑袋还是昏昏沉沉的，身子微微一动，才发现手脚都被戴上了铁铐。铁铐的冷硬，腕上的勒痛，前方那窄小窗洞透来的微光，都在提醒他，一切都是真实的，绝不是在做梦。

　　"该死的，终于醒了。"牢门哗啦啦的一声被打开，一个高瘦狱卒大步走入，喝道，"山贼悍匪陆逢时，恶贯满盈，该你这狗贼还账了！"

　　"你说什么？"陆冲怔怔道，"老子是堂堂辟邪司五品郎将陆冲，怎的成了什么山贼……什么陆逢时？"

　　"呸！你是辟邪司的五品郎将？老子还是王爷呢！"那狱卒怒冲冲地一个耳光便扇了过来。

　　陆冲勃然大怒，一掌挥去，便想运劲将那狱卒拍个七荤八素。哪知一抬手间，才觉腹间空荡荡的，竟提不起一丝罡气，他只得一低头避过了耳光。

　　忽觉胸口一痛，浑身酸软的陆大剑客已被那狱卒一脚重重踹上前胸，摔了个四仰八叉。

"死狗贼，还敢躲！"狱卒对自己的腿功很得意，"明天午时，便该就地正法啦。"

"兄弟，"陆冲又惊又怒，却只得耐着性子道，"你们搞错了，老子……当真是衙门里面的人，你该知道袁昇袁将军吧……嗯，你不知道小袁将军也在情理之中，那你总该听说过吴六郎吴老六吧……"

那狱卒又一脚踢来，将陆冲踹翻在地，跟着扯开他手脚上的长链在他胸背间连缠了数匝。

"臭贼，快将老子放了，少时辟邪司过来，将你这厮大卸八块……唔……"忽然间一块破布塞来，将陆冲的嘴牢牢堵住。

"少啰唆，死到临头，还想使诈。这可怪不得爷爷了，那顿砍头饭也省了，让你这狗贼明日做个饿死鬼。"那狱卒狞笑着，锁上牢门，扬长而去。

牢门一关，屋内登时一片漆黑，陆冲奋力挣扎，却觉得罡气虚无，别说什么玄兵术、御剑术等难以施展，此时四肢酸软，连镣铐都无法挣开。

"悍匪陆逢时，已验明正身，明日问斩！一个个都给爷爷老实些！"耳听得那狱卒在长长的甬道中得意扬扬的吆喝声，陆大剑客气得几乎要吐血。

正自急怒攻心之际，一道细若游丝的冷笑声传来："堂堂陆大剑客，被狱卒打成了一摊狗屎，当真有趣！"

"谁？"陆冲怒睁开眼，环顾四周，才瞧见靠近房门的屋角处立着一道薄薄的黑影，脸上罩着个黑黝黝的面具，声音格外尖细。

"你……你是袁老大派来的？"陆冲将喉头的一句怒骂咽下，拼力回想，料知这人应该是在那狱卒进屋时，跟着悄然闪入的。

"死狗贼，少啰唆！"黑影又学起狱卒的口头禅。

陆冲刚要破口大骂，那黑影却屈指弹来一个药丸，冷冷道："吃下去。"

"这是什么？"陆冲探手接住，疑惑道。

"固元丹，可助你恢复罡气。"

"当真？"陆冲将那药丸放在鼻端细闻，却辨不出什么。

"吃不吃随你！不过，明日你就要被处斩了，悍匪陆逢时！"黑影抱胸冷笑，"也许到不了明天，今晚就会有仇家赶来要你的命。凭我一人，可救不走你。"

陆冲咬了咬牙，猛然仰头将那药丸吞了下去。

老子一定要出去，一定要知道，这到底是怎么回事！

这时，借着牢门窗上那一线微光，陆冲才看清了悄然侧过身的那人脸上的面具——一个黑色的猫脸。

神秘，诡异。

"袁昇，你肯定那猫妖会出现吗？"武延秀伏在暗影里，悄然摘下背后的短弓。

紧挨在他身边的袁昇一把按住他蠢蠢欲动的右手，冷哼道："千万不要打草惊蛇。我筹划多日，这可能是唯一的机会。"

这是一个非常奇特的画面，袁昇和武延秀，这一对死对头，居然一同伏在一片幽暗的灌木丛间，低声计议着什么。如果不是两人说话语气照旧冷漠，只看两人并肩紧贴的姿势，便觉是一对同进同退的至交好友。

两人灼灼的目光，都盯着月光下的八角沉香亭。一道婀娜的倩影，衣袂飘飘，月下临风，正对月祈祷。

香炉袅袅地散出高贵的龙涎香气息。

"阿宝，阿宝，快出来吧，阿宝！"原来是安乐公主正在祈祷。

袁昇眉头紧锁，忧心忡忡。

袁昇是三天前遇到武延秀的。

"……袁昇，我只能找你求助了。你是唯一的希望，能让公主摆脱那个猫妖。"

素来意气风发的驸马爷当时一脸颓丧。

其时，大行皇帝李显已驾崩十余天，年仅十六岁的少帝李重茂登基称帝，改年号为"唐隆"，韦后以太后之尊执掌政权，长安京师笼罩在一片凝重的阴霾中。

此时的长安正是闷热的六月时节，偏在这时候，京师出现了神秘的猫妖作祟。

　　其实从隋朝起，长安便有一系列关于猫妖的传说。大隋开皇十一年，隋文帝的独孤皇后遭遇猫妖邪法侵害，震惊朝野，此事被载于正史。隋炀帝大业年间，京师长安再次爆发猫妖事件，一时满城风雨，谈猫色变。到了唐高宗时期，朝廷颁布修订的《大唐疏议》中规定："蓄造猫鬼及教导猫鬼之法者，皆绞；家人或知而不报者，皆流三千里。"朝廷对猫妖的惩防，竟上升到了法律层面。

　　据说这次京师闹猫妖的事件，最先出现在皇帝驾崩当日，太平公主于太极宫外遭遇头戴猫脸面具的剑客袭击。虽然当时陆冲只是简单易容，但因陆大剑客来去如风，事后便被传得神乎其神。

　　此后猫妖行刺公主，便成为坊间的一大谈资。传说甚嚣尘上，成为与长安地府传说并驾齐驱的京师两大怪谈。甚至有人风传，猫妖最近在皇宫出现，且在大行皇帝的棺椁前现身，甚至迷住了韦太后。

　　而安乐公主府内竟也出现了一只神秘的黑猫，此黑猫不但能口吐人言，还对安乐公主施行了迷魂邪法，让其在如梦如幻间享受被封皇太女的美妙。安乐公主如痴如醉，每晚乐此不疲。

　　驸马武延秀发现公主被一只猫妖控制，忙请人驱邪，但用尽办法，却毫无效果。武延秀爱妻心切，无计可施之际，不得不向情敌袁昇求救。

　　袁昇顾念安乐公主的安危，来到府内驱邪，发现疑云重重。安乐似乎并非中了某种妖术邪法，而是陷入一个诡异的局中。袁昇钻研了三天，殚思极虑才布下了一个奇局。

　　那只猫妖一定会入局。

　　袁昇仰头看看月色，应该是初更天了。

　　一道暗影模模糊糊飘来，渐渐清晰。

　　一只黑猫在月下诡谲地现身。

　　"我去截住它的退路，一切就看你的了。"武延秀攥紧短弓，弯腰跑远。

　　月辉下，那只猫居然人立而起，滚圆的猫眼在夜色里闪着幽幽的蓝光。

　　"安乐公主，恭喜您，距您成为皇太女的日子已经近了，很近了！"那只黑猫居然口吐人言，声音妖媚，仿佛是个妖娆少女的声音。

"真的？阿宝可不要骗我啊，你老说近了，很近了，说了好几日了吧？"安乐公主语带幽怨。

"当然，李重茂那个宫女生养的孩子怎么能主宰大唐？太后立他为帝，只不过是看中了他的痴傻，不出十天，大局平定下来，太后就会登基成为女皇，公主殿下自然会顺理成章地成为皇太女。您不信？我可以施展法力，让您再感受一下皇太女的风光！"

黑猫双眼中的蓝光越来越盛："好了，看着我的眼睛，美丽的公主殿下，尽情享受吧……"

安乐公主娇躯剧烈颤抖："阿宝你真好。"她微眯着迷人的双眼，艳若桃花的脸上一派迷醉神色，"是的，只有你，才能让我体会到真正的快乐……"

"不，那不是真正的快乐！那里是虚幻，是地狱！"冷哼声中，袁昇斜刺里闪出。

他一出手，便是极犀利的缚鬼诀，金芒闪烁间，一道道金色符咒在空中幻化而出，仿佛锁链般缠上那黑猫的身子。

"妖孽，现形吧！"随着袁昇一声厉喝，猫妖全身已被金色锁链缠紧。

"你才是妖孽！"金色符咒显效下，耀出了火焰般的金色光芒。

被符咒紧箍的猫妖却诡异地咧嘴一笑："放弃安乐公主吧，她早已经不爱你了。她只爱她自己！"

袁昇登时心神一震。那猫妖随即从容扭身，伏地，四足蹬地蹿出，刹那间又彻底变回一只黑猫，那些金色符咒还如锁链般层层箍在它身上，却已没有任何效应。

袁昇大吃一惊，正待飞身拦阻，却听安乐公主忽然嘤咛一声，栽倒在地，他只得回身先将她扶住。

"孽障，哪里跑！"武延秀斜身闪出，扬手一箭射出。

这一箭迅若雷电，正中黑猫的顶门。只听铮然一响，黑猫的顶门居然爆出一团火光，武驸马这足可穿透三层牛皮的利箭居然被弹飞了。

"黑衣神孙披天裳！"黑猫忽然扭头冲武延秀一笑，眼中蓝芒耀目。

这七个字正是当日京师流传的谶语，武延秀一直以为这是天下百姓怀念武氏、大周复兴之兆，而身为则天女皇侄孙的他更是穿上了黑色衣，期望应验谶语。

这七字谶语正是他的心结，登时他一阵恍惚，整个人竟僵在了那里。

黑猫抖了下身子，袁昇先前施出的缚鬼诀金链寸寸断裂，被它从身上抖落。猫妖欢快地打了个呼哨，腾身纵起，便向前方一团幽暗的竹林蹿去。

蓦地寒芒一闪，一道金光电射而来。那正是袁昇春秋笔中暗藏的利剑。

这一剑犹如天神斩鬼般凌空劈落，直接刺瞎了黑猫的双眼，跟着斜贯入黑猫的头部，黑猫登时瘫在地上。

奇怪的是，它没有流一丝血，也没有发出任何哀号，只是一动不动，仿佛机枢转动停止后的玩偶。

袁昇拎着黑猫的尸体，转身走回沉香亭，将黑猫扔到了安乐公主身前，道："是机关傀儡术！"

"你为什么要杀了它？"安乐彻底呆愣住，望着脚下僵硬的黑猫，目光中却是一片死寂，"你不知道，跟它在一起，我非常快乐，无论我想要什么，它都会让我看到。我想要当皇太女，我想要整座昆明池，甚至……我想要登上皇位！它都能满足我！"

安乐仰起香汗淋漓的脸，声音缥缈如梦："大郎，不要笑话我，我很想尝尝登上皇位的滋味，那时候，你就会乖乖陪在我身边。我知道那是幻境，但幻境中的我无所不能，那才是最快乐的自己。"

袁昇黯然吐出一口气，喝道："可那些终究是幻觉。只有疯癫之人才会一直活在幻境中！"

这话很不客气，他知道这时候的安乐更需要当头棒喝，忽然想起什么，又问："对了，听说太后那里，也出现了一只神秘的猫妖，可是真的？"

这次猫妖突现京师，最高潮最惊人的传说就是九重大内太极宫中，也出现了猫妖，并被韦太后奉若神明。但这些事到底都是坊间传言，而韦太后又没命辟邪司调查此事，所以袁昇并不知晓内情。

"那当然。母后那只猫神更灵验，它全身毛色金灿灿的，仿佛是披着黄金。而它的事迹更加神奇……"安乐公主的眸中一片神往之色，转述起皇宫内的猫妖奇事来。

原来数日前，一只金色老猫突然出现在了大行皇帝的棺椁前，对韦后口吐人言，对未来做出了三道神秘的预言："金水河上牡丹开；南海观音现真容；紫麒麟入宫面圣！"随即突然消失。

当时韦后对这三句话不解其意，但转天午后，太极宫金水河上竟真的出现了数十朵异种牡丹，五颜六色，随波漂流。

跟着，宫内花匠赶来请罪。原来其时牡丹花期已过，又是大行皇帝龙驭宾天不久，花匠们便将棚内精心栽培的最后一批牡丹收好，以备来日之用。哪知道捧着这堆牡丹过金水河时，忽然刮起一阵大风，将牡丹都卷入了金水河中……

第二天早上，便有鸿胪寺官员进奏，有西域佛国进贡紫麒麟一只，所谓盛世瑞兽，进奉明主。紫麒麟还在入京途中，但画像已经传来。看那怪兽脖颈极长，虽然与传说中的麒麟样貌不符，但瞧来确非凡品。

两日内应验了两道预言，韦后大感好奇，也更多了些期待，不知道"南海观音"到底何指。果然在第三日黄昏，太极宫三海内湖之南海的湖心岛上，有一具玉雕观音像忽然从土内冉冉而出，大放光明，此事被十余个临湖殿内侍奉的宫女亲见，传为神迹。

"传为神迹？"袁昇不由得苦笑一声，这分明都是些粗鄙简陋的百戏手法，只有那只所谓进贡的紫麒麟，应该是早已发生的事，只是韦后还不曾知晓，却被作怪者抢先拿来应景。

安乐却斜睨他一眼，依旧兴冲冲道："三天内这些看似荒诞不经的预言竟全部应验，你说灵不灵。第三日晚上，那只神秘金猫再次出现，对着母后三叩九拜，然后说出了五个字——天下皆归韦！母后大喜若狂，便将这金猫供养在身边，奉为神明。"

"竟然是这样……"袁昇听得冷汗直冒，暗道，难道太后也被猫妖迷惑了？

"当然了，天下皆归韦，这个谶语很快就会实现的！"安乐的眸子熠熠生辉。

袁昇的心突地一跳，随即想到，韦太后倚若柱石的宣机国师已经亡命天涯，此刻她身边近臣中的能人似乎只有那个神秘的老胡僧慧范，而慧范的修为同样深不可测，只不过韦太后一直只让这老胡僧给她打理钱财，未必会让他参究要事。

除了慧范，韦后身边应该还有近来得宠的浅月宗师。

虽然妖龙弓甲案最终揭秘，隐藏颇深的浅月被袁昇现场揭发，推断出其实为弓甲案和天琼宫杀局的真凶，随即崔府君庙一战，浅月重伤逃遁。

但后来的事便如这大唐云谲波诡的政局，虽经袁昇极力指认，却并无实证，而浅月背后又出现了权势极大的靠山斡旋力保，最终万事求稳的韦后便大事化小小事化了，并未追究浅月。

一切果然如浅月在崔府君庙内跟袁昇所说的，宣机为天琼宫杀局真凶、龙隐为弓甲案真凶的结果是皆大欢喜的结局，这个结局更因为宣机已贸然越狱而愈发铁证如山。至于袁昇拼力维护的所谓"法度"，在当前大唐这个多事之秋，并没有多少人在意。

善于揣摩人心的浅月显然在不久后又赢得了韦后的垂青，他甚至讨得了一个追擒真凶宣机的差事。这样推算，浅月也没有在韦后身边，而是很可能拖着病体去追擒宣机了。

他跟着又想，韦后现在已是大唐的太后，自己是其臣子，要不要及早进宫，提醒这位野心勃勃的太后要小心那神秘古怪的猫妖？

瞟了眼脸色苍白的安乐公主，袁昇的心微微一冷，也许正如安乐所说，她明知道那是梦，也愿沉浸在梦中，如果贸然点醒韦后，只怕后果会很难堪。

正寻思间，神志恢复的武延秀终于揉着脖子缓步踱了过来，用脚踢了下那僵硬的黑猫，哼道："原来是傀儡术，怪不得不惧我的利箭。"

"怎么样，猫妖已除了吗？"此刻觉得大患已消，武延秀的声音立刻冰冷起来，望向袁昇的眼光也恢复情敌间的戒备和敌视。

袁昇却摇了摇头，道："它只是一个傀儡，你身边的高人不少，如果仅仅是一只傀儡为患，那你也用不着求到我的头上。麻烦的，是操纵傀儡的人。此人不除，后患无穷。"

"你是说，操纵傀儡的人，还在我们身边？"武延秀倒吸了一口冷气。

袁昇点点头，紧盯着他那张过分苍白的脸，忽道："这几日间，你是否常有醒来后头脑昏沉的感觉，仿佛前晚酪酊大醉，但你又明明没有喝很多酒？"

武延秀大吃一惊："不错，醒来后头脑发紧，除了我，公主也有这感觉。"

"这两日，我仔细查了你们府内的饮馔供应，似乎你们很喜欢喝一种添加桂花、果脯等的甜味醪糟，麻烦很可能就出在这种甜醪糟上。我怀疑，那里面被人添加了些东西，但因为桂花蜂蜜等的各种甜味，那些添加物的味道被掩住了。"

"不错不错……我府内独酿一种琥珀醪糟，公主每晚睡前都喜欢喝一些。"武延秀惊得双眸大张，"原来是这些甜醪糟？"

醪糟是时下百姓都很喜欢喝的一种短期内酿成的连糟糯米酒，其中更有一类加入糖和各种香料的甜味醪糟，味醇香浓。想不到安乐公主常常饮用的琥珀醪糟中竟被添加了额外的"调料"。

袁昇缓缓点头道："那里面应该被加入了些迷药，似乎是曼陀罗叶之属，一来是让你们头脑昏沉，易于控制；二来那人施展傀儡术后，也更好对你们迷魂！"

武延秀和安乐公主对望一眼，均觉愤怒又惊惧。

正在这当口，安乐的贴身侍女雪雁匆匆奔来，禀告道："启禀公主，御史台左御史大夫张烈亲率人登门，说是奉命调查袁将军贪污军饷之事，特来请袁将军见他。"

"张烈，"安乐公主愣了下，随即怒道，"居然敢深夜到我这里来拿人，他疯了吗？给我轰出去！"

"等等，"袁昇一脸疑惑，"说我贪污军饷，这事从何说起？我想去见见他。"

"你要见便见，"安乐气哼哼对武延秀道，"把府内侍卫叫齐了，他胆敢造次，立时乱棍给我打出去。"刹那间，大唐第一公主又恢复了精气神。

袁昇知道安乐的脾气，这位姑奶奶火气上来，很可能会寻个由头把这个张烈打个半死。但他本人却极不愿在这里与御史台发生纠葛，否则传扬出去，一定会被坊间那些说话人敷衍出多种故事版本来。

屈指一算，已是三日三夜，袁昇除了白天去辟邪司简单处理下公务，几乎所有的时间都在这驸马府内。更因当下非常时期，他不愿引人注目，行动皆为隐秘，而且他给自己限定的时间只有三天。在这风雨飘摇之际，如果三天还不能破除猫妖之患，他也只能及时退出。

可为了最后这次伏击猫妖，他从昨日午后便没有回过辟邪司，一直在这里潜心运作。

"不劳公主费心了，既然公主殿下已无大碍，我想先回府。"袁昇只淡淡笑了笑。现今安乐的猫妖之患已解，他已没有必要留在这里。

安乐向他深深凝望，神情颇为复杂，终于点了点头："好，雪雁备车，延秀你亲自送他回府！"

"那是那是，我亲自来送袁兄。"武延秀也暗自松了口气。袁昇被查，他是乐见其成的，但到底这家伙刚刚解了公主的猫妖之患，若在这时从自己府内被御史台带走，自己和公主的面子未免有些难看。

而武延秀也不愿意明面上跟御史台冲突，便命一个亲信先将张烈请入自己的书房内等候，这边从角门出去，亲自将袁昇送出门外。

袁昇当然不会让他送。这时夜色已深，他是辟邪司首领的身份，倒可不必在乎宵禁之令，便在武延秀虚假的客套声中，闪身走入浓浓的夜色中。

夜风低回，袁昇忽见墙头上闪过一只猫的影子，那猫的叫声分外古怪。

"你终于回来了！"袁昇刚从后门悄然赶回了辟邪司的书房，便听得黛绮焦急的声音。

黛绮显然已在这里等候许久。微黄的灯影下，那张明艳的脸上满是忧虑，望着他的目光颇为复杂："这两天你都神神秘秘的，今早忽然出了这等大事，我们却找不到你。"

袁昇不知该怎么解释，只得问："有没有打听清楚，到底是哪里使的暗招？"

"青瑛和陆冲这几日都不在。这些朝廷里面的事，我是不大明了的。好在令尊袁老爷子赶来了，据他说，是有御史密奏弹劾，说辟邪司的军饷有巨大亏空，且都被你中饱私囊。太后亲自下了密旨，要严查。发文密奏弹劾的御史，居然是太平公主手下的御史崔璇。他们的动作很快，今儿上午就气势汹汹地赶到辟邪司查验账务，当时偏偏你又不在……"

"我被一些事绊住了。既然是辟邪司的事，临淄郡王应该出马呀！"袁昇大为气闷，太平公主居然再次对自己下手，而韦后竟也下旨严查。但辟邪司真正的长官应该是自己的好友临淄郡王李隆基，既然追查辟邪司的账目问题，该当由他出马应对的。

"别提那个李隆基了，他也是很晚才赶过来。当时他的样子很奇怪，衣衫不整，没半分郡王的威仪，仿佛是从什么地方急匆匆逃过来一般……"黛绮脸现不屑之色，"当时，御史台的那帮家伙已经在辟邪司翻找了一大通，衙司里面只有吴六郎带着我和高剑风接待，吴大哥在衙门里面混得最久，还算有些经验，但那些家伙气势汹汹，最后还是将一些册子收去了。吴大哥说，那些册子我们都看得清清楚楚，他们拿走了也没办法造假。"

袁昇点了点头，对所谓的贪污军饷，并不担心。一来，这种事查无实证，每个辟邪司军士及暗探的饷钱他都是如实发放，哪怕他们伪造出所谓的贪污账册，但他们还能将每个辟邪司成员都控制住？二来，这点钱，其实也真算不得什么。

奇怪之处在于，就这点事，便值得他们如此大动干戈？不但密奏，搜查，甚至连夜去安乐公主府内搜寻自己。

"跟着，他们搜查了你的书房，收走了一些书信……"黛绮继续说道。

袁昇的脸孔愈发紧了，这书房非常凌乱，虽然黛绮已收拾了一番，但还是能看出他们胡乱翻找的痕迹。

黛绮愤愤道："他们居然说，搜出了你和秦清流的往来书信。"

"秦清流？"袁昇脸色登时一僵，虽然多年前曾与这位御医有些交往，但此人是太极宫秘符案的真凶，还是自己亲自将其揭发擒获的，又怎会跟其有书信往来？

伎俩很简单，手法很下作。他们竟用这样的手段对自己下手?!

"吴六郎和高剑风还在外堂应付那些没走的御史台探子，我在这里苦等着你回来。"黛绮的声音幽幽的，"令尊袁老爷子让我告诉你一句话……赶紧走，远走高飞！这一次，甚至连相王爷都无能为力。"

这时候忽听门外传来吴六郎尴尬的笑声："张大人，您这是干什么？书房您的手下已搜过了，小袁将军外出办案未归，您又何必屈尊降贵来这儿等他？"

跟着便听御史台左御史大夫张烈的冷哼声传来："本官听闻小袁将军已经回转，本官有些话，须得当面问过他。若是他不在，我就在这里等，等到明日，哪怕等到明年，本官也等得。"

依大唐当时的官制，御史台也分为左右，而左御史台正是专门监察在京百司和军旅之官的，御史台设有台狱，可直接拘捕大夫以下官员入狱，并有审讯、判决等权力。御史台最风光的时代是在武周时期，当时来俊臣任御史中丞，以酷刑罗织罪名，横行朝野，成为史上最有名的酷吏。现今御史台虽然风光不再，但多年积威所致，百官仍很畏惧御史台的人，乃至背地里管他们叫"冰块"。

现在"冰块"的头领张烈就亲自登门了。

仿佛是给张烈这句话张目，忽然间许多呐喊声传来："袁昇回来啦，不要放走了袁昇！""快，快，包围这宅子！""搜，万万不得让这逆贼跑了。"

"快走！"黛绮压低声音，几乎是在哀求，"这次远比你被诬陷慕仙斋杀人那次还要凶险。"

袁昇当然知道凶险，二者甚至不可同日而语。这次牵扯到自己与谋大逆之人结交，而且从布局来看，虽然手法简单，但层层铺网，多面下手，足见势力之雄。

"袁昇在这里！"他朗声一喝，才望向满面惊愕的黛绮，低叹道："眼下非常之时，正因为远比慕仙斋那次要凶险，所以我更不能退。"

片刻后，袁昇被两个御史台小吏半推半拥地出了辟邪司。

"袁老大！"吴六郎见他从身边经过，忍不住大喊了声。

袁昇却向他点点头，目光又扫过了高剑风，没有言语。高剑风也没说话，只是双眸间隐隐有火光跃动。

"陆逢时陆大侠，这时候你该信我了吧，劫牢越狱，还是我们在行！"

黑色猫脸在月辉下闪闪发着光，那人也不再掩饰自己的女子声音。

陆冲大口喘息着，累得要死。辨了辨方位，才知道这里已是京郊城南的旷野地带，想到适才有惊无险的一番越狱，心头疑惑顿生，忍不住问："我被关押在了哪里？不是刑部大牢吧，似乎看押得还不算严密？"

"是万年县县衙的牢房而已。你不过是个小山匪，还不够格被关在刑部大牢。"猫脸人冷哼道，"算你命好，当前最严密的牢房是御史台的台狱。因为几天前，宣机国师刚刚被人从牢内救走，张烈为此差点丢了官，所以这几日那里面狠加整饬，戒备森严。要是从那里面救你，我们可没有把握。"

"你们到底是谁？"陆冲目光疑惑，"有人劫狱，有人放火，有人买通狱卒，还有人在外面接应，有准备马匹的，有故布疑阵的，分进合击，操演纯熟。你们到底是何方神圣？"

那女子斜睨着他，哼了一声："先别管那么多了，追兵很快会过来，咱们还没有脱险。你的罡气恢复了多少？"

"七七八八。"陆冲抖了抖大袖，袖内几件玄兵急速进出吞吐着，"老子更想知道，是谁在暗算老子？我记得是前天吧，老子不过是在西市跟几个老友喝了顿老酒，后来他们都走了，老子心中烦闷，又接着喝得不省人事，醒来后便到了那狗地方。"

郁郁地再叹口气，有一些话他不便说出来，他在西市喝酒时心情烦闷到了极致。虽然那晚他乘乱斩杀了太平公主的大总管华仙客，但青瑛再次失踪了。

"将老子抓入了万年县衙，不大不小一座牢……这到底是谁的手笔？难道是太平那婆娘？"

"不知道。下手的人很古怪，既然下了手，却又没出狠手，只把你关入了县衙的牢房。我们都猜不透他的用意。"

"临淄郡王和袁老大呢？"陆冲悚然一惊，"他们难道也毫不知情？"

"他们两个也很古怪！在你被困的这两日间，李隆基仿佛也被什么事情拖住了，而你们的袁老大更惨，他已被御史密奏弹劾，深陷官司，也不知现在怎样了。"

"好了，多谢，告辞！"陆冲觉得心里那团火在熊熊燃烧着，居然连袁老大都被人弹劾了，看来已经有人对整个辟邪司动手了，而他们却还都蒙在鼓里面。

"你的腿还不方便走吧，陆逢时陆大侠。"那女子甩来冷冰冰的一声笑，"应该是左腿。"

陆冲果觉左腿一阵抽搐。他慢慢转过身："怎么……是那个药丸？"

"费了这么大气力将您老人家救出来，你当我们是闲着没事干？那药丸确实能助你恢复罡气，你若不能恢复罡气，我们也不能将你这么痛快地救出来。可是，那固元丹里面却多了几味药，也许是一种蛊吧，我也不大懂。只知道，从现在开始，你得听我们的话。"

"听你们的话，你们是谁，如果老子不听呢？"

"不听也随你，你照旧会恢复罡气，变得生龙活虎，但你的左腿会慢慢变得无力，然后就会瘸，再然后是两条腿都瘸……最后你整个人都会变成一个面团人，软绵绵的，哪里都不能动弹。"

"是吗？"陆冲猛一振袖，一道电光闪过，那女子急忙偏头，额前一缕秀发还是被剑芒割掉，散落在夜风中。

"才七成功力！"他遗憾地摇了摇头，"看在你救了老子的面上，先不杀你，快给老子解药！"

"你是真傻假傻，这种蛊毒是我能配出来的吗？那解药又怎么可能在我身上？"那女子冷笑道，"记住，当你两条腿都不能动的时候，哪怕你再来找我们，也无药可救了。怕了？所以从现在开始，你就乖乖地跟在我身边，寸步不离！"

"寸步不离，拉屎撒尿也不分开吗？"

第
二
章

冤狱

　　袁昇当晚便被押入了御史台的台狱。路上他一直在问张烈："袁某有何罪？
王法要人证物证，单凭几封莫须有的书信，如何能给我定罪……何时审问？既是
与谋大逆之人阴谋往来，这该是三堂会审吧？"

　　任他一路追问，张烈却只是阴着脸冷笑不答。

　　直到进入御史台的衙门前，张烈才摆出一副语重心长的模样："小袁将军
呀，朝廷不会诬陷好人，可也不会放过一个奸邪。您这可是大案，自然要严加
审讯。送您一句话，好好内省，琢磨自己错在哪里，不要妄想狡辩，不要奢望
侥幸。"

　　他说着自袖中取出一张奇怪的符纸，冷笑："得罪了，您是术师高手，这都
是老规矩。"扬手一拍，将符纸拍在他肩胛琵琶骨的位置。

　　那符纸不知被下了什么符咒，一沾皮肤，立即腾起丝丝白烟，如蛇入草般钻
入了袁昇的皮肉内。

　　御史台台狱的牢房很正规，更因前几天宣机国师入狱后当晚便越狱而逃，整
个牢房的防卫又升了数个规格。

袁昇被两个狱卒引着，慢悠悠地走在牢房通道内，脑中却似走马灯般疾闪着念头。

到底是谁在暗算自己？

即便他们搜出了"往来书信"，但一封轻飘飘的信，就能定罪？何况秦清流又是自己亲手擒获之人，他又早已死了，肯定没有任何实证。但用如此拙劣的手法，这么快速的行动，难道是……韦太后？

但皇帝刚刚龙驭宾天，韦太后掌权不久，才几天工夫为何要对自己这个也为其出过力的人动手？难道是要替宣机报复？

"袁昇，已验明正身。好了，先在这儿好生歇着，磨磨性子！"在那狱卒冷笑声中，袁昇被推入一间黑漆漆的屋子，跟着，牢门咣当一声紧紧关闭。

台狱凶名在外，袁昇也有所耳闻，此时游目四顾，果见这屋子不算大，没有窗户，只厚重的牢门上有一碗口大的窄窗。此刻那窄窗也是半掩的，只透过来一线微光。

"袁昇，你是袁昇？"角落里有个人扬起头来，声音冷冰冰的，尖锐如针。

"阁下是哪位？"袁昇早已察觉出屋内还关着两个人。似他这种未及定罪的犯官应该被单独关押，除非犯人有自杀倾向，才会跟不危险的犯人关押在一处。所以听得这冰冷的声音，他还是微微吃惊。

"哈哈，苍天有眼，好，很好！"那个人一直仰卧着，这时候才懒懒地翻了个身，但一股若有若无的罡气已经蔓延开来。

这人居然精通术法？袁昇暗自吃惊，随即察觉到这人罡气淡薄，并非强手。

哗啦一声，那人翻身坐起，身子高大惊人，虽踞坐在地，却带着强烈的威压感。

"唐心阳！"

袁昇慢慢眯起双眼。这人是宣机国师的大弟子、道号慧行子的唐心阳。同为四大道门中的佼佼者，各自门中的翘楚，彼此当然互知底细。

宣机国师在先帝驾崩时行为古怪，被捕下狱，其背后的紫电门立即分崩离析，众多亲信弟子或逃亡或入狱。而唐心阳身为首席大弟子，甚至在宗正寺挂有官职，当然也逃不掉被捕入台狱这一遭。

这时候遇见他，当真是冤家路窄。

"老范，"唐心阳向身侧那人狠狠踹了一脚，"给我杀了他。"

角落里又扬起一张脸，苦笑道："唐兄，袁昇可是天下六大术师之一，我怎么杀得了他？"

"怕什么，这小子跟我一样，被下了金锁符，一身术法罡气无法施展。凭你那身外家功夫，还杀不了他吗？"唐心阳见那人仍在犹豫，忍不住骂道，"废物，老子现在待死之身，万事不怕。有什么事，我给你担着。杀了这厮，你要的信息，我都会告诉你。"

老范的一双眸子登时阴冷起来："唐老哥，你可得说话算话。"

话音未落，那老范已一拳轰向袁昇的心口。他拳出如风，竟是个横练功夫的外家高手，拳法刚劲猛厉。顷刻间，疾风暴雨般的十八拳尽都痛击在袁昇胸腹处，拳拳重可开山。

袁昇被打得胸口碎裂，腹部洞开。

随着那人最后一拳挥出，袁昇全身如棉絮般碎裂破散开来。

"挺不错的外家功夫！"老范呆愣之际，袁昇忽地按住了他的肩头。

虽是轻轻一按，但巨力如山，那人一下子便跪倒在地。

唐心阳目光一寒，双手疾挥，四五道黑影鬼魅般掠了过来。黑影全是凶神恶煞的形象，身上闪着乌沉沉的黑芒。袁昇神色不动，大袖一拂，袖中已被炼化入手臂的春秋笔悄然探出，耀出一蓬金光。

那几道气势汹汹的黑影迅疾定住、软倒，跟着化成几根残破的稻草，飘飘荡荡地落在地上。同一刻，术法被克的唐心阳痛哼出声，跌倒在地。

"你……你这厮居然没有被金锁符封住罡气，难道御史台那帮废物忘记了？"唐心阳气喘吁吁地骂着，随即狞笑道，"是了，因为你快死了，一个快死的家伙，又何必浪费一只金锁符？"

屋内的打斗虽然短暂，但动静不小，唐心阳这一喝骂，更是将狱卒都引了过来。哗啦一声，窄窗被打开，狱卒怒冲冲骂道："号什么号，都给老子小心些，再要哭爹喊娘，老子皮鞭伺候！"

几道皮鞭已凶巴巴地抽在牢门上，发出刺耳的锐响。

屋内的三人都不说话，狱卒气哼哼地走远。黑屋里一时寂静无声。

一片幽暗中，只有唐心阳的眼睛灼灼地死盯着默坐的袁昇。老范忽然在唐心阳的耳边嘀咕了几句。唐心阳咧嘴一笑，点了点头。

"小袁将军，久仰大名，大家关押在此，难免一腔火气，适才冒犯了。"老范慢悠悠地爬到袁昇身边坐下，"在下范平，进来之前是右御史台的'高丽僧'，见笑了。"

右御史台的高丽僧？袁昇心中一动。

原来大唐御史台分为左右，左御史台专门监察在京百官，而右御史台负责监察京师外的官员。但京师外的官员到底是天高皇帝远，造成右御史台的人没多少正经事可做，整天忙得要死的左御史台官员历来瞧不上右御史台的人，甚至讥讽他们为"高丽僧"。这么叫，是因为时人以为，有些高丽僧人来到大唐参学，但修学不深，只能跟着大唐僧人假装念经，实则是混混斋饭而已。

眼下这个范平上来便自嘲为"高丽僧"，登时便将气氛缓和了不少。

袁昇这才细细打量他。这老范其实岁数并不大，看上去也就三十来岁，身材高瘦，容貌还挺清秀，只是双眼锐利有神，便让这人多了几分认真执着之色。

这时候，这个"高丽僧"一脸正色和认真，仿佛适才拳拳致命的人根本不是他。

袁昇不禁哼声："原来范兄台本就是御史台的人，为何也被自己人关押了起来？"

"在下为人古板，挡了上司的发财之路，人家自然想方设法要将我这块绊脚石踢开。"范平苦笑起来。

袁昇眉峰紧蹙，显然被这句话触动了心思，莫非自己也是别人的绊脚石？

唐心阳忽然哈哈大笑起来："老范，你倒是和袁昇同病相怜。他也是被他的主子厌弃了，便如同丢开一只破鞋般，丢到了这里！"

袁昇和范平两个都不搭腔，唐心阳的大笑便愈发显得突兀刺耳。

待他干笑过后，范平才低叹道："二位都是大名鼎鼎的人物，但既然都关在这里面，大家就该同舟共济。恕我直言，这台狱凶名赫赫，那是自来俊臣便积下的虎威，大凡进来的人，就别想活着出去。只有个别官职卑微的，遭人牵连者，或许能有熬出头的那一天，但越是官职大的，越是麻烦。咱们三人中，最有希望混出去的人，是我。而下场最可怕的人，正是袁将军。当然，你老唐也很不妙。"

唐心阳不语，目光中喷着怨毒气息。

袁昇冷冷瞥着唐心阳，道："我记得宣机国师当年最著名的俗家弟子莫神机，就是御史台的第一神捕吧？有这点香火之情，御史台的人，应该不会太过为难你吧？"

"莫神机？"唐心阳冷笑道，"别说姓莫的已经死无葬身之地，就是他没死，这会儿早就叛出师门了。哼，树倒猢狲散，欺师灭祖的事谁不会干？师尊一倒，知道第一个跳出来添油加醋地告密给师尊抹黑的人是谁吗？是冷惊尘！"

听得冷惊尘的名字，袁昇不由大吃一惊。冷惊尘其实只是半路投入宣门的俗家弟子，但他一直被称为宣机门下最有才华的弟子。宣机甚至在一次酒后得意扬扬地宣称，鸿罡有袁昇，山人有惊尘，只要惊尘这小子肯多用功，他日成就绝不会在山人之下。

想不到第一个叛逆告师的，居然是被宣机寄予厚望的冷惊尘。袁昇心下慨叹，却冷哼道："哦，看来你既没逃，更没叛？"

"师尊是冤枉的！"唐心阳咬牙切齿，几乎便要扑上来，"都是你们这些奸狡小人的栽赃陷害！"

范平忙横在两人之间，苦笑着岔开话题："好了好了，现在莫神机连人都没了，还指望御史台这群混账能顾念那点旧情？我对他们太熟悉了，他们只会落井下石，痛下狠手。我们若想活下来，只能在十二个时辰内动手！"

"你要说什么？"袁昇斜睨着他。

"进来的人，只要有术法在身者，三日内都会被插入金锁符，锁住一身术法。唐道兄的术法如何，袁将军应该心里有数，但他被金锁符限制，在你面前已是不堪一击。因为宣机国师越狱那一闹，台狱的新规矩是十二时辰内必得种下金锁符。袁将军这身出神入化的灵虚观术法，也只能陪你十二个时辰。趁着你现在还有术法护身，咱们何不……"他猛然向下做了个斩的动作。

见袁昇依旧不语，范平又微微一笑："袁将军想必不知，我虽是文职，却自幼拜得名师习得一身武功，寻常二三十个壮汉近身不得。那边的唐先生，一身惊人术法虽被符法困住，但宣机国师的大弟子，仍有二三分的保留。若是你我三人合力……"

"你说错了两件事，"袁昇冷冷地打断他，"第一，我也被他们下了金锁符。"

"你……可是适才？"

"只不过这种符法，我能破解。"袁昇淡淡道。

听了这话，范平和唐心阳的眸光都亮了起来。

"袁将军，我们此时可说是同甘共苦……"范平抿了抿薄薄的嘴唇，准备继续鼓动如簧唇舌。

"第二，我不会越狱，也不会对抗王法。"袁昇慢慢闭上了双眼，"我没有犯罪，倒很想看看，他们如何给我定罪。"

范平和唐心阳对望一眼，目光中都有不甘之意。

牢门咣当一声被打开，忽然透入的日光有些刺眼。袁昇习惯性地闭了下眼。

他知道，已是第二日上午了。

爽净透亮的日色中，一个高大矫健的青年背光而立，阳光直直地射过来，使得他的身姿愈显挺拔冷峻。

"你就是袁昇？"青年微微挪动身子，露出一张清俊而冷毅的脸，浓眉星目，方面薄唇，"在下林啸。"

袁昇没有言语。

"原来是御史台大名鼎鼎的小神捕，林老弟，在下范平，也是……"范平急忙起身，吃力地叉手行礼，想去套个近乎。

啪的一声，一记耳光狠狠抽在他脸上。

"我是林主簿，堂堂御史台掌印主簿。莫神机算什么东西，不过是宣机门下的一条狗，却自封什么神捕，怎可将他和我相提并论？"

范平捂着火辣辣的脸孔，不敢再说什么。

袁昇听说过林啸的名头，此人是御史台的六品主簿，据说师从昆仑门，身怀术法奇技，更兼足智多谋，被人称为"小神捕"，以示其手段直追当年的莫神机。没想到此人如此高傲，竟对御史台风头最劲的前辈神捕如此不屑。

"是要提审袁某吗？"袁昇冷冷问。

"出来！"林啸似乎不愿多说一个字，转身便踏入了长长甬道。

天明后甬道中的悬灯便熄了，反显得有些幽暗。两个人便在阴沉沉的甬道中默默地走着。林啸忽然回身两掌拍出，啪啪轻响中，两道符纸钻入袁昇的胸口和小腹。

一阵钻心的剧痛袭来，袁昇不由栽倒在地。随行的几个狱卒都脸露幸灾乐祸之色。

"不是要提审我吗，就这样……提审？"袁昇冷睨着林啸。

"你有术法在身，这是提审前的老规矩。"林啸森冷地逼视着他，"特别是你，曾让御史台蒙羞。"

袁昇再不言语，默运罡气，抗拒那两道阴狠的符咒，缓缓站起身。

让他万分想不到的是，这次提审居然很简单，也很粗暴。

"袁昇，你是大逆秦清流的同谋，现有书信为证，你还有何话说？"大堂上，张烈狠狠拍了下惊堂木，一上来便尖声厉喝。

袁昇冷冷道："证据书信是在搜查时被人硬塞入柜中的。秦清流谋大逆，是被我亲自揭发的，现在却说我是其同谋，这岂不是天大的荒唐？"

"你之所以揭发秦清流，是因为秘符案频发，你感觉无法隐瞒了，所以不得不断臂自保。哼，难得用心良苦，隐藏得如此之深。就是你这样的用心阴险之辈，才需要我们深挖。嗯，除了这件大事，还有你掌管辟邪司时的钱饷账目，问题颇多，证据确凿，板上钉钉。"

张烈命人传过来一份账册。

袁昇双手戴有镣铐，自有仆役在他面前展开账册，让他翻看了几页。他只瞟了几眼，登觉触目惊心，都是他的印章和签名，数目大得惊人。

账册翻到最后一页，则是他的顶头上司李隆基的签押。那朱砂笔的落款签名红灿灿的，让人心惊肉跳。

这种账册本应是他签署整理后上交到李隆基手中，除了他，便只有李隆基能经手改动。可眼下，却改得如此面目全非，被传到了御史台的大堂上。

"我袁昇不过一介四品官，何必他们如此大费气力？"袁昇心中愈发疑惑。按照他们一贯给太平和相王栽赃的手法，应该直指最紧要的权贵下手，可为什么会选择自己这么个无足轻重的小角色，而且他们应该想到，自己肯定是个硬骨头。

他缓缓摇头道："账册是伪造的，张大人可将账册上的兄弟们一一叫来指认，便知其尽为虚假之数。"

"放心，一定会让人来指认的。我们会让你服服帖帖地认罪。"张烈的笑容有些狰狞。

袁昇盯着那笑容，不由心内生寒。如果他们威逼利诱几个辟邪司探子，那也并非难事。

"本官知道你会顽抗到底，不过你不认罪，自会有人来认罪。来人，带袁怀玉！"

哗啦啦的镣铐声响，一人缓步入堂。袁昇震惊回头，正望见披枷戴锁的老父袁怀玉。登时他心中悲愤莫名，这已经是第二次了，自己使得老父受牵连入狱。

"张烈，"袁昇忍不住亢声大喝，"现在我并未定罪，依我大唐律法，你怎可将我老父收监连坐？"

"袁昇少安毋躁！"张烈又狠狠一拍惊堂木，"犯官袁怀玉并非只是受你牵连，而是他也与大逆秦清流素有往来。袁怀玉，先说说辟邪司账簿的事吧，尽你所知，坦白从宽。"

"账册的事，我不知晓。"袁怀玉冷笑摇头，"莫说辟邪司早已从金吾卫独立出去，就是那段同属于金吾卫的时日，我与犬子也是职别不同，互不统领。"

"本官早料到你会如此狡辩，那就说说秦清流吧，你家早就与秦清流相熟，是也不是？"

"是，但那已经是多年前的事了。"

"你曾经请秦清流给你诊病，秦清流曾给你治好了头痛顽疾，是也不是？"

"不错，可这实属多年前旧事。秦清流也曾经给二圣治病，妙手回春，曾得二圣垂青赞誉。"

"住口！"张烈喝道，"这等大逆不道之言，你也说得？"

袁昇忍不住大喝："张大人，既然纯是我的事，请勿牵扯到家父！"

"好，你终于肯承认是你的事情了。"张烈阴阴地笑起来，"这里是台狱，无论什么人，只要进来了，就终有俯首认罪的那一天。"

袁昇再喝："账簿的事，临淄郡王会给我做证。至于与秦清流所谓的结交，纯属子虚乌有，我要面见太后申辩。"

"到了我这里，还想面见太后申辩？你这话听得耳熟，是了，宣机那个老杂毛当日也是这么说的。可恨此獠喊了一番撞天屈，终究是越狱而逃。"张烈忽然一声大笑，"对了，宣机和你，曾经在天琼宫内闭关主持玄真法会多日……瞧瞧，你、秦清流、宣机，三个大逆不道之人同为术师高手，对巫蛊邪术最为在行，肯定都是同谋。袁昇，就凭你与秦清流和宣机两个反贼都有交结，你就罪不容恕！"张烈非常兴奋，简直有些佩服自己的想象力。

袁怀玉忍无可忍："别忘了，宣机这逆贼，也是犬子揭发就擒的。"

"这正是你袁昇的一贯伎俩，见势不妙便兔死狗烹，对同党痛下杀手……"

接着，左御史大夫张烈开始喋喋不休，但奈何他口沫横飞地威逼利诱了一盏茶工夫，堂前肃立的袁家父子二人只是冷笑不语。

"还敢冷笑，这是公然藐视公堂！来人，将那些家伙都给我搬上来。来俊臣在洛阳时留下来的逼供刑具，我御史台可都留着呢……"张大人终于愤怒了。

林啸似乎觉得不妥，忙闪身上前，对张烈耳语了两句。张烈微微点头，便阴着脸厉声喝道："犯官袁昇、袁怀玉，你父子身沐皇恩，却不思报效朝廷，而是居心叵测，结交匪类，实是罪不容恕。本官今日定要严审深究，各个击破。来人，先将袁昇给我带下去！"

袁昇心中一沉，不知他们将老父留在堂上，意欲何为，正待怒喝，袁怀玉却向他点了点头。跟老爹目光一对，袁昇才心神略定。这时两个差役过来，要将他推扯出去。

"你们退下，我带他走！"林啸闪到了差役身前，出了堂外，便向东侧回廊转了过去。两个差役退下，袁昇只得跟了过去。

这道回廊很长，最奇特的是回廊上陈列着许多奇形怪状的刑具，衬得整道回廊阴森森的。

"这些刑具都是当年来俊臣在洛阳作威作福时的发明，后来又被人拉到了长安，到底是一脉相承的御史台，还是需要这些东西来震慑魑魅魍魉。"林啸慢悠悠地踱着步，轻抚着那一件件狰狞的刑具，"这些东西虽然丑恶，却很有用，比如这件酷刑棒，叫'一见就招'，因为根本没有人敢试用它；还有这一件'请君入瓮'，名气更大；这个叫'定百脉'，瞧这'突地吼'，确实物如其名吧？还有这'实同反'，用上此刑具，犯人们甚至能自认谋反……这都是来俊臣这个天才的心血之作呀。"

袁昇冷冷道："可是天下第一酷吏来俊臣已被凌迟处死，全身的血肉都被洛阳百姓分食了！"

"是吗？"林啸咧嘴一笑，忽然回身一拳，重重击在袁昇小腹上。

袁昇痛得身子一弯，却觉一道热力从腹部传来，直撞上肩头，左肩一阵舒爽。那道来时被林啸打入的金锁符被这股热力悄然顶了出来。

"还敢嘴硬吗？"林啸再一拳狠狠击出。又一道热力涌来，袁昇右肩的金锁符也被林啸的罡气激出。

远处有几个差役遥遥望见，都以为林啸在整治袁昇这个御史台的宿敌，不由哧哧发笑。

袁昇虽然板着脸，却低声道："多谢，为何帮我？"

"不用谢我，那两封秦清流的书信，是我放在你书房的。"林啸脸上没有任何表情，只淡淡道，"林某偷放密信，实属迫不得已，见谅。"

袁昇这时才慢慢直起了腰，心中疑云起伏。

"我十八岁时，曾经投奔过灵虚门鸿罡国师，那时候还是在洛阳，却被灵虚门拒之门外。"林啸继续慢悠悠地向前踱步，"后来我也凭着自身才华入得御史台，在长安时我还曾偷偷去过灵虚门，也曾远远地见过你。那时候你已经是灵虚门第一仙才了，高高在上，可望而不可即。"

袁昇淡淡道："但我听说，林主簿后来别有机缘，入了昆仑门，是前任宗主包无极的高徒，气学修为惊人，一线春水刀冠绝昆仑。"

林啸紧巴巴的脸上，终于露出一丝笑意："如果有可能，我会堂堂正正地战胜你！"

袁昇忽地舒了口气："其实我早就知道你！"他望向林啸略带惊讶的脸，"那还是我刚入辟邪司时，翻检金吾卫内归为'邪异类'的案牍，发现了一件极为古怪的案件——青龙坊内姐弟邪杀案。那件案子很奇怪，二十几岁的姐姐死于密室内，中刀毙命。而十八岁的弟弟则倒卧在院中，背部中刀，昏厥不醒……"

林啸的脸上起了奇异的变化，却没有言语。

"后来这件事被大理寺重审，也没有查出原委。首先，姐姐所在的那间屋子门窗是完全自内锁闭的，寻常凶手又如何能突入密室内杀人？而那弟弟背部的刀痕颇深，可当时院中甚至没有别的脚印。种种怪异，难以结案，最终不得不将此案归为邪异。我对这件案子很好奇，还暗中探查过一段时日。"袁昇直视着林啸微微颤动的脸，"那个弟弟案发前已进了御史台，后来他发奋读书，一步步做了主簿。对吧，林主簿？"

林啸嘴角牵动，终于咧开一丝苦笑："家姐被妖物所杀，实为林某一生剧痛。其实在发生那件惨案之前，我就发现，姐姐常常无缘无故地失踪。有时候失踪一日，有时候又失踪两三天，事后又神秘出现。每次问她，她却茫然无知。其后我苦学昆仑术法，钻研断案之学，也都是为了破解那个案子的真相，那是我一生中最大的谜团。袁兄惊才绝艳，破案如神，既然探查过该案，不知可有何高见？"

袁昇默然望着他，摇头道："到底年月隔得太远，难以探查了。"

林啸脸上涌出一抹憾然，叹道："希望哪日袁兄能助我解开这一生大谜。"

袁昇没答话，忽然回身，侧耳倾听着什么。

不远处的堂内传来阵阵杖刑之声，袁怀玉的痛哼声跟着响起。

"他们……对家父用刑了！"袁昇目光灼灼地盯着林啸。

"张烈此人，心里一直有个奇怪的目标，他妄想做第二个来俊臣。"林啸的脸隐在回廊的暗影中，看不出神色，"当年武则天登基后，根基不稳，不得不重用酷吏，替她排除异己。现在的情形类似，韦太后很快就会成为第二个武则天。张烈觉得他的机会来了。不幸的是，你们父子极可能会成为他的第一批祭旗者。"

"我会去劝劝他，不过，他到底会不会听，会隐忍到几时，我全无把握。毕竟，张烈的心中有一个魔鬼。"林啸转身唤过一个差役，命他带袁昇回牢狱，然后大步赶回堂上。

差役将袁昇拽回牢内，牢门紧紧关上，袁昇忙扑到那扇窄窗前，焦急地向外张望着。过了半个时辰，哗啦啦的脚镣声响，袁怀玉被人半押半拉地走过甬道。

"爹！"袁昇喊了一声，喉头哽咽。

袁怀玉听到了，向他笑了笑："没事，孩儿，爹撑得住！"他忽然顿住步子，艰难地望向窄窗后的儿子，"记住一句话，活下来。"

袁昇一愣，不知为何老父忽然说出这样的话，父子二人便隔着那一扇窄窗僵望着。狱卒猛一推袁怀玉，催他快走。袁怀玉却奋力一挣，大喝道："昇儿，听到没有，我只要你活下来！"

　　袁昇忽然明白了父亲话中的深意，霎时心痛如绞，呆愣之际，袁怀玉已经拖着锁链，哗啦哗啦地走远了。

　　"原来那是令尊呀，"范平低叹道，"他们居然对令尊用刑！左御史台这群狗贼真做得出此等丧尽天良的事！"

　　袁昇慢慢倒在地上，如刀割般难受的心中，更有疑云纵横。

　　林啸为什么要这样对待自己，是因为看不惯张烈，激于义愤，还是因为曾仰视过自己，想有朝一日和自己堂堂正正一战？

　　也许都不是，林啸的目光中有些让人捉摸不透的阴冷气息。

　　"《墨子》有云，心无备虑，不可以应卒！这件事我们一定要计划周详，那边怎么样了？"

　　回到书房，张烈的脸上还掩不住一抹激动神色。现在是非常时期，太后肯定需要自己这样的人才，飞黄腾达的日子指日可待。

　　林啸道："袁怀玉只是受了一些皮肉之伤，应该不会妨碍他越狱。他们父子俩被关在甬道的斜对面，袁昇从他的窄窗处就能看到他那伤痕累累的老父。另外，袁昇身上的符咒已解。当此之际，他们不得不越狱。一切，都万无一失。"

　　"这次是他们自投罗网，现在，让我们逼着他们去自投死路吧，终于可以一雪前耻了。"张烈阴沉地笑了起来。

　　"但是大人有没有觉得，袁昇这次自投罗网，有些古怪？"

　　张烈重重一哼："有何古怪？"

　　"袁昇被弹劾，首先是那份不明不白的账簿。那账簿看似不显眼，但要谋划得如此逼真，还真不是寻常手眼能做到的。这样的局，到底是谁的手笔？"

　　张烈的脸冷了下来。他自然不知道是谁的手笔，却要在下属面前维护自己老谋深算、胜券在握的形象，便再一哼："我只知道袁昇这个人自以为聪明绝顶，实则却干了一系列的蠢事。他将朝中的实权人物几乎全得罪了。再看看他的背后有谁。相王爷？那是从武周朝到当今最提心吊胆的糊涂王爷。临淄郡王？那更是个荒唐公子哥，一个大唐的笑话。再想想他得罪的那些人，韦太后、宗楚客、太平公主，这些人随便伸出个小手指头，就能将他捏碎，不留一点残渣。"

"是呀，"林啸紧盯着他的脸，似乎想从上司脸上的皱纹中窥出些机密，"譬如这次账簿事件，幕后只怕颇多李隆基的影子。"

"云谦呀，"张烈唤着年轻下属的字，意味深长地叹了口气，"这都是权力飓风的角逐，我们这些小人物，最好不要轻易去探测那些飓风的深浅。我们要做的，只是守好最大的那股飓风，跟着她的喜好来转动即可。"

"禀大人，驸马武延秀求见。"一名差役走入禀报。

张烈一愣，忙道："请，快请！"

片刻后，武延秀被张烈毕恭毕敬地迎入精致的客堂花厅。

"张大人，没让你将袁昇从我府内带走，内有苦衷，还望体谅。"武延秀大刺刺地坐在了上首。

"国公说的哪里话，下官深夜登门打扰，实在是冒昧唐突至极，只是下官职责所在，请国公海涵。"

张烈说得客气，心中却暗自叫苦，居然忘了袁昇这厮背后还有安乐公主这么个强硬后台。但驸马武延秀居然亲自出马为自己老婆的情郎来说情，这可真是大人大量了！

果然武延秀笑道："公主殿下也是刚刚得知袁昇摊上了案子，很是关心，觉得他到底是在我们府上被御史台讨走的，无论如何，我们都该保他。明日里公主还会亲自去见太后。今日几个不长眼的御史，比如那个率先弹劾袁昇的崔璇，已经被她叫去臭骂了一顿。想想看，当今非常时期，朝廷急需用人，还是很需要袁昇这样的人才！"

"是……是……国公所言甚是，公主殿下高瞻远瞩，睿智非常。"张烈小心答复，心内却痛苦得要命。

"以上是公主殿下让我带给你的原话。"武延秀扫了眼四周，确信再无旁人，才诡异地一笑，"说完了公主的话，现在开始说说我的心里话。"说着递过来一沓折子。

"这是……"张烈疑惑地接过来，瞄了一眼就知道是房屋的契书。

"西市三间店铺的地契，都是旺铺，奉送张大人！"武延秀的眼神冷厉起来，压低声音，"替我杀了袁昇，最好不着痕迹。"

"原来这次袁昇陷身图圄，是驸马爷的杰作啊。"张烈的眸间闪过一丝激动的光。

"不是我。"武延秀断然摇头，"其实我很想一箭射死他，但我绝不会施展什么手段去做局。"

"国公光明磊落，当真是先王遗风。放心吧，这件事下官会办得妥妥帖帖的。"张烈忽然发现了一个两全其美的升官发财良机，只要先逼迫袁昇越狱，随后再乱箭射死，那么自己会先平白得了武延秀的好处，再将袁昇的罪责添油加醋地呈上，又会得到韦后的青睐。

"不过，念在他刚刚帮了我们一大忙，就给他个全尸吧，不要让他太痛苦。"大事了毕，武延秀一身轻松地起身告辞，心内还很为自己的仁慈感动。

"牢狱内有动静！"

深夜，张烈正兴奋得辗转难眠，便得了林啸匆匆赶来的急报。

"那牢里的唐心阳和范平打起来了，已被狱卒弹压。"林啸道，"只不过他两人打得热闹，袁昇却视而不见。"

张烈疑惑道："此人诡计多端，我总有些担忧。"

"大人放心，此人至孝，一定会去救他父亲……他这会儿怕只是在试探！"

"去看看！"张烈腾地站起身，"你先去传令，让弟兄们不要掉以轻心。"

但张烈大人干等了一整晚，大牢内灯火通明，一夜无事。

袁怀玉在牢房内横卧在地，背向着袁昇，咳嗽了一夜。

袁昇在窄窗前紧盯着父亲袁怀玉，站了一夜。

张烈和林啸则在台狱甬道上方的暗阁内紧张地注视着这对父子，干等了一夜。

第三章

越狱

"姑奶奶，你……你们要干什么？"

吴六郎察觉不对劲，急忙起身，却发现房门已经被自外紧紧锁上，只得无奈地坐回案前。

"干什么？！"黛绮哼了一声，"劫狱！"

她腰杆笔直地坐在吴六郎对面，清晨的阳光穿窗打入，映得她那张脸分外刚硬。

"这时节去劫牢？"吴六郎苦笑，"袁将军已经传话过来，胆敢妄动劫牢者，绝不轻饶。"

高剑风一直在屋内焦躁地踱着步。他很同情黛绮，但对十七兄袁昇，还是心存疑惑。那间见到师尊形貌的小光明寺，他事后去过多次，却再也寻不到什么踪迹。古镜没有了，师尊更是不见踪影，寺里的胡僧茫然说不出个所以然来。难道，那一切真的都是二师兄的幻术？

黛绮咬着牙说："我不管，六哥你一定要想办法，而且你也一定会想出办法来。"

"不让劫狱，我们去探望，总可以吧？"高剑风忽然顿住步子，"大唐律法，我们不是可以送饭菜吗？"

"是呀，探望，只是送饭菜太无趣了！"吴六郎眼睛一亮，"黛绮，你见过雪雁吗，安乐公主的第一亲信侍女？"

黛绮听到"安乐公主"四字颇不自在，却点了点头道："雪雁总是跟在安乐身边，当然见过。"

"你们身材相似，你又精通易容之术，你易容成雪雁的模样……"吴六郎搓着手道，"不过，我们还差一块令牌，公主府内行走的令牌。"

"我有！"

"你有？这是……"

"当日傀儡蛊一案中，安乐差雪雁送来的，让袁昇去她府中避祸。他当然没有去，还将这东西顺手交给我保管。"黛绮摸出一枚镏金腰牌，金灿灿的，极为精致，上刻几字隶书——安乐公主府行走。

"好，好极了。"辟邪司内资格最老的长安暗探满脸生辉，"唉，如果青瑛在就好了，这丫头扮什么像什么。现在，我只能死马当活马医，拼命训练你，从语气、口音、做派，都让你变成一个公主府内四平八稳、目空一切的大丫鬟！"

"六哥，姑奶奶我不是死马！"

午后，一辆精致的厢车停在了御史台衙门的大门前。

门前的差役们目瞪口呆地看着车门打开，一个衣着华贵的美女手拽长裙，款款地下了车，仪态万方地向他们走来。

"奉安乐公主殿下之命，与张烈大人传个话。"黛绮戴着遮住半张俏脸的帷帽，语音冰冷高傲。

"这位姑娘，张大人不在此间。"领头的差役嗅着那高贵的淡淡熏香气息，知道来者非同小可，但张大人昨晚折腾了一宿，这时候午睡正酣，不便贸然打扰，只得含混着挡驾。

"不是传闻张大人公忠勤能、夙夜不倦嘛，这才什么时候，就不见人影了。"黛绮尽力将一口长安官话甩得流利脆生，"罢了，带我们去见台狱的亭长或是主簿吧。"

"不知贵客名讳，是公主殿下的哪位近侍？"一个高瘦老吏这时赶到了，气定神闲地拱了下手，"在下便是台狱亭长金乘。"

黛绮照旧冰冷，只是将那枚光闪闪的腰牌递了过去。扮作马夫的吴六郎闪身向前，低声道："老金呀，你怎么连雪雁姑娘都不识得了。快着点，安乐公主殿下吩咐得太急，我们一定要见到那个人。"

金亭长想不到这人对自己这么熟稔，偏看容貌只觉似曾相识，但雪雁姑娘的大名他是听说过的，忽觉手上一沉，已被吴六郎塞过来两块银锭。

"贵客是要见哪个人？"金亭长大喜，登时对眼前两人的身份不再怀疑。

"安乐公主吩咐了，一定要见……袁昇。"吴六郎挤出一脸暧昧。

金亭长恍然，随即想到武驸马昨晚刚刚赶过来，似乎也是为了袁昇的事。想到朝野间风传的袁昇和安乐公主的各种故事，金亭长不敢怠慢，忙引着两人入内。

衙署内曲廊回环，外院、内库、狱墙、前后迂回，监视箭楼四下里高耸。一队军卒正在巡视，那都是新抽调来增强防卫的金吾卫。

"二位留步，哪里的贵客？"刚转过一个曲廊，便见林啸气势汹汹地带着一队军士迎面而来。

金亭长神色尴尬，论官职他这亭长比主簿要高上一线，但林啸却是张烈的红人，不敢得罪，只得凑上去低声嘀咕。

"原来是雪雁姑娘，失敬了。"林啸没见过雪雁，虽心中疑惑，却冷冷一笑，"不劳金亭长大驾，还是晚生陪二位贵客前去吧。"

金亭长乐得清闲，一笑停步。林啸笑吟吟拱了拱手，当先前行。转到监狱院门前时，忽听监狱角门处起了阵阵嘈杂喊声。

有眼尖的狱卒看见了林啸，忙赶过来禀报。原来监狱角门外来了个后生，自称高剑风，说要给要犯袁昇和袁怀玉送饭。要知这台狱属于大唐的中央监狱，规格较高，可准许犯人家属给犯人送饭。相较于扮作雪雁的黛绮要从御史台的正门堂而皇之地行入，送饭的高剑风便直接来到了监狱内院的角门外。

守门的狱卒知道袁昇是有谋逆大案在身的要犯，不敢放他进来送饭探望。高剑风索性大声争执起来。

"放他进来！"林啸冷笑传令。他正要给辟邪司的这些奇才要手段的机会。

高剑风气哼哼走入，跟黛绮、吴六郎二人正好错肩而过。三人都正眼不瞧对方。

"雪雁姑娘？"才刚到申时，明灯还没点上，甬道间有些阴暗。袁昇望见掀起帷帽薄纱的黛绮，目中异色一闪，随即满面疑惑地问，"是公主殿下让你来的？"

此刻，那厚重的牢门终于打开了。但袁昇所在的狱室是有特殊防护措施的，沉厚的铁门后，还有一道铁栏。黛绮只能隔着几道铁栏望着他。她的眼眶有些湿，急忙放下薄纱，说不出话来，只点点头。

林啸见黛绮不语，心头微觉古怪，侧头紧盯着她。

袁昇登时也察觉到黛绮神情有异，忙对高剑风大声道："小十九，先去看看我家老爷子。"

高剑风应了一声，对林啸道："麻烦给带个路，我要看看袁老爷。"

林啸唤来个狱卒道："徐四，你带他过去。"

"十七兄，你先接了饭菜。"高剑风要将饭匣递入，却被狱卒徐四一把拦住。

徐四先将饭匣提过去，当着林啸的面验看了，却只将里面的饭碗杯筷取出，递给了袁昇，这才带着高剑风向斜对面的袁怀玉牢狱行去。

袁昇的目光紧紧盯着高剑风，再越过高剑风，死死望向牢内的袁怀玉。袁怀玉却始终背冲着自己，只是虚弱地不住咳嗽。

"袁将军。"

黛绮这时终于抑住了心神，拿出了黑骆驼社头牌的派头，神情已酷似那位公主府的第一侍女，大声道："公主殿下说了，这次定是有奸人蛊惑圣意，你要安下心来，公主殿下正在想办法，定会让你平安出来。"

袁昇叹了口气："多谢公主殿下，袁昇定然……不负厚望。"

两个人深深凝望，都不再言语。

"这个妞好香啊，"唐心阳忽然凑上前来，"美女是安乐公主府上的吗？其实老子也是冤枉的啊……喂，你躲什么，快过来，让老子香一口。"

他涎着脸凑上前来，登时惹得黛绮尖声惊呼。那狱卒徐四大怒，扬手一鞭，凌厉的鞭头从铁栏间隙钻入，拍击在唐心阳的肩头。唐心阳嘶声哀号，身子翻滚，撞上了一旁的范平。范平刚刚跟他厮打了一通，立时毫不客气地将他推开。

牢内一阵骚乱。

"住手！"林啸大怒，夺过皮鞭狠狠抽去，皮鞭抽打在铁栏上，溅出一串火花。一股巨力袭来，震得整座铁栏门嗡嗡作响。唐范两人才停止了嘶喊扭打。

袁昇慢慢抬起了头："请雪雁姑娘传个话，我会安心等候。只是家父何罪，无辜被抓，也请公主殿下一定代为向太后进言。"他目光一寒，冷冷盯了林啸一眼，才提高声音，"小十九，告知辟邪司所有人等，袁昇之事，由袁某一人担当。其他任何人不得以我为念，不得妄动乱法滋事的邪念，若有违者，我袁昇变成厉鬼也不饶之。"

高剑风闻言忙将饭匣放在袁怀玉身前，朗声道："剑风遵命！"

唐心阳忽然指着吴六郎，叫道："小心蛇！"吴六郎被他唬得一惊，几乎蹦了起来。黛绮也吓得惊呼出声。仔细看时，地上哪有什么蛇。

唐心阳呵呵大笑："谁让你这家伙老瞪着老子，在公主府当差了不起啊！哼，这里没有蛇，外面可有，小心蛇咬死你们这些混账！"

吴六郎勃然变色，喝道："你这贼囚，将嘴巴给我放干净些。"

林啸见唐心阳疯疯癫癫，只怕再多生事端，忙道："这里都是些亡命之徒，姑娘万金之躯，还是及早回去给公主殿下复命吧。"

黛绮只得幽幽叹了口气道："袁将军，你的话我定然带给公主殿下，我们……都盼你早日出来。"说完款款带着吴六郎向外便行，又低声道："林主簿，借一步说话。"

林啸正目光游移地盯在高剑风身上，闻言只得甩了个眼色给徐四，随即大步跟在了黛绮身后。

徐四趢到高剑风身前，大咧咧道："饭匣放这儿就行了，赶紧走吧。我们这儿规矩如此，请包涵。"御史台和辟邪司素来不睦，徐四说话也不大客气。

高剑风最后瞟了眼袁怀玉，转身走到袁昇的铁栏前，沉声道："十七兄，我先去了。"

徐四很不客气地将高剑风请走后，两个狱卒粗暴地关上了厚重铁门，一路骂骂咧咧地走远了。

唐心阳这才呵呵地低声一笑："袁昇，你手下果然都是奇人异士！"他扬起手，腕上一团物事滑入袖口，再滚入怀中，最后变戏法般从裤腿溜出。

那是适才他唐突佳人制造混乱后，吴六郎乘乱塞进来的"战果"：一只锦囊。

"我要的东西，你适才已经传音给吴六郎了吧？只是这急切间，他们能不能办到？"唐心阳扒拉着锦囊里面的东西，越看越惊喜，不由得对辟邪司多了些信心。

"吴六郎认识许多叫花子，你要的东西，他们会办到。"袁昇叹了口气，适才趁着唐心阳造成的混乱当口，他已经用传音秘术对吴六郎做了吩咐。

剩下的事，便一切看命了。

"驸马来过了，"黛绮一脸倨傲，目不斜视，款款前行，"不过公主殿下不放心驸马。她让我给张烈大人传一句话，如果袁昇有个三长两短，张烈就提头来见吧。"

要知辟邪司作为朝廷的特殊衙门，自然有自己的暗探和渠道，武延秀拜会张烈之事，吴六郎一大早就得到了密报。黛绮所说的话，当然都是他们事后推敲分析的结果。

林啸脸色一僵，却点了点头："一定带到。"

"林主簿留步吧。"出了御史台衙门，黛绮跟林啸作别。

林啸黯然站在阶下，心内有些郁闷。他忽然眯起了眼。西斜的日色下，他陡然发现，她的步子有些怪。这绝不是一个高贵女子应有的步伐，她是最豪奢的大唐公主府内的第一红人侍女，她的步子更该是稳重而妩媚。

可眼前她这几步走得太急了，许是马上将要钻入厢车，她忘了遮掩？

正犹豫间，马车已飞驰起来。那个貌不惊人的家伙赶起车来居然很快，厢车卷起一溜烟尘，便拐过了街角。林啸身形一晃，展开神行术便跟了过去。

在长街的又一道拐角处，林啸拦住了厢车。

吴六郎一脸惊讶："林主簿，您这是……"

"少废话，安乐公主府该往东行，你们为何径自往西，你们到底是谁？"

"林主簿多虑了，"雪雁的声音在车内响起，"我还要去西市，给公主殿下最喜好的那支金步摇配上款西域香木匣子。不过你来得正好，我还有两句话忘了跟你说，请主簿上车说话可好？"

"如此，就冒昧了。"林啸冷笑着，一步跨上车来。

车内有些幽暗，一道凌厉的眼神当头向他射了过来。

刹那间，天地一片黑暗。

深夜，左御史大夫张烈被仆役叫醒，说牢内那个不安分的唐心阳又在喧嚣闹事。

"这小子和袁昇在一起，他们莫非要生事？"一念及此，睡意全无，张烈一骨碌爬起身，"林啸呢，快传他过来。"

"属下已经去找了，可林主簿下午见了一位安乐公主府来的贵客，随后送贵客出门，便没再回来。"

"安乐府内的贵客？"张烈有些疑惑，这时也顾不得许多，只得一边命人继续寻找林啸，一边匆匆赶到牢内的暗阁中。

这座台狱构造精巧，在甬道上方设置了一座暗阁，可以清晰地监视四处，从外面却又看不出暗阁所在。左御史大夫亲临指挥，一众差役都紧张了起来。

"不要盯得太紧，懒散些……"张烈本就要逼着袁昇越狱，这时找来几个牢子亲自授意，再密令两队金吾卫张弓搭箭在暗阁四周埋伏好。这地方居高临下，地形隐蔽，只要袁昇领着那两人越狱，接下来便是乱箭齐发。

当下徐四便奉命赶过去弹压。

这些狱卒昨日已经紧张了一整夜，今晚更是困倦不堪。又乏又怒的徐四气哼哼提着皮鞭赶过去叱喝。

这次唐心阳仿佛喝多了般，居然对他骂骂咧咧。狱卒徐四暴跳如雷，怒冲冲打开了最外层的厚重铁门，挥鞭向栏杆内猛抽。

一只手忽然揪住了鞭梢。袁昇淡淡道："这位小哥，何必如此呢？"

不知怎的，徐四跟袁昇的眼眸一对，竟觉怒火顿熄。

张烈隐身在二楼的暗阁处，借着甬道上明亮的灯火，紧盯着徐四。见徐四只是虚张声势地吆喝了两声，甚至打开了厚重铁门入内假意呵斥，张烈不由暗自点头，觉得这个狱卒还算机灵。

他需要的就是给袁昇他们卖个破绽。

铁门半掩着，张烈只能看到范平跪在门口，不住打躬作揖。徐四在牢房内的呵斥声不时传来，这时候他吵架的对手似乎换成了袁昇。看来这家伙终于按捺不住火气了。

过不多时，徐四终于骂骂咧咧地走了出来。他想是气昏了头，竟忘了锁上铁门，只是将铁门重重关上。

张烈在暗阁中满意地点了点头。

徐四很懒散地踅了回来。张烈已经懒得看他了，而是紧张地盯着那扇虚关的铁门。

"蛇，有蛇！"

不知是哪间牢房有人先喊了一声，随即很多间牢房都爆出喊声。

"哎哟，真是蛇，哪儿来这么多蛇！"

"小心，这不是菜花蛇！"

"有毒，哎哟，老子被咬了……"

林啸还陷在无尽的黑暗中。

四周都是那种如泥沼般黏稠的黑，仿佛一切都是个古怪的梦魇。

"糟了，这女子会迷魂术法！"林啸闪过这念头时，脑袋昏沉沉的，仿佛刚昏睡了一整年，然后便觉得全身坠入深潭般的憋闷。

铮然一响，他袖中的法器一线春水刀自动跳入他的掌中。林啸一刀挥出，一线春水刀划出一点碧油油的刀芒。

抽刀断水，水流花谢。

弥漫天地间的黑暗被这凌厉的一刀劈开了，劈出了满目春色。

浓墨般的漆黑顿时碎裂，甚至连那道车厢的影子也随之炸裂开，最后，那道居高临下的冰冷秀眸也化作万千光影，飘摇远去。

林啸吃力地张开双眼，发现自己居然躺在荒郊野外，头顶上疏星遥映，月亮如一片薄纸般挂在天际。

"中计了，调虎离山！"林啸忙爬起身，展开神行术疾奔而去。

忽觉脚下一绊，整个人重重栽倒在地，他低头一看，才发觉双脚被锁了一道镣铐。林啸怒不可遏，挥刀劈出，镣铐耀出一串火光，也不知是什么打造的，居然能扛住一线春水刀这样神器的劈砍。

狱中又混乱了起来。

张烈又惊又怒，这牢内怎么会有蛇，看来袁昇这厮很可能鼓动了许多囚犯。张烈急命两个狱卒赶过去探查。

"有蛇呀！"不必他派人下去，一名张弓搭箭的金吾卫忽然大叫了起来。

秘伏在暗阁两边的金吾卫随即都乱叫起来，连张烈都看到了蛇。四五条斑斓的怪蛇不知怎的竟爬上了这座暗阁。兵士们的骚乱，更让毒蛇惊惧，便有兵士被毒蛇咬中，登时大呼小叫，乱作一团，甚至有几把弓箭从暗阁中跌落。

便在这时，袁昇牢房的铁门被一只手推开了，这一推非常粗暴，毫不掩饰。铁门重重弹开，一道人影疯狂蹿出。

"是袁昇，看住他！"张烈在百忙中仍紧盯住那道身影。

袁昇因为罪责未定，作为临时关押的犯人，衣饰与旁人不同。张烈看到袁昇如飞般撞入了袁怀玉那道牢门，嘴角不由咧开一丝狞笑。

袁怀玉所在的是一间普通牢房。牢门被袁昇一把扯开，因为那道锁已被送饭的高剑风悄然打开。

袁昇的步履有些蹒跚，却仍很坚决地一把抱住了袁怀玉，转身便向外飞奔。几个不明底细的牢子忙怒喝着挥鞭上前阻拦，但袁昇如疯了一般，横冲直撞，几个牢子都被他撞翻在地。

哪知便在此时，袁昇怀中的袁怀玉陡然跳起，双手如飞，重重拍上袁昇小腹。袁怀玉的双手上都握着匕首，两把匕首深深刺入袁昇腹内。

"够了，袁昇！"张烈对身周的惊呼叫喊声充耳不闻，只顾死盯着甬道上疯狂奔跑的袁氏父子，见状哈哈大笑起来。他颇为忌惮袁昇的一身术法，所以那个"袁怀玉"是他暗伏的必杀之招。

果然，杀招奏效。袁昇嘶声惨呼，扬手将"袁怀玉"抛了出去，自己也重重栽倒。

"放箭！"张烈厉喝声中，一串羽箭凌空攒射过去。袁昇本就重伤，加之事发突然，登时胸腹连中数箭。

"大人，他……他不是袁昇！"那个"袁怀玉"刺中袁昇后，就依计翻身滚开，此时却指着袁昇大叫起来，"他……他竟是徐四。"

这一喊，甬道上下的人全都蒙了。果然，那袁昇翻滚之际，脸上竟掉落一张面皮下来，露出里面扭曲的脸孔，正是牢子徐四。

张烈只觉七窍生烟，却听暗阁四周的兵士乱糟糟喊起来。

"不好，蛇……蛇越来越多了！"

"只怕有一万条蛇！"

"不好，这里来了蛇妖！"

无数道叫喊声中，有一道甚是粗豪："快跑，大家快快逃命，几千条毒蛇，见血封喉的七步蛇，咬上就没命呀！"

张烈觉得那声音有些耳熟，似乎是唐心阳那厮的。莫非是这家伙在作祟？他正要怒喝，忽一低头，只觉头皮发麻，暗阁内外果然已是蛇的溪流，粗者如水桶，细者如丝竹。最要命的是还有很多色彩艳丽的毒蛇，瞧来触目惊心。

兵士们都在哭号跳跃躲避，更有人干脆从二楼的暗阁跳了下去。

张烈被属下们挤得东倒西歪，百忙中看到牢狱的大门被人打开了。开门的那人缓缓仰起头，向他望来。那人居然是徐四。

不，那人穿着徐四的狱卒衣饰，脸孔也七分相似，只是那双眸子深湛如海。

"他是袁昇，抓住他！"张烈一声怒喝刚刚出口，忽然一股巨力撞来，身子一歪，竟被几个兵士从暗阁处挤落。

甬道上也爬满了蛇。唐心阳不知从哪里弄来了一支短笛，在口边低低吹着，信步前行。无数条彩蛇围着他疯狂扭动。范平则抢了一个牢子的腰刀在手，乘乱砸开好几道牢门，许多囚犯狂叫着奔出。

"林啸在哪里？林啸误我，林啸误我！"张烈几乎是在哀号。

"大人，林啸在此！"

一道尖锐的怒啸划空而来。

林啸的运气不错。本来依着高剑风的脾气，很可能会给他一剑了断，但吴六郎老成持重，不敢将事情弄得太大。黛绮却没有放过他，给他脚上缠了那道奇异脚镣。

那是西域秘制的奇物，本为西域幻术师对付仇敌之用，质地非金非铁，坚韧异常。林啸劈砍了多时，耗得精疲力竭，才将脚镣劈开。那把一线春水刀也几乎报废。

怒冲冲赶入台狱时，正看到无数囚犯和兵士都嘶号着向外疯狂逃窜，林啸几乎要疯了，地上不过是数十条纠结蠕动的大小怪蛇而已，堂堂金吾卫，值得如此惊慌失措，竟还和囚犯一同夺门而逃？

"袁昇，袁昇，你在哪里？"他怒冲冲地拨开迎面撞来的无数张扭曲的脸孔。

忽一扭头，正看见一道高大的身影，口中短笛横吹，走得恍似闲庭信步，正是唐心阳。袁昇则跟他并肩而行。

"逆贼……"林啸这时披头散发，看上去倒更像个劫牢越狱的。他双眸微眯，在一瞬间将目标定在了唐心阳身上，春水刀凌空挥出。这一刀含愤而出，气势如悍雷破山。

唐心阳混在人群中正向外奔，边行边吹短笛并非为了故作潇洒，而是在施展召蛇秘术。这次台狱闹"蛇灾"，正是他全力运筹的杰作。

前番黛绮三人来探狱，唐心阳故意装疯卖傻，几次引发冲突，就是为了声东击西，好将林啸、徐四的注意力吸引过去，让黛绮乘乱将"家伙"丢到他脚下。唐心阳迅速收起了那些物件。袁昇则暗施传音秘术，对吴六郎做了"抓三百条蛇"的密令。

吴六郎和长安的几个叫花子头如孙小狮子都很熟悉，许多叫花子都是玩蛇的高手，很快就凑齐了大小数百条蛇，趁黑顺着台狱临街的一面墙丢了进来。唐心阳被袁昇悄然解开金锁符后，罡气恢复，祭出了融入体内的法器"销魂笛"施展召兽秘术，再将那些大小蛇引入狱中。

黛绮偷放进来的东西中有一把精巧的西域镔铁丝锥，那是当时最先进的万能钥匙；还有两件简单的人皮面具和易容所用的药物。

唐心阳入夜后故意吵闹，引来了徐四巡牢，随即借着和徐四吵闹之机，运使了摄魂术，将之诓入牢内。随后袁昇和范平便一起动手，利用人皮面具和易容药物将徐四和袁昇做了简单易容，交换了衣衫。

宣机大弟子的摄魂术极为霸道。被迷魂的徐四仿佛一具木偶般行事，冲入隔壁牢房，抱了"袁怀玉"出来。袁昇事先曾注目良久，已经看出了那"袁怀玉"是个被调包的假货，干脆将计就计，以毒攻毒……

在假袁昇抱起假袁父的同时，唐心阳的召蛇术开始显效。

蛇开始只是出现几条，随即便变成了数十条。这其中确实有十几条毒蛇，被唐心阳运功催上了暗阁。

毒蛇突如其来，登时让金吾卫和狱卒们军心大乱。随后袁昇便和唐心阳一起运使了摄魂术。人心大乱时，利用混乱的恐惧心理，特别是在台狱这种封闭的大型建筑内，最易施展类似摄魂迷心的秘术。唐心阳身为宣机国师的大弟子，自来精修元神秘法，那几声故作惶恐的大喝，更是将牢狱内高度紧张的一众兵士差役的精神尽数扭曲，让他们看到了无穷无尽的蛇群汹涌而来。

这次三人联手的越狱，至此可说完美无缺。但此时唐心阳还不敢掉以轻心，因为集体摄魂术必要耗费强大的元神灵力，他无法全力飞奔，不得不吹奏销魂笛，竭力维护自己的摄魂术法。

偏在这时，林啸赶了回来。

一线春水刀刀意凌厉，更因夹在汹涌的人流中出刀，势若鬼魅。唐心阳和袁昇都没有察觉。唐心阳觉出刀气时，那气势如虹的一刀已如一线破冰的春水般钻入了他的胸腔。

"疾！"袁昇大喝，春秋笔凌空挥出，一道曲折的金光随笔而出。这是小神捕和灵虚门仙才的第一次交手，交手的中间人却是宣机的大弟子。

林啸虎口剧震，全身罡气一阵浮动，那春水般的碧色刀芒随之一敛。这是二人毫无花哨的罡气交击，而袁昇显然小胜了一线。范平乘机一下背起了摇摇欲坠的唐心阳。

唐心阳只觉胸腔中所有的血液、水分都被那一刀割断了，一口热血更是横在了喉头。他却抓起笛子，猛力吹出一道怪音。鸣的一道悠长的怪响，响在了牢狱内每个人的耳中。

除了耳中预先塞了棉絮的袁昇、范平，其余人都觉得一阵恍惚，仿佛一刹那间，整个天地都暗了下来。

范平凌空跃起，两个起落，已蹿向了最外层的牢狱大门。

"抓住他，袁昇在那里！快，快关闭大门！"林啸最先清醒过来，长声嘶吼。

猛然间一道人影当头扑来，一把将林啸紧紧抱住。

林啸看到那半张耷拉下来的脸皮，脸皮后面是徐四僵直的双眼。徐四腹部连中数箭，按理说早已奄奄一息，这时却被唐心阳那一道魔笛声操控，势若疯魔般将林啸紧紧抱住。

林啸奋力挣开徐四，疯了般冲了出去。

街上到处都是叫花子，当然还有刚晕头转向冲出来的狱卒和兵士，所有人都在仓皇叫喊着乱窜，狂躁情绪强烈感染着乱窜的每个人，林啸的头脑中仿佛也有几千匹怒马在奔腾嘶鸣。

夜色已深，稍远的地方便看不真切，林啸极力凝神远望，极快地锁定了一辆厢车。这辆厢车外表朴素，形制居然不小，车厢内可以轻松塞进四五个人。这么沉的夜色中，那辆马车飞驰得极快，几个叫花子不及躲闪，被狂暴的马车撞得东倒西歪。

"站住！"林啸全力冲了过去，终于在街角处撵上了那辆车。春水刀斜刺里劈出，惊马嘶号，一头栽倒，整辆车也轰然翻倒。

林啸再一刀劈出，车厢木门碎裂，车内却空无一人。林啸一把揪起那车夫，喝道："车上的人呢，为何这么晚在此疾奔？"

车夫摔得满脸是血，浑身抖作一团，颤声道："不知道，小人是被人雇来的，给了十倍的价钱，只让我在这里耗上一晚，看到有人惊走时便纵马狂奔……"

林啸怒不可遏，一脚将那人踹翻在地，回头再四望时，却见人流已经四散开来，街上唯有混乱的血迹和四下里蠕动的蛇虫，茫茫夜色中哪里去寻袁昇等人的影子。

第四章

谁是铺天张网人

长安城通轨坊中的简陋棚屋内，一灯如豆，映得满屋凄黄。

这里是辟邪司高级暗探用来追击、逃匿的一处暗宅。后人有所谓"长安居，大不易"之说，辟邪司这种小衙门当然没有多少闲钱购置宅院，所谓暗宅，其实大多是这种污秽粗鄙到让人吃惊的地方。而似傀儡蛊一案中袁昇和黛绮栖身的独门宅院，辟邪司只有两座，还都是相传闹过鬼的废宅。

袁昇三人越狱之后，便得黛绮、高剑风和吴六郎接应，套上了叫花子的衣衫，再几次变装，躲入了这处散发着污浊气息的简易棚屋。

浑身浴血的唐心阳大口地喘着粗气。金疮药已经铺满了他的前胸，但林啸那一刀太过狠辣，血水仍不住地汩汩流出。他的生机也不断地飞逝。

忙碌多时的袁昇无奈地收起双掌，向范平黯然摇了摇头，低叹道："只怕撑不过今晚了。"他带着黛绮等人走向与棚屋相连的内室。

外屋便只有宣机国师的大弟子和范平。

袁昇刚刚走进内屋，便听得范平哽咽道："心阳兄，你我相交虽浅，却一见如故，想不到咱们甫脱大难，你却……"

袁昇暗叹了口气，这两人才做了几日狱友而已，难道当真会有患难之情？

唐心阳却呵了口气："老范……你的苦心我知道……还是想要那东西，对吗？"

"心阳兄，何必呢，你若不想说，就带走吧。"范平却摇了摇头，"我知道你对我总有些戒心，但你我终究是患难之交，你有何未了之愿，小弟力所能及，都会替你办了。"

唐心阳那双有些涣散的眸子沉沉地盯着他，忽地叹道："老范，你这句话不管是真是假，我都认为……是真的。那东西在……"他长长吸了口气，才喘息道："无极院后轩辕丘，黄幡豹尾两相见……"

他似乎已经失去了控制声调的能力，这句话是挣扎而出，甚至跨入内室的袁昇也听到了。

"剩下的，看你老范的运气了。"他忽然瞪大双眸，向天喊道，"师尊，冷惊尘他们都背叛了您，但我没有！我没有！"

这一喊声嘶力竭，那双睁得大大的眼睛兀自空洞地望着头顶上密布蛛网的天花板，眸光在瞬间僵直了。

"心阳兄，心阳兄……"范平大放悲声。

袁昇忙赶回来看，见唐心阳已经生机全无，不由暗叹了一声。宣机号称第一国师，荣华富贵，当世无双，一夜间化为乌有，千百弟子风流云散，但到底得一唐心阳，这个大弟子从无一句叛师之言。

他沉沉一叹，不由仰头望向窗外昏沉的苍冥。天穹上漆黑深邃，甚至看不到一颗星。

天刚见亮，换上一身寻常窄袖长袍的范平便赶来向袁昇告辞。

亡命天涯之际，能在这辟邪司的暗宅中得到半晚的喘息之机，已算侥天之幸。只算数日交情的范平当然不好意思久留，他恳请且好好保存唐心阳的尸身，先草草在屋内掩埋。

好在这里是最污浊拥挤的贫民所居之地，简易棚屋一间挨着一间，莽夫、乞儿、偷儿们杂居，相互间谁也不敢找谁的麻烦。

袁昇也不多做挽留。他对这位高瘦清秀的右御史台"高丽僧"一直心存疑惑，只拱手道："唐心阳是条汉子，这也算入土为安了。"

范平叹一口气，低声道："临别之际，想对袁将军说几句话。将军落得今日之果，有没有想过，是何人动的手脚？"

袁昇摇摇头，没有言语。

范平又道："能对袁将军下如此黑手之人，背后势力极为庞大，甚至连武延秀这样的人也无法做到。范平揣测，应该只有四种可能，一是韦太后，二是宗相爷，三是太平公主。这其中，宗相爷的可能性反而最小。他的手不可能绕过一圈，让崔琏来上那道密奏。韦太后也不大可能，她老人家掌控一切，如果要对您下手，肯定会更加狠辣。您甚至来不及透一口气，就会被她卷起的惊涛骇浪吞没。排除了这二者，嫌疑最大的便是太平公主。毕竟她掌控着崔璇等御史，而且，朝野中传言，袁将军跟太平公主有隙。"

袁昇目光一闪，忽道："你说的第四种可能是什么？"

"第四个会对您如此下手之人，应该是你的顶头上司，临淄郡王李隆基。"

范平见袁昇不语，诡异一笑："这纯属范某的臆测。不过袁将军入狱是因那莫须有的军饷账簿，而能将账簿做得如此滴水不漏之人，也只有你辟邪司的现任上司了。"

袁昇的头上渗出了微汗。

范平的第四种可能，他不是没有想过，而是不愿意去想。他忽然对这个范平生出些看不透的感觉，在牢中初见他时，他言语粗俗，就如同唯唯诺诺的莽夫，但其一门心思地鼓动自己和唐心阳联手越狱，又显出些机诈，此时这一番见识，却又锐利如刀，现出了右御史台刀笔吏的深厚功底。

他终于笑了笑道："范先生指点迷津，袁某受益匪浅。"

"范某浅见，不值一哂。只不过当今政局，幼帝刚刚登基，太后方掌大权，一切波谲云诡，袁将军的命运如此，范某的命运又何尝不是？"

他长长一叹，就在黎明的清风中与袁昇拱手作别。

"他们很快就会追来，此地不可久留。"

范平走后，袁昇立即给辟邪司群英做了安排。在他看来，林啸受了黛绮的元神攻击，昨晚虽行为癫狂，但这时候也该缓过来了。

这位小神捕才是昆仑门下的第一高手，一线春水刀已得前任宗主包无极的真传，已是昆仑门的道武巅峰。而与莫神机相比，林啸更多了一份狠辣决绝。心高气傲的他受此大辱，一定会不顾一切地追杀到底。

"将这封书信放入张烈的书房！"袁昇伏案疾书了一封短笺，交到了高剑风手上。

"给张烈那厮传信？"高剑风马上明白过来，"好，神鬼不知，吓他个半死。"

"他给家父动刑，正是做给我看的。这封信里，我已将一切罪责都揽在自己身上。"袁昇冷笑道，"最紧要的是，我越狱之后，敌明我暗，张烈对我由毫无顾忌变成了十分忌惮，我可以肯定，他绝不敢妄动家严了。因为助我越狱时，小十九露了真容，黛绮和六郎的身份不久也会被林啸识破，所以……是我连累了你们。"

吴六郎沉声道："大郎说的哪里话来，人家是对咱们整个辟邪司下了手。就算我们袖手旁观，难道能躲得过那张铺天大网吗？"

"可我们还不知道谁张的网！"袁昇黯然摇头。

高剑风眼芒一闪："十七兄你之所以被人弹劾入狱，首要之罪，其实便是那份莫须有的账簿……谁能对咱辟邪司的明细账目知道得如此详细？即便是伪造，谁又能找到一本几乎一模一样的账簿？更要紧的是，账簿的每一页，都有那人的印押！"

久久不语的黛绮终于道："那个人就是……李隆基！辟邪司被查时，他来得很晚；你被抓后，他又消失得无影无踪。"

袁昇的双眸愈发幽深。这样的怀疑，连范平这样一个外人都想到了，辟邪司群英自然也会想到。他自己更是早就想到过。

但他仍旧摇了摇头："我不信三郎会做那样的事。铁唐那边，有什么消息传来？"袁昇望向吴六郎。辟邪司内，与太平公主和相王联手打造的铁血间谍组织挂钩之人，除了陆冲，便只有吴六郎了。

"没有任何消息。"吴六郎苦笑道，"可惜陆冲不在，而我在铁唐内，只是个纯粹的小人物。"

黛绮忽道："你在怀疑铁唐？"

袁昇望了女郎一眼，发觉她的聪敏出乎意料，道："是的，我最怀疑两个组织，铁唐，还有那个更加神秘的秘门！但眼下……"他的目光扫向吴六郎，"我要从这个人开始查起——齐隆。你们探监时，我便密令你去查他的下落，现在怎么样了？"

"难道真的会是齐隆？"黛绮不由得怔了怔。

齐隆是辟邪司内负责账簿和案牍的文书小吏。他是令所有辟邪司成员都对其颇多好感的年轻人。一提起这个名字，黛绮眼前就闪过那个文文弱弱的秀气后生，做事沉稳，待人腼腆害羞。

齐隆投奔辟邪司是一年多前的那个冬月。他原本是千千万万寄居京师的落魄漂泊客之一，而且由于生性腼腆，身无长技，盘缠很快用尽，在寒冬腊月便被客栈赶了出来。那时候他已经两三日粒米未进，给凛冽的寒风拍了一整晚，又冻又饿，便一头栽倒在街上。

他的运气不错，栽倒的地方正是辟邪司衙门附近，那时天光大亮，正好被袁昇看到。将他救醒后，见这后生谈吐不俗，又有一股坚忍谦和之气，袁昇起了爱才之念，便将他带回了辟邪司，渐渐培养成身边的亲近文书。齐隆在危难中被袁昇所救，自是将袁昇视为上司，又视为恩人，忠心耿耿，把袁昇交代的每一件事都办得妥帖谨严。身为袁昇的亲信，他当然知晓辟邪司的很多机密。而他也正是除了袁昇和李隆基之外，能接触到那个账簿的第三人。

黛绮接着道："其实我第一个就想到了他，却又第一个排除了他。因为从人品和动机上推断，都不应该是齐隆。而且咱们辟邪司被查时，他已被御史台的人喊去问话了。"

高剑风却摇了摇头道："知人知面不知心，黛绮姐姐这两天一直在忧心袁老大，有件事可能不知道，自打齐隆一入御史台，便杳无音信了。但听说御史台并没有为难他，他很快就被放了出来……"

吴六郎皱了皱眉，道："我与黛绮副使一般，也第一个排除了他。但他两天前被御史台传唤后再无踪迹，反倒引起了我的疑心。我已发动了手下暗探密查他的下落。"这位老资格的暗探沉沉叹了口气，"他应该还在京师，前晚有个弟兄，很凑巧地看到他在鸿运赌坊露过面。"

"鸿运赌坊？"袁昇目光一沉，"这赌场似乎是你们铁唐的？"

"不错，鸿运赌坊是铁唐的一处秘密堂口。这件事的背后一直有铁唐的黑手在翻云覆雨。"吴六郎的眉头越蹙越紧，"可是除了陆冲，铁唐内和我联络的人，便只有鸿运赌坊内一位镇场子的荷官燕小乙。燕小乙在鸿运赌坊的三大囊家八大荷官中，只排在第三位。听说鸿运赌坊的大掌柜是个美妇，名唤公孙七娘。只是她行为颇为神秘，连我都没有见过她的真容。我甚至怀疑，她就是老唐。"

屋内的人听到"老唐"这两字，不由得都静默了。这是纵横京师颇为神秘的细作组织"铁唐"之大首领的名号，可惜，却从没有人见过老唐的真容，甚至没有人知道这个老唐到底是男是女。

袁昇忽问："陆冲见过老唐吗？"

"应该没有。"吴六郎叹道，"陆大剑客虽然在铁唐中比我的地位高出两阶，但终究没有涉足铁唐的核心层。"

袁昇忧心忡忡地吁了口气道："有没有陆冲和青瑛的消息？"

"没有。"吴六郎很无奈，"这次他们出手对付咱们辟邪司，应该最先对付的是他们二人。我们发动了所有的暗探力量，甚至让剑风老弟发动了神鸦辟邪珠来沿途召唤，至今……没有任何消息。"

袁昇默然。陆冲和青瑛已经失踪多日了，他们到底去了哪里？

"大家易容改装后分头躲避。非常时期，大家小心为上，袁昇累得诸君受苦了……"袁昇的嘴角咧出一丝忧郁的弧，"从现在开始，一直猎捕天下妖邪的辟邪司群英，反成了被猎杀者。朝廷，江湖，术法界，黑白两道，用不了多久，都会对我们群起而攻。"

所有人的脸色都很沉重，眼神却都坚毅。高剑风沉声道："是他们先对咱们铺下这张黑网的，自反而缩，虽千万人吾往矣！"

"说得好！"袁昇双眸一亮，盯着窗前那缕灿烂的晨曦，"不过，不管是谁铺的黑网，我们都要将它刺破……"

一番吩咐后，高剑风和吴六郎已转入内室去更衣易容。袁昇见黛绮一动不动，叹道："你先回幻戏社暂避一时，但为免麻烦，最好不要待在原先的黑骆驼社。"

黛绮却问："你现在要去鸿运赌坊？"

袁昇望着那双执拗的美眸，没有说什么，叹口气："好，不分开。"

黑衣女子带着陆冲进得一家偏僻客栈住了下来。连着两日，只让陆冲缩在屋内，不得外出。陆冲在屋内大吃大喝，冷眼旁观那女子进进出出，显是等待其上峰的消息，恼怒之下，便时时冷嘲热讽。

这日黄昏，那女子终于将几乎憋闷得要死的陆大剑客带出客栈。两人在茫茫暮色中穿行，在宵禁鼓敲响之前，走入青龙坊内的一座幽暗宅院。

宅院内空荡荡的，看不见一个仆役，甚至连灯盏都没有，整座院子乌眉灶眼地蠢在那里。陆冲觑见身周无人，身子一弹，双掌齐发，扣住了女子的双肩，掌上罡气施出，那女子登时半身乏力。

"关住老子的地方，应该是你们的私牢，决计不是什么县衙！"陆冲沉声道，"先前那一通越狱实则是虚张声势，是吧？你们到底是什么人？"

"已经到地方了，马上就要见到你要见的人，何必这样紧张？"女子声音冰冷，此时全身受制，却并不惊慌。

她带着他走到院中很不起眼的一间暖阁前，示意他独自进去。

陆冲哼了一声，一脚踢开门。屋里面黑漆漆的，没有灯，借着外面的光线，隐约看到一道清瘦的影子端坐在案后，看不清容貌，全身黑袍，几乎完全隐于那一屋暗色。

陆冲刚刚跨进阁内，女子便恭谨地掩上了门。借着一闪而逝的淡淡暮光，陆冲看到了那人手上的戒指闪着熠熠的幽蓝光芒。

"老唐？"

陆冲死盯着那人的手指，虽然屋门紧闭后那戒指已经不再发光。但他听说过，真正的铁唐领袖的标识，正是一枚湛蓝如天宇颜色的奇异宝石戒指。

"果然是铁唐中人，你们为何这样对待我？"陆冲嘶哑着声音问。

"这是一个计划，铁唐的计划。"那人终于出声，"我们只是想让你知道，铁唐很容易掌握你的生死。你可以变成山匪，可以成为囚犯，随时有可能被杀，无声无息。所以，身为一名铁唐中人，一定要对铁唐忠心耿耿，将你的一切都奉献给铁唐，包括你的命，你的荣誉，你的朋友，甚至，你的女人。"

他的声音有些压抑，仿佛故意变声，不让陆冲听出本来声音。但语调却清清冷冷，平平常常，仿佛说的是天底下最寻常不过的事情。

陆冲紧盯着那个隐在暗影中的脸，强抑住扑出去的冲动，沉声道："袁昇在哪里？"

"看来你已经听懂我的话了！"那人冷笑起来，"袁昇是你的朋友，他曾被临淄郡王吸收为最底层的铁唐成员，可如今他已经明目张胆地背叛了铁唐，也背叛了大唐朝廷。在我们这里，个人不允许背叛、怀疑、凌驾铁唐这个体系，永远不允许！"

那人缓缓抽出一把剑，黑沉沉的剑身气吞山河，正是陆冲的那把紫火烈剑。

陆冲在酒肆饮酒时被下了迷药，最终大醉昏迷被擒，这把剑虽是他的修炼法器，却没来得及如袁昇炼化春秋笔一样，炼化入体内。他昏厥被擒后，这把剑便被人收走。

锵啷啷一声响，紫火烈剑被那人扔到了陆冲身前。

"念你追随铁唐日久，给你最后一个机会，杀死袁昇。"

"老子怎么知道他在哪里？"

"铁唐会告诉你。"

陆冲慢慢直起腰，冷冷道："如果老子不答应呢？"

话才出口，他便嗅出一抹凛冽的气息，浓厚而熟悉，但在他才一惊觉之际，凛冽气息倏忽消逝了。但陆冲仍能觉出那气息应该是出自一道幽暗的屏风后。

他甚至能感觉到屏风后，有一双熟悉的眸子盯着他。那道凛凛的剑气，若隐若现，却如箭在弦，随时会发出。

"你只有几天工夫，如果你不答允，或是办不到，"老唐死盯着他，冷冷道，"结局你是知道的，几天后，你会死得惨不忍睹。"

那人忽又笑道："当然，你会为朋友两肋插刀，为了一个'义'字舍生忘死。不过我希望你最好仔细衡量这些无用的情感，然后泯灭那些无用的情感，而且……"

老唐说着，轻按案头的枢纽，在陆冲的对面，一扇小门缓缓拉开，现出里面的一盏幽灯和灯下的一位佳人。

陆冲登时怒目圆睁。那女子竟是青瑛，她静静地横卧灯下，面容恬美，似乎睡得正酣。

"你们将她怎样了？"陆冲的双掌已再次蓄力，运劲一招，将紫火烈剑抓入掌中。

"她太疲倦，这会儿难得睡得无忧无虑。不过，我劝你千万不要打扰她。此时此刻，如果她贸然受了惊扰，只怕会神志受损。"

陆冲的脸色由红转青，只得暂且放松掌上劲力，咬牙道："为何如此对她？"

"她虽非铁唐中人，但也是辟邪司精英，居然擅自行动。宣机的越狱，与她干系莫大！"老唐叹了口气，一字字道，"所以，我们给你几天的时间。五六天，还是八九天，随你！杀死袁昇，我保你佳人无恙且升官发财，如果不能复命，那就很麻烦了……"

陆冲五指紧扣长剑，因为运力过猛，已经变成了青白色。他几乎想拔剑冲上，但同一刻，那缕寒意倏忽变浓，在他脖颈上掠过，仿佛一缕突然钻入的冷风。

他终于缓缓舒了口气，五指放松下来。他不怕死，但不敢确定老唐刚才的话是真是假，如果青瑛此时是受到了摄魂术一类的秘法侵扰，那么自己骤然惊扰她，只怕后果不堪设想。

陆冲的目光紧紧缠绕在青瑛的脸上，确认她暂时无恙后，才沉沉道："就几天，以袁昇的能力，老子能杀得了他吗？"

"那就是你自己的事了。你可以走了。"

"老子要见临淄郡王。"

"他没空见你。"老唐站起来，甩了下袍袖。一缕光忽然闪过。

陆冲仿佛被那缕光刺中了双眼，登时浑身僵冷。他看到那人探出袍袖的手中攥着一支玉笛。莹润的玉笛闪着亮晶晶的光。

他太熟悉那玉笛了，忍不住低声道："三郎，是你？"

那人身子略僵，却叹口气，转身走入一道屏风中，只丢下一句冷冰冰的话，"我最后说一次，一切以大唐社稷为重，在铁唐大业面前，个人微不足道。"

陆冲呆愣半晌，才满腔郁闷地大踏步走出。那黑衣女子已经不在院中，显然已完成了自己的使命。

暮风起伏，卷得院中落叶盘旋。本是六月盛夏时节，陆冲却觉得心底淤着一股说不出的冰冷，搅得他浑身冰凉。茫然出了那宅院，却见前方路口转弯处，有一道熟悉的身影，微胖的身子，袖手斜倚在一株老柳下。

那是他的师尊丹云子。

"师尊，刚才是您吧？"陆冲慢慢踱了过去。

适才在屏风暗影里，对自己施出强大威压的人，正是师尊。除了剑仙门的掌门术师，谁还能有那般森寒骇人的剑气。

丹云子依旧揣着手，一副邋遢随意的模样，只是脸色却颇有些干冷。

"一切都是铁唐的安排。铁唐大业为重，我奉命……随时会放出飞剑杀你。"这个最喜嬉笑怒骂的老人这时却无奈地摇头，"适才……我一直很紧张。"

陆冲沉默下来，隔了很久，才缓缓道："如果铁唐是这样一个动辄杀戮、视人命如草芥的组织，那我们何必为它卖命？"

丹云子愣了一下，才低喝："胡说！你应该看到组织对你的付出。你脑子发烧，一剑杀了华仙客，虽然你的紫火烈剑做了很好的伪装，施展的剑法也是普传招式，但你当天下术师都是傻子？

"太平公主逃回府内，立即展开了密查，而她掌握着大量的铁唐力量。好在相王府这边，奉命出马的人是我。也正是凭借这支铁唐，我千辛万苦地搜罗到一个死囚，一系列的作伪后，布局成我抓住了刺杀公主的'真凶'，一番激战，将其斩杀。不过，我真不知道是否当真瞒过了太平公主那边……

"傻徒儿，你这一剑啊，几乎将整个铁唐，硬生生劈成了两半。"丹云子仰头长吁了口气，"而且不管如何，如今的相王和太平公主之间，已出现了一条无形的裂隙。"

陆冲紧了紧面孔，低叹道："师父，你适才……当真会施飞剑杀我吗？"

"你知道师父我大半辈子游戏风尘，对什么都不在乎。但在我心里面，还是很在乎一些东西的，比如李唐正统，比如宗门的荣誉！"

陆冲沉默了。他忽然发现一个很可怕的现实。宣机亡命天涯，被普天下通缉追捕，浅月虽然有成为第一国师的可能性，但他到底曾被袁昇揭露。朝廷眼下用人之际，浅月或许可以上蹿下跳一段时日，但当大局安稳之后，师尊可就是天下独一无二、清清白白的第一国师人选了。师尊说得不在乎，也许，才是真的在乎。否则，按着他游戏人生的性子，本该连提都不提的。这念头倏忽钻入脑中，让他心底的寒意越来越盛。

师徒二人在沉沉暮色中对望，这一刻，陆冲竟觉得师父的脸有些陌生。

"所以不要问我会不会出剑，那一刻，我也在问自己，问得自己一身冷汗。"丹云子摇了摇头，"你也不要问我是不是该杀袁昇，修剑仙者一定要心如铁石。李唐正统的存废已在此一举，个人与铁唐这个组织之间，如何抉择，还用我多加饶舌？"

丹云子挥了挥袍袖，转身便行。刹那间，他已不是那个随和懒散的老者，而化身为毅然独行、心坚如铁的剑仙。

"如果袁昇能回头，或许还有机会！"话音遥遥传来，丹云子微跛的身影已消逝在茫茫的暮霭中。

陆冲默默地转过身，向着如血的夕阳蹒跚行去。

第四章 谁是铺天张网人

第五章

赌局

　　每天一到午后，位于崇业坊的鸿运赌坊便开始热闹起来。

　　大唐上自王公、下至百姓都好赌，于是开赌坊成了大唐最赚钱的几项营生之一。当时虽没有牌九等后人熟知的各种牌类赌博，但玩法已然五花八门，除了众所周知的斗鸡、斗鹌鹑、斗促织等禽虫赌，每年的几场大型击鞠会、大小棋会、斗香赛乃至当年薛百味参加的"炼珍宴"厨艺大会，都会成为赌坊的下注目标，引得大小赌徒趋之若鹜。

　　而在平常的日子里，赌坊中的掷骰赌、摊钱赌最吸引各色赌徒。鸿运赌坊是长安三大赌坊之一，专营掷骰和摊钱两大类赌法，最受京师一众赌徒推崇。

　　今天鸿运赌坊的情况有些特殊，可以坐满百十人的大堂里，吆五喝六声少了许多，不少相熟的赌徒窃窃私语，相互打听着什么。

　　此刻，就在一间高级赌客才能进入的华丽暖阁内，大荷官燕小乙满脸大汗地坐在那儿，身子微微打战。眼下的赌法是他最擅长的掷骰，但燕小乙拈着骰子却掷不下去。

　　燕小乙算是鸿运赌坊以大价钱包下来镇场的三大囊家八大荷官中的一员，年方而立就在八大荷官中排位第三，久经赌战，但他从来没有见过这样的对手。

他的对手就静静端坐在对面，是个木头木脑的蓝衫后生，除了一双眸子有些灵动，模样平平常常。蓝衫后生身旁，还坐着个肥肥胖胖的中年商贾。这胖商人更是一脸痴相，跟呆头鹅般的蓝衫后生凑在一起，原本是十成十的挨宰对象。

可这对呆瓜的玩法却十足让燕小乙心惊。蓝衫后生一上来就押上了全副家当，五十贯大钱。

掷骰子这玩法很简单，几乎就是一掷一瞪眼。燕小乙这时正坐在囊家位置，所谓"囊家"便是后世人口中"庄家"的唐代叫法。但这个文文静静的呆头后生抬手就掷出了俗称"三连魁"的三个六，力压身为囊家的燕小乙一个点。

下一把，后生则直接把赢到手的一百贯再押上，然后抬手又是个"三连魁"，可偏偏燕小乙使出吐血的功力也只掷出了两六一四的"小探花"。

几把玩下来，后生身旁的小案上已经堆满了飞钱领取的书契，总额已经达到四百贯。

四百贯，可以在长安城的紧要之地买一座大宅院，抑或买十匹上等良驹。而那位后生却又将这四百贯稳稳地推了过来，仍旧是押上全部家当。这一把该当燕小乙先掷骰。他拈一拈那骰子，确是自己用了多年的称手家伙。这副象牙骰子里面灌了水银，用他的特殊手法，可以确保稳稳地掷出三个六的"三连魁"。

可此刻燕小乙却脸色僵硬，额头凝满汗珠，连手臂都微微颤抖起来。在暖阁的一面花窗上已经挤满了人头，每张脸上都溢满兴奋之色。在这些赌徒眼中，似这蓝衫后生这样疯狂的赌法，逆天的运气，简直就是长安城十年来罕见的赌场奇迹。

这时帘栊一挑，一胖一瘦两个人走了进来。燕小乙一看这两个人，终于松了口气。

那干瘦如竹竿的，在赌坊内被尊称为"詹师"，是著名的术士。那肥头大耳、犹如富态豪绅的，则是燕小乙的赌术师尊、鸿运赌坊第一镇场高手"赌尊"牛八爷。看到这两人现身，花窗外拥着的赌徒们不由爆出一阵低低的惊呼。

牛八爷满脸温和的笑容，拱手道："鄙人牛八，这位是詹先生，听说来了两个高手，我们两个老头子过来见识见识。"

蓝衫后生很淡漠地向两人点了点头，对号称"长安赌尊"的牛八爷似乎根本懒得客套，而他身旁那位胖商贾连眼皮都没抬。

詹师傅神色一冷，探掌按在了燕小乙的肩头，罡气悄然运出。忽然间，詹先生感觉一股强大如山岳般的气息凌空压来，就在他觉得呼吸艰涩、烦闷欲呼的一瞬，威压又陡地消失。同一刻，与詹先生气息相连的燕小乙浑身巨震，手中的骰子险些扔出去。

"认输吧你。"牛八爷拍了拍徒弟的肩。

燕小乙抹了把汗，终于脸色蜡黄地站起了身。

牛八爷朗声道："囊家认赌服输，照理应赔上一半筹码。来人，二百贯的书契奉上。"

立时就有两名艳丽女子毕恭毕敬地将几张书契捧了过来。蓝衫青年看也不看，信手扔在了身旁小案上。

窗外那些赌徒则看得个个眼冒金光。

"关窗，清退闲人！"牛八爷的声音照旧四平八稳。

片刻后，花窗关闭，几个彪形大汉守在窗外，将一众兴奋地看热闹的赌徒轰走了。

"这位老兄，怎么称呼？"牛八爷笑吟吟地坐下，目光灼灼地望向青年身后的微胖商贾。

身为鸿运赌坊的第一镇场高手，在长安城赌徒心中如神一般存在的牛八爷绝对有独门绝学，而且修过术法，一身修为绝不在詹先生之下。他早已看破那位胖商贾才是真正深藏不露的高手。

哪知胖商贾却只点点头道："无名之辈，不足一提。"

牛八爷依旧笑笑，道："老朽在长安大小赌场间还有些薄名。艺成之后，正式的赌局，大小几千战，从没输过。"他说起"从没输过"四字，说得很慢，隐然有横戈立马千军辟易之气，"不是我的运气有多好，只因为自幼修得一门与术法相关的奇门赌术。这赌术叫'不败之赌'，艺成了，我就再不会输。"说着他挥挥手，示意上茶，那艳妆女子立刻给他和青年后生的瓷盏内倒满了茶汤。

"小乙是我的徒弟，我待他如同待自己的亲生儿子，但我始终没教给他这手'不败之赌'。不是舍不得教，是不敢教。天道好还，术法这种东西，反噬的力量极大。这门赌术的反噬力则更邪乎，会对艺成者形成克子克妻的大煞之局。"

我修成这门赌术后，就离家远走。我的家就在江南，但我几乎没有回去过。他们母子远在千里之外的江南锦衣玉食，享用我在大赌坊内挣来的大把金银，但我那婆娘只能守活寡，我儿子永远看不见他爹。在我的印象里，儿子还是十二岁的模样……"

见他深深地叹了口气，蓝衫后生忍不住问："未必真那么邪吧，你就回去看看你儿子，难道真会有什么反噬？"

"我真回去过一次。"牛八爷的脸孔抽动一下，"为了那次回家探亲，我几乎散尽了一半的家财，找和尚道士做了许多功德，然后才偷偷赶回家里。你猜怎么着？不到三天，我儿子病了，神志不清，寻遍了名医也治不好。我只得离开，走了三天他就好了，可他娘至今还瘫在床上。到如今，我只可逛逛青楼，逗逗名妓，不能娶小妾，连外室都不能养，养了就死。我甚至想收山了，不再用这'不败之赌'，但没用，以前已经欠了账，这个账还不完……唠叨这么多，只是想告诉你们，"牛八爷翻起眼盯着蓝衫后生和胖商贾，"这个世界有自己的规矩，虽然术法可以五鬼搬运，可以盗取天机，但那终究是一种盗，而若是将术法运用到赌术上，那就更是冒天下之大不韪。"

"说得不错，"蓝衫后生笑了笑，"很有意思。改日有空，我会找你喝喝茶，再听你细讲这个故事，我爱听。"

牛八爷的脸色舒展开来，颇为自己不战而屈人之兵而自得，但马上他的脸便僵住了。

蓝衫后生将大沓书契缓缓推出来："现下，该让我见识见识你的'不败之赌'了，全押！"

暖阁内的空气仿佛凝固了一般。牛八爷慢慢站起身，沉声道："小乙，燃香，叩拜祖师。"

燕小乙满脸肃然，忙转身忙碌，片刻后暖阁内香烟缭绕。牛八爷冷冰冰地挥手："女人全出去！"几个在旁伺候的艳妆女子匆匆退下。

牛八爷双手捧香，缓步走到窗前，向着紧闭的花窗恭恭敬敬地持香三拜。

"按规矩，这次该我先了吧？"蓝衫后生见他坐下，便迫不及待地拈起骰子。

牛八爷不开腔，只沉沉点头，蓝衫后生很随意地掷下了骰子。

骰子骨碌碌地在案头飞转，所有的眼睛都紧盯着那三个飞转的骰子，甚至连阁内的空气也随着骰子飞转。

骰子定住，三个六，三连魁。

啪的一声，同一刻，牛八爷刚插在香炉上的三支香齐齐折断。

信香折断，祖师不临。这是不败之赌的术法规矩。

但牛八爷行法至今，这么多年还是头次见到这样的情形。他的脸色瞬间变得苍白如纸。

"八爷，你们都下去吧，这一局，咱们鸿运赌坊认输！"

随着这道温和柔美的声音响起，一个红裳美妇翩然闪入。她是个胡姬，身着淡红窄袖襦配上胡服样式的紧腰长裙，勾勒出一副凹凸有致的玲珑娇躯。看气质应该在三十岁左右了，但容貌娇艳妖娆，仍似二十花信年华。

扮作胖商贾的袁昇终于扬起双眉，暗想，看这女子的气度，她应该便是鸿运赌坊的大掌柜了。袁昇忍不住沉声道："想不到鼎鼎大名的公孙七娘，竟是个胡姬。"

"阿七今番得见二位高人，按大唐的话说，实属三生有幸！"公孙七娘大大方方地承认身份，再给两人施礼，"请二位去阿七的寒舍叙话。"

难得她一个胡姬，说起长安官话居然颇为流利。

袁昇站起身，又向扮作蓝衫后生的黛绮点点头，示意正主终于现身。哪知黛绮却纹丝不动，只冷冷道："这位姐姐，我这把输赢如何，看来囊家又认输了？"

"高人当面，我们怎敢班门弄斧，自然是认输了。"公孙七娘爽朗一笑，"来人，准备三百贯飞钱书契。"

黛绮才笑了笑道："难得你这么爽快。罢了，算上我这六百贯，都存入你赌坊的柜坊吧。"

大唐时商道发达，一些胡寺和大商家还经营放债和柜坊生意，其中的柜坊是唐代的金融存取买卖。鸿运赌坊是长安排行前三的大赌坊，自然也有柜坊生意。黛绮将这九百贯巨款都存在这里，无形中便给这大赌坊多押了一份以钱生钱的本金。

公孙七娘笑得花枝乱颤："这位小哥果然是个妙人，那姐姐就多谢了。"

"这位爷，"牛八爷却颤声道，"老朽这术法没有败过，但今天败了，我想知道您的万儿，留个大名吧。"

他紧盯着袁昇，一张胖脸微微哆嗦，似悲似喜。

"不错，恭喜你，"袁昇淡淡望着他，忽然一笑，"你身上的邪法已破，你可以回家了，今后可以父子团圆。"

一语方罢，牛八爷顿时热泪满面，喃喃道："多谢，我……终于可以回家了。"那一瞬间他甚至有些眩晕，脑中走马灯般地涌过很多影像，故乡的蜿蜒小河，江南的红艳江花，还有幽静宅院里熟悉的笑脸……

公孙七娘的客厅布置得奢华而冶艳，厅门口八扇描金屏风上竟刻着几幅玉女出浴象牙浮雕，看那裸女的眉眼五官竟与公孙七娘有几分相似。

屏退了旁人，七娘亲自给两人捧上一套镏金茶具。

"二位高人易容前来，到底有何求？"七娘很熟练地煮上了茶汤。

袁昇道："我想见见老唐。"

"果然是高人，看来你应该知道我是谁。"七娘却幽幽叹了口气，"可惜，我们是找不到老唐的。这里只是老唐的一个歇脚处。"

袁昇沉声道："听说你这赌坊对大小文吏有赊账的优惠，所以吸引了许多衙门的主事、中低级军官来此豪赌。这也就更方便你们铁唐刺探各种情报。若是你们探听到一件紧急情报，该如何报知老唐？"

"飞鸽传书！"七娘再叹道，"这些紧急的事，老唐从不相信人，只相信鸽子。他来去无踪，何时会来我这里，全无规律。可能是今天晚上，也可能是两个月以后。只因在他心中每个人都是他的玩偶，包括我。"

她的双眸如噙着春波，仍有少女般的妩媚之色，这样寂寞一笑，便透出无限哀婉。

煎水银瓶中的水已咕嘟咕嘟地开了，公孙七娘熟练地给他们分茶，倒水，口中悠然道："袁将军如果不相信，可以杀了我。"

黛绮忍不住道："你知道我们是谁？"

七娘并不看他们，只将茶汤笔直如线地稳稳注入两人面前的莲花金盏，淡淡道："小袁将军越狱了，铁唐当然第一时间知晓此事。而轻易破去牛八爷不败之赌的秘术，这等神通术法，长安能有几人，掰着指头也能算出来，这个时段，也只可能是小袁将军大驾光临了。"

"我信你的话，只看你点茶时的沉稳坦然，就知道你没有说谎。"其实在袁昇心底，更相信一个道理，以老唐那样的绝顶人物，绝对不可能将自己的行踪规律让公孙七娘这样一个胡姬掌柜知晓。

袁昇拈起茶盏，轻啜了一口茶："随便打听一件事，同为铁唐中人，你们一定知道陆冲在哪里吧？"

七娘道："看来袁将军对铁唐的组织了解得并不深。铁唐为太平公主和相王所共建，但内里还是有分工的。太平掌握细作，相王掌握死士。比如我们这座大赌楼就属于细作系统，而陆冲则是著名的死士。当然，这两系人马都归老唐指使，只不过老唐对死士体系掌控得弱一些。而且，这种分工刚刚出现了偏差，太平险些被一个剑客所杀。她手下没有过硬的死士，在那剑客面前不堪一击。太平心惊肉跳，除了怀疑韦太后，甚至还怀疑相王。所以，我们并不知道陆冲的去向……"

她说着又顽皮一笑："不过就当补偿你这两把大赌的赌注，我曾得报，就在昨日黄昏，我们的人曾看到过陆冲。他一个人在街上漫步，虽若有所思，却是自由自在。这消息千真万确！"

袁昇听得眉头紧蹙，如果陆冲脱困了，为何不去联系高剑风等人，难道他还在寻找青瑛？

"那么，齐隆在哪里？"袁昇冷冷道。

"你自己的亲信，怎么问我？"七娘苦笑，"他确实来过我这里，但对这样的人，我们是不敢找麻烦收留的。他黯然走后，我派人跟踪了他，他去了兴唐会。"

"兴唐会"的名字说出，袁昇的脸孔骤然紧了起来。

这时房门忽然被人砰砰砸响，詹先生急匆匆地走入，低声道："七娘，有些麻烦，御史台小神捕林啸赶来了。他说，要会会那位赌技高超的蓝衫后生。"

黛绮几乎就要拍案而起："好呀，堂堂鸿运赌坊，跟官府勾结得倒是挺紧！"

"还请见谅，我们绝不会勾结官府，更不会暗通御史台。"公孙七娘神色一紧，向袁昇垂首施礼，再望向詹先生，"詹师，林啸是有备而来吗？"

"应该不是。"詹先生向黛绮摇头苦笑，"我们这赌坊对许多军官文吏都有无息赊账，所以来此要钱的六部小吏和主事们不少。适才二位爷手段通神，已在场内引起了轰动，被御史台一个输急眼的小吏留意了。据看门的伙计说，林啸恰好路过此地，闻报后便赶来瞧瞧。而林啸还押着一个人，一直喊那人叫什么……范高丽僧？"

"难道是范平？"袁昇一凛，"范平又被抓了？"

七娘忙道："不管林啸为何来此，赌坊的规矩是不能开罪江湖朋友，请您从侧门先走。"

"又何必躲？我有一位新结交的朋友落在他手里，这时出去会会他，才叫攻其不备。"袁昇冷笑着站起身，忽对黛绮耳语几句，再传音道，"你先走，抓紧联络小十九他们，到乾天号暗宅等我。"

黛绮有些无奈，知道让她联络高剑风等人，不过是个托词，实则他不愿自己留下来冒险。但她知道，林啸赶了过来，自己若不在场，袁昇更容易脱身，便只得点了点头，悄然从赌坊的后门溜了出去。

还是那间与牛八爷斗法的屋。

只不过牛八爷坐的地方，已换成了林啸。

林啸术法大成之后，素来自负，没想到在自己筹谋已久的精细计划下，仍然让袁昇顺利越狱。更要命的是，他的顶头上司张烈更是面临极大压力，几乎崩溃。由于这已是第二次有人从御史台的台狱越狱，今日一大早，张烈就被韦太后叫过去痛骂，当场被扒了官服，立即免去御史大夫之职，回去待罪听候发落。御史大夫这重任则交由韦家的一位远亲韦辰过来担任。

偏偏林啸没有受到过多责罚，甚至有人风传，当此用人之际，韦太后还要升他的官，以示激励。但这件事对林啸的打击极大，才一天工夫不到，林啸的脸色已经苍白如纸，一双深陷的眸子发出野兽般的灼灼光芒。

袁昇依旧是一副木讷模样，慢悠悠地坐在了林啸对面。

林啸紧盯着这个陌生的胖商贾。他正为全城追擒袁昇而焦头烂额，偶然途经此地，听说有两个以术法豪赌的疯狂家伙，便想过来碰碰运气。这时一见对面这人，林啸心里便有些奇怪的感觉，这个看似蠢笨的黄脸胖子看来术法修为颇为深厚。

正犹豫间，忽然一股熟悉的气息凌空压来，林啸浑身一震："袁昇？"

"林主簿，不过一日之间，为何苍老至此？"袁昇淡淡一笑，"七娘，还不快给林主簿奉茶。"

公孙七娘暗吃一惊，不知袁昇为何会主动向林啸袒露身份，索性装作不明就里，亲自给林啸满上了茶汤。也许是感受到了两大术法高手的强大气场，七娘的手竟微微有些发颤。

"我也没料到会在此处遇到袁将军，这就是天意吧？"林啸眸中那道野兽般的光芒越发凛冽，"昨日还说，希望能与袁兄公平一战，不想机会来得如此之快。"

他身边还带着两个御史台暗探，此时听明白了对面貌不惊人的蠢胖子就是袁昇，立时有一人便想转身出去招呼人手。但一转身，忽觉全身被一股山岳般的气息锁住，动弹不得。

"缚鬼诀？"林啸冷冷一笑，忽然探掌在那属下的肩头一拍，"轻松些，我和袁昇的对决，没你们的事。"

那人如释重负，一下子瘫倒在地。

袁昇的目光扫过被另一暗探紧紧扣住的范平。此时这位右御史台小吏一脸颓丧懊恼之色，望向袁昇的目光中满是哀求之色。

"不知林主簿要和袁某如何对决，此地是赌坊，咱们何不豪赌一把？"

林啸冷笑道："好，那我们干脆玩最直接的骰宝押大小吧。不过，我们押的不是大小，而是生死。"

"奉陪到底！"袁昇很随意地点了点头，"七娘，那就请人摇骰盅吧。"

公孙七娘嫣然一笑："如此盛况，不如就让七娘亲自来摇一局。"遣人拿来最精致的象牙骰盅，当场验过了三枚精致的象牙骰子，开始轻摇骰盅。

随着她玉臂轻摇，骰子在骰盅内疯狂地撞击，发出一串串清脆的锐鸣。林袁二人凛然对视着，一言不发。

"请二位爷买定离手！"啪的一声，象牙骰盅稳稳扣在了案头，美艳胡姬的明眸缓缓扫过两人。

袁昇忽道："你在牢内曾说要正式击败我，还故意给我解开了金锁符，虽然这是一个陷阱，逼迫我越狱的陷阱，但我仍旧感激你。这第一局，就算我的酬谢之局，不要你的钱，更不要你的命。"

"你确定你会赢？"林啸的脸色更加苍白。

袁昇悠然点头："公平起见，林主簿可以先押！"

林啸紧盯着那淡白色的象牙骰盅，缓缓道："押大！"

"林主簿的气魄就是大，索性，"袁昇一字字道，"我就更大些，三连魁！"

听得"三连魁"三字，连公孙七娘的脸色都变了。

要知这摇骰盅时，里面的三枚骰子，以九点为中线，多者算大，少者算小，一般押大小，便是赌客各押个大小一边而已。但也有极疯狂的赌客直接押上三连魁，就是赌三枚都是六点。如此一来，押中的概率当然少之又少，但也正因如此，如果押中了，那么除了通杀所有赌客，甚至连赌坊囊家都要认赔。

"我就看看你的运气如何。"林啸的双眼如要喷火，喝道，"开盅！"

"慢！"袁昇忽然探掌压住了七娘的玉手，森然盯着林啸道，"适才我说了，这一局我不要你的钱，更不要你的命，我输了自然是杀剐随你，但若赢了，请林主簿留下一个人。"

他伸手指向了范平。

林啸的脸已泛出了青气，却呵地一笑："好，应了！我就不信你真会弄成三连魁。"他说话有些吃力，只因他一直潜运罡气，锁住那象牙骰盅的四周。他不信袁昇的术法能这么硬生生地钻进来。

范平舒了一口气，脸上神色又感激又痛苦，只因他也不信袁昇当真能押中一个三连魁。

袁昇点点头，凝目那个象牙盅，十指不住屈伸。随着他手诀变幻，阁内似乎升起一道奇异的气流，林啸脸上青气愈发浓厚。他已感觉到身周都是汹涌的罡气袭来，袁昇正在用最霸道最直接的术法想破去他的罡气禁制。

整座大案也微微摇晃起来。身居二人之间的七娘很不好受，颤声道："二位都已押了，按规矩，我就开盅了！"

仿佛是怕他两人再纠缠不休，公孙七娘猛然掀开了象牙盅。

三个骰子端端正正地呈品字形，上面点数一目了然：六六五！

林啸哈哈大笑："袁昇，你输了……"

话音未落，他陡然觉出了异常，阁内那些冲突的罡气忽然漫卷过来，林啸只觉浑身僵硬，仿佛每一根骨头、每一块肌肉都被无形的线缚住了。

仍然是灵虚观的"缚鬼诀"。

只不过运用之妙存乎一心，袁昇蓄势良久，等的就是他这志得意满、心神稍泄的一瞬，满屋阴云密布的气劲骤然挤压到了林啸身上。

"抱歉了，林主簿。"袁昇这才淡淡一笑，"你坐下来跟我对赌，也不过是为了拖延时候。屋中这位被我缚住的弟兄不过是个幌子，实则早另有人去请救兵了。正所谓兵不厌诈，只不过你棋差一着而已。这时候你的追兵也快到了，告辞！"

袁昇陡然起身，一把拎起了范平，飘身出了暖阁。

不过数息之间，林啸浑身一震，紧紧缚在他身上的术法被他的罡气尽数震开。暖阁那些紧闭的窗牖同时炸开，仿佛被无数看不见的小冰凌射中。

林啸疯了般跳出窗外，却见走廊上人来人往，大厅内赌徒们兀自吆五喝六，却早已不见了袁昇和范平的身影。

第六章

鲲鹏盟

街上人喊马嘶，显然已经有几路追兵向这边赶了过来。

袁昇只扫了一眼，便看出来人是以刑部和御史台为主，当然还有金吾卫的人马。自己的辟邪司虽然隶属过金吾卫，但这时节，金吾卫内的那些熟人谁也不敢贸然徇私。

袁昇扯了一把范平，两人混入惊呼奔走的仓皇人群中，仗着衣饰寻常，很自如地从一队气势汹汹的刑部差役间穿了过去。

眼见就要平安地转过街角，猛听得一声断喝："袁昇在那里，不要放走了这大逆之徒。"正是林啸的怒吼。

袁昇只觉浑身不自在，不由一个哆嗦，苦笑道："适才光顾着得意了，没想到林啸也有些贼机灵，竟给我们两人偷下了神鸦咒。"

神鸦咒是一种专门用于追踪的秘术，中咒之人因为衣服上附着施术者偷弹上去的香灰泥屑等物，哪怕是跑出百十里地，也会被施术者运使咒力找到。

几道人影如飞般掠来，袁昇瞄了一眼，竟是刑部六卫中的"听风卫"苏木、"锁风卫"刘正一和"辨机卫"离明潇三人。

这三人若是单打独斗尚不足为惧，但分进合击起来颇为难缠，袁昇不愿跟他们纠缠，转身便和范平拐入一道巷口。

"不好，浅月马上就要到了。"范平跟着袁昇疾奔，还不时回望着飞速逼近的刑部三卫。

袁昇没有回头，只问："你看得懂唇语？"

范平又回头瞥了几眼，点头道："他们相互低声提醒，刑部只负责布控，做做样子便成，不必太过使力。因为浅月宗师马上就要到了……"

听得浅月的名字，袁昇的心不由得紧了紧，这是多么可笑的事。有恶不惩，颠倒黑白，甚至让一个真正的恶人来追杀无辜者，这才是这个世界上最悲哀最滑稽的事情吧。

林啸的怒吼声越来越急，他的身影转瞬便超过了刑部三卫。跟着又数道啸声自不远处响起，声音高亢悠长，如鹤唳九霄。

"他们居然请来了不少高手！"袁昇的脸色微变。

范平猛然一扯袁昇，低声道："袁将军，现在大道都被他们封死了，光天化日之下，咱们两人很难脱困。趁那浅月未到，范某倒有个计较，可以摆脱他们。不过，请袁将军一定要相信我。"

袁昇道："我既然救你，自然就信你。"

范平道一声："好，先扯下有神鸦咒的袍子！"两人将外袍撕下来，丢到地上。范平忽地抓起袁昇的手，向东侧一条狭窄的小巷冲去。

冲出小巷，眼前有些空旷，西侧竟是一座冷冷清清的荒庙。唐人信仰杂驳，举凡江河、山岳、风伯雨师雷神等皆有祭祀。小巷对面那座荒庙的庙门上写着极简陋的"风伯庙"三字，应该是与祈雨有关的风伯祭祀之地，只是看来荒废已久，破门衰窗，大白天也散发着一股阴寒气息。

范平拉着袁昇直接冲入了庙观内，拐入一间偏殿。殿内空荡荡的，只有四壁和破窗。范平猛向西侧灰蒙蒙的墙壁上推去。

这墙壁布满灰尘，在袁昇眼中，绝不像是有机关暗门之类的痕迹。但范平就这样轻车熟路地一推，那面墙忽然裂开一道缝隙。这缝隙不似由枢纽操作的秘道门户，更似是个附在墙上的邪灵忽然张开了"大嘴"。

范平扯着袁昇一步跳入了那张"大嘴"内。袁昇只觉眼前一黑，整个人顿时被那怪物大嘴般的裂隙吞没。

砰然一声怪响，残破的殿门被人踹飞，几道人影如电般地蹿入。

林啸一马当先，闯入殿内，登时呆住了，殿内空空如也。他一时间竟有些恍惚，他驱动神鸦咒追踪，一直跟到了巷口，隐约看到他们赶入了这里，但为何他们会凭空消失？

正犹豫间，又一人疾步冲入殿内。这人豹头环眼，一副虬髯，正是陆冲。

陆冲刚刚感受到了辟邪珠的召唤之力，一路辗转寻来，正看见袁昇两人全力逃脱追踪。虽然袁昇易容改装，但因为有辟邪珠的呼应，再听得林啸等人的怒吼，他很快便认出了袁昇。

"为何会忽然消失？"陆冲有些疑惑，探掌摸上满是灰尘的墙壁，想找到暗门的痕迹。

几面墙都平平整整，虽然破旧，却不似有机关暗门的样子。陆冲心中骤然闪过一念："难道是……地府？"

"你这辟邪司余孽！"林啸这时正自懊恼，忽见这大胡子大咧咧地在殿内敲敲打打，立时认出这人竟是辟邪司的第二号人物陆冲，忍不住破口大骂，"快说，你是如何助袁昇那逆贼逃遁的？"

陆冲眯起了眼盯着林啸，仿佛刚刚看见这个人，沉声道："你刚才放的屁，胆敢给老子再放一遍吗？"

墙壁后的空间黑黢黢的，四周的气息有些扭曲诡异。袁昇知道这里就是一处布置精奇的法阵。

"袁兄，恕我直言，现在的你，已被原来的李家党抛弃了，循着旧路前行只有死路一条。不破不立，你必得破出一条新路来。"范平在前大踏步疾行，前方不远处，总有一缕淡淡的幽光闪耀着。

"你说的新路是什么？"

"袁将军可知这是何处？"

"这里应该就是传说的长安地府。而你范先生，则奉命深入台狱，接近宣机大弟子唐心阳。恭喜，一番变故之后，唐心阳临死前已对你说了些什么，想必范兄已经圆满完成了自己的使命。"

范平脸色微变，好在黑暗中也瞧不清楚，只得干笑一声："袁将军果然目光如炬，范某卧底台狱之事，来日会对袁将军细说，但眼下，我们还是先脱困吧。不错，此处正是地府……"

"而且范兄应该知晓许多地府秘道的法阵秘术。"

范平的眸光一闪，缓缓道："不错，该是范某报恩之时。眼下除了这条地府秘道，我们很难逃脱小神捕铺天盖地的追索。只不过，袁兄稍时要饮下一碗孟婆汤……"

"孟婆汤？"

"神魂入地府，先饮孟婆汤！"范平苦笑一声，"这是初入地府秘道者要守的规矩。喝了孟婆汤后，会神魂缥缈一段时候，所以袁将军要全心信任范某。"

"好，我信你！"袁昇的语气平平常常，甚至带着几分迫切和诚恳，但他心内却愈发震惊。这个范平显然有着强大的背景和神秘来历，前番弓甲案涉及的长安地府之谜并未完全破解，想不到亡命天涯之际却遇到了真正的知情人。

"多谢袁兄坦诚相待！"范平叹了口气，忽在秘道旁一蓬微微闪亮的蓝光上一按。

黑漆漆的洞内随之生出了奇异变化，一股诡异的气息漫卷而来，阴森、冷酷，让人肌骨俱寒。一点鬼火般的光影弹出，光影越来越盛，照出了数尺见方的一块空间，跟着一个毛茸茸的动物钻了出来。袁昇的眸子骤然瞪大，那居然是一只青色的大猫。不，确切地说，那是一只猫妖。

青色猫妖瞪大鬼火般的眼睛，死盯着袁昇，慢慢人立而起，吐出冷飕飕的声音："神魂入地府，先饮孟婆汤！"

两只猫爪捧过来一碗黑乎乎的汤药。

袁昇的心瞬间揪紧。这就是那只猫妖，或者说，是那只永远无法彻底除掉的猫妖傀儡。他没有言语，只向范平点了点头，接过了药，慢慢饮下。

猫妖的眸子熠熠生辉，仿佛化作了两团鬼火。

鬼火越来越盛，慢慢占据了袁昇的整个世界。

陆冲的声音不大，却带着说不出的凛冽杀气。

林啸的眸子不由一颤，他随即想到，辟邪司是一个秘密组织，而自己确实没有接到将整个辟邪司都视为逆党的密令，而对面的这家伙是长安城内有名的难缠恶汉，便只得硬生生将喉头的怒斥咽下。

陆冲的眸间还闪着火红，却不愿在这里跟这个御史台的家伙过多纠缠，冷哼一声，转身慢悠悠地走远。

"来人，给我拆了这座殿！"林啸这时的首要之务还是全力以赴追索袁昇。

一群御史台暗探疯狂冲上，凿壁砸墙，片刻间便把这座空荡荡的殿宇砸得七零八落。断壁残垣间却哪里有什么秘道机关。

"还有鸿运赌坊！"林啸脸色铁青，"鸿运赌坊私通大逆袁昇，给我即刻查封！"

"这只怕不妥吧？"刑部三卫中的老大苏木忙闪出来，低声劝道，"林老弟有所不知，听说鸿运赌坊的后台便是太平公主。你若无实证，最好不要碰这位姑奶奶的买卖。"

苏木说着咧开嘴，一副人家摁死你就如同摁死个小臭虫的同情模样。

与洁身自好的林啸不同，刑部六卫中的老大"听风卫"苏木平时最好去鸿运赌坊耍几手，经常白玩白赊，干赚了不少盘缠，拿人家手短，实在不愿鸿运赌坊被这愣头青冒冒失失地封掉。

"我不管，"林啸双眼火红，"袁昇冒险易容潜入那里，必有所图。"

刑部三卫尽数愣住，均想：这小子是不是疯了，要不然，他就有更大的后台。

再次睁开双眼时，袁昇还是有些迷糊。

他终于适应后，立刻被眼前所看到的景象震惊了。这里就是所谓的"长安地府"，实际上，却类似一个四通八达的地下城。那一点点幽蓝光影忽明忽灭，映出那些纵横交错的孔道，犹如诡异而宏大的蛛网。袁昇甚至觉得，从这里可以赶赴长安的任何地点。

再定了定神，袁昇才看清自己竟坐在一只巨大的黑猫身上。原来他喝了孟婆汤后昏迷的一段时间，已经被这只巨大黑猫驮着穿梭了数条蛛网般的地府暗道，来到了这里。

前方隐隐透出些亮光，似乎就要走出地府了。

"我们马上就要出去了，你可以多看片刻。在你的身后，才是长安地府的真相。"范平的声音在他耳边幽幽地响起，"这是无数秘门前辈呕心沥血的杰作，虽经死敌费尽心机地埋没了许久，但终究会显露神威，明珠溢彩。整座地府暗道都以法阵封住，如果不通法阵启动之法，任你阵学修为多高，也难以窥破半丝破绽。整座地府内含无数暗道，有生门有死门，有机关埋伏，有法阵禁制。特别是那些死门，都是各种异动地煞交汇之处，随时可被法阵调动出来，以汹涌诡异的地煞困住来犯之敌……"

袁昇叹道："原来范兄竟是秘门清士！"

范平不动声色地笑道："请吧，我们这便要走出地府了。"

说话间范平已从那只怪里怪气的黑猫身上跳下，领着袁昇转向亮光最盛的一条暗道。

前行孔道越来越低，二人不得不匍匐前行。好在片刻后，随着范平轻按壁端的一处机枢，孔道霍然张开，一股怪异的力量推动，两人猛然探身向前，冲到了一扇窄门前。

范平慢慢地拨开门闩，外面透入稀薄的光亮，是一座毫不起眼的破旧丹房。

暮色初临，丹房外显得冷寂寂的，袁昇举目四望，却觉得这地方很眼熟。他立即确认，这里就是当日长安地煞邪杀案中突厥武士古力青的沉尸之地——立政坊的蚩尤祠。

范平从容地拂去身上的土屑，淡淡道："袁将军如此大张旗鼓地出现在鸿运赌坊，想必就是要激怒林啸。林啸此时已经变成一个疯子，他很可能会将太平公主的这座赌坊封掉。看来这就是袁将军的驱虎吞狼之策，你是在告诉太平公主和李家党，你不是一个弃子，也不能成为弃子，否则你会掀翻整座棋盘。"

袁昇盯着那双幽幽闪烁的眸子，微笑道："范兄想说什么？"

"袁兄的计策不可谓不高明，只可惜如此一来，你已由一枚弃子变成一枚死子了，李家党必会全力以赴将你击杀。"范平长长叹了口气，"相信袁将军已经看到了我们的实力，既然已经成了一枚被追杀的弃子，何不从长计议，投入我们秘门？"

蚩尤祠内阴沉沉的，沉暗的暮色中甚至看不清范平的脸色。

袁昇忽地叹了口气："范兄所言，确实让我有些心动。只不过，秘门会收留我这个孤魂野鬼？"

"袁兄何出此言？袁将军名震京师，身处如此境地，乃是未遇名主。范某受袁兄救命大恩，愿意助将军一臂之力。天已邪，当易天，这个世道该换了，请袁将军早做定夺。"

袁昇的心骤然一颤，想不到范平居然知道天邪策的暗语，看来这个右御史台小吏当真隐藏了不小的秘密。

他肃然拱手道："多谢范兄，辟邪司内奸齐隆在逃，此事要有个了断，请待我了结此事。"

范平忙道："正好我也有要事办理，那我等你两天。"

袁昇忽然神秘一笑："那就后日吧，戌时三刻，小无极院相见。"

听得"小无极院"四字，范平的眸光骤然一亮，也拱手道："袁将军果然高明，不见不散。"

辟邪司的乾天号暗宅是隐身于升平坊内的一处简陋屋舍，离着此地倒是不远。袁昇避开那些看守坊门的坊丁和巡街兵卒，一路小心翼翼地赶到那里时，天色已经完全黑了下来。

黛绮一直守在门口，一见他闪入，才叫了声"万能玛兹达"。高剑风和吴六郎早就在屋内等候了。

又等了多时，陆冲竟悄然赶了过来。他黑着脸，闷声不语地进了屋。

"陆大哥，你去了哪里，为何多日没有音信，被什么事绊住了吗？"高剑风一见陆冲，甚是欢喜。

"嗯，绊住了，是有些麻烦事。"陆冲拍了拍小十九的肩，望着这张依旧阳光的少年脸孔，忽然间心底颇有些感慨，却又不愿说什么，便只默然落座。

黛绮忍不住道："怎么就你一个人，青瑛呢？"

陆冲默默地摇了摇头，拧开怀中的酒葫芦，昂头灌了一大口。

屋内的人觉得一阵压抑，果然有一只无形的魔掌，对整个辟邪司下手了，从袁昇到陆冲，再到青瑛，都被这只魔掌蹂躏着，可他们却不知道到底是谁下的黑手。

"你心里有什么事，不妨对大家说说。"袁昇静静望着这位老友，"喝得一身酒气，都压不住身上的杀气。"

陆冲的手腕一颤，忍不住苦笑道："你看得出我身上有杀气？不错，我很想杀人。"他慢慢放下酒葫芦，幽幽道，"当你看着一群熟悉的人，组成一个熟悉的组织，但他们最终变成一群怪兽，庞大血腥的怪兽，你却无法遏制它，只能看着它兴之所至、毫无道理地张嘴吃人，你会怎么办？"

陆冲说的话如谜语，但袁昇显然听懂了话中的含义，叹了口气道："近日，你看到临淄郡王了吗？"

陆冲的眼前掠过那道一闪即逝的玉笛光影，目光瞬间暗淡无光，只是摇了摇头。

黛绮忍不住道："你们到底在说什么，尽在这里打哑谜？"

袁昇沉吟道："这次我被诬贪污饷钱，那些作为罪证的账簿，如果没有李隆基的力量，单凭齐隆，只怕很难做出那样以假乱真的假账簿。"

高剑风恍然道："不错！事发之后，临淄郡王作为辟邪司的真正首脑，却态度暧昧不明，露了一面后就隐匿不出，直到如今还不见踪影。他到底想干什么？"

黛绮哼道："那就简单些，我们去找他，揪他出来，当面问个清楚！"

袁昇点点头道："会的。要想知道是谁布下的通天黑手，就一定要找到两个人，一个是齐隆，一个就是临淄郡王。我甚至觉得……"他看了看陆冲道，"现在找到李三郎，比找到齐隆更紧要。"

高剑风道："可谁知道他躲在何处？"

陆冲忽然一拍大腿，站起身来，道："我怎么忘了，有一个地方，临淄郡王一定会去的。不错，那地方的人一定知道他的下落。"

袁昇想不到，转天黄昏陆冲居然带着他来到了一处鞠场。

鞠场离着曲江不远，却又远离一些踏青游玩的胜地，颇为偏僻。其时日色西斜，远处曲江碧波澄澈入目，近处鞠场外围片片茂竹环绕，夕照暮霭间显得颇为荒冷。

"临淄郡王在前番带着我破解弓甲案时，办案之余，除了听曲便是打马球，那时候他便拉了一支队伍，以御林军的青年军官为主。李三郎这人天生带着一股亲和力，虽贵为郡王，却能折节下交，身边很快聚拢了一批马球高手。他还像模像样地给这支队伍起了个名字，叫作'鲲鹏盟'！入盟会者必须歃血为誓，相互间要肝胆相照。"陆冲说着当先领路，拨开半人高的乱蓬蓬野草，带着袁昇走到这空荡荡的鞠场前，"那时候他要和安乐公主赌球，每天纵马挥杆，玩得不亦乐乎。开始陪他打球的，都是他府内的仆役，后来御林军内赶来投奔的军官越来越多，这鲲鹏盟就热闹起来。李三郎为免引人注目，便新弄了这么一处偏僻的简易鞠场，笑言此地是鲲鹏盟的'啸聚老巢'。"

"入一个马球盟社，居然还要歃血为誓？"袁昇大感好奇，"鲲鹏盟，这名字大有深意呀，只要马球高明，就能入得鲲鹏盟吗？"这时候他已再次易容改装，一身半新不旧的淡青色圆领大袖袍，戴一顶软脚幞头，脸色蜡黄，却趾高气扬，一副酸腐文人的模样。

"不，必得是军官出身，有品级，以北门南衙握有实权的中下级军官为主。至于马球技艺高下，倒还在其次。"陆冲压低声音，"这是我后来才知道的，开始我也以为他只是又找到个玩物丧志的新玩法，没想到……"

袁昇点点头道："没想到临淄郡王所图不小！"

他眼前闪过李隆基那张洒脱甚至有些颓废的笑脸。这位李唐王室的青年才俊几年前就身负大名，但他锋芒太盛，遭了傀儡蛊之厄后，便戴上了一张厚厚的面具，游戏花丛，放荡不羁。但谁也想不到，他骨子里的坚持，居然如此之大，而且如此巧妙。

以马球为名，聚集大批有实权的中下层军官，甚至新辟了这样一块毫不引人注目的场地……也就是说，李隆基在不知不觉间，已经掌握了一支不可忽视的力量。

鲲鹏盟，北冥之鲲，化而为鹏，李隆基的野心只怕比大鹏鸟的垂天双翼还要大。

忽听得铮铮之声响起。这声音突然而发，随即就沉稳而持续地响起来。

"在那里，应该是李易德，是临淄郡王的心腹，后来入了飞骑，一员猛将。这厮又在要他的流星锤了。"陆冲信手一指，带着袁昇向鞠场的另一端走去。

在几丛修竹掩映后，有一间轩敞高大的竹屋，就在这雅致的竹屋门外，一个身材壮实的赤膊大汉双手疾挥着两把流星锤。锤大如南瓜，链长七尺，被赤膊汉子使得轮转如风，不断地轰击在丈余开外的靶子上。

那靶子颇为奇特，居然是十几枚竹签。竹签只指头宽窄，错落地插在一处小土坡上。赤膊汉子每出一锤，必又准又稳地将竹签击飞。竹签飞起后，又再射入对面的一株老树上。

顷刻间大汉流星赶月般连出十余锤，锤锤命中竹签，竹签则被击得连环飞出，竟在老树的树干上插出了一道齐整的圆圈。

"好锤法！"袁昇忍不住赞道，"刚柔并济，寓刚于柔，想不到京师还有如此犀利的流星赶月锤法！"

喝声未落，七八道人影已在袁昇身周闪现。这几人悄没声息，忽然间同时现身，手中竟都握着一把球杆。袁昇只看他们握球杆时的姿势，便推断出球杆顶端一定藏有刀剑，可在瞬间拔刃伤敌。

"陆冲，你未经许可，带这穷酸'冰块'过来做什么？"一名高瘦军官显是这些人的首领，这时大踏步走来，怒冲冲瞪视着陆冲。原来袁昇这身打扮，正是时下御史们的标准行头，而大唐崇武轻文，这些豪迈军官更是最讨厌那些冰块般的御史。

陆冲斜睨了袁昇一眼，苦笑一声："各位少安毋躁，他可不是穷酸御史。他是我一位……过命交情的朋友，嗯，也是临淄郡王的朋友。只是近来形势异常，他不得不变些装束。"

众军官听了这话，敌意大减。陆冲才给袁昇引见几人。那位擅使流星锤的大汉名叫李易德，乃是一名飞骑将官，是戍守宫门的军官。那高瘦军官名唤钟旭，竟是内苑总监。

袁昇却一笑拱手："惊扰各位了，冒昧前来，还望各位将军见谅。"

"这位兄台，若是刘某没看错的话，阁下应该便是名震京师的辟邪司袁昇将军了？"说话间，一个黑矮汉子挤入人群。

陆冲忍不住道："老刘，你就如此肯定，他是袁昇？"

那黑矮汉子笑道："这位兄台一身酸腐御史的'冰块'打扮，但气宇不凡，英华内敛，又跟陆兄行迹亲近，必是袁将军无疑。"说着笑吟吟向袁昇拱了拱手，"在下刘幽求。袁将军，幸会。"

陆冲大笑，才拍着那汉子的肩头，给袁昺引见。原来这刘幽求官拜朝邑尉，算是李隆基的绝对亲信和第一智囊。

"原来你便是袁昺？"李易德怒目圆睁，手中链子流星锤抖得哗啦啦作响。跟着钟旭等几名军官更是纷纷抽出了马球杆内藏着的利刃。

袁昺心中一沉，不明白这些人既是李隆基的亲信，为何对自己却有这么大的敌意？

"你们想做什么？"黑矮汉刘幽求低喝一声，冰冷的目光在拥上来的众人脸上扫过，"非常之时，少生事端。李易德、钟旭，你们还如往常一般，分带两拨队伍操演马球，免得露了形迹。"

刘幽求显然颇有威望，几句话打发走了大批军官，才向袁昺拱手一笑："军旅之人，行事粗豪，冒犯之处，还请海涵。袁将军来此，莫非是来寻临淄郡王的？"

陆冲道："老刘你果然鬼点子不少，什么事都一猜便中。这两天可见过三郎吗？"

"没有。"刘幽求冷冷摇了摇头，沉了沉才道，"五王子府那边没有他踪影，相王府那边传话过来，说他患了急症，现今隐居静养。"

袁昺立时察觉出刘幽求话中的冷淡之意，只点了点头，没有言语。

"患了急症？"陆冲忙问，"我这几日被绊住了，你们可去探望过没有？"

"三郎谁也不见。"刘幽求叹了口气，"听说李三郎一直在酗酒，整天喝得酒气熏天，骂骂咧咧。我前晚偷着去探望过一次，也被他借酒撒疯般地痛骂了一通。"

袁昺终于忍不住问："刘将军有没有见到相王，临淄郡王的事，相王怎么说？"

"在下小人物一个，哪能有幸得见相王？况且我们不过是和临淄郡王一起打打马球，许多事我们都不知晓。"

刘幽求的微笑很客气，答话却冰冷而滴水不漏。陆冲不由望向袁昺，有些犹豫。

袁昺眉峰紧锁，再不愿多说什么，向刘幽求拱了拱手，转身便行。

一众纵马呼啸的军官见到袁昺穿过鞠场离去，不由都停了鞠戏，遥向袁昺指指点点。李易德见袁昇慢悠悠行过自己的身边，忍不住叫道："快滚吧，御史台只怕马上就要追过来，还是滚回安乐的被窝里面去吧，那里面暖和又安全！"

一句话惹得众军官哈哈大笑。

袁昇顿住步子，慢慢扭回头，沉声道："你说什么？"

"叫你滚了！"李易德狞笑道，"耳朵聋了吗？老子给你治治！"忽一抖手，链子锤脱手飞出，竟向袁昇的左耳奔去。

"李易德，住手！"刘幽求虽知这位兄弟这一锤多半是虚张声势，但仍是惊喝出声。

蓦地黄光疾闪，袁昇袖中剑芒如电般掠过。

李易德听到了一道筝鸣般的锐响，如初春薄冰乍裂般清脆。声音入耳的刹那，他几乎忘却了所有的喜怒哀乐。跟着他便看到一道飞旋的黑影。

那是他流星锤的长链。长链已被一闪而逝的厉电劈断，惊蛇般倒卷而来，狠狠缠住了他的脖颈。

一股大力袭来，将李易德抽得摔离马鞍，在地上疾滚出数丈远。哗啦啦一阵响亮，是流星锤前半截铁链无力垂落在地的声音。

那只巨大的铁锤则被一只手稳稳地擎在了半空。那是袁昇的手。

袁昇冷冷盯着被铁链缠得几乎窒息的李易德，冷冷道："滚的滋味，好受吗？"

大鞠场上忽然一片冷寂。李易德等人都是军旅高手，都看得出袁昇那一剑是纯正的武功剑法，不是幻戏，不是道术，毫无花哨讨巧。

袁昇将铁锤扔在地上，仍是慢悠悠地转过身，慢悠悠地向前行去。风从曲江卷来，将他的袍袖吹得鼓胀如帆。

"你速去探查临淄郡王的下落。"袁昇没有转头，已知陆冲快步赶到了自己身边，"咱们兵分两路，你去找他，我去兴唐会寻齐隆。"

陆冲一愕，想不到袁昇这么急就让他离开。

"我也拿捏不准，"袁昇察觉到了他的疑惑，"只是觉得有一种可能，也许他遇到了什么危险。"

"好吧！"陆冲想到暗室中那道黑影手中惊鸿一现的玉笛光影。那个人的声音刻意压抑，甚至连他也辨不出那家伙是不是李隆基。

"陆冲，"袁昇侧头望着他，"你心里的话依旧没说。青瑛在哪里？你为何身上时时杀气涌动？"

　　陆冲的眼芒闪了下，苦笑一声："袁老大，求你件事。如果你这几日遇到什么非死不可的大难，或是突然着了什么无解之毒，记得一定要来找我，让我亲手助你解脱。"

　　袁昇点点头："好，我尽力。"

　　两人对望一眼，忽然一起仰头大笑，只是笑声都有些苍凉。

　　"青瑛到底遇上了何事，为何不跟我说？"袁昇忽然收住笑。

　　陆冲却只摇了摇头道："我先去相王府看看。"

　　他仰头望向西边天际，江天交接处已泛起凌乱如红绸般的霞彩，心便抽动得要命，这一天又要过去了，青瑛的命还系在自己身上呢。

第六章　鲲鹏盟

第
七
章

——— 兴唐会 ———

兴唐会是个名字有几分怪异的组织，不知内情的，还以为是像铁唐那样全心
忠于李唐的某种官方组织。袁昇却知道，这其实是个隐身在大唐光鲜华丽外表下
的半黑道组织。

兴唐会干的是"捉钱"的买卖。

捉钱这个词是民间约定俗成的叫法，其实就是后世所谓的高利贷，而官方的
称呼叫"公廨钱"。大唐自高祖李渊起，就在京师各部设了公廨本钱，专门放贷
的小吏就称作"捉钱令史"。但官家放贷的息钱太高了，太宗年间曾极力压制息
钱，也要月息五分，全年算下来利率高达五成。百姓不敢多借官方的公廨钱，于
是民间私人放债便兴盛起来。

长安城内有两大民间放贷组织，一个是胡僧慧范经营的西云寺，另一家便是
兴唐会。

但因西云寺背后有太平公主这样的大金主，类似于半官方，等闲小商小户还
是不敢招惹。而兴唐会才是真正面对长安百姓且老少妇孺一视同仁。只不过放债
之后要追债，民间放债的息钱虽然稍低，但利滚利也高得惊人，如果没些非常
手段，是无法实现最终的"捉钱"目标的。而兴唐会就有一系列非常手段，比如

他们手下就有一批奇人异士，甚至杀手刺客。

晌午时分，袁昇带着黛绮赶到了坐落于崇化坊的兴唐会总坛。

袁昇仍旧易容成微胖的中年商贾，黛绮则是漂亮胡姬的模样。二人的形象，正是一个暴富的商贾带着一名美艳胡姬，赶来兴唐会洽谈借钱买卖。

这里是靠近西市的一座极为轩敞的独门宅院，大门上雕着一双对展而开的硕大鹰翼，气势遒劲豪放。传说兴唐会会首是个西域粟特青年，年纪不大，却往来西域做过行商，曾穿越过大沙漠，也曾跟沙匪玩过命，甚至有传言说他本人就是个劫掠行商的沙匪。但他几番历险，命悬一线，却始终不死，便得了个"九命鹰王"的称呼，乃至门上别出心裁地绘了这双鹰翼。

袁昇又看到门前一个驮着酒壶的跪式骆驼石雕，不由拍了拍骆驼背上那漆成金色的高大酒壶雕饰，道："兴唐会的首领最早发家的营生是金银器，门前摆这石雕，是以示不忘本吗？"

黛绮沉吟道："金银器打造的独门秘法都在大唐人手里，兴唐会首'九命鹰王'，一个粟特人，居然能将这买卖做大，倒是有些手段。"

"鹰王的手段都是见不得人的。"袁昇哼道，"马上我们就要见识这家伙的手段了。"

对付这种长安江湖的暗势力，袁昇直接亮出了老暗探吴六郎的招牌。并非吴六郎有多厉害，而是他代表官府，十多年暗探生涯主要是对付长安城内的各种暗黑势力，让这些伏在长安城下的道上朋友不得不卖他个面子。

没多久，一个黑如墨染的昆仑奴便恭恭敬敬地将两人请入了后堂一间精致的暖阁内。

让人吃惊的是，鹰王看上去只有二十几岁，而且由于人种的原因，肤白胜雪，双眸如星，一张脸更是英俊逼人，甚至连那横跨左腮的狭长伤疤，都显得无比帅气。只是那只鹰钩鼻极为硕大醒目，显出一股桀骜不驯之色。

"你们来找齐隆？"

听他们说明了来意，鹰王笑起来，迷人的双眸格外深邃。他的长安官话说得颇为流利。

"小心，这家伙也会幻术，特别是元神攻击。"黛绮立时警觉，传音给袁昇。

"很遗憾，他不在我这儿。虽然我看得出来，告诉你们他的落脚地，能够狠狠赚一笔。"鹰王忽然盯着黛绮，帅气地笑起来，"小姑娘，你似乎对我很感兴趣？"

"姑奶奶对你没兴趣。"黛绮冷哼。

两个人的眼神同时璀璨了一下，又恢复正常。

"真了不得，不愧是辟邪司的黛绮姑娘！"鹰王的双眸亮了起来，"这位一定就是袁将军了。我们知道你越狱了，也知道你曾经出现在鸿运赌坊。我甚至有种预感，袁将军一定会来找我，果不其然……"他一边说，一边用修长的手指轻轻敲击着案头。

忽然被这狡黠的枭雄说破身份，袁昇全不以为然，只淡淡道："鹰王一定觉得我在自投罗网？"

"毕竟我们是放债的嘛。你知道，捉钱这买卖，必须有官府的许可，是半官半商的营生，所以我们第一要做的就是维系好官府，袁将军认为我会为了你得罪御史台？"

鹰王手指轻敲得很有节奏，仿佛一曲羯鼓的调子。厅门和墙壁忽然间恍惚了一下，四个人同时从四个不同的方位出现在屋内。两人是高大如巨人的昆仑奴，另一人高高瘦瘦，眼如鹰隼，一眼便知是个顶级刺客，最后一人却是西域幻戏师的打扮，面红似火，浑身带着一股诡异气息。

这四人出场的方式非常古怪，仿佛是从墙壁外慢慢钻进屋内的，现身的刹那，带着一股若有若无的烟雾。袁昇已看出四人的身手绝对不凡，而且这屋内也有一种西域的奇异术法禁制。

屋内的气息，陡然变得阴郁怪异，剑拔弩张。

"抱歉，老皇帝驾崩，新皇登基才十几天，世道不太平。用你们大唐的话讲，叫风雨飘摇。黑道帮派、商家行首都心思不稳，都得看上面的风头脸色行事。"鹰王说着双手拉伸，一只金色的矫健雄鹰在掌间若隐若现，金色雄鹰的鹰眼锐利如刀，让人不寒而栗。

"鹰杀术？"黛绮双瞳一寒，立时传音给袁昇，"小心，这是一门介乎幻术和法宝之间的西域法术，可百步之内伤人于无形。"

袁昇不动声色地一笑。这青年枭雄既是在跟他示威，也是在探查他的深浅。

鹰王见他始终一副淡漠如水的样子，反而生出高深莫测之感，掌中的金鹰渐渐缩小，叹道："满世界都涌出许多猫妖的传说。用猫妖的那句话，叫天已邪，当易天！"

"天已邪，当易天？"袁昇终于眼神一颤，"这句话，鹰王是从何处得知的？"

"猫妖呀！除了我，长安城内已经有两家帮派首脑和一家商盟行首都声称见到了猫妖，他们都对猫妖奉若神明。不过……"帅气西域青年诡谲地一笑，"猫妖那一套，在我这儿行不通。在我眼里，它不过是个能说话的带毛傀儡而已。"

袁昇的心又是一沉。'天已邪，当易天'本是天邪策的一道密语，却通过猫妖之口流传到了市井。

这神秘莫测的猫妖傀儡到底受何人操控？上自韦太后、安乐公主，下至市井帮派行首，都受到了这东西的蛊惑。操纵猫妖的那只巨手肯定是在布一盘令人意想不到的大局。谁也无法预测，孕育在长安上空的这场大风雨将会是何等狂暴。

鹰王又叹道："在长安做个放债营生是很不容易的，特别是慧范那老家伙交游广泛，现在竟也开始向中下层百姓发展他的放债营生，挤压了我们大量的生意。放债的生意不好做，这风雨飘摇的世道，我们也得赶紧找靠山。袁将军，只怕要得罪了，无论把你交到哪一方的手上，都会是一个很好的见面礼。"

他枯瘦的双掌渐开，掌心那只金鹰的双翼也慢慢伸展，犹如两把翘起的利刃，蓄势待发。屋角那四个怪人慢悠悠地向袁昇行来，几道怪异气息迅疾挤压过来。

袁昇却端坐不动，淡淡道："鹰王以为，袁某会这么毫无准备地冒失前来？其实更怕官府的人，不是我，而是你。"

"哦，为什么？"

"鹰王以追讨放债为业，甚至官方捉钱也会将难办的业务转托给你们。可这买卖不能只来软的，听说鹰王手下有一批专司捉钱的死士高手，号称'鹰盟'，其中颇有些嗜血如命的亡命之徒，九阎王、毒烟客、厉疯魔这几个人，每人至少背着四五条人命在身……"

鹰王的脸慢慢干冷起来，掌心金鹰的光芒却为之一暗。

"这些杂事本不该我辟邪司过问，却逃不过我们的眼线。虽然现在辟邪司小遭困厄，但只要我稍有差池，当年在金吾卫的兄弟们就会赶过来拿人。"

"何必如此呢。但凡投奔过来的江湖好汉，我们都会收留。"鹰王又慈和地笑起来，"用你们大唐的话讲，五湖四海皆兄弟。当然，也包括你！"

"袁将军如果无处投奔，不如潜入鹰盟，改姓易名，换一个假身份，甚至换一个假容貌，在鹰盟这里都容易得紧。你可以去洛阳，去扬州，开辟鹰盟新的分舵，当然是带着你心爱的黛绮，哦，这简直是天仙一样的美女。我保证，你们从此过上无忧无虑的神仙日子。"

黛绮不由张大秀眸，忽然觉得这家伙其实挺有眼光，也挺可爱的。

"这么说，只要投了你们，就会被鹰盟庇护？"

"当然！"鹰王仿佛变成了一个活菩萨。

"就如同齐隆一样？"

鹰王的笑容再次僵住。

袁昇忽从怀中掏出一张短笺，推到鹰王面前。

"齐隆到底是新人，于鹰盟无尺寸之功。鹰王何必为一个新人而坏了整个鹰盟的前程。不如咱们谈谈价码？"

鹰王拾起短笺，只看了两眼，神色骤变，沉声道："西域金银平脱透光镜的炼制秘法？"

袁昇点头："你是做金银器起家，后来转做铜镜买卖，至今这仍是支撑你鹰盟的一项重要营生。可惜你店铺内的铜镜品质很一般。只要你能让我见到齐隆，我就会把炼制配方的后几个火候、配料补齐。"

原来铜镜是唐人的生活必需品，下至寻常女方嫁妆、男人聘礼，上自贵妇偏好、朝廷赏赐，都离不开铜镜。而大唐铜镜制作精良，名扬天下，也成为行商西域诸国的紧俏商品。当时最为风行的两种高级铜镜分别是扬州的江心镜和融汇了西域技术的透光镜。

鹰王的双眼灼灼放光："西域金银平脱透光镜的秘法袁将军都能搞到，那你一定能弄来大唐扬州江心镜的炼制秘法了？"

"鹰王莫要太贪心，江心镜的秘法只掌握在一代商道奇才聚散谷主李泠的手中，谁也无法一窥其奥，连我也没有丝毫办法。"

听得李泠的名字，鹰王锐利的眼神黯淡下来。他知道这个大唐的一代天骄，是个从武则天时代起就纵横江湖和商道的传奇。[①]心高气傲如他，也不敢打这个人的主意。

"单这西域金银平脱透光镜的炼法，就足够让你在长安制镜业出人头地了。而且我保证，绝不杀齐隆，只是问他几个问题。"

"好吧，"鹰王终于叹了口气，"我可以破戒，但也只是给你个机会。用你的老本行，赌一把。听说袁将军扮作赌客，竟用术法横扫了鸿运赌坊，这件事已经在长安传为美谈。袁将军真是个妙人！"

袁昇只苦笑道："那就试试。"

一炷香的工夫后，鹰王带着众人进入了一间轩敞的花厅。厅内响着欢快的羯鼓乐曲，几名仆役带着数名妖娆胡姬正自穿梭忙碌着。

"袁将军远来，我怎能不尽地主之谊。"鹰王笑吟吟地请两人落座。案头上已经摆满了酒菜，胡姬们又给杯中注满了红灿灿的西域葡萄酒。

宾主悠然对饮三杯之后，鹰王才随意地一指厅角放置的柜子："跟押大小的玩法差不多，请袁将军赌一赌这个柜子里面有几个人。"

那是一个很普通的楠木雕花立柜，只是高些，约莫高可及黛绮的胸口。这紧闭的柜门后，最多也就能钻进两个成年人，而且还要以紧紧相贴的姿势蜷缩着。

袁昇微微摇头道："你我对赌，便该机会平等，但现在，我的机会却少得可怜。"

"没办法，我是个生意人。生意人总是要趁机杀价的。袁将军，请吧！"鹰王笑吟吟地望向袁昇，"不过时间不能太久，来人，献舞！请以一曲为限！"

羯鼓和梆子声陡然激越起来，胡姬们翠袖招展，翩然而舞，正是时下最流行的胡旋舞。

一个巨人般的昆仑奴将纸笔恭恭敬敬地放在案头。

袁昇则静静端坐，目光直视那柜门紧闭的雕花柜子，形如入定。他此时赢的机会，远比押大小要小得多。那柜子最多可钻入两个成年人，那么结果也是零、一、二，共计三种。

---

① 李泠的故事详见拙著大唐长篇商道历史传奇《御天鉴》。——作者注

三选一，难道就没有其他的结果？

鼓声、乐声和舞姬们飞旋的脚步声时时在干扰着他。袁昇全力运转罡气探察，发现柜子里面没有一丝生气。难道没有人，或者人都死了？正犹豫间，他终于从混乱声音中，察觉到柜中传出的一道粗重而悠长的喘息声。

到底是几个人？

屋内的鼓声越来越刚劲紧促，婀娜妖艳的舞姬们也转得越来越快，犹如六朵在旋涡中飞旋的花。

"三个人！"袁昇淡然一笑。

他遥挥一掌，罡气勃发，如怒涛击岸。啪啪劲响，那楠木柜子如遭雷轰，骤然被劈出一个大洞。两个人骨碌碌地滚了出来。这是两个侏儒，紧紧相拥，缠在一起。

"两个人，你输了。"鹰王诡异地一笑，将酒杯在案头重重一顿。

羯鼓声骤停，六名舞姬如同受惊的小鸟般纷纷退下。屋中的众仆役和随同鹰王赶来的四大高手都紧张起来。

"只怕未必！"袁昇再挥一掌，罡气撩过木柜，大洞后的那道柜壁忽然波动起来，原来那竟是一道伪装成木质的布帘。布帘掀起，里面才现出一道纤细人影。

那人以一种扭曲的姿态贴在柜壁上，这时才慢慢舒展身子，默然钻了出来。竟是个瘦如枯木的女子。

"好厉害的柔术！"袁昇举起酒杯，"鹰王，承让了。"

鹰王长长叹了口气："你赢了，你应该知道他在哪里吧？"

"齐隆，这时候了，何必躲躲藏藏？"袁昇望向在屋角侍立的一个仆役。

那是个面容普通的汉子，一张微瘦的脸上看不出神色，只是身子轻轻战栗着。

袁昇轻叹道："为何怕成这样？我已经答允过鹰王，绝不会杀你，只求你告诉我原委。"

齐隆面色灰败，终于慢慢垂下了头："对不住，我……"他慢慢弯腰，似乎要跪下求饶，却忽然跳起身，快如猿猴般地蹿出了花厅。

袁昇身形一晃，突兀地现身在齐隆前方，道："何必如此，不过是问几句话！"

齐隆目光僵直，喃喃道："我……我不能……"

他的话忽然顿住，只闻嗖嗖劲响，数道暗器破空袭来。

袁昇目光一寒，大袖疾挥，将漫天飞舞的十余枚透骨钉尽数卷住。他鼻端嗅到一股腥臭气息，知道透骨钉上都喂了剧毒，心底大骇，一把揪住齐隆，用力一拽。

齐隆软绵绵地栽倒在他怀中。

袁昇看到他背后插着一支羽箭。

这支箭从无数乱蜂般疾飞的透骨钉中射来，其疾如风，其诡如烟。

一箭穿心，齐隆满口都是鲜血，眼见是不能活了。

院中一阵大乱。赶出厅来的鹰王双眸如欲喷火，大叫道："是谁下的毒手，来人，给我搜！"

袁昇忙将一股醇和罡气输入齐隆心口，沉声道："对不住，兄弟，是我害了你。"伸手轻轻一抹，齐隆那张面容普通的面皮被扯下，现出一张瘦削而苍白的脸孔。

"应该是我说……对不住。我是被安插进来的。"齐隆惨笑道，"是的，你看到我的那一切，都是设计好的。他们利用了你的仁慈。要我埋伏在你身边，成为你的亲信，但在关键时刻，必须为他们做事。账簿的事，就是他们让我做的。没办法，否则我会变成一个全身僵硬的活死人，没有解药，只能慢慢等死……而且，只怕他们还会对婷儿下手！"

"婷儿，我见过那女孩，难道也落入他们手中了？"

"还没有，但婷儿能逃过他们的天罗地网吗？她……怀了我的骨肉。"

袁昇心中一痛，叹道："他们是谁，为何要这样做？"

齐隆的眸子颤了颤，却没有回答这个问题，只喘息道："我……我曾全力替你辩解过，但是那个人说，袁昇已经投靠了安乐公主，形势……十万火急！"

袁昇的心陡然一沉，自己在安乐府内捉妖，却被人诬为投靠了安乐公主，这么说，他们的身份已经昭然若揭。

"他们是……铁唐？"袁昇低喝。

"我不知道，我不可能知道那么多。我……"齐隆忽然放声大哭。

声嘶力竭地哭号几声，他忽又将声音压到极低："我只见过那个人一面。那是几天前，我还被蒙着面，只记得那宅院应该很大。但我能觉得出，我们最后行走的那段路很古怪，几乎就是在很窄的地方左拐右绕，四处都是馥郁的花香……"

"明白了。"袁昇愣了下，终于吁了口气。

"袁老大，我齐隆被逼无奈做了那件事，其实这两日寝食难安……现在好了，我赔你一条命，可以闭眼了……一定要救下我的婷儿……"他挣扎着喊出了最后一句话，便再无声息。

袁昇见他一双眸子兀自怔怔地望向天际，仿佛天空上某个地方有他的婷儿，眼前不禁闪过齐隆和那女孩在一起的情形。

那是上元佳节的三晚普城同欢夜之一，没有宵禁，齐隆照旧在辟邪司衙门里忙碌到很晚。那女孩赶过来给他送饭，小脸冻得通红。齐隆爱惜地搓着她的手，连说："谁让你跑过来的，穿得还这么单薄……"她的脸上满是幸福的笑容。

那笑容是如此纯粹，如此简单。那时，他们的幸福也是如此纯粹而简单。可惜，这样纯粹而简单的幸福再也不可能复现了。

袁昇不禁热泪迸流。

黛绮动作稍慢，还没走出花厅，院中已是变故突生、齐隆惨死，她也登觉鼻尖发酸，美眸一阵湿润模糊。

她不敢再走出去。她不愿相信齐隆这样一个儒雅温煦的后生会是内奸，更不愿看到他就这样惨死，不由扶住了那方木柜，偷偷拭泪。

忽然间指尖触到一个坚硬物事，她低下头，竟看到柜上还有个盒子。她的手无意间搭入了盒内，碰到了一件象牙饰品。那是一件比较普通的西域象牙雕件，是一个奇怪的跪卧骆驼。

黛绮脸色骤变，因为那骆驼雕件上刻着一行字，那是灵慧旅人独特的标示。

瞬间，她只觉眼前一阵模糊，仿佛整个人钻入一间灰蒙蒙的屋子里，屋内无门无窗，泛着古怪的象牙白。这就是一间象牙做成的房间，甚至就是刚才看到的那个雕件幻化成的房间。

"该动手了，我的孩子。货物在贬值，快找个买家把他卖掉！"象牙房间内传来大长老阴恻恻的笑声。

黛绮打了个冷战，奋力凝聚心神，整个人如挣枷锁般从那象牙怪屋内挣了出来。眼前的一切终于清晰起来。她看到了院中的鲜血，看到了袁昇在流泪，看到了鹰王在怒骂。

大长老的灵慧旅人居然渗透到了鹰盟？黛绮捏了捏那象牙雕件，浑身汗津津的。

院中，鹰王缓步走向袁昇，低叹道："所以，规矩不能破，破了规矩，就要付出代价。想不到，我这里居然也潜着你的死对头。赶紧走吧，再待片刻，鹰盟只怕也护不住你。"

袁昇黯然站起身，长叹道："请鹰王厚葬齐隆，这份情，袁昇来日必然报答。"

第八章

每人心中都有只猫妖

在催更鼓敲响之前，辟邪司群英再次聚集。只不过袁昇将地点临时换成了敦化坊之南的一处冷僻院落。这地方西临曲江池，地广人稀，若有风声便可从多处路径遁走。

陆冲带来了一个不大好的消息："相王府的人不让我见李隆基。看他们说话躲躲闪闪的样子，李三郎应该在相王府。相王爷见了我，听老爷子话中所指，受你这账簿案件的牵连，李隆基也被有司弹劾了，现在四面楚歌。所以老爷子不得不将其隐匿起来……"

"然后呢？"高剑风冷哼道，"相王府的态度就是断指求全，我们就是被他们扔掉的指头？"

"也许连指头都不算，"袁昇淡淡一笑，"而是一件随时会被他们扔掉的旧衣。不过，我常说，所有的这一切都是我的事，与大家无关。六郎，越狱之后，朝廷那边有何动向？"

"张烈被罢官了。"吴六郎苦笑道，"你和宣机，接连两大重要人物从御史台台狱越狱，张烈难辞其咎，太后大为震怒，已将他罢官收监，听候发落。不过，林啸反而升了官，从五品……"

"哦？我倒小瞧林啸了。"袁昇目光一闪，倒抽了一口冷气，"他脱困冲回时，先看到了唐心阳，那时我几乎跟唐心阳并肩而行，他应该也能发现我。那一刀形同偷袭，如果砍向我，我未必能躲开。"

吴六郎摇头道："这小子是因祸得福，还是早有预谋，现在很难分辨。但很显然，你越狱的大部分时间里，他都在外追击嫌犯，听说他就用这理由，很巧妙地为自己洗脱了大部分罪责。"

"原来林啸是在赌，赌韦太后在用人之际，只能破例提拔他。"袁昇怔了怔，才道，"这个人果然是个狠角色。"

"说回正事吧，"袁昇神色一肃，"很显然，临淄郡王应该已被相王府软禁了。他的印鉴签押等物也落入了旁人之手，再加上齐隆能将我和三郎的签名笔迹模仿得惟妙惟肖，所以那份假账簿才造得如此天衣无缝，所以李三郎在出了如此大事后会销声匿迹，所以我们才会如此怀疑他……"

"那么，相王府为何这样做？"陆冲脸色一暗，眼前闪过那支闪亮的玉笛。他一直认为那个手挥玉笛的人有诈，如果他是故意泄露玉笛给自己看，背后的真相极可能就是玉笛的原主人李隆基已被他轻易控制了。

"因为鲲鹏盟！"袁昇沉声道，"临淄郡王其志不小，当此非常时期，显然不愿如他父王那样以静制动。鲲鹏盟是李三郎的一剂猛药，是他要先发制人的一剂猛药。

"不过很可惜，李家党这里，极可能分成了求快和求稳两派。除了李隆基想先发制人，其余人都是只求稳扎稳打，以静制动。而且以相王爷的性子，他必然不会突冒大险而行大事，而他的三子李隆基在他眼中便成了一个巨大的麻烦。

"促使相王忍痛对李三郎下手的，应该是一个看似偶然的事件——我袁昇作为临淄郡王的忠实下属、辟邪司的实际首领，却潜身于安乐公主府内。我的行径让他们大起疑惑。何况我的身份是临淄郡王的左膀右臂，在此风雨飘摇之际，相王爷忍痛软禁李隆基之前，一定要先剪除三郎的羽翼，那便抢先对咱们辟邪司下手了！"

众人均觉心内悲郁，忽然对辟邪司痛下黑手的人，居然是相王和铁唐这李家党，这是任谁也想不到的。

黛绮的双眸闪了闪，终于轻哼了一声："这时候你可以说说，前几日到底是为何潜入安乐府内了吧？"

　　袁昇望了她一眼道："是安乐的驸马武延秀亲自向我求救。安乐忽然遭受了猫妖侵扰，心神恍惚，终日如痴如疯。武延秀也是走投无路，才会来向我求助。这件事非常诡异，又非常紧急，念于当前的形势，我不得不悄然行动。我的计划是出手三日，不能多做耽搁。终于用了三天时间，暂时破去了猫妖之患。但没想到，仅仅三天的时间，就让我遭到了灭顶之灾……"

　　"莫非这是一个局？"陆冲蓦地瞪大双眼，"从安乐遭受猫妖迷惑起，就是一个环环相扣的局——武延秀向你求救，你进入安乐府，接着就被怀疑，李隆基被软禁，辟邪司则突遭大厄……"

　　众人都心中一寒，如果是这样一个局，这布局之人也太可怕了。

　　袁昇沉吟片刻，还是缓缓摇头道："对辟邪司下手的人肯定是李家党。那御史崔璇虽然是太平公主的人，但相王爷当然也可以想办法让他出马。而齐隆死前所说的话，则可确认，他也是相王一方早早安插在我身边的。但操纵猫妖迷惑安乐之人，我还没有窥破其身份，不过我能确认，肯定不是相王一方，他们没有那样的实力和野心。

　　"这二者之间的关系颇有些偶然。对相王府来说，我突然身入安乐府有些偶然，而他们在这非常时刻，选择了一个极端做法，生出疑心后不做任何调查，先将那个怀疑的人直接铲除，不给那个人任何辩解的机会。"

　　"不错！他们会这样做的，他们说过，在铁唐大业面前，个人微不足道。"陆冲想到暗阁内那个人冷厉的眼神，忍不住叹道，"既然微不足道，那就如一块泥点般，尽早用抹布抹去的好。"

　　他跟着又想到了太平公主的亲信总管华仙客的话，不由呵呵地冷笑起来："这些权贵，都是一般的货色。"

　　袁昇若有所思地望着他，却不知怎样劝他，沉默了一会儿，才轻叹道："其实最可怕的，就是最早出手布局猫妖之人。猫妖同时迷惑了安乐公主和韦太后，他们到底意欲何为，想想就让人不寒而栗。"

　　"袁老大，我们现在到底要怎么办？"高剑风终于问出最紧要的话题。

　　"救下李隆基！这是辟邪司扭转乾坤的第一步，只有救下他，辟邪司才能一步步翻转局面。"

袁昇走到案前，铺开一张麻纸，挥笔在纸上刷刷点点勾出了一张草图："齐隆曾说，那地方需要在狭窄空间内前后转圈多次，这样的地方天下只有一处，就是被瞿昙大师布置了复杂法阵的相王府！依照相王爷的秉性，万事求稳，自己不放心的儿子一定要留在身边，所以，李隆基必然被软禁在相王府内。"

他笔走龙蛇，一条曲折的线路跃然纸上："府中法阵玄妙深奥，好在我曾得大师亲自指点，要破此法阵，还有些心得。现在，我们只需如此行事……"

听得他的一番安排，吴六郎不由满头大汗，沉吟道："袁老大，这计策委实大胆，我们现在就要动手？"

"明晚子时动手，但现在，我们也片刻耽误不得！"

吴六郎擦了把汗，嘀咕道："实在有些难呀，我们甚至还无法确认，临淄郡王是不是真的关押在相王府……"

袁昇忽然抬眼望向黛绮："你怎么了，为何一直有些魂不守舍？"

黛绮脸色微红，下意识地捏紧了袖中那件象牙雕件，哼道："我能怎样，你老人家调兵遣将，也没什么事安排到我头上！"

夜已深，幽深宽广的相王府后园更显静谧，一间精致的暖阁内兀自灯芒闪耀。

"既然深夜来访，必有要事，带他过来吧。"说话间，相王世子李成器蹙眉踱出了暖阁，缓步园中，在一座五角小亭内坐定。

藏蓝色夜空间有几片莲花云，月辉被遮得忽明忽暗，园中的花树亭台便都有些飘忽浮游之感。这一切像极了当前的形势，先帝龙驭宾天后，朝局就是这样云谲波诡，飘忽不定。

除去并不主事的少帝，现在的相王已是韦太后之下，朝中名义上的第二号人物。但身为相王世子，李成器却深知，历朝历代的第二号人物往往是最危险的，再向上一步往往不可能，而稍有措置不当就会从万仞之峰摔落，摔得粉身碎骨。所以他这几日都没有回五王子府，千头万绪的事情忙得他双眼泛了血丝。

正寻思间，一名亲信带着吴六郎赶了过来。

"你就是吴六郎？深夜来此，看来定有要事？"李成器借着五角亭内高悬的宫灯，仔细打量着眼前这个相貌普通的中年。这是辟邪司中最不起眼的人物，却能发挥意想不到的作用。

"末将吴六郎，见过世子。"吴六郎急忙行礼，沉声道，"启禀世子，大事不好了，就在片刻之前，袁昇刚刚做出了一番布置……"

"什么？"听罢吴六郎的话，李成器几乎要拍案而起，"胆大包天！袁昇居然要来劫相王府？他这么肯定老三关押在相王府内？"

"末将也不知道他为何会做出这样的安排，"吴六郎缓缓摇头，"但他已将行动定在了明晚子时！瞧他那样子，似乎胸有成竹，好像他……"

"怎样？"

"末将以为，袁昇似乎对相王府颇为熟稔，必然是有内应。"吴六郎那张老实巴交的脸上堆满忧急之色，"特别是，他说自己得过瞿昙大师的真传，相王府内这座奇妙法阵，天下也只有他能轻松破解。"

李成器眸中闪过一缕阴郁，尽力让自己不露声色，哼道："你匆匆赶来，有没有引起他的注意？"

"决计没有。现在袁昇正被朝廷通缉，末将自称是来探听风声，现在我是他唯一的耳目，料他不会怀疑我。末将是个极谨慎的人，只怕王府内有他的内应，所以特意易容改装，直到见到世子才袒露身份……"

"明晚子时……"李成器沉吟着，目光越发阴沉。

"启禀世子，袁昇此人机诈百出，又精通阵法，决计不可小视，最好早做定夺。末将还可以将辟邪司的几处藏身暗宅都提供出来，咱们相王府最好先发制人……"吴六郎那张永远老实巴交的脸俯得更低。

李成器点了点头，舒了口气，道："你现在先回去，尽量稳住他。到时候，你只管按他的计策前来……"

吴六郎恭谨地叉手："谨遵世子号令，末将告退。末将本是铁唐中人，但只是龙象虎豹鹰五卫中最末一等的鹰卫，级别太低。当此十万火急之时，不得不越级来此，破了铁唐的规矩，还望世子海涵。"

"你做得很好，"李成器满意地点了点头，"现在你已不是鹰卫了，而是虎卫！"

银光一闪，李成器丢给他一道镀银铜牌。

吴六郎望见银牌上雕刻的威武虎头，大喜过望，长揖道："属下甘为世子效命，万死不辞！"再不多言，转身大踏步地去了。

李成器盯着他的背影，目光愈发阴沉，挥手唤来一名侍卫，低声道："跟上他，全面监视，一刻不要错过。"

侍卫领命，悄然掠出，如一道幽灵般消逝在浓浓夜色中。

"老三，你的左膀右臂袁昇，果然对你忠心耿耿呀。"李成器仰头望着广袤苍穹长吁了口气，"不过我们的麻烦越来越多了。来人！"

他猛一拂袖，带了三名侍卫，出了五角亭，疾步赶向后园一处假山。

这时，一道人影悄然从亭外的竹林暗影处探出头来，鹰隼般的目光紧紧锁住李成器的去处。

"你看看，你的辟邪司都是些什么人？"

就在后园一座不起眼的假山内，有一间别有洞天的暖阁。暖阁设置巧妙，没有窗，进出的门户也被曲折的山洞遮住，所以阁内灯火通明，假山外却看不出一丝光亮。

此刻阁内三人，一坐一卧一立。坐着的是相王李旦，立着的是世子李成器，相王的三子李隆基却横卧榻上，醉眼斜着望着父兄，一脸傻笑。

相王顿足大骂着："老三，你不安分，你手下辟邪司的那些人，个个也不安分。除了那个无足轻重的吴六郎，算上陆冲，没一个识大体的！"

李成器叹道："我们对袁昇出手，让他入了御史台狱，对他是一种试探，更是一种保护，可惜他不知深浅……"

"大哥，原来你让人家身陷囹圄，倒是一副好心肠啊。"李隆基大笑三声，忽又大叫起来，"父王，让儿臣前去吧，袁昇他们到底是效忠李唐的力量，我们何苦这样自断手足呀！"

"三弟，你不要执迷不悟，我们已经没有退路了！"李成器叹道，"先帝突然驾崩，形势如乌云压城，而此时袁昇却盘桓于安乐公主府内数日不出，其心难测。我们这不是自断手足，而是断臂求生。"

李隆基忍不住从榻上翻身而起："袁昇为何这样做，何不深究一二，如此骤下杀手，如何聚拢人心？"

李成器缓缓摇头道："这时节，哪容我们去深究、去查问？那是优柔寡断！

我们要聚拢的人，也是全力效忠李唐之人，而不是袁昇等辈，不懂规矩，胆大包天。这种人才最可怕，我们必须及早出手，除恶务尽。"

"他们不是恶！"李隆基一声怒喝，猛然将手中的酒壶摔在地上，"恶的人是宫里面那位，她随时会对咱们动手，我们若还这样坐以待毙，到时大祸天降，我辈再无噍类！"

两个儿子吵得不可开交，甚至三子还怒冲冲地摔了酒壶，算得上以下犯上大不敬了，但相王却并不恼怒。

跟他那位刚刚驾崩的皇兄李显类似，相王李旦也是成年后就生活在母皇武则天的巨大阴霾下，养成了温暾随和的性子，这时只是念起了惯有的唠叨语："老三，要冷静，要沉稳。我现在还是摄政王，韦后、安乐、宗楚客他们能把咱们怎样？所以最大的麻烦绝不在宫里，而在我们自己人。袁昇他们都是豪杰英才，可他们已经失控了。这恰恰说明他们骨子里都是乌合之众。李唐江山万代，重铸贞观辉煌，绝不能靠这些乌合之众，更不能靠你那些专打马球的下等军官。"

"父王！"李隆基酒意上涌，几乎便要长跪不起，正待大喊声"自古以来摄政王有几个好下场的"，忽听得一道尖细如针的笛声悄然射入耳中。

李隆基的心神一振，眼中闪过一缕幽光，陡地打了个酒嗝，随即整个人便萎靡下来。

"好吧，一切都随你们，都随你们！"他醺醺然闭上了眼。

父王还在叹息，大哥还在喋喋不休，李隆基却再不言语。最终，他听到父亲无奈地下了令："为免麻烦，在沉香亭附近布阵吧，那里是大阵最复杂之处，让袁昇他们去那里自投罗网！"

父兄愤愤地拂袖而去，大门咣的一声关闭，一切又恢复冷寂。

隔了片晌，厚重的大门外响起清脆的锐响，似乎门锁被利剑斩断，跟着一道黑影悄然闪入屋内。

"谁？"李隆基一下子坐起，"是袁昇吗？"

"属下陆冲，见过郡王。袁昇被一些事情绊住了。"进来的人一身王府侍卫打扮，一副醒目的大胡子，正是陆冲。

李隆基没见袁昇，有些失望，随即想起什么，喜道："这园中的法阵颇为复杂，你居然能摸进来，难道是袁昇所传？"

"不错，袁昇传了我个口诀。"陆冲还提着个昏厥不醒的侍卫，这时三下五除二扯下了侍卫的衣衫，"事不宜迟，请郡王速速更衣，咱们速走为上。"

钻出假山的石屋，在迷离的夜色中摸黑前行，陆冲不由扬眸远眺王府模糊在夜色中的亭台楼阁。那座关押青瑛的宅院，后来他又去探过两次，果然青瑛早已不在了，那么青瑛会不会被他们关押在这王府内？

他的身形忽然顿住，犹如全身三百处大穴被人瞬间封住。凄暗的夜色里，他看到一道熟悉的身影，懒懒地斜倚在不远处的一块山岩前，双手抱胸，仰头望月。

"师尊。"陆冲的声音有些僵硬和嘶哑。

丹云子拂了拂袖子，依旧是一副邋遢的形象，懒懒地向他走来，口中喃喃道："这法子不错，吴六郎来诈降，将袁昇的厉害之处说得天花乱坠，乖徒儿则潜身暗处，悄然找到此处。很好很好，敲山震虎，顺藤摸瓜，这鬼主意一定是袁昇想出来的……"

"师尊，"陆冲终于叹了口气，"你老人家还看不出吗？临淄郡王一定要走，咱们都是相王一脉，为何要自相残杀？"

"丹云前辈……"李隆基忽然不知说什么是好，只是默然拱了拱手。

丹云子也不语，只是默默望着两人，一双老眼在暗影中闪着熠熠的幽光。陆冲的双手在微微发颤，如果师尊执意不肯，那又如何，自己会对师尊用强吗？即便用强，自己又怎能战胜师尊？

"那就……去吧！"丹云子忽然扬起了头，仿佛忽然嗅到猎物踪迹的老猎狗，耸了耸鼻子，叹道，"老头子什么都没看见。我还有一件大事情要做，韦太后那边亲自下了懿旨，调我去协同追寻宣机。"

"追擒宣机！"陆冲双眸一亮，连连点头，"追擒宣机这谋逆大獠，才是事关社稷的天大要务，这事必得师尊出马。"

丹云子抖了下衣衫，转身慢悠悠走开了，依旧幽幽道："浅月那边传来了消息，一场大围猎，就在这两日……"

啪的一声响，熏香的小铜笼内炸开一朵细小的火花，熏笼内的云母片颤了下。

黛绮不由叹口气道："我虽辨识香药在行，但弄你们大唐的香道总是差了些火候。"又埋头将案头的香药细细填入熏笼。

袁昇笑了笑，却盯着案上银瓶内的水，等已沸了，便提瓶向瓷盏内注水。

黛绮忽然停了摆弄熏炉，张大一双秀眸瞪着他。

"怎么了？"袁昇还在倒茶。茶汤凝成一线，稳之又稳地注入盏内。热腾腾的茶汤在玉质莹莹的盏内打着漩儿，配着各种调料，茶香四溢。

"去救临淄郡王，这么大的事，为何你不去？"

"凡事豫则立，这等事必须运筹帷幄，计策已定后，只有两种结果，一是如愿救出，二是未能如愿。我已派了小十九在外接应，如果是第一种情况，当然不用我去。有小十九在，如果是第二种情况，当能应付，而我若去了，也于事无补。"

"你好像还有什么话要说似的。"女郎敏感地望着他。

他将茶盏推了过来，微笑道："还记得吗？那时你曾说，你会离开我。"

黛绮颤声说："你……"

"你是灵慧旅人，这我早就知道，但你近日遇到的那些难事，为何不告诉我？"袁昇温和地望着她笑着，"他们要挟你，先是你本人，然后是令尊，其实对付他们很简单……只要答应他们，把你卖个好价钱！"

黛绮的脸色瞬间苍白如纸。一直以来，她辛苦遮掩的那些事，都被他知道了。所有的努力，小心的遮掩、躲闪和敷衍，都如同泡沫般被他轻轻戳碎了。

是的，他心思缜密，自己的那些心思如何能瞒得过他；他神通广大，灵慧旅人大长老的事，只要他稍加调查，就能寻到端倪。

"你以为……"她的身子微微哆嗦着，满腔的委屈一起涌上来，却只说出淡淡的一句话，"我会背叛你，卖个好价钱？"

袁昇深深凝望着她："你不会，我会！"

"什么？"

"在鹰盟那间花厅内，我最早看见了那个牙雕。后来虽然齐隆惨死，但我仍然看到了你的异常。所以临行前，我用你们的密语，在那只牙雕盒子内留了言。"

"我们的密语？"黛绮震惊难言，"怪不得前几天，你神秘兮兮地过来求问我们灵慧旅人的事……你，你都留了些什么话？"

"你教给我的密语，我学得马马虎虎，好在留言很简单，不过是宅子住址，还有具体时间。"

他轻轻抚摸着她的双颊。烛光很温柔地从他的身后扑过来，那光晕灿烂而又迷离，他的声音也如烛光般温暖："我不想让你为难。令尊既然被他们抓住了，你又何必再为难。一切都因我而起，我不能保护你，但我可以不让你纠结忧心。"

"你疯了！"黛绮只觉喉头被什么东西噎住了，一股温热而又酸楚的感觉从她的胸口冲上来，她猛地投了他的怀中，哭道，"你肯定是疯了，你这疯子！"

"用你们的波斯话，为自己喜欢的女人疯狂一把，也是值得的。"袁昇将她紧紧拥住，似乎生怕她被什么力量撅走。

"你给大长老他们留下了信息，为了证明这个信息的正确性，所以你要留下来。你……你这个傻子！"黛绮珠泪迸流，忽又想起什么，咬牙奋力从他怀中挣出来，"你留的是什么时候？他们未必会这么快来吧，快，我们快走，还来得及！"

"我没有留下这间宅子的地址，而是这附近的一片区域，时间也延后了许多。至于来人有多快，要看你的大长老将我卖给了哪个买家。"

袁昇的声音依旧沉稳："留下来，只要熬过今晚，大长老就会相信你，自然也不会为难令尊。待此间大事一了，我自会对付他们。"

也许是他山般安稳的态度影响了她，黛绮也略略定下心神："可是，这实在太凶险，只有我们两个？"

袁昇忽然侧耳倾听，低声道："好快，已经有人来了。"他从案头香匣中摘出一味香药来，目光沉着，轻轻拍了拍，"继续吧，我们不能半途而废。"

几道急促的脚步声响起，跟着便是一连串的低喝。

"袁昇在里面！"

"亮着灯呢，他果然在！"

"四下封锁，他走不掉的！"

"袁昇！"一道熟悉的冷笑响起，"你被出卖了，速速滚出来吧。"居然是林啸。

第八章　每人心中都有只猫妖

"难道出了差错，大长老会把我的信息卖给林啸？"袁昇似笑非笑地望着黛绮，"这可不是个能出大价钱的主儿！"

黛绮也哭笑不得，但从他的目光中却似乎明白了什么，猛一咬牙，从熏笼中拔出了云母片，重新添加香药。

"深夜客来，有茶当酒，林主簿刚刚升了官，可有胆量进来小酌片刻？"袁昇遥挥一掌，房门无风自开。

院中这时已被几支火把照得亮堂堂的。林啸一身劲装，腰上革带紧束抱肚，脚上白底皂靴，灯芒下显得杀气腾腾。他的手稳稳搭在一人的肩头，那人一脸悲怒之色，却难以发出一丝声响，正是吴六郎。

袁昇的心陡然一沉，吴六郎怎么会被林啸捉到？那陆冲呢，小十九呢？

再看吴六郎一脸悲愤的眼神，袁昇随即明了，他被林啸跟踪了。

按照袁昇最初的安排，吴六郎赶去相王府，以铁唐低级鹰卫的角色，向世子李成器"投诚"，扮演一个见风转舵的机灵人物。而在一番渲染辟邪司要来场里应外合的怒闯相王府说辞后，李成器不管真假，一定会在第一时间去质问李隆基，甚至准备转移李隆基。那时候，悄然跟踪的陆冲就可以抢先一步出手救人。

这计划简单而有效，只是有一个麻烦，那就是事后吴六郎离开王府，很可能被相王府的死士跟踪，所以他只能赶回这处暗宅。可他不通术法，要穿越坊门时便得使用腰牌，那便极可能被已经全城出动的御史台巡街使发现。

现在的情形已经一目了然，林啸发现了吴六郎，随即一路跟踪而来。林啸并不是收到灵慧旅人大长老信息的"买家"，却远比袁昇最初的设想要麻烦。

"以茶代酒？这该是袁将军的断头酒吧，当然要喝的！"林啸的笑声中有些狂意，"不知这次袁将军又要使什么阴谋诡计。"

他探掌一推，吴六郎痛哼一声，不情愿地踏步上前。

"不是说辟邪司都是硬汉子，这家伙怎么是个软骨头？我还没有用刑，便将你的住处招认得一清二楚。袁昇，你已经被手下背叛了。"林啸嘶声冷笑。

"先跟踪，再偷袭，昆仑门的高足林啸，果然手段不凡，名不虚传！不过请林大剑客记住，辟邪司都是好汉，无人背叛，无人屈服，六郎自然更不会背叛我。"

袁昇淡淡一笑，掌间已经幻出那支春秋笔。笔尖一挑，将一只注满茶汤的瓷盏稳稳托住，遥遥指向林啸。

吴六郎被林啸制住要穴，口不能言，听得袁昇这句话，不由得心绪激动，连连点头。

"这时候还想邀买人心？"林啸冷笑道。

"袁某所说都是实情，在袁昇眼中，辟邪司内，都是肝胆相照的好男儿！包括被你们抓走逼供的齐隆，哪怕他曾有负于我，袁某也会原谅他！请吧！"

一抬手，那只茶盏稳稳飞向门口的林啸。

林啸的手骤然一紧，刀芒闪处，茶盏稳稳顿住，竟是被倒立的刀锋托住。

这一手刀术妙至毫巅，引得林啸身后的几位暗探齐声喝彩。他们的笑声忽然顿住，一串细密的弩箭呼啸而来。两名御史台暗探惨呼着栽倒在地，背后各中了数箭。

"有埋伏！"林啸忙将身子伏低，身后的羽箭兀自密雨般袭来，哀号声此起彼伏，几名御史台暗探和衙役不及躲避，都被射得像刺猬一般。

"小心！"袁昇大惊，腾身掠过，揽住黛绮纤腰，就地滚离了窗户，再一脚踢翻大案，遮在身前。同时挥出一掌，浑厚的罡气轰出，但仍有几支利箭带着锐啸钻透罡气，狠狠地攒射在翻倒的案板上。

袁昇更是吃惊，这种弩箭居然能穿透自己的护体罡气，余势不衰再将坚硬的楠木大板凿出数个深洞，能看出他们手中的机弩是何等犀利。

也许，仅仅比妖龙弓甲案中被劫的闪电弩稍稍弱上一线而已。

这一乱，倒救了吴六郎，这个金吾卫的老暗探借机探身前跃，狸猫般滚到了袁昇身边。但那楠木大案显然也撑不了多久，羽箭持续地射来，窗棂上木屑翻飞，楠木案板更是不住痛苦呻吟，很快就会被利箭射透。

蓦地青芒一闪，林啸斜刺里冲到案后，一线春水刀漾出一团灿如春花的碧色，恶狠狠劈向袁昇。袁昇忙横笔封住，喝道："是机弩，将咱们包围的是久经训练的兵士。"

林啸这时也狼狈不堪，幞头被乱箭射飞，满头长发披散，百忙中已瞥见窗外数十道人影，都披着玄色软甲，手持精巧的短弩，最可怕的是这轮疾攻中，那些人居然默不作声，动作整齐划一，显是训练有素。

林啸又惊又怒，强撑着冷笑道："袁昇，你当真仇家遍天下，居然有人发动军队要杀你。"

黛绮怒道："说什么风凉话，这时候死的，可全是你御史台的人马。这些家伙杀起人来，还会分辨御史台和辟邪司吗？"

林啸心头一沉，知道在这些冷血兵士的眼中，绝不会对御史台和辟邪司做什么分别，只会一股脑尽数剿杀，忍不住喝道："袁昇，这些军士到底是哪里的人马，为何要来杀你？"

"不知道！"袁昇心底也是惊怒难言，这些人如果不是铁唐，那么很可能就是灵慧旅人大长老寻到的"大方买家"了。居然能发动一队兵士前来，这神秘大买家到底是何方神圣？

"大敌当前，你我生死一线，何不先并肩御敌！"袁昇只得喝道，"你难道不想为你死去的弟兄们报仇？"

林啸被他这一喝激得心底热血一涌，忍不住喝道："好，你我先抗叛军，再决生死。"

话音刚落，一串劲急的羽箭射来，大案四分五裂，堪堪就要碎裂。

"他们对我们也很忌惮，不敢贸然冲入，所恃者不过是能射透我等护体罡气的强悍机弩！但这种连发机弩每次只能六发，然后就要填换弩箭，马上，会有十息左右的空隙。"袁昇扶住摇摇欲坠的案头，将罡气注入春秋笔内，沉声道，"十息，已足够了！"

春秋笔探出大案，凌空飞画，笔尖灌注罡气后耀出淡淡黄芒，犹如金色龙蛇般在空中跃动着。

"画龙术！"林啸心念一闪，目光复杂。

"袁昇，这时候你还要垂死挣扎吗？"冷笑声中，窗外闪出两道高瘦的黑影，暗夜里看不清相貌，只看见四只急速舞动的臂膀。他们竟也在凌空画符。

袁昇顿笔，笔势已成，屋内的空中出现一道巨大的幻影，被一团金光衬托着，似有神物要破壁飞出。

"破！"窗外那两道黑影齐声大喝，两缕罡气齐齐射来。金光登时被两道蓝光裹住，屋内爆出嗤嗤怪响，跃跃欲出的神物被蓝芒紧紧缠住，冲突不出。

"他落单了，屋内只有袁昇一个术师，现在袁昇已经技穷啦！放箭！"高瘦黑影大笑。这批死士显然有备而来，不仅带来了专破罡气的机弩，更有精通符法的术士，而且他们的符法竟可克制袁昇的画龙术。

袁昇暗惊，忙待运笔相抗，这时已有一轮劲弩破空射来。那个"坚强"的大案终于在这轮乱箭中破碎坍塌，袁昇、吴六郎等人不得不挥刃抵挡弩箭。袁昇甚至无暇运功抗拒符法。

空中的蓝芒已化成了万千道蓝色粗线。那蓬金光被蓝线缠裹着，已由盾牌般大缩成了饭盆大小。

"我来！这不是助你，而是为我的兄弟们复仇！"林啸的声音低得若不可闻，"春水断魂神刀！"

一线春水刀平平划出，带着一道若有若无的金光投入沉暗的夜空。

神奇的法器突然加入战局，显然出其不意。那两大术士全力催动符法抗拒袁昇的画龙术，显然料不到屋内还有一位煞星，陡觉眼前金光爆射，已觉不妙，再想躲避已然不及。何况林啸的断魂神刀又是出奇地狠，出奇地快。

这是袁昇和林啸这对生死冤家的首次联手对敌。二人分进合击，居然配合得完美无间。闷哼声中，两大术士先后中刀。几乎就在同一刻，一直被蓝线压制的金光骤然膨胀，跟着屋内爆出一团怪响，犹如烟花突炸，金光中的神物终于破茧而出。

那竟是一只双目灼灼如灯的巨大金色猫妖。

林啸惊得瞠目结舌，以画龙术闻名天下的袁昇，这一次居然幻化出一只猫妖。

金色猫妖瞬间变大，穿窗蹿出。它的身子在挤碎窗棂而出的刹那，愈发膨胀开来，爪如车轮，眼如巨灯，以一副十足狰狞的巨魔降世形态从空飞落。

一众持弩死士全都呆住了，有人吓得仓皇大叫，有人手忙脚乱地仰空射箭。但巨魔般的猫妖只轻轻挥爪便将草芥般的乱箭击飞。跟着，车轮般的巨爪飞速挠出，数名死士首当其冲，如遭狂飙轰击，似稻草般高高飞起。

"别慌，那是幻术……"一名术士挣扎而起，正待嘶声号叫，但林啸的断魂神刀术已凌空击下，那抹碧绿的光华将他的嘶吼硬生生斩断。

几把机弩被猫妖的巨尾卷住，扫向半空。跟着，猫妖张开巨口，将空中的弩机硬生生吞下。百炼精钢与坚固硬木搭配的弩机竟被猫妖如嚼瓜果般咯吱吱地嚼碎咽了。

在一片嘶号惊叫中，又有数把机弩被猫妖吞噬。两名术士身受重伤，眼见最可倚仗的机弩毁失殆尽，再也不敢停留，连声呼哨，吆喝着一众残兵搀扶着几个受伤死士，如潮水般狼狈窜去。

袁昇和林啸都没有追击。

"为何没有画龙点睛，而是画出一只猫妖制敌？"林啸若有所思地凝望着空中那只硕大的猫妖，沉声问。

"画龙，他们不配！对付这些人不人鬼不鬼的家伙，猫妖或许更见效。"袁昇叹口气，"其实每人的心中都藏着一只猫妖，随时会跳出来疯狂吞噬。"

空中，猫妖的眸子还在鬼魅般地闪动着，但身影已经渐渐变淡，消融于无边的暗夜中。

"这世界当真荒谬，我从来没有想到，有朝一日会与袁兄并肩御敌。"林啸摇头叹息着，似在回味又似在感叹。

忽然间绿光乍闪，林啸出刀，春水刀绽出一蓬璀璨的春色，连环三刀全力劈向吴六郎。

这三刀迅若惊雷，是纯粹的武功和高妙术法断魂神刀的完美结合，更兼突如其来，犹似狂飙天降，势不可挡。吴六郎完全忘了闪避，而以他之能，也完全无力闪避。

好在袁昇一直全神戒备着。他适才甚至没有去穷追那批偷袭的死士，尽管他心中对那些人有无数的疑问，但他按住了那些念头，就因为身旁还伏着林啸这样一只"豹子"。

所以在豹子挥爪噬人时，袁昇也在瞬间挥笔。春秋笔挟着强悍的罡气，挑向那蓬刀光的核心。金光碧芒骤然交击一处，爆出一团刺目的光明。

就在两人罡气交击的一瞬，林啸忽然反腿踢出。这一脚无声无息，鞋尖上一道符纸迅疾如电地射出。这是昆仑秘传的"靴间符"，如同他的刀法一样神秘莫测。符纸在空中爆开，在黛绮的额前耀出一道诡异的符字。黛绮猝不及防，浑身一震，整个人霎时定在当场。符字凝聚在空中，仿佛一团鬼火。黛绮则凝望着那团鬼火，僵立不动。

"定魂符法！"袁昇又惊又怒，心知这种专门锁人神魂的符法对人伤害极大，忍不住喝道，"你我对决，为何要对旁人下手，快给我收了符法。"怒喝声中，左掌抽出笔内的短剑，反手刺出，剑气如虹卷去。

"黛绮，你快闪开。"吴六郎虽然不通术法，但也看出凶险，挣扎着奔去，想将黛绮推开。但他刚奔到近前，无意间抬头望向那符字的一瞬，登时心神剧震，也被定魂符锁住了心魂。

"世界就是这么荒谬，每人的心中其实都有一只猫妖，抱歉了！"林啸冷笑道，"这姓吴的虽是个草包，可你这波斯美人灵力惊人，着实厉害，某不得不防。"

他带来的几名御史台暗探都被那几轮弩箭射死，此时人单势孤，不得不先发制人。谈笑间刀势翻飞，犀利的刀芒中夹着厚重的罡气，如怒涛袭岸般轰来。

袁昇再不多言，左剑疾攻，右手挥笔凌空画符，缚鬼诀的符意源源递出。

"堂堂灵虚门第一仙才，便只这两手小伎俩吗？"林啸左掌也弹出两道符纸。

符纸在空中爆出一团火光，强大的火爆符意触到空中凝聚的缚鬼诀符意，室内立时响起吱吱的嘶鸣怪叫，仿佛有无数神鬼号叫着逃开。

"烈火符，是五行符法？"袁昇一凛，春秋笔挥动间，缚鬼诀之外也加入了一道御水符，空中湿气弥漫，以水克火，将燥热的烈火符压下。

林啸哼道："论及五行符法，谁能胜我昆仑？"五指不住屈伸，三道厚土符划空飞来。

顷刻间，二人一手以刀剑疾攻，另一手则以五行符术激战不休。

"每人的心中都藏着一只猫妖，随时会跳出来疯狂吞噬。"袁昇忽地冷喝道，"你先前说吴六郎叛我，其实这就是你心中的猫妖——你曾经背叛了你的姐姐。"

"什么？"林啸神色一黯。

"令尊在你八岁时突然暴亡，你家中又遭令尊生前的政敌打压洗劫，家道完全衰落，只有长你八岁的姐姐将你拉扯大。但令姐只是个孤弱女子，若想活下去，再将你拉扯大，只有一个办法，去找相好的人嫁了。她的运气不够好，她找到了三个相好，但这三个人都只垂涎她的姿色又不愿将她纳为外室……"

"你……你怎么会……"林啸慌了，刀势散乱，符法更是慢了数成。

袁昇乘机回手一笔，罡气射出，将空中那道定魂符射得四散飘飞。黛绮和吴六郎齐声闷哼，终于挣脱了符术控制，呼呼喘息。

袁昇心中略定，再喝道："你说你常常发现她无故失踪，其实那时候她是去了她应该去的地方。十二岁的时候，你就发现了这个秘密。你觉得这是对你和你的家族莫大的凌辱。你从没有想过，那时候你姐姐也不过是个孤弱女子，要想在这个冰冷残酷的京师带着你活下去，除此之外，还能有什么办法？你们剧烈争吵过，但无济于事。你们得活下去，还得需要这笔在你看来无比肮脏的钱。

"甚至，如果没有那三位相好之一韩侍郎的推荐运作，你都不可能进入御史台。但你仍然愤恨你的姐姐，认为她玷污了你，玷污了你的家族。所以，在你十八岁的时候，你精心策划了那个密室邪杀案。

"在金吾卫发现这份案宗时，我曾去令姐的坟前探查，发现其墓碑残破，竟还是当年被杀时的潦草下葬痕迹。你从未去她坟前吊唁。乃至你后来发达了，照旧没有给她修坟，只因你恨她！

"其实那并不是个严密的密室，只需一个小小机关就能自外锁闭门闩。至于那自后砍入你背上的刀痕，不过是你要洗脱自己嫌疑故意为之。寻常人当然无法挥刀砍入自己后背，但那时你已粗通术法，这并不难办。"

袁昇蓦地厉声大吼："不错，当年青龙坊内的密室邪杀案，作案者就是你自己，是你杀了你姐姐。这于你，是最早的背叛，也是最彻底最可怕的背叛。"

这一喝，犹如一道惊雷劈在林啸的耳内，让他全身的血液几乎凝固。就在同一刻，袁昇的笔中剑从他散乱的刀势中穿入，在他的肩头破出两团灿烂的血花。

林啸经脉剧震，眼前剑芒闪耀，袁昇的剑气水银泻地般攻来，空中凝聚的缚鬼诀符意也越来越浓，林啸已觉双臂如被许多看不见的细线缚住，而且那些细线正在迅速增多……

不能再撑下去了，他脸孔扭曲，猛然仰头吐出一口鲜血，借着噬血激发的潜能，全身如一道弧光般急速掠出了屋去。

"袁昇，奸狡小人，这笔账总有一日会要你加倍偿还。"他的人影在夜色中消失无踪，这道喝声才遥遥传来。

袁昇却无暇追他，转身赶过去瞧黛绮和吴六郎。好在两人中这定魂符术时候极短，所受伤害尚浅，黛绮元神灵力强大，最先醒来，片刻后吴六郎也睁开眼来。二人神色茫然，费了会儿工夫，才想起适才发生的激战。

"姓林的狗贼滚了吗？"黛绮兀自愤怒。

此际时间紧急，袁昇无暇多说，只按了按她的额头，确认她全然无碍，才点点头，低叹道："我们必须马上离开这里。"

地上横七竖八地横着十余根机弩，都是适才画龙术幻出的猫妖抢来的。袁昇拾起了一套机弩和一支弩箭，在灯下瞧了瞧，神色骤变。虽然这机弩不是弓甲案中的闪电弩，但那弩箭却和闪电弩极为相近。

在当时的弓甲案中虽然最终找到了失踪的劲弩宝甲，但出手布置这大劫案的真凶大獠却没有露出一丝真容，难道这时，那神秘的幕后黑手就要出现了吗？

第八章 每人心中都有只猫妖

第
九
章

————ξ 秘门真宗 ξ————

　　小无极院，是丰乐坊内一座毫不起眼的道观。只有长安真正的术法高士才知道这座道观的真正意义，它是紫电门的祖庭。当今四大道门之一、当日第一国师宣机所出身的紫电门就由这座小道观孕育而出。

　　哪怕宣机身为第一国师，奉命主持第一皇家道观天琼宫时，也不敢对本门祖庭小无极院稍有怠慢，甚至命其大弟子唐心阳等高足大多留驻于小无极院内。只不过宣机这棵大树突然倾倒后，牵连整个紫电门星飞云散，小无极院也迅速衰败荒废了，现在整座道观只有四五名老朽道士在洒扫维持着。

　　此刻夜色正深，这座原本颇为精致的小道观冷寂无声，淡淡的月辉下可见那三楹大殿的匾额已被拆，殿前两座香炉歪倒在地上。袁昇悄然绕过大殿，走到后院，见院中几株老柏树耸着浓茂枝丫，遮得满院黑沉沉的，地上积满黄叶，显是已经多日无人打扫了。

　　忽然老柏上几只乌鸦腾起惊鸣，扰得满院也腾起一股莫名的恐怖气息。袁昇目光一凝，果见一道黑影如飞般赶来，在一道深井前徘徊犹豫。淡淡月辉下，那人身材高瘦，正是范平。

　　袁昇暗暗点头。今晚他带着黛绮和吴六郎连夜换了一处暗宅，稍做交代，便独自赶来这里。

他之所以提出今晚与范平相约此处，全因唐心阳死前所念的那句"无极院后轩辕丘"。这句话颇为神秘，而他认为，范平那里又隐藏着太多的秘密。这些秘密又与许多神秘事件相关，猫妖、长安地府，甚至他刚刚遭遇劲弩袭击的背后势力……

他不太忧心陆冲那边，有小十九在外接应，如果遇到任何难题，他们至少会用辟邪珠给自己传信过来。至今没有传来信息，只能说明一切顺利。

范平还在井前逡巡，不时抬头望向大殿的檐角，似在测算着什么。在他的侧后方，有两道身影正在慢慢逼近。袁昇则缩在一只高大石像的背后，静观其变。

那两道逼近范平的黑影忽然加快了身法，犹似离弦之箭般射出。两人同时扬手，挥出细索一左一右袭向范平。细索在空中陡然变长变粗，竟有铺天盖地之势。袁昇看出那是极厉害的捆仙索法器，看这出手应该是宣门独家秘术，只是这两人的修为比之当年炼出六道捆仙索的宣门弟子莫神机相差太远。

细索在空中张牙舞爪，已将范平的全身尽数笼罩。

那两人喝道："你是何人，闯入紫电门祖庭，意欲何为？"

范平尽落下风，却冷笑道："宣机的余孽，居然还冒充两个老朽的火工道人，看来你们也在痴心妄想地找那东西？"

那两人大怒，厉喝道："你说的是什么东西，你都知道些什么秘密？"细索如两条乌龙，骤然挥落。

"秘密就是……你们都得死！"

范平忽然出手，奇快地扣住两条捆仙索，双掌飞扬间，捆仙索竟交缠在一起。那两人被他掌间的大力拽得踉跄奔来，猛觉胸前一凉，已被范平用刀当胸刺入。

这几下兔起鹘落，范平从"你"字开始出手，待得"死"字声音才落，两把刀已从那两名紫电门弟子的胸膛拔出。那是两把样式奇特的短刀，带着奇异的弧度，一刀狭长如月，一刀浑圆如日。

"日月双斩！"袁昇不由眯起双眼。

他早看出范平故意藏拙，实则身怀道法秘术，却想不到他有日月双斩这样的霸道法器，而且出手更是诡谲狠辣。袁昇只是微愣之际，这两名紫电门弟子已经命丧黄泉，而范平身上，甚至没有溅上一滴血珠。

"袁将军已到了吧。"范平从容收刀，在月光下转过身来，"不必担心，我早已探明，这座小无极观中，只有这两个痴心妄想的废物潜伏在此。宣机那些本事大的弟子，或逃了，或被杀，早已散个干干净净。"

"想不到范兄身怀异术，而且杀伐决断，看来袁某走眼了。"袁昇缓步而出。

"袁兄哪里会走眼，我会些术法，但也只能对付这等小角色，不然又怎会被林啸二次擒住？"范平拱手笑道，"好在袁兄古道热肠，在赌坊内仍旧出手将我救下。"

"你甘冒奇辱，深入台狱，一番波折后终于让唐心阳死前对你吐露了那句真言，可惜范兄还没有完成使命，你还无法破解那句话！"

"袁兄法眼如炬。想必这也是袁兄今晚与我相约此地的真意吧？"

袁昇抬头看了看月色，叹道："一切都是缘法，我倒很想试试。不过，还请告知，你要找的，到底是何物？"

范平一怔，终于挤出一丝苦笑："我在此流连两晚，都未得要领……诚如所言，一切都是缘法。唐心阳临死前所说的，乃是紫电门的秘传至宝——《紫电太上秘录》的存放之处。相传这份秘录为紫电门祖师偶得的宝贝，上面载有一份无人能破解的修炼心法，历来为紫电门掌门执掌宗门的信物。"

"无人破解的修炼心法？"袁昇摇了摇头，"范兄言不由衷吧，以你的抱负，以及背后那人的通天手段，难道仅仅是贪恋一门术法的修炼秘诀？"

范平眼芒一闪，不由哈哈大笑道："袁兄真是妙人，罢了，也不瞒你，此物绝非什么修炼秘法，而是事关一个极大的秘密。只不过此刻范某还不敢吐露太多，除非……袁兄能帮我破解这句真言，真正找到此物！"

袁昇不再说什么，只点了点头。

范平眼露喜色："无极院后轩辕丘，黄幡豹尾两相见……这句话便是唐心阳死前所说。这后院本不大，眼前这片小丘便是什么轩辕丘了，但后一句话太过费解，什么是黄幡，什么是豹尾？"

袁昇环顾沉沉夜色下的幽静院落，道："黄幡是罗睺星的别称，豹尾则是计都星的别名。'罗睺''计都'是两个隐曜，所谓九曜者，就是七曜加上这两个隐曜。这门九曜星诀，乃是天竺天象学，不见于中土星宿学说，我也是从天竺瞿昙大师那里学得了些皮毛。"

范平不由抬头望向星空，茫然道："如果是两颗星，那又做何解？难道要从天象入手？"

袁昇轻拍一尊神像狰狞的巨头，道："罗睺和计都皆为天竺传说中的恶魔，二者神通广大，罗睺甚至常吞食日月，这便是日食、月食之由来。这尊神像四臂巨口，形象怪异，非中土所有，正是罗睺。而那一尊，"跟着又遥指西侧一只长尾怪像，"便是计都。而'两相见'之意，应该就是……二者视线交集之处！"

那两尊怪异神像一北一东，扭腰歪头，两道视线交集处却是西侧几块乱石。

那的确是一堆无人理会的石头，半人来高，杂乱无章地隐在几丛修竹下。

"怎么会是这样？"范平喃喃道，"不可能吧，堂堂紫电门的重要信物，怎会藏放在这样一个露天之所？"

"宣机心思过人，又擅布法阵，也许是因为那地方无人留意，反而更易收藏紧要之物。"袁昇已信步向那堆乱石行去，一弯一转，身影在月辉下忽然消逝不见。

"袁兄？"范平见袁昇竟凭空消失，不由惊呼了声。

"莫慌，这里果然被宣机布置了法阵。"袁昇的声音在石后响起。他的身形在石阵中忽隐忽现，又过了多时，袁昇才叹道，"此阵已破，请范兄移步一观。"

范平急匆匆赶去，被袁昇引着转入石阵后，却见眼前竟是一尊毫不起眼的香炉。宣机大弟子唐心阳临死前所说的密语，最终竟是这么一尊陈旧的香炉。这香炉内到底隐藏着什么秘密？

袁昇同样若有所思，因为这座香炉的形制竟与当日他在太极宫丹阁内所见的香炉极为相近。难道堂堂宣机国师竟然也与秘门和魔宗有何勾结？

好在石阵破解后，香炉内再无别的禁制，只有两三道小巧机关，袁昇轻易破去后，终于取出一只青玉宝匣。

这是一套规格极高的三重宝匣，先后打开里面的簪银匣和最后一重镏金宝匣后，内里出现一只环环相套的奇异木雕盒。

"紫电门至宝应该就是此物了，"范平大喜，双手捧起木雕盒，又疑惑道，"只是这盒子似乎有多层机关，前后相套，这到底是什么？"

"这应该是一个鬼工盒。"袁昇轻触盒上的环套机关，发现那上面刻着类似河图洛书和星图的奇异符号，沉吟道，"你记得那九宫格的游戏吗？木盒盒顶有几个九宫数字，只有把数字对准，才能打开木盒。这款鬼工盒就是此理，只不过更加复杂，上面层层相套，雕刻的是星图与河图洛书，如果不通河洛易理，那就无法打开。"

范平又疑惑又焦躁，沉吟道："哪有这么多的闲工夫，咱们毁去机关，直接取出里面的东西不就成了？"

"只怕不成！"袁昇轻摇着鬼工盒，"你听，这里面有汁液之物，想必是暗藏了绿矾油①等物，只要取物人不通开盒密码，触动机关，绿矾油就会流出，腐蚀里面的所藏之宝。"

范平惊道："既然如此，咱们只得改日再细细推究了。无论如何，袁兄，就凭你的能力，助我取得这件至宝，便能随我去参见真宗了。"

"秘门竟然找到了自己的真宗？"袁昇微微吃惊，从秦清流开始，他便高度留意秘门的各种信息，知道那些秘门清士最大的愿望便是寻到秘门真宗，以便最终光大秘门魔宗。但袁昇一直以为，那个无所不能的真宗历来只是秘门中的一个神秘传说而已。

"不错。"范平傲然点头，"真宗已然降世。不过连许多秘门中人都不知道，真正的真宗，不是指一个人，而是一张图！"说着将那鬼工盒高高托起。

"一张图？！"袁昇更惊讶，眼前不由闪过丹阁内的那座神秘丹炉，便脱口道，"看来此物应该是知机子所留？"

听到"知机子"三字，范平眼中再露震惊之色，低笑道："袁将军果然知道得不少！"

袁昇紧盯着他，沉声道："但堂堂宣机国师的宗门，为何会与知机子扯上关系？"

---

① 在古代中国，称稀硫酸为"绿矾油"。——编者注

范平微一犹豫，终于叹口气道："既然袁兄已经答应要投奔我秘门，这个天大秘密自然可以告知你了。

"这个秘密只在我秘门中的顶级长老中流传，第三次道魔之争后，我魔宗黯然落败，随后前辈第一圣尊知机子潜伏隐忍多年，以一己之力，独抗袁天罡、李淳风、三原李靖这三位朝廷中近乎神仙般的绝顶人物，但他终寡不敌众，怅然而亡……"

袁昇听他说得模糊混沌，料想他也不知最终知机子被迫赶赴袁天罡的灞上战约之事，便也不点破。

范平又道："传说当年知机子前辈与强敌决战时，身陷重围，后来虽侥幸突围，但百计逃遁而不成，无奈之际逃入一间极冷僻的水神庙，引来强敌后，自爆真元而亡。而在自尽之前，他在庙内藏了两份宝贝，一份是他晚年悟出的术法秘要，另一份则是用秘门暗语写成的藏宝图，那是秘门多年来积聚的财宝所在。

"相传知机子生性多疑，平生无一人可信，这两份宝贝他历来随身携带。哪怕是赴约决战，他也坚信自己会逃出来。直到他确认生命的最后一刻即将到来，他才想拿出这两份秘录，身边却已无人可授，仓促间只得将之藏在了水神庙。那野庙本就是秘门的一处联络秘宅。"

袁昇想到知机子一代宗师，最后机关算尽，枭雄末路，也不由暗自叹了口气。

"知机子在该庙丧生之事，只有秘门中最核心的五大元老知晓。他们都推断知机子临终前必会将心法和宝图留下，可这五人却都没有寻到这两件宝物。甚至到后来，这五人互相猜忌，大打出手，相互残杀而死。这也是长安地府口诀和一些秘门机要失传的原因。

"而圣尊知机子曾经留下一份宝图的传说便在秘门高士中流传了下来，甚至敷衍出秘门真宗的说法。其实天下哪里有无所不能的一个人，如果有，那一定是钱，许许多多的钱！寻找这份真宗宝图，正是秘门多少能人异士毕生的追求，可惜，辗转多代，却了无所得。

"直到最近宣机被抓，他的大弟子唐心阳要被论斩。为求活命，唐心阳才吐露了一个终极秘密。原来知机子苦心留存的这两份至宝，当时却被秘门之外的一个游方道士无意间得到了。此人便是宣机国师的师祖。而紫电门也正是凭着这份心法秘录，从一个小门派开始崛起。但无论是宣机，还是他的师祖，都没有参透秘录上用秘门暗语写就的宝图，只是一厢情愿地认为那是一份难以参透的修炼心法，更将其作为紫电门掌门的衣钵留存。"

袁昇沉吟道："可知机子身亡后的这数十年间，强大的秘门就没有找到紫电门头上吗？"

"只因那时候的紫电门太弱小了，小到无人会注意它。而宣机的师祖及其师尊都资质平平，无力参透那份秘录，直到惊才绝艳的宣机以天纵之才，悟出了知机子流传下的晚年心法，才凭此殊荣登大唐第一国师之位，更推动紫电门跻身四大道门。"

袁昇叹了口气，所谓风云际会，一个人乃至一个门派的崛起，果然需要时日，需要机缘。

范平又道："可惜御史台张烈是个文官，对什么心法秘录全然不放在心上，但好歹觉得唐心阳握有些机密，没将其立即处死，却也没有因此释放他。"

袁昇笑道："但秘门无孔不入，竟侦知了此事。可惜唐心阳是大逆之贼宣机的首徒，事关重大，必须关押在台狱中，于是秘门便动用关系，让范兄有了一场牢狱之灾，更与唐心阳有了同牢之谊？"

范平淡淡道："秘门为此将五人送入台狱，但只有我接触到了唐心阳。"

袁昇更是一惊，一个死囚被处决前招供的秘密，居然会被秘门知晓，这已让人震惊了，而为了探知这秘密，秘门竟能将五人捏造罪名"送入"牢狱，这种势力简直强大到让人心寒。

也许只有如此强大的力量，才能将猫妖傀儡送入安乐公主府，乃至韦后所居的太极宫。

他们到底是谁，到底要做什么？

范平似乎看出了袁昇的震惊，微笑道："想必袁兄该知道我们秘门的力量了吧？你我相遇，也是极大的缘分。我早早地陪着唐心阳在牢内苦耗，可他并不信任我，对我常常打骂。如果不是袁兄入狱，又再越狱，只怕我真要陪着他坐穿牢底。"

"袁某对机关阵学和易理星相还有些研究，"袁昇瞟一眼那鬼工盒，"这东西我会慢慢推究出来的。不过，宣机国师早已脱困，为何没有来取走此物呢？"

"这很简单，一来在宣机眼中，此物不过是个师门信物，对他已无足轻重。二来宣机还在被追杀中，听说朝廷启动了以浅月宗师为首的数位高明术士全力追缉他，他绝不会来此取宝。"

"袁将军，"范平的眸子在夜色中灼灼闪光，"此刻的你，就跟宣机一样，已经被以太后为首的朝廷抛弃了，黑白两道，都无你的容身之地。加入秘门，其实是你唯一的归宿。"

"我记得秦清流就是秘门中人吧。当日我亲手将其揭发入狱，现如今，我却要真的走入秘门？"袁昇脸上有些黯然。

"袁将军只知其一不知其二，实则秦清流始终游移在秘门正统之外，甚至直到他被袁将军抓获，秘门才知道世间还有这样一号人物。他自称是隐太子李建成之后，自居正宗的秘门真宗血统，可这一切都是自欺欺人。要知道，今日的秘门历经数代演变，早已不是当年初创时的秘门了。"

"今晚子时，就是我秘门的神帝转生节！"范平仰头看着凄迷的月色，"我相信，袁兄一定会在秘门大展身手！"

秘门一直在暗中发展势力，甚至有举贤不拘一格之说，此刻范平油然发现，这应该是个极好的机会，自己不仅完成了使命，更重要的是还为秘门带来了新的强援。

两人疾步出了小无极观。

还是那个奇妙的入口，还是那只怪异的猫妖，然后袁昇轻松喝下了孟婆汤。

昏沉片晌，再睁开眼来，袁昇发现两人已到了一处幽深的孔洞中，前方四通八达，现出许多岔口，而一股股阴郁的煞气不时漫卷而来。看来这次比上次要更加深入地府。

地府处悬着几盏油灯，只映出几片惨白的光影，不远处却有几个身披青色长袍的人进进出出。范平赶过去，对一个青袍人低语几声，随即接过两个面具，转回来递给袁昇一个。

袁昇发现那是个淡金色的猫妖面具，忍不住问："为何你们对猫妖如此感兴趣？"

"只因猫妖的传说在长安城内沿袭已久，我们只不过是随机而动罢了。"

范平先将猫妖面具戴上，微笑道："只有戴上面具，才能进入最深层的地府。"

那面具做得精致细密，表面刻有符咒，缭绕着淡淡光华。袁昇才将面具套上，眼前便有豁然开朗之感，甚至那些青袍客的形象也变得清晰起来。

他这才发现那些青袍客所戴的面具颜色各异，而以黑、白两色居多，倒是自己和范平这种金色面具颇为罕见。面具的颜色也许象征着身份的高低，看来范平在秘门内混得不错。

忽然几个白袍人从一道岔路转出，这几人面具怪异，有的是牛头，有的是马面，更有的则是不知名的鬼王形象，当中拥着一位身材壮硕的头戴判官面具之人。

"大胆范平！"那判官厉喝道，"你这一趟徒劳无功，怎又敢带了生人来此？"

范平走上前去，低声禀报。

"居然是……袁昇！"判官又惊又怒，目光锐如刀般盯着袁昇，低喝道，"范平，这是天大之事，你要歃血为证。"

范平再不多言，自怀中抽出一把短刀，一刀在左臂上划出半尺长的血槽，任由鲜血流下，沉声道："范平以血为誓，力证袁昇必然忠于秘门，忠于真宗！"

鲜血很快染红他的大片襟袍，范平将誓言重复三遍，才缓缓收刀。

判官点了点头，但望向袁昇的目光中仍有无尽的疑惑，忽地冷笑道："听那几只猫儿禀报，你们当真破解了宝图之秘？"

"托真宗洪福，宝图在此，秘门数十年之秘，即将解开。"范平忙将那鬼工盒奉上，"请禀报真宗，此盒内藏奇异机关，天下也许只有袁将军才能解开。"

判官接过那鬼工盒，仔细看了看，也察觉这盒子颇为奇特，只得交给身旁一名戴鬼王面具的白袍客。那人捧着鬼工盒匆匆而去。

判官阴沉的目光始终在袁昇身上打转，忽道："袁将军大名鼎鼎，请摘下面具，让我等验看真身。"

袁昇依言摘下面具，负手而立，始终神色自若。

片刻后那鬼王转回，在判官耳边低语了几句。

"好吧，宝图为真！"判官长声道，"真宗开恩，允他参加今晚的神帝转生节。"

范平长出了一口气，道："袁将军，恭喜了，只有极秘的清士，才有资格参加少时的神帝转生节，真宗果然对你高看一眼。呵呵，这也是范某的荣光。"

那判官冷哼一声，和几个鬼王望过来的目光中，都有妒忌之色。

袁昇点头笑道："由此可见真宗果然胸怀天下，睿智过人。"又向范平低声问，"神帝转生，这神帝到底是什么？"

"神帝，自然就是蚩尤了！"

袁昇"咦"了一声，想到当日和瞿昙大师参究地府之秘时，曾断出袁天罡用蚩尤战神的形象以镇魔死敌知机子的天魔煞绝阵，但现在来看，历经几十年后，知机子的秘门后人以讹传讹，显然将战神蚩尤又误会成了本门该当供奉的魔神。

范平垂着头，带着袁昇跟在判官身后，向地府深处行去。袁昇还能感觉到身周渐渐浓郁的地煞之气，但说来也怪，戴上面具后，那种可怕的感觉已渐能忍受。

一行人在一处空旷之地停住。

更多的人从其他岔路转来，袁昇略略留意，来了七八十人。这些人戴着怪异面具，但所戴均为判官和鬼王面具，极少有猫妖面具，看来这些人便是秘门的精英。众人挺身肃立，只盯着当中那张半人高青石垒就的高台，不时有人窃窃私语。

袁昇听到有人在低声嘀咕。

"真宗已到了易天坛？"

"不错，真宗正在易天坛内检阅易天之宝！"

他心中一动，忍不住问范平道："易天坛是什么所在？"

"是长安地府的阵心，一切的核心所在！"范平苦笑摇头道，"听说就在这高台之后，那里有能让秘门横行天下的易天之宝。可惜，高台前的这条路是秘中之秘，看守严密，我们这等小人物是无权一观的。"

袁昇心中更奇，长安地府的核心，藏有让秘门横行天下的易天之宝，甚至真宗还要去那里检阅，那到底是个什么所在？

"我劝袁兄不要打听这些不相干的了。"范平的声音微微颤抖，"这是一个神圣时刻！多年来，我们虽然对真宗顶礼膜拜，但老人家一直不肯承认自己的真宗身份，而只是戴着阎罗王面具。但今晚少时，真宗便会头戴蚩尤面具降临。看来真宗已推算出了非常之时，他要登上非常之位，秘门……即将横行天下了。"

袁昇点点头，心却骤然绷紧，看来秘门果然图谋深远广大。今晚之后，他们要怎样横行天下？

果然少时灯芒璀璨，映得洞内五光十色，当中那方高台更是流光溢彩，云气弥漫，仿佛有无数仙云缭绕。

蓦地一缕清澈的洞箫声响起。

袁昇襟怀骤然一畅，只觉平生听过无数曲乐，都难与这道洞箫声相比。也许是在这深洞之中，声音聚拢，那洞箫显得激昂热血至极，全无寻常箫笛的婉转低回之态。

洞箫蕴含着奇特的魔力，仿佛每个人全身的热血随之升腾、升腾、升腾。

随着箫声起伏激荡，高台上的那方云气也开合变化，神龙、彩凤、貔貅、麒麟等祥瑞云影忽隐忽现。只凭这手妙术，袁昇就知道这吹箫之人绝对是个近乎宗师级的术士高手。游目四顾，他发现每个人的目光都变得异常狂热，甚至还有人作势叩拜，口中念念有词。

一道高瘦的身影忽然出现在那道高台上，这人身披黄金色的大氅，头戴牛角蚩尤面具，双眸熠熠生彩。

"真宗降世，叩拜真宗！"

不知是谁当先高喊一声，众人争先恐后地拜倒。袁昇伏在人群之中，心中惊诧，他暗自探测，发现场中有许多罡气强悍之人，至少有十余人的修为绝不在自己之下。

秘门果然藏龙卧虎，蓄势几十年，也不知搜罗了多少才俊高手。

"天命在我，霸业永昌！"蚩尤神魔面具后的那张脸缓缓开了口，声音悠长、冰冷，带着一股统御千军万马的威严气势。

袁昇的心更是一凛，这声音竟有几分熟悉，却一时想不起来是谁，但那种傲视天下的威仪，绝对是天然而成、毫无伪装。这位神秘真宗，到底是谁？

"诸位，秘门自今日起，即将踏上万世霸业之路，诸位都将建立不世之功！"真宗忽然高举双手，曼声道，"秘门大祥，万事大祥！"

"秘门大祥！大祥！大祥！"众人激动的高叫声汇成了一道道声浪，将袁昇的思绪冲乱。

"为什么要去央求太平那恶婆娘？"陆冲怒目圆睁，几乎想让赶车的高剑风马上勒停马车。

他觉得这个世界简直快让他崩溃了，他的好友兼上司袁昇被朝廷判为越狱通缉的要犯，他的爱侣青瑛被自己效忠的组织囚禁为人质，他效命的组织又限时让他刺杀袁昇。而他千辛万苦救出的老上司李隆基，出来后竟主张带着他们去求太平公主。而这太平公主，正是自己爱侣青瑛的大仇家，自己当日千方百计杀之而不得的臭婆娘！

"因为那是我们唯一的机会！"颠簸的厢车中，李隆基有些黯然。

历尽艰辛，他终于被陆冲救出了相王府，但听得陆冲说出这些日子的一系列变故后，李隆基立时生出一种强烈的可怕预感。

"只因要变天了，人家的刀，马上就要砍下来了，父王、太平姑母、大哥等人，甚至包括我们，都要人头落地！"李隆基睁大满是血丝的双眸。

"郡王您是如何推断出这消息的？"陆冲也惊得睁圆双眼。

"这话要从我那鲲鹏盟说起，就在我被父王囚禁前不久，盟内的那位流星锤名手李易德在某晚御林军值夜时，忽然听到万骑首领、韦后的侄子韦璿与他二弟韦捷的低语。这两个韦家的纨绔子弟在宫内值宿时还在饮酒，想是喝得大了，低语了一句，李家要完了，最迟秋凉之前便会换天。

"我得了这密报大吃一惊，如此重要消息，我们专司探查机密的铁唐却没有查出，而这等话甚至从韦璿这等韦家党的实力派人口中吐出，可知情势之凶险。我急将这讯息报给了父王，但父王却不信，他说，铁唐都没有探出的消息，必然是无中生有。接下来的事，你们都知道了，他们认为我太过激进求快，为保稳妥，便将我囚了。而袁昇这件案子的始末，我也是刚刚才从你口中得知。"

李隆基闷闷地苦笑两声，猛然一拍陆冲的肩头，道："对袁昇下手，是大哥的自以为是之举，可是大哥他们有没有动过脑子想想，为什么会这样顺利？这么简单的一件漏洞百出的贪污案，御史台为什么会如获至宝，大张旗鼓，甚至先将袁昇的老父囚禁，是谁在背后推波助澜？

"肯定不是咱们相王府，大哥的本意不过是想将袁昇剥出辟邪司而已；也不会是太平公主，她没有那么大的能耐。那便只有太后，还有宗楚客！"李隆基说得咬牙切齿，"他们其实一直苦苦搜寻我们的漏洞，甚至前番找到了薛百味这样的家伙，妄图给我们钻出一个漏洞来。而现在，他们终于发现我们自乱阵脚弄出的一个大漏洞，肯定会刀剑齐施，将这小漏洞捅成天大窟窿。

"想想看，张烈无能，坐视袁昇越狱，如此玩忽职守的重罪，韦太后居然没有重责，这是为什么？显然韦后明怒暗喜，喜这无能的张烈终于将袁昇逼反，这样一来，袁昇闹得越大，韦家党一方越是乐见其成。如果是这样，也许不用等到秋凉，很快，很快他们就会动手！"

陆冲觉得心底寒意升腾，当真是术业有专攻，这位李家党内最具政治眼光的英锐俊彦一眼便看出了形势之险恶，仿佛暴雨将至，扑面的风中都已是潮湿的雨意了。

"我不怪我大哥！"李隆基仰头望天，"父王老了，人虽未老，心却已老。他不敢做，也不让别人做。大哥只是执行父王的旨意而已。这时候，我李家只有太平公主，我的好姑母，可供我们借力了！这个被称作最像我的皇奶武则天的人，不但有魄力，而且执掌着铁唐大半以上的实力。只有全面掌握铁唐，再加上鲲鹏盟的军官力量，我们才能真正成功。"

"你是想……"陆冲震惊。

"只有这一条路了！"李隆基牙根紧咬，"我们不能等了，或者立即出手杀出一条血路，或者等着被杀，绝没有第三条路！"

车厢外，高剑风听得指令，猛挥几鞭，加快了车行的速度。

疯狂的神帝转生节，其实就是真宗降世的一次仪式，而这仪式很快就结束了。一众戴着面具的"神仙妖魔"兴高采烈地散去。

"真宗有谕，他老人家要见你！"一个白袍判官疾步走到袁昇跟前，冷冷地宣说了真宗的最新谕旨。

袁昇跟着他从地府深洞的一个岔口钻出，眼前竟是一处颇为豪奢的私人宅邸。二人钻出的地方应该就是后花园。

其时夜色正浓，天上只一抹淡月。透过稀薄缥缈的月辉，可见园中花木繁茂，极为广阔。白袍判官径直带着他进入了一间精致花厅。

厅中灯火通明，头戴蚩尤面具的真宗正襟危坐，在他身前的大案上正放着那只精巧的鬼工盒。一个蒙面的紫袍客在他背后负手而立。

袁昇紧盯着那张面具后灼灼闪动的阴冷双眸，忽地深深一揖，微笑道："袁昇见过宗相爷！"

淡淡的一句话，让屋内的空气近乎凝固，那白袍判官甚至已探手入怀，准备随时抽出利刃。

那真宗的目光也有些颤抖，忽地哈哈大笑："袁昇，果然什么都瞒不住你。"他伸手，缓缓揭下面具，露出一张清癯冷峻的脸孔。

宗楚客，韦后的宠臣，大唐现今的第一权相。

一直以来，宗楚客除了始终保持和韦后步调一致，便总是很小心地周游在各方势力中，甚至对李家党的相王和太平公主也绝不在明面上得罪。于是，宗楚客这位本该深谋远虑的政客有时候便显得有些"拙"和"蠢"。乃至在那次安乐和太平两大公主一起驾临的相府寿宴中，宗楚客更是八面迎奉，扮足了一个无可奈何的衰朽老宰相戏份。

又如，他表现得颇为贪财，其相府建造得奢华无度，甚至有人传说连阔绰的太平公主光临他的相府后都自叹不如。当韦后知道自己重用的死党权相是一个贪财如命的小人时，反而会更加放心，这样一个贪财贪色好享受的家伙，才不会有更大的野心……

直到此刻，袁昇才确认，这位宗相爷，原来才是他一直以来最低估的人。

他一脸恭谨地拱手作礼，在这样一位极能隐忍的权臣面前，袁昇也必须全力隐忍。

"袁将军怎样看出是老夫的？"宗楚客手拈长髯，眸光依旧阴冷。

"能在第一时间，将范平这样的人运作进入御史台狱，有这等强悍实力的人，大唐还不多。此其一。"

宗楚客没有言语，不置可否。

"其二，当日的长安地煞邪杀案中，突厥武士古力青暴毙，据我辟邪司侦知，此人是宗相府的秘密死士。现在看来，想必在那时候，宗相爷已经在全力调查地府传说，随后才迅速凭着秘门内部流传的诸多秘辛，渐渐掌握了地府的秘密。

"其三，便是前些时日的妖龙弓甲案了，后来虽然宝甲劲弩被找到，但幕后真正操控此事的大人物却始终神龙见首不见尾。就在我千辛万苦地寻到弓甲案的真凶浅月真人后，此人却被一位势力大如天的权臣秘密保举了下来。

"现在想来，那弓甲案定然又是宗相爷的一记妙棋了，长安城内丢失了这样重要的一批弓甲，那么朝中对垒的李家党和韦家党都会感到惶恐不安，甚至，圣后迫不得已，就会对李家党下手。一石二鸟，黄雀在后，能获利者当然只有宗相爷了。"

说到这里，袁昇终于长长吐出了一口浊气，他一直对长安邪杀案和妖龙弓甲案最终似破未破的结局并不满意，直到此刻，那些云遮雾绕的疑点才完全揭开。

其实在他心底，还有其他不便说的话：能以猫妖为凭借，同时迷惑韦太后和安乐公主两人，这份图谋和野心，恰恰也只有宗楚客能做得出来。

此外，安乐府内的那碗被添加佐料的琥珀醪糟，恰恰与地府内他被迫所饮的孟婆汤是同一属性，只是剂量多少有异罢了。而在天琼宫连续诡杀案中，将这种与麻沸散颇多渊源的曼陀罗应用得游刃有余的，正是宗楚客所力保的死党浅月。

"还有一点，却是事后诸葛亮了！"袁昇故作轻松地一笑，望向宗楚客身后那位紫袍客，"袁某现在才猜到，适才那段洞箫应该是薛大剑客的杰作吧！如此佳乐妙术，当真称得上'裂石穿云、惊心动魄'八字！"

紫袍客始终如石雕般肃立不动，这时终于双眸弯出一抹笑意，沉声道："想不到，袁兄倒是知音。"

袁昇却在心底暗叹了口气。宗楚客早就有了薛青山、青阳子等死士高手，其后又有了足智多谋的宗师级人物浅月来投，当然如虎添翼，而除了这些潜在势力，宗楚客作为当朝权相，浮在水面上的强悍实力更是惊人。

"袁将军果然足智多谋，见解超人。不过你如此善断多谋，难道就不知道在官场上，最忌讳的便是锋芒毕露吗？很多时候，当官的人是要装傻的。"宗楚客的脸上没有丝毫表情，似乎袁昇的这些话，早就在其预料之中。

"在昏庸者面前当然应该装傻，但在睿智者面前深藏隐忍，实非坦荡赤诚之举。"袁昇不卑不亢地一笑。

"妙哉斯言！"宗楚客终于甩出一声长笑，"如果能得坦荡赤诚之袁将军效力，宗某必然如虎添翼。不过现在，宗某还是有些疑惑，袁将军是否真正坦荡赤诚？"

他忽地轻击双掌。

花厅外显然有人在候着，这时房门一启，两个黑袍汉子将一个头蒙黑巾的汉子拽进屋来。宗楚客微微点头，手下人才将那汉子脸上的黑巾摘下，现出一张刚毅而苍白的脸孔，浓浓的双眉，薄薄的双唇，竟是小神捕林啸。只不过林啸显然还有些昏沉，被人搀扶着僵立在那儿，始终双眸紧闭。

"相爷这是何意？"袁昇微惊。

"此人不利于袁将军久矣，听说曾对袁将军无所不用其极。"宗楚客说着慢慢站起身来，"偏偏今晚秘门盛会，他这不长眼的，竟然去一处风伯庙前徘徊探查，阴差阳错，混入了地府内部，最终被我手下擒了。"

袁昇心念电闪，随即明了，林啸在自己这里铩羽而归，当然极不甘心，极可能忽又想起那晚自己和范平骤然消失的风伯庙，定是想能从中寻到些自己逃遁的踪迹……哪想到时也运也，他撞破了宗楚客的好事，终于失手遭擒。

"他身为御史台官员，又新得太后擢升，意气风发，必然会对我秘门极其不利。"宗楚客摇头叹息，从案底摸出一把寒芒凛冽的匕首，缓缓推了过来。

"相爷是让我……为了秘门大计，杀了林啸？"袁昇尽力平抑，才让自己的声音平稳如初。

宗楚客却并不说什么，只甩出个意味深长的微笑，便转身踱入一道屏风后。

那汉子忙将一碗冷水兜头浇到了林啸脸上，林啸浑身一震，才睁开了双眼，慢慢恢复清醒。

袁昇站在他对面，心内却波澜起伏。

"袁昇，你这逆贼……"林啸终于清醒过来，"原来这又是你的诡计？此处是什么所在，这些诡异地煞和那些怪异地穴都是你做的手脚？"

一连串尖锐刺耳的怒喝后，林啸开始奋力扭动身躯，但显然要穴已经受制，一切都很无力。

袁昇咬咬牙，慢慢弯腰，摸起了那把匕首。

"干什么，袁昇，你当真要谋杀朝廷命官？"林啸的脸上露出一抹恐惧神色。

袁昇缓步逼近，道："难道还要我放了你？今夜我本已放过你一次了。"

"放了我，你我光明正大对决一番！你每次都是取巧耍奸，这次让我们真正公平地比试！"

"嗯，真正的公平？很有道理，但你喝了孟婆汤，还有些昏沉，应该休息大半日；你身上的伤，最好将养数月，难道我还要等你数月？"袁昇已站到了他对面，眼神变得和匕首一样冰冷，"这个世界上，本没有真正的公平。"

"一个时辰，我只歇息一个时辰就可以。"林啸大喊。

袁昇回头望了望屏风，叹道："好吧，一个时辰也不为过，我可以给你这个机会。"

林啸眼中腾起一抹光，冷笑道："好，只要你……"

他的笑容忽然凝固，一抹剧痛从胸腹蔓延传入脑际。他低下头，才看见匕首已刺入了胸腹交接处："袁昇，你为何……"

"对不起，我改了主意。"袁昇缓缓道，"只因我忽然想起来一件事，当日你根本没有给你姐姐一个机会。在杀她之前，你甚至没有问问她，给她一个辩解的机会，所以我也不想再给你机会！"

他铁腕疾振，犀利的短刀破腹而上。

林啸脸孔瞬间苍白、扭曲，整个人开始抽搐。

"记住，天道好还！"袁昇一字字道，"我这次看似不公平，但你最终得到的一切，都很公平。"

林啸已经涣散的双瞳还凝在袁昇的脸上，却吐不出一个字来。

很奇怪，这一刻，他居然没有恨的感觉。他心里忽然想到了姐姐。那时候他才六岁，游戏时突然从矮墙上摔下来，膝盖和手都破了，哭得满脸鼻涕。姐姐风一般跑过来将他抱起，一个劲地说："啸啸不哭，啸啸不哭，姐替你踢踢这破墙。"

他依旧大哭："拆了它，拆了这破墙。"

"嗯嗯，咱回头拆了它，姐给你拆了它。"

那时候他觉得风很冷，手上破皮处也阵阵生疼，唯有姐姐的怀抱很温暖。

一切真如袁昇说的那样，后来自己动手时，真的没给姐姐机会。他身上感觉到一阵绵软，依稀是当年他向姐姐悍然出刀时，她倒在他怀中的感觉。

　　袁昇面无表情地抽出短匕，静静盯着这具身子慢慢地软倒，心内陡觉有些什么东西崩塌了。从修道的那一刻起，自己就发誓，绝不妄杀一人，后来也几乎做到了，而直到此刻，自己却不得不杀了林啸。自己入朝为官，曾说过要全力维系法度，但现在，自己却亲自践踏了法度，一刀斩杀了朝廷命官。

　　虽然自己揭露林啸当年弑姐的罪行，但这些话更似在给自己辩解，无力的辩解。即便林啸该杀，难道就该由自己直接挥刀斩杀？

　　这些念头如潮水般在心间冲撞，但袁昇却不得不再次狠狠挥刀砍向林啸的咽喉。这一刀砍在他自己的心底，将所有的愧疚、遗憾、委屈、愤懑尽数劈散。

　　然后，他若无其事地丢下了匕首。

　　一串稀疏的掌声响起，宗楚客慢悠悠自屏风后转出，击掌笑道：“袁老弟果然利落果决，是个成大事的人。”

　　袁昇回过身，黯然一笑：“宗相知道我是被冤枉的，但眼下，我却成了真正的凶手。”

　　“袁将军本就是公忠体国的能臣干将，只是为这林啸设计构陷，才身陷囹圄。放心，老夫来日定会上本，命人重审此案，还袁将军一个清白。”宗楚客肃然道，“来人，将林啸的尸身抬走，丢在御史台门口。”

　　“且慢，”袁昇忙道，“家父还在他们手中。”

　　“抱歉抱歉，我倒忘了。”宗楚客轻拍着头，“那么此后就要看你对秘门的忠心了。”宗楚客挥挥手，命人将尸身抬走。

　　“袁昇走投无路之际，得蒙宗相收留，当然会对宗相忠贞不贰。况且，袁昇还想请相爷给我洗雪冤屈呢。”

　　“那是自然，不但要洗雪冤屈，还要官复原职，甚至加官晋爵！”宗楚客又挥了挥手，似乎官复原职乃至加官晋爵都不过是举手之劳，又压低声音道，“听说那个一直妄图收取天魔之力的秦清流曾经在瞿昙大师身前偷偷学艺，而瞿昙大师死前，则将一身绝艺对你倾囊相授。也许天魔之秘，这世间只有你一人能解了。”

　　“宗相爷也想获取天魔之力？”

"谁不想？但与那只信鬼神之力的秦清流相比，我更相信人力！"宗楚客目射寒芒，"想想看，武家的力量在我这边，韦家的力量也在我这边。如果你能最终给我破解天魔之力，那就是真正的天助我也。"

袁昇急忙躬身，正色道："袁某定效死力。"

"先去休息吧。这座宅子很安全，绝不会再有人来此找你麻烦。"宗楚客温和地拍了拍袁昇的肩，才带着薛青山飘然出屋。

陪着宗楚客钻入一辆外表毫不起眼的厢车，薛青山才低声道："宗相认为，袁昇会是真心来投？"

"他还有退路吗？"宗楚客冷哼一声，"是了，或许现在还有一点点。你明日就派人去散播信息，林啸已被袁昇所杀，林啸身上的伤痕正是袁昇那把掩日剑所致。"

薛青山笑道："相爷明见万里！如此一来，袁昇也只能给相爷安心破解秘门宝图和那天魔之力了！"

"秘门当此非常之际，正是用人之时，我们要不拘一格，可也不能不加防备。这几日，你和范平都要盯好袁昇。"

"属下遵命！"

"《尚书》云：功崇惟志！"宗楚客舒适地仰在车内的软榻上，懒懒地打了个哈欠，悠然道，"人心是个很怪的东西，吾当年位卑低迷时，志向只是当上宰相，后来坐上了宰相之位，大权在手，又逢主上昏弱，便不免盼着登上南面那个位置。那个位置曾经是那样遥不可及，现在，它却几乎触手可及。大丈夫生逢世间，哪怕一日南面称孤，亦足矣！"

薛青山忙道："真宗圣明英睿，独得天时地利人和，岂可一日称孤，而应是百世万世之基！"

宗楚客一愣，不由打个哈哈。他素来喜怒不形于色，今晚秘门盛会，如愿"登基"，不免得意忘形，竟跟薛青山说了几句心里话，这时又挺直腰杆，微笑道："一切都赖青山你们几个左膀右臂，正日子一到，就该放那批宝贝彻底快活一番了……青山，你似乎有些话想说？"

"属下以为，"薛青山微一沉吟，仍道，"那时候……突然放出那么多的嗜血妖物，会不会让长安的百姓死相枕藉，反对我秘门名声不利？"

宗楚客叹了口气道："《淮南子》曰：逐鹿者不顾兔！青山呀，你肯为秘门声名着想，当然是极好的。可天下万事与秘门大业相较，都不足一哂。而且，"他的长眉慢慢蹙起，幽幽道，"即便血洗长安，这恶名也绝不会由我们来担！"

薛青山不由呵了口冷气，在心底喃喃道："百妖出行，血洗长安。"

第九章　秘门真宗

第十章
天魔之境

转天上午，袁昇好整以暇地在这座大庄院中观园景、赏花卉。范平一大早便过来陪他。中午二人开怀畅饮了一番，袁昇罕见地喝得酩酊大醉。

范平认为袁昇的表现很正常，死里逃生之后，原先的希望破灭，谁不会大醉一场，但袁昇的大醉还是有些沾沾自喜和得意，看得出，他对自己将来在秘门的前景颇为自许。

"范兄，你的秘术是跟谁所学？"袁昇忽然斜着醉眼问他。

"小门小派，不足一提。"范平依旧是一副很随意的寻常笑容。

"范兄不想说，就不说吧。"袁昇呵地一笑，"将你怀中的鬼工盒拿出来，我这便给你解开。"

"你倒是做什么都料事如神，早看出鬼工盒在我怀里了吧？"范平苦笑道，"但你这时候喝得大醉，还怎么……"

"酒意正佳而已。"袁昇大咧咧地摆手，"不如我们打一赌，若是我三炷香工夫打不开它，罚酒一坛。"

范平拗不过他，只得小心翼翼地将鬼工盒捧上案头。

还没放稳，鬼工盒便已被袁昇抓到了手中。

他沉思了片刻，双手开始不停地扭动盒上套环。初时扭得挺慢，遇阻后便立即换他法，后来则越扭越快。

范平见他双手如风，带动着盒上那些刻满星宿图案的奇异套环不住飞旋，各种星宿天象随之变幻，当真如星罗棋布，千变万化。范平看得心惊肉跳，不住口地唤他：“慢些慢些，袁兄，可万万别毁了那里面的图。”

猛听咔的一响，清脆而生硬。范平惊得险些跳起来，还当是袁昇扭坏了鬼工盒的枢纽，只怕就要触发里面的绿矾油流出。定睛瞧时，才见那只鬼工盒已端端正正地放在了案上。

盒子已经打开了。

“袁兄，你当真高才……”范平大喜若狂，但这惊呼却忽然顿住，因为那盒子里面空空如也。

“那宝图已经被人取走了？”袁昇的酒意似乎也醒了大半。

“是宣机？一定是宣机！”范平咬牙切齿，“这老匹夫，坏我大功一件！”

袁昇苦笑道：“这本来就是人家之物。此时想来，这盒子完好无损地放在那里，应是早在他入狱前，宝图已被其悄然取走了。”

“袁兄，”范平反倒恢复了平静，沉声道，“快将这鬼盒子关闭、复原，就让鬼盒子之谜，再多留存几日吧。”

袁昇望着眼前这张清瘦的脸孔，忽然觉得这个范平在清癯有神的面孔下透出很多神秘来，一时竟有些看不透此人，只得笑道：“范兄真乃妙人，罢了，此物也是宗相爷的一个美梦，就让他做得久些。”

大笑间他十指如飞转动，很快将鬼工盒复原。

范平收了宝盒，心中愁绪陡生，当先喝得酩酊大醉，倒在榻上昏昏睡去。

眼见暮色沉沉，袁昇拍了拍范平，低笑道：“老兄先好好睡吧。莫急，实在不成，我给你再造一份宝图。”指尖悄然拂过了范平的睡穴，再将他抱至榻上。

范平很快鼾声如雷，袁昇再将被褥堆起，做出两人抵足而眠之状，这才悄然闪出屋去，掩上房门。

房门咯吱吱合拢的一瞬，依旧呼噜震天的范平忽然张开了双眼，脸上浮出一道阴郁的笑容。

夜色，终于无边无际地扑了下来。

一身青袍的袁昇已站在了宣平坊内的一座荒冷宅院前。确认监视自己的范平会昏睡一整晚后，他便悄悄赶到此处，经过推算，他认为自己想要探查的地点就在这里。细看这院落的院墙，颇为粗糙简陋，似乎是后来才草草砌成的。

头顶是稀疏的星在眨眼，天心一轮圆月，犹如莹澈的圆盘。又是个月圆之夜，不知怎的，这轮圆月映入袁昇眼中，竟显得有几分妖异。

四下里悄寂无人，袁昇身形一晃，翻墙而入。

院落里面冷寂寂的，满院都是丛生的蓬勃野草，但当中那间高耸的三楹主殿，还是透露出曾经的不凡。

袁昇很快确认这里也是一座荒废的庙宇，凝神看那主殿匾额，却是"水官祠"三字。道家有"天官赐福，地官赦罪，水官解厄"之说，而长安号称"八水绕长安"，对水神和龙王崇拜较深，再看那主殿墙上数条龙神浮雕，袁昇确认这里曾是一座祭祀水神的庙观。

蓦地袁昇眉头一皱，敏锐地嗅到了一抹若有若无的气息，这气息虽然稀薄，却极为凶险，那是罡气修炼至化境才有的泯于一切的强大隐藏力。

转瞬间，袁昇心中更凛，又有数道强悍的气息横空压来，为什么会有几个宗师级的高手深夜赶来此地？

无暇多思，他忙将身形隐在一尊残缺的神像后。

淡淡的月辉下，却见一道人影如烟如雾般掠来。袁昇不得不睁大双眸，才能捕捉到那道淡而快速的身影。

那竟是失踪多日的宣机国师。

宣机的肩头还扛着一人，月色太暗，看不清那人的形貌。这位昔日的大唐第一国师近日一直遭受高手围剿，此刻依旧沉稳如山。他飘然掠到了殿门前，也不见他如何作势，那扇紧闭的殿门无风自开，暗夜里仿佛一只怪兽忽然张开了黑黝黝的嘴巴。

宣机却没有进去，陡然转身回望，冷冷道："各位朋友若想来个了断，便痛快现身吧！"

数道身影伴着强悍的气息掠至，当先站定的一人长眉俊目，大袖飘飘，赫然便是浅月宗师。在他身旁是个衣饰邋遢的老者，却是丹云子。

在浅月和丹云子身后，又有两道身影慢悠悠地走入院中。一个侉里侉气的东瀛剑客和一个阴阳怪气的天竺幻术师。

"丹云子，堂堂剑仙门宗主竟也跟在浅月身后，任其驱使？你这老东西！"宣机阴冷如刀的目光越过气势汹汹的浅月，先锁在了丹云子的脸上。

"难道你不是老东西？"丹云子若无其事地笑着。

宣机冷哼一声，才将肩头扛着的那人放在地上。月光清清亮亮地打在了那人脸上，袁昇的心骤然缩紧，竟是黛绮。

他几乎便想腾身冲出，却全力隐忍下来，凝神看时，见黛绮脸色如常，身上也无血迹，只是双眸紧闭，似乎被宣机点中了昏穴。

"宣机老儿，你也算是个堂堂大宗师，"丹云子冷哼道，"怎的还掠来个女子为质？"

宣机狞笑道："不是人质，而是冤有头债有主，这胡姬的情郎袁昇设计陷害山人，我自会让他痛彻心扉。"

丹云子叹道："姓宣的，你从第一国师跌落神坛，天下道者仍尊你一声大宗师。你若有种，便将袁昇擒来，或杀或剐，都是你的本事，何必为难一个女子？"

宣机忍不住怒道："山人道号宣机子，可不姓宣！"

丹云子依旧愤愤道："可你姓宣的若是对这女子一指加身，天下道者便都会骂你姓宣的祖宗十八代！"

宣机怒极反笑："骂便骂吧，老子从越狱那一刻起，便不在乎天下俗人的悠悠之口，我只为自己而活，只求快意恩仇，活个酣畅淋漓！"

"宣机道兄这又是何必呢！"浅月忽地低叹一声，"无论如何，你已经败了，在朝廷，在江湖，在玄门，你都一败涂地，一无是处。你的国师之位没有了，你的门派被灭了，一切碎如齑粉，连你被擒被杀后，都死无葬身之地，神魂也要被打入十八层地狱……"

他声音低沉，带着无尽的悲悯和无奈。袁昇听着，只觉心中一片悲凉，几乎把持不住，只想放声大哭一番。

"咄！"宣机蓦地大喝一声，舌绽春雷，"在山人面前，还敢耍这些魑魅魍魉的鬼蜮惑心术？"

他缓步走到院中一口枯井前，慢悠悠坐了下来。袁昇见他将昏迷的黛绮放在井边，心内急若油煎。

"浅月，你似乎也知道一些东西，不然为何留意如此荒僻的地方，你到底知道些什么？"宣机虽对浅月说话，却轻拍着井沿，若有所思地望着那口枯井。

"山人自然知道一些，却不便对你明言。我只能告诉你，"浅月慢悠悠地咧嘴笑道，"你来到此地，便是自投罗网。"

袁昇明白浅月话中的含义，此处是地府入口所在，而浅月作为弓甲案的真凶和秘门高手，自然熟悉地府地煞的发动秘法。他笑得如此志得意满，显然是要发动地煞困敌了。

"嗯，自投罗网，原来我是自投罗网。"宣机也笑了，只是笑声别有几分阴森。

听得宣机的笑声越来越响亮，一种不祥的预感，忽自浅月心底腾起。

他挂帅辛苦追擒宣机多日，却被这位昔日的老对手牵着鼻子在长安和终南山之间大兜圈子，处处被动，直到数日前，才得到密报，据说宣机连续三天，每晚戌时三刻都会出现在这里。这是一份价值千金的绝密情报，为防术法超强的宣机临时突围，他紧急联络了丹云子，还有那个最神秘的慧范，这老家伙对追擒宣机非常上心。可慧范这个老滑头没有来，只派来了两个副手，好在这两个家伙的修为也颇为强悍。

张网以待，蓄势而击，一切似乎都非常完美。

直到此刻，在宣机阴冷的笑声中，浅月才忽然有了一丝心虚。一瞬间他竟生出了一种错觉，似乎在此张网围猎的人不是自己，而是宣机。

"动！"浅月已无暇多思，随着这声大喝，已然发动了地煞。满院陡然阴风回旋，一股阴郁的怪力四下里漫卷过来。

同一时刻，东瀛剑客也已出手，刀如匹练，挟着狂荡的罡气直向宣机的脖颈削去。

而那天竺幻术师的身影则骤然消逝，院中忽然出现了三四条水桶粗的巨蛇，蜿蜒着卷向宣机。

但他们都没有丹云子快，剑仙门宗师挥袖祭出了飞剑。他已极少施展有形的法器，但面对宣机国师这样的世间第一人，终于施出了当年名震天下的铁剑。

同时面对四大高手的联袂出击，宣机却端坐不动，而且仍在狂笑，不顾一切地狂笑。

狂笑中，他猛然挥掌一拍，重重拍在井沿上，早已干枯的水井忽然翻出了一股水浪。

丹云子的飞剑便直直劈在了那股水浪上，强大的剑气竟将水浪劈成了左右两片。但水浪随分随合，仿佛夹着看不见的巨力，竟将剑仙门宗主的名剑硬生生阻住。

宣机再次挥掌，井内翻出的水浪已化成了怒潮激涌，仿佛整条黄河的水流都被他"借"到了此地。

"怎么可能？"浅月惊得大张双眼，双手如飞挥动，拼力调集此处的地煞之气。

但一切都是徒劳的，这里的主人是宣机。漫卷的地煞怪力在汹涌的水浪面前是那样渺小，不堪一击。

"快，大家全力出手！"

丹云子大喝，此时他须发皆张，猛然顿足之下，全身襟袍鼓荡，那把飞剑上竟腾起道道紫色光芒，凌空斩向宣机。

与此同时，东瀛剑客的长刀、天竺幻术师的飞蛇、浅月的长剑一起施出，无数道凛冽的罡气纵横飞舞，齐向宣机攻去。

"陷！"宣机的眸中腾起一丝冷厉，猛然伸足在地上重重一踏。

异变突生，丹云子、浅月等人均觉脚下虚无，整个院落的地面仿佛变成了烈日炙烤下的冰面般四分五裂，诡异的浪花忽从地下翻出，众人惊呼连连，尽皆向下陷去。

"诸位，愿你们地府相聚！"宣机狞笑一声，腾身向井下跃去。

就在此时，一道黑影电般射来，一把抱住了井边昏厥的黛绮，身如狸猫般向旁翻去。

袁昇这一蹿一翻，动如脱兔，更兼出其不意，几乎已经成功了，若不是那只手——宣机的手……

宣机的人已几乎跃入了井内，但仍窥见了狸猫般蹿来的袁昇，百忙中陡然伸出一只手，扯住了黛绮的臂膀。宣机算计得极为精准，知道如果自己扯住袁昇，他极可能会将黛绮远远推出，所以他要扯住黛绮。

这一下袁昇也只得拼力扯紧黛绮。一股大力涌来，两人都被宣机拉入了井内。

几乎同一刻，井水骤然化作了滔天巨浪，水浪里挟裹着强大的吸力，冲得最近的浅月和功力稍逊的东瀛剑客、天竺幻术师都被巨浪吸卷入井内。

只有丹云子见机稍早，在脚下地面碎裂的一瞬，陡然惊觉这只是幻象，最要命的则是井中翻出的拥有强大吸力的巨浪。危急时刻他拼尽全力运使御剑术，全身化作一道弧光，从无数井浪中逃窜而出。

袁昇紧紧抓住黛绮的手，向下飞坠。

这明明就是一处枯井，不知被宣机开启了什么禁制，井内不但水浪翻涌，而且深邃无底。

袁昇感觉自己一直向水下飞坠，这井水仿佛毫无浮力，反从下方生出一股强大的吸力，吸得他们无尽无休地向下，再向下……

他拼力张开眼，井水里面灰蒙蒙的，原本一切都看不清楚。但飞速下坠的袁昇却看到了一团光，一团白茫茫的光影鬼魅般飘来，白光中竟浮着一条奇怪的生物。

袁昇对那形象无比熟悉，那竟是一条龙，鳞爪俱全，龙尾狰狞舞动着，只不过……这条龙没有龙头。

在一座幽深无底的水井中，居然漂过来一条没有头的龙，而且这条龙的全身还裹着一层白蒙蒙的光。

一瞬间袁昇以为自己跌入了一个深邃的噩梦中，好在黛绮还被他紧紧抓着，女郎在水浪中飘飞的长发提醒着他，此刻他们还深处险境，一个比任何噩梦都要凶险的险境。

水下的吸力骤然增大，袁昇只觉身下忽然伸出一只无形的大手，猛然将自己攫住，用力向下甩去。

一股激流汹涌冲来，将两人狠狠撞入了一个古怪的空间。

这里竟是一处阴冷潮湿的山洞，月光幽冷地从洞口岩隙中打了进来，照见这洞内钟乳倒垂，闪着凉森森的光华，洞底大部分则沉浸在水中。

猛听得轰轰巨响，浅月、东瀛剑客和那天竺幻术师先后被那股潜流冲入，三人都是狼狈不堪，连连咳嗽呕吐。

黛绮猛地打了个喷嚏，幽幽醒了过来。袁昇大喜，忙轻拍女郎的脊背，助她吐出浊水。好在适才她一直昏迷，竟没有吸入多少井水。

"这是在哪里？"黛绮茫然张开双眸，一眼望见袁昇，又惊又喜，紧紧攥住他的手，连叫，"大郎，是你吗？你……你不能再抛下我了！"

"是我，莫要担忧，我们再不会分开！"袁昇心中感动，也握紧她的柔荑，轻声安慰。

"你说得不错，你们再也不会分开，就要一同长眠地府了！"阴冷的笑声中，宣机国师慢慢站起身来。他似乎是第一个跌落至此的，又有备而落，毫无狼狈之相。

"还有你浅月，还有你……你们这两个家伙！"宣机冷冷地指向其余三人。

"该死！"东瀛剑客怒骂出声，双手捧刀，反手一刀削出。

宣机冷哼一声，不管不顾地一拳轰出，两股罡气剧烈碰撞，东瀛剑客的身子重重撞在岩壁上，痛得惨叫出声。

"全都住手！"浅月大喝一声，止住了蠢蠢欲动的天竺幻术师，沉声道，"宣机，你费尽心机，将我们诱至此处，到底有什么阴谋，我们到底是在哪里？"

大宗师的眼界，更兼精通阵法，让浅月最先嗅到了凶险。这种凶险无法言喻，难以形容，却让他自心魂深处感到一股莫名的战栗感。

"这里有很多水，是个奇特的山洞，我们应该是在曲江边上。"东瀛剑客先叫了起来，"奇怪，怎么会被冲得这么远？"

"不，我们根本不是在曲江边上，更不在山洞里，"袁昇环顾四周，缓缓道，"我们还在水官祠，还在那口井内。"

一语才出，便惊得东瀛剑客等人俱是一凛。那天竺幻术师甚至用力猛拍身周的岩壁，叫道："不可能，这明明就是山洞，就是山岩！"

浅月沉声道："袁将军是说，这些山岩、先前的井水、激流，都是幻象？而直到如今，我们还沉浸在幻象之中？"

袁昇缓缓点头，道："此事确实诡异，这里确实是井底，只不过这井底大得异常，这就要问宣机国师了。国师想必当日是从贵门信物宝图中看破了一些端倪？"

宣机冰冷地一笑："你知道得当真不少，连我师门信物宝图之事，你也知道？"

浅月问道："什么信物宝图？"

"在紫电门内部，有一份师门代代相传的宝图，实则是秘门中人辛苦寻找的知机子遗存的藏宝秘图。但宣机国师惊才绝艳，竟看破了这份宝图的来历，甚至破解了图中之秘，按图索骥，寻到了这里……"袁昇说着轻拍岩壁，"我相信那份秘图是知机子所制，不过知机子何等人，在他眼中真正的宝藏绝非金银珠宝，而应该是……天魔！"

最后两个字"天魔"说得极轻，却不啻一声惊雷，轰在幽深诡异的井洞内。

浅月也觉全身一凛，不错，在知机子眼中，天魔的藏身之地，才是真正的宝藏。若当真如此，那么，天魔就在这里？

无数疑问骤然涌上浅月的心头，但还没待他细问，一道突兀的声音响起，让他所有的疑问烟消云散。

那是一道粗重的喘息声，仿佛一百头野牛在同时哞叫，悠长、粗沉，却又带着一股野兽所没有的愤怒和不甘。

所有人都僵硬起来，甚至包括宣机。黛绮这时也缓过神来，一骨碌起身，躲到了袁昇身后。

"它果然在这里，是吗？"浅月望向宣机。

"它当然在这里。"宣机的目光中五味杂陈，"本想将老子的仇家都引入此地，没想到只来了你们几个。慧范那老滑头没有来，丹云子竟逃了……"

"宣机，你不要发疯，如果天魔突现，连你也要陪葬。咱们快走，现在就走，我们还有一线生机。"浅月几乎是在哀求。

巨大的喘息声越来越密集。

"来不及了！"宣机冷笑起来。

"是的，来不及了。"袁昇低叹，"天魔的终极秘密一直掌握在知机子本人手中。为了对抗朝廷和袁天罡，他利用天魔煞的绝阵，意图激醒天魔。可惜此举被袁天罡识破，袁天罡布下长安七星大法阵镇压天魔。可惜现在长安七星大阵支离破碎，压制力越来越弱，甚至那日在凌烟阁内，天魔险些借秦清流之身复活，现在又经得宣机操作，也许真的马上就要复活了。”

“宣机，你……你这丧心病狂的恶魔……”浅月忍不住破口大骂。东瀛剑客和天竺幻术师迅疾聚拢到他身边，兵刃横胸，虎视眈眈地盯着宣机。

宣机仍在冷笑，只是那笑容有着说不出的凄苦。

还是在天琼宫法会前，宣机已从那份师门秘图中破解了一部分地煞密码，随后曾三次来此历险。虽然最终徒劳无功，但每次都能有惊无险地逃生，他认为自己还能控制这份最凶险的地煞。被浅月、丹云子这样的大宗师追剿的滋味不好受，所以宣机决定，在此处诱敌、陷敌，最终毙敌。

虽然丹云子和慧范两个老滑头成了漏网之鱼，但只消扛过今晚，自己就能逃出生天。宣机终于长吁了一口气：“少安毋躁，各位，它马上……就要来了。”

一语才落，井洞中忽然风雨大作。

众人只觉脚下水波荡漾，仿佛怒潮将涌，黛绮不禁惊叫出声，甚至循着一块高石攀上了两步。虽然她知道，自己身处井底，这里面根本不应该有雨水，不应该有潮水。

漫天瓢泼的大雨中，一道淡白色的光芒从远处飘来。光芒的中心是一个高瘦的术士，那术士长髯及胸，倒提长剑，说不出的意态潇洒，最奇的是那双眸子，深邃如海，又带着睥睨一切的光彩。

浅月盯着那术士额角处一团猩红如火的红发，牙齿开始打战，颤声道：“知机……知机子！”

东瀛剑客也听说过知机子的大名，终于忍不住低吼道：“浅月先生，清醒些，知机子宗师早死了几十年了吧？”

“没错，就是知机子！他额角的红发不是天生，而是三昧真火修到极处的象征。还有他那眼神，想想看，这世间，除了知机子，谁会有这样目视云汉的眼神？”浅月忽地扑通跪倒，大叫道，“知机子前辈，您果然神通广大，您没有死，晚辈给您……”

他话还未说完，知机子身上的白芒忽然变得璀璨刺目，跟着他整个人忽然炸开。

知机子化成了无数飞散的血块，血肉如飞散的乱蛇一般疾射了过来。众人猝不及防，被血块射得满身满脸。袁昇惊讶地发现，那些血蛇般的肉块就那样穿透了众人的身体，继续向远处飞射过去。

黛绮吓得一声惊呼："这……这是怎么回事？"

知机子死了，那个不可一世的知机子在众人面前忽然炸成了万千血肉的碎片。

"你看，他，他又活了……"黛绮颤抖地指着远处，远处怒涛起伏如山峦，知机子的身影又在浪尖上闪现，大袖飘飘，御风而行。

"幻术，难道是一种幻术？"天竺幻术师紧张地左右顾盼，想寻找幻术的破绽。

"不，那是真实的，是真实的知机子，"宣机沉沉叹了口气，"只不过是几十年前的影像。"

黛绮惊道："几十年前？"

袁昇恍然大悟，道："不错，几十年前，知机子独闯七星法阵，应该就在这附近被阵力所伤，自爆真元而亡。我们看到的，就是知机子自爆而亡的刹那！只不过此处地煞异常，那些场景，竟被记录了下来。传说知机子最后丧生于一家水神庙，看来就是此地。"

听他说到这里，天竺幻术师和东瀛剑客都不禁裹了裹衣襟，在知机子炸碎的刹那，他们竟都觉得全身的血管肌肉如将被炸开般难受。

"记录下那可怕影像的，不是此处地煞，而是它——天魔！"宣机的声音冰冷彻骨，"当年的天魔被七星法阵镇压，还很虚弱，只能无助地看着知机子自爆而亡。我知道，它很痛苦，所以在它的心底，常常重演那痛苦的一幕。"

浅月不禁嘶声道："所以，它马上就要来了，是吗？"

传说中的天魔，就要现身。它，到底是个什么样的生物？

"马上？不，它已在这里！"

随着宣机这声低叹，众人都觉眼前一阵恍惚，跟着，前方波光激荡间，一只庞大的金龙慢慢舒展开来，先是巨树般的龙尾，然后是鳞光熠熠的金色龙身，锐芒闪闪的龙爪……最后，整条金龙终于正面对向众人。

众人目瞪口呆，这条气势威猛的金龙居然没有龙头。

一条无头巨龙！

黛绮当先一声惊呼。

东瀛剑客甚至大叫一声，跪倒在地。

袁昇双瞳一寒，忽地叫道："泾河龙王，难道是无头的泾河龙王？"

黛绮的双眸又亮了起来。她久在坊间听说话人讲故事，自然听过魏徵睡梦中斩了泾河龙王的故事。

在这个故事中还有一个关键人物就是唐太宗李世民。据说当时魏徵睡梦中追赶泾河龙王不及，急得满头大汗，李世民见能臣睡梦中还在流汗，便挥扇给他扇了三扇凉风。而梦中的魏徵得此三扇清风相助，终得风驰电掣般赶上了龙王，挥剑斩下了龙头……

这故事在大唐可谓家喻户晓，因为接下来便是龙王入梦索头，惹得太宗夜梦不安，于是又有了秦琼与尉迟恭化身门神守夜的传说。

但谁能想到，此刻，那神秘莫测的天魔终于现身，居然是这个失去龙头的泾河龙王。

浅月叹了口气道："不错，各位别忘了，这里是水官祠，祭祀的本就是水神，而先前主殿前的浮雕上共有八条巨龙浮雕，正是代表着'八水绕长安'的八水龙王。荒废之前，这里被俗称为'八龙王庙'，所以此庙本就是泾河龙王的栖身之所……"

黛绮忍不住喃喃道："可那天魔，不是号称'九首天魔'，应该有九个头的。那晚在凌烟阁内，借着秦清流之身，只差最后一个头就要复活了。可现在，为何是一只没有头的龙？"

宣机低叹道："是呀，那晚，它差了最后一个头没有复生，差一个，跟差九个头，于它而言，是一样的痛苦。"

袁昇一凛，叹道："这不是天魔的真身，而只是它的一个化现，用咱们都能看得懂的形象。因为泾河龙王无头，与它的痛苦相似，这故事又流传最广，所以它便化成了这副模样……是的，它很痛苦。"

众人听得他二人冷飕飕的对话，都觉全身一阵肌骨俱寒，一股难以言喻的痛苦，随之弥漫全身。

"我的头呢，我的头在哪里？"无头天魔慢慢向众人逼近过来，一道道恐怖的嘶吼在井洞中回荡不休。

忽然间，所有的山洞岩壁都化成了诡异的龙身，无数龙身都在层层叠叠地盘曲蠕动着，所有的龙身都没有龙头，但它们却都在同时呐喊，反反复复发出一句怒吼。

"我的头呢……我的头在哪里？"

跟着，无数的龙头又在石壁上同时闪现，无数双血红的眸子在岩壁间睁睁闭闭，开开合合。那些眸子都充满狰狞的血丝，充满愤怒阴毒之色。

洞内再次风雨大作，满空飘飞的却都是血雨。

"孽障！"东瀛剑客最先狂吼起来，挥刀劈向身前的岩壁。一刀劈出，山岩间血水激射，仿佛裂开了一道热血瀑布，黏稠的血浆四溅迸流，溅得他满身是血。

"小心，守住心神，不要妄动！"浅月急忙厉喝提醒。

但已经晚了，瞬间，四周鬼影幢幢，无数张牙舞爪的狰狞怪物从蠕动的血色岩壁间跃出。

那真的是一些奇形怪状的怪物，有似虎似豹的猛兽，有口鼻喷火的怪马，有长发拖地的僵尸女人，有头上生出尖角的兽人……

这些只在上古传说中出现的怪物嘶吼跳跃着，潮水般涌出。好在这些妖兽怪物并不向袁昇等人冲杀，而是分成了两拨，相互剿杀起来。最显眼的是一个四臂牛头的巨人，他显然是一拨兽人的首领，狂啸如雷间，已将数个敌手生生撕裂。

"蚩尤！这难道是……涿鹿之野，黄帝和蚩尤的第一次道魔大战！"浅月仓皇大叫，"这都是幻象？"

他的号叫很快被怪物们的怒啸掩住。两拨妖兽怪物气势汹汹地左冲右突，很快也波及了众人。

"这本来都是幻术！幻术！"天竺幻术师没听过什么蚩尤黄帝的道魔大战，仗着对幻术无比的精通，挺身而立，准备对怒潮般涌来的怪兽们视而不见。

轰然巨响，天竺幻术师被一个身高两丈开外的巨人撞倒在地。跟着蚩尤已向那巨人冲来，两个巨人扭打在一处，横卧地上的天竺幻术师被两个天神般的巨人重重地来回踩踏。

袁昇、浅月等人都看得心惊肉跳，几人迅疾围拢在一起，向边缘退去。

天竺幻术师已挣扎起来，但不知为何，他的全身变得僵硬干枯，挣了几下，竟再也不动，浑身仿佛化成了枯硬的岩石。

那两个巨人兀自激战，猛听嘭的一声巨响，僵硬如石的天竺幻术师被蚩尤撞上，登时全身碎裂，仿佛残碎的石屑般四下飞溅。

浅月大惊，吼道："这怎么可能，难道它们不是幻象，这一切都是真实的？或者，是亦真亦幻？"

"就是幻象！纯粹的幻象！"袁昇提气大喝道，"那个天竺人适才虚张声势，恰恰是没有守住本心，这才被幻象同化了。"

袁昇和黛绮各出一手，五指相连，两人的元神交互感应。这便如同将两个人的灵力相加在一起，饶是如此，当那妖物混战的幻象如怒潮般袭来时，也觉心神摇曳。

"我们在动！"黛绮大叫道，"有一股怪力在强吸着我们？"

果然每个人都在慢慢移动，初时众人以为是在远离那些混战的怪兽，但此时听得黛绮这声喊，浅月等人才惊觉有一股强大的吸力在众人背后无声无息地鼓荡着。

"是那条妖龙！"浅月大喝一声。

果然，正是那条天魔所化的无头巨龙，不知何时已盘曲在众人的身后，它的前爪竟提着自己那硕大的龙头。龙头上那双空洞洞的眸子正木然注视着他们，而那微张的巨大龙嘴正不停地狂吸着，一股股强悍吸力让众人悄然向它移动着。

浅月怒喝声中，长剑已然出手，剑芒闪处，迅疾将巨龙的身躯劈成数条巨大豁口，但伤口处却没有鲜血流出，而且长剑收回后，豁口霍然而合，一切都如同抽刀断水，无济于事。

众人越看越惊，那些怪兽妖物仍在啸叫着拼杀，空中血雨纷飞，眼前似乎只剩下两个结局，或是如同那天竺人一样，被那些妖物幻象同化；或是被身后这条神秘的天魔妖龙吸过去……

"它没有实体，我们的法宝兵刃只怕都无法伤它分毫。"浅月惊怒交集，忽见宣机一直袖手冷笑，更是恼怒，破口大骂道，"宣机你这蠢材，现在你也要被它吞噬了，神魂俱灭，尊驾终于心满意足了吧？"

"被它吞噬？"宣机目射奇光，忽地冷哼道，"你太小瞧山人了。山人来此，不仅是要困敌报仇，更要对付天魔，降服它，战胜它……获取它！"

听得"获取"二字，袁昇忽然心中一动，忍不住喝道："月圆之夜！宣机，你和秦清流一样，特意选择了这样一个月圆之夜来此行事。月圆之夜，是它追求变身复活的时刻，也是它最虚弱的时刻，原来……你也想获取天魔之力！"

"袁昇你还有些见识！"宣机哈哈大笑，"浅月，你这辈子做梦都想当天下第一国师，可你这点气魄，也只能编些阴谋诡计。现在山人就让你看看天下第一国师的大气魄。天魔，你的头来了！"

大喝声中，宣机忽地探掌抓住了东瀛剑客的脖颈，凌空抢起，向无头巨龙抛去。

他这一抓极是突兀，犹似奇峰突降，东瀛剑客先机一失，竟全无躲避招架之力，颈后要穴一入他手，全身罡气受制，整个人便似一根稻草般被高高抛了起来。

东瀛剑客刚刚坠落到那巨龙身前，无头巨龙猛然探身卷出，已将他紧紧缠住。

东瀛人的身子忽然消逝，仿佛在刹那间被巨龙生生吞下，众人陡觉眼前一阵恍惚，东瀛剑客的头忽自龙颈处冒出。这个无头的巨龙终于有了头，只不过是东瀛剑客的头，而且那头有些怪异，似龙似人，脸上还淌满黏稠的汁液。

东瀛剑客的头还在拼力扭动挣扎，似乎极不情愿安住于龙颈处。他那双眼睛空洞洞的，瞧来恐怖至极。

黛绮不忍再瞧，忙闭上双眼。袁昇忽道："这天魔，为何一直在寻找它的头？"

"此话怎讲？"浅月一凛，忽觉袁昇的话中似乎颇有深意。

"头只是一个表征而已，代表的是自我。"袁昇紧盯着那个与东瀛剑客挣扎在一起的巨大龙身，缓缓道，"我探查了它许久，它绝不是龙，也不是妖或魔，它应该是个有了自我意识的……世界。"

"你说它是……一个世界？"

"何谓世界，世是时间，界是空间。想想看，这里本是一处狭小的井底，为何会如此宽阔宏大，还能风雨交加？只因这里是一处独特的自有世界。在这里，时间和空间都发生了扭曲！所以我们能看到数千年前的道魔大战，能看到数十年前的知机子自爆之死……

"也许，所谓天魔，就是此处的一种奇怪地煞。可怕的是，这个地煞忽然产生了自我的意识。而所谓的天魔复活，其实就是这个产生意识的地煞不停地在寻找能让它认可为自我的人。所以它一直在不停地寻找，不停地吞噬，也不停地分化。"

浅月忍不住道："你说它在不停地分化？"

"是的，吞噬与分化是一体的，有吞噬必然有分化。它希望自己有九个头，九为极阳之数，那时候它将会分化。想想第一次道魔大战中出现的那些天魔，它是雨师，也是旱魃，它自己分化出了无数个自己。"

黛绮颤声道："如果它的本质还是吞噬，那我们，岂不终究会……"

袁昇想不出用什么话来安慰她，只得叹了口气道："是的，它会不停地吞噬下去。也许在吞噬的背后，是它想得到一切，是它想成为一个真正的世界。"

"这么说，它也在争权夺利！只不过它所争的权力，远大于我们。"浅月沉沉地舒了口气，眸中却放出熠熠神采，甚至缓步向前走了几步，幽幽道，"天魔，也许我能让你得到你想要的权力，当然，你要先给我无上的权力！"

他眼中的炽热光彩越来越盛。隐隐地，他发现了一个纵横古今、强大无比的机会……

传说中的天魔之力！

这时的浅月虽然心潮澎湃，但终究还有些犹豫，前有秦清流，后有东瀛剑客，让他在心神激荡之际，却又不敢轻举妄动。

就这么稍一分神之际，猛然一股巨力袭来，浅月背后已中了宣机一脚。他想不到宣机堂堂大宗师，居然出手偷袭，这一脚踢得他全身罡气震荡，痛得脏腑如欲移位，惨号声中，身子腾空飞起，撞向那条人首怪龙。

宣机一出手便是兔起鹘落，连绵不绝，一腿踢飞浅月后，身子疾旋，已反掌扣住了黛绮的咽喉，向急冲而来的袁昇喝道："站住了！"

袁昇眼见黛绮被他的铁掌紧扣住咽喉，脸色苍白，只得愕然顿住脚步。

"宣机，你这孽障……"那边浅月惨叫声中，已被那条怪龙缠住。

强大的罡气纵横冲突，整个井洞都震动了起来，仿佛是巨峰入海，怒浪滔天。浅月功力深厚，虽遭宣机偷袭，但被巨龙锁住后，仓促间仍能提起全部罡气垂死反击。

可是，浅月也仅仅比东瀛剑客多支撑了一小瞬间，全身已被巨龙吞噬。下一刻，他的头便从龙颈处伸出，同样是汁液淋漓的怪脸，双眼空空洞洞。但只短短一刻，浅月的头便缩了回去，东瀛剑客的头又猛然探出龙颈。

顷刻间，浅月与东瀛剑客的脑袋从龙颈处交替出没，每次出现，甚至还伴有刀光剑影闪现，显然浅月与东瀛剑客此时竟在天魔妖龙的体内殊死拼争起来。

与此同时，那条硕大龙身则不住翻滚扑荡，震得整座井洞光影激闪不休。

也许是忽然间吸收了浅月与东瀛剑客两大强悍真身，天魔的世界发生了剧烈动荡，先前群魔乱舞的两拨怪兽妖物忽然尽数碎裂，随即化作一团团模糊的光，渐渐暗淡。

"宣机，你到底要怎样？"袁昇缓缓抽出长剑，左剑右笔，准备与宣机全力一搏。

"你看那天魔，如你所说，是个奇特的地煞世界，但此时连道魔大战的幻影都消逝了，这说明那个地煞世界发生了大问题。"宣机狞笑道，"明白了吧，天魔吃得越饱，就会变得越虚弱，老子才会有可乘之机。现在，你给我滚过去。"

"袁昇，不要……"黛绮拼力怒喝，却被宣机紧紧扣住咽喉，再也发不出声。

"滚过去！"宣机一字字道，"如若不然，山人就将这女娃扔过去！嘿嘿，这胡姬元神颇为强大，想必天魔会喜欢。"

仿佛是示威一般，宣机掌力一紧，黛绮呼吸不畅，脸孔憋得通红。

浅月似乎在和东瀛剑客的拼争中占了上风，他的头已占据龙颈好长一段时间，那双被汁液覆盖的眸子空洞洞地望向宣机，甚至张开同样淌满汁液的大嘴哈哈狂笑。

随着那阴冷的笑声，这时洞内骤然生出迅猛的狂风，强大的吸力随风而起，整条妖龙泛出阴冷的幽光。

"一瞬之机，或生或死！"袁昇忽然叹了口气，缓步向那团幽光走去。

"袁昇，不！"黛绮已说不出话，只在心底无声地怒吼。

"谷神不死，是谓玄牝。"袁昇却朗声道，"宣机，你明白吗？它就是玄牝之门，就是天地根。"

"谷神不死，是谓玄牝，玄牝之门，是谓天地根。"这句话出自道家第一经典《老子》，也是《老子》中最为神秘的名言之一。千余年来，诸多道家大宗师和修炼者对此名言的解释层出不穷，但到底何谓"谷神"，"谷神"为何不死，什么是"玄牝之门"，"天地根"到底何指，万千说法，众说纷纭，成为修炼界的一个永恒谜题。

但此刻生死之际，袁昇为何要吟诵这两句话，难道他悟出了什么？宣机一愣，不由瞪大了双眸。

洞内是无尽无休的狂风，强悍的吸力几乎让宣机站立不住，那片幽光也变得愈发耀目。而袁昇则迎着狂猛的吸力，一步一步走向那团冷光。

下一刻，跟浅月一样，袁昇消逝在那片璀璨的光中。

"袁昇！"黛绮的芳心剧烈抽动，几乎要昏死过去。

宣机的双眼几乎要睁裂了。他发现了一些不同，不同于浅月和东瀛剑客撞入龙身时的那种剧烈波荡，袁昇走近天魔的时候，居然一切都很平静。

他就那样自然地走过去，如同推开自家后院的柴扉，走入后花园。

猛然间，一股宏大的光芒从龙身中耀出。与先前阴冷刺目的冷光不同，这次的光芒温润醇和，仿佛春暖花开，芳桃满树；又如碧海长空，天风和煦……

那片光明中蕴含着无数的美好和温暖。

一瞬间，宣机竟有些恍惚，甚至放松了扣在黛绮喉头的手指。这一刻，他似乎看到了眠琴绿荫，清泉婉转，听到了鸾凤和鸣，百鸟相和。他只觉满襟都是幽幽花香，甚至儿时最纯洁最美好的记忆如流水般从眼前闪过。

"明白了吧，一切都很好，不是吗？"一道温和的声音从身后响起，宣机的肩膀被人轻轻拍了拍。

宣机愕然回头，目瞪口呆地望着身后的袁昇，颤声道："你，你……是幻象？"

猛觉手臂一轻，黛绮已经被袁昇拉了过去，跟着宣机只觉后颈一麻，已被袁昇按住了要穴。

"天魔已经走了。你感受到了吗？"袁昇的脸上隐隐有奇异的光彩流动。

"你……你是怎么做到的？"宣机不可置信地瞪着他，甚至忘记了自己已被制住。

"老子曰：玄牝之门，是谓天地根！这句道家修炼的密语数千年来被无数人破解过，却从无一个满意的答案。直到刚才，我忽然悟出，谷神不死、玄牝之门、天地根，说的都是它，或者说，是它的地煞世界。显然，老子当年也曾感悟过天魔的世界。在走入它的一瞬间，我忽然想通了，数千年来，所有人都希望降服它，镇压它，获取它，但是没有想过……理解它！"

"理解它，怎样理解？"

"多少年来，天魔都想重建世界，重建一种可能。它其实一直在欺骗自己，通过建造各种可能，它发现各种可能都是虚幻的。于是陷入不停的循环中，而各种循环又都是死路。这就是天魔的秘密，所谓的魔，就是不停地用错误来折磨自己。直到适才，我走入它，理解了它，也告知了它！"

"就这样，这么简单？"宣机的脸孔隐隐抽动起来，"它便放过了你？"

"它破解了那个数千年的死路循环，所以它走了出来，我也走了出来。"袁昇又拍了拍宣机的肩头，"我说过，它的世界中，时空是扭曲的，所以我来到了你的身后。"

宣机面如死灰，这时他还能闻到馥郁的幽香，仿佛这井洞中开满了奇花仙蕊，可惜此刻他却要穴受制，全身僵硬。

"告辞了，我这人不会以德报怨，但我还是想给你们一个公平机会。"袁昇脸上仍是那种淡淡的微笑，挽住黛绮的手，跨向那团渐渐淡化的光明。

"一个公平机会？"宣机有些疑惑，还没问出口，却见袁昇忽地回头遥遥挥出三掌。

三道罡气汹涌而来，宣机先觉胸口一畅，僵硬的身躯已能运动。他猛地转过头，却见身后两人正坐在地上呼呼喘息，正是浅月和那东瀛剑客。

在天魔忽然遁去的瞬间，这两人也被袁昇封闭了要穴，顺手带了出来。此时袁昇遥击三掌，两人要穴立解。侥幸逃得活命的两人都双目血红地盯着宣机，当真是旧恨未解又添新仇。

"宣机，你这孽障！"浅月当先一声狂吼，愤然扑了过来。东瀛剑客则默不作声地连挥数刀，刀势疾如迅雷，竟全是不要命的狂攻招式。

"原来这就是公平机会！"宣机斜身避开疾风暴雨式的狂刀，百忙中斜眼瞧时，却见袁昇、黛绮两人已并肩走入了那团光中。

那光明正在变淡，两人的身影也消融在那片模糊的光影中。

第十章 天魔之境

第十一章

翻云覆雨

　　夜色正沉，但太平公主府中议事的如意堂却灯火通明。太平公主在案后正襟危坐，乔装而来的李隆基和陆冲则肃然地站在她对面。

　　这已经是昨晚李隆基星夜来投后，姑侄间的第二次深谈。

　　实际上在相王的五子中，她最看重的首先是世子李成器，乃至隐隐将李成器视为潜在的对手进行打压。而最让她看不透的，恰恰就是这个以放浪荒唐闻名的三侄李隆基。李隆基经历那次情殇后，她甚至认为他已经彻底颓废了，所以才保举这个"废物侄子"做了辟邪司的首领。她自认为这是一记后着深远的妙棋，可以分化离间相王的五个儿子。但后来，她又发现了异常，李隆基看似荒唐，实则机锋内敛。

　　而且那种内敛，竟让这位最像武则天的大唐公主有些害怕，如果一个人能韬光养晦到这种境界，那该拥有何等可怕的心机？

　　而就在昨晚，这个让她觉得可怕的侄子居然深夜赶来，说出了一番李家岌岌危在旦夕的恐怖言论。

　　太平公主为人谨严精细，对这等大事，没有像她哥哥相王那般贸然排斥，也没有入耳便信，而是用一天的时间发动了手头所有的力量去探查打听。

"很可惜，铁唐最新的消息传了过来，林啸死了！"太平公主这时终于开了口，"其伤口似乎是袁昇的春秋笔剑所致，那种伤痕几乎独一无二！"

李隆基一愕，忙问："铁唐这消息准吗？姑母可让亲信验看过林啸的尸身？"

"只是我们埋在宗楚客那里的细作传回的消息，林啸的尸身，他并没机缘看到。"太平公主无奈摇头。

此刻屋中的太平公主和李隆基、陆冲当然都想不到，林啸之死与伤痕暗合春秋笔剑的传言，竟是宗楚客故意命人传出的。这也是宗楚客断除袁昇退路的一记杀招。只不过林啸的尸身却被他暗自藏起，这便让袁昇再无退路，却又不至物证俱全，罪责难逃。

这便是宗楚客翻云覆雨的手段。

太平公主接着叹道："林啸已经失踪一整天，而他一直在追杀袁昇。袁昇越狱在先，涉嫌斩杀林啸在后，这很可能坐实了他的谋反之罪，也便进一步给李家党增添了无穷的麻烦。我甚至有些怀疑，袁昇到底是哪边的人？他到底要干什么，甚至不顾自己老父的死活？"

太平的声音有些低沉，凤目却锐利逼人："三郎，我很欣赏你。你在预判出如此巨大的危机时，竟敢深夜来投奔我，也足见你的眼界和胆识。只不过，我们探查一日的结果是，目下我还没有理由去冒险。"

陆冲焦躁起来，不禁暗自攥紧了长剑。五指刚刚触到剑柄，便陡觉一股强大的气机自屏风后射出，犹如密云不雨，压得人透不过气来。

"公主殿下，老衲有些话想说。"一声叹息自那道精致的描金紫檀屏风后传来，胡僧慧范竟笑吟吟地转了出来。

太平公主居然蛾眉舒展，悠然一笑："正要听听大师的高见！"

陆冲和李隆基目瞪口呆。

这老胡僧一直是朝中的神秘人物，他善于理财，乃至成了韦后的红人。万万想不到，他竟得太平公主如此信赖，深更半夜，竟藏身太平公主府内，得闻如此机密大事。

"公主殿下，老衲觉得临淄郡王言之在理。"

太平沉吟道："大师请讲清楚些。"

"非常之时，应该有非常之道。"

"为何说我们现在已是非常之时？"

"因为袁昇！老衲太熟悉袁昇了。不到万不得已，他绝不会杀人。"慧范声音平和，双眸却凛然生辉，俨然指点沙场的兵家宿将，"相王一方擅做主张，忽对自家的辟邪司痛下杀手，这件事公主殿下原本并不太赞成。据说相王突然出手的初衷，是保护袁昇、陆冲等人。只可惜，相王这一步棋被人利用了，袁昇罪责突增，不得不越狱，亡命天涯。

"即便如此，我仍不相信袁昇会杀人。如果林啸之死的消息属实，那么老衲推算，袁昇只有在一种情况下才会杀人，那就是发生了极端的大事，千钧一发的大事，他不得不出手斩杀朝廷命官。由此可知，情形必已是十万火急！所以老衲认为临淄郡王的判断很有道理。"

李隆基和陆冲不由对望一眼，心下均是惊奇不定，这老妖僧擅使阴谋诡计，而且素来对袁昇敌意极大，甚至奉命出手暗杀过袁昇，也曾配合雪无双囚禁过李隆基，这番话却着实见识过人。

太平公主显然对慧范极为看重，却还是有些游移不定，蹙眉道："你以为，我们该当如何？"

"如果在临淄郡王和相王中选择一个，老衲建议，公主殿下选择临淄郡王。"慧范的老眼闪着深不可测的幽幽光芒，忽向李隆基深深一揖，"临淄郡王，当日因玉鬟儿对您痴心一片，老衲又遭雪无双蒙骗，老眼昏花，未曾认得郡王尊驾，以至竟让郡王在敝寺委屈多日，实在罪该万死，还望郡王海涵。"

李隆基听他轻轻巧巧的一句话，便将昔日配合雪无双囚禁自己的劣迹抹去，心底波澜微生，脸上却挤出一派醇和感激的笑容："大师说的哪里话，都是蜗牛角上的蛮触之争，何须挂怀。倒是大师当今的远见卓识，为某慷慨陈词，隆基感激不尽。"

正这当口，一个亲近侍女急匆匆地赶来禀告："启禀公主殿下，相王世子求见！"

阁内众人都是一凛。李隆基不由叹了口气："我大哥竟这么急，为了寻我，竟是连礼数都不顾了。"

那侍女接着说出了又一个让李隆基心惊肉跳的消息，陪同世子前来的竟是丹云子。

陆冲暗自叫苦，师尊真是个老滑头呀，昨晚刚将我们放走，今晚却又转手将我们卖掉。

"我们现在怎么做？"太平有些焦急地站起身来，望向慧范。

"将临淄郡王交给相王世子吧。"慧范老眼闪动。

"什么？"太平等三人齐齐惊呼。

"看来公主殿下也不甘心。"慧范狡黠笑道，"将郡王交出去，维护李家党内部的平稳，此乃下策！而上策，公主殿下未必会听，老衲赞同临淄郡王之见，全力以赴，雷霆一击！"

太平公主果然叹了口气："看来还有中策？"

"中策便是，将世子打发走，然后铁唐四出，继续探查袁昇的下落，同时散播消息，就说袁昇是被冤枉的，御史台屈打成招，发动一切喉舌，先为袁昇翻案；同时，筹备力量，以备不时之战。"

太平在屋中缓缓踱步，此时情势非常，她的神色却极为镇定，微微一沉，便扬起修长的双眉，冷冷道："先用中策吧。我去应付成器。"

光明如同燃尽的焰火，终于在腾起最后一道辉煌后，归于寂寞。

袁昇和黛绮踏过那道光明后，前方现出了两条岔路，而一边，已经看到了遥遥亮光。

"那边就是出口！"黛绮下意识地拉着袁昇，就要奔向那点亮光。

"不，我们不出去，"袁昇却一把拽住了她，指着另一条岔口道，"我今日来此，就是要寻这条路。这个井洞其实是长安地府里一处非常紧要的所在，据我推算，秘门的易天坛就在那里！"

"易天坛是什么所在？"

"我先后进入过三次地府，范平以为我被灌了孟婆汤后便知觉全无，却不知我对这种由麻沸散改造的迷药早有防备，每次我都能默记路径。我发现那些机关操控的猫妖傀偶都来自一处神秘所在。那日宗楚客登坛前，秘门高士们也曾议论过易天坛，从宗楚客出没的路径推算，也应和猫妖傀偶们最终出没之地一致。"

黛绮惊道："你今晚夜探此处，就是要找寻易天坛？"

"不错，据我推断，从地府中应该有两条路能到易天坛，一条是最初范平带我走的寻常路，但那地方机关重重，除了猫妖傀儡层层设防，更有许多秘门高手潜伏。我只能绕道而行，推算良久，才选定了这条水官祠的道路。没想到，这里居然是整座长安地府最凶险的所在，传说已久的天魔竟埋伏在此。

"好在我们历尽艰险，终于化险为夷，"他轻轻拍了拍她的肩头，"还让我找到了你。你怎么落在了宣机手中？"

"你又不辞而别，我放心不下，想出来寻寻你留下的讯息，没想到大长老忽然找到了我。"她轻咬下唇，瞠视着他，"就如你预料的那样，他认为我终于想通了，将你卖了出去，只是他认为我卖得还不彻底。我跟他大吵了一架，正这当口，宣机那老家伙不知怎的竟神出鬼没地赶了过来，将大长老打得吐血倒地，又将我掳了去……"

"好了，今后再不许你胡乱冒险乱闯。"袁昇也觉一阵后怕，不由攥紧了她的手。

"我偏要乱闯，偏要冒险，谁叫你将我丢下！你一人四下乱跑，不就是在冒大风险吗？"女郎长睫忽闪，眸中满是赌气般的神色。

袁昇无奈地笑道："好吧，今后我不乱跑，姑奶奶也不乱跑，如何？现在，我们马上就要接近长安地府的核心秘密，让我们看看，那能让秘门横行天下的易天之宝到底是何物。"

他选取的这条岔路并不长，只转过一个弯，眼前就现出一道封闭的铁门。

望见铁门上奇异的星宿浮雕，袁昇轻轻吐出了一口气："就是这里了，这应该是易天坛的后门。"

他凝神探查片刻，确定屋内无人，才探掌在那些星宿上轻轻抚摸推敲起来，片晌后便飞快地按照某种次序按下，铁门里的机枢发出连环轻撞之声，跟着一声轻吟，铁门张开一道缝隙。

眼前明光耀目，易天坛内居然灯火通明。二人刚闪进去，蓦地一道黑光闪过，一只半人高的巨大黑猫陡然出现在袁昇身前。

猫妖的出现非常突兀，仿佛从地底涌出，最奇的是一双猫眼似笑非笑、无比诡异地盯着他们。

两个人骤然顿住步子，不敢言语，也不知该当如何应对。袁昇忽地抬起了头，登觉头皮一阵发麻。先前他曾运使罡气探查，觉出屋内没有旁人，但此时才发现屋中虽然没有人，却有妖，猫妖！

除了眼前这只硕大的黑色猫妖，前方光影闪烁，一双双锐利的猫眼纷纷亮了起来，十只、二十只……至少有百余只猫妖向着他们弓起了身子，这些猫妖颜色各异，小者如巨犬，大者如怒豹。

忽然看见这么多形状诡异的猫妖，这样静悄悄地凝立在那儿，黛绮险些惊呼出声。

身前那只黑色猫妖还在静静地逼视着他们，只这么一耽搁，那双猫眼已变得冷厉阴森，前爪抓地，跃跃欲试。同一刻，盘踞在侧的百十只猫妖都开始作势欲扑。

在这种封闭的空间中，忽然遭到百十只傀儡猫妖疯狂攻击，将是多么可怕的事情。

千钧一发之际，袁昇忽地灵光一闪，从怀中掏出一只面具在黑色猫妖的眼前晃了晃。猫妖的眼神被银灿灿的面具吸引，仿佛看到了主人般，慢慢匍匐下来，终于一动不动。

仿佛有无声的讯息传出，屋内所有的猫妖都在刹那间安静下来，跟着迅速向两旁滑动、收缩、匍匐，片刻后都恢复成了僵硬的傀儡模样。

"谢天谢地，感谢万能的玛兹达！"黛绮已吓得全身酥软，"你拿出的是什么面具？"

"从浅月怀中摸来的。"袁昇也是心有余悸，就势将面具戴在了脸上，"我知道这地府内极其看重各种面具的规格，适才救下浅月时，摸到他怀中的面具，便信手取了来。他早就投奔了宗楚客，更是妖龙弓甲案的第一主谋真凶，很可能已是秘门的第一军师。"

黛绮恍然道："而这些猫妖，其实是一种傀儡术和机关术结合制造出来的怪物，它们半死半生，受制造者的操控，所以识得浅月的面具。"

袁昇点头："想想看，在我们初破秦清流的天魔煞时，秘门还没有摸透地府的规矩，为何近日突然间已全盘掌握了长安地府？便是因为宗楚客得了浅月之助。我相信，这些猫妖傀儡，也大多是浅月的杰作。"

黛绮瞟见那些僵立不动的猫妖，兀自觉得不寒而栗，哼道："这浅月果然如宣机所说，惯使阴谋诡计，这老家伙精通阵学，帮着秘门和宗楚客破解了这地府之秘毫不奇怪。不过，他千算万算，还是没有算出这水官祠下的天魔……这会儿应该已跟宣机拼个同归于尽了吧？"

袁昇想到自己最后给出的那个"公平机会"，不禁得意地一笑。

但他的笑容很快凝固了。

猫妖退却后，屋内空出了大片空地，他才看清了屋内的陈设。这是一间足可容纳数十人的庞大屋宇，除了层层叠叠地深隐在四周的猫妖傀儡，最醒目的竟是屋中央停着的一具黑漆漆的棺椁。

棺椁居然没有盖棺，袁昇一眼望去，隐约可见棺内躺着一人，全身竟披着明黄色的锦绣皇袍。

袁昇呼吸骤紧，忙疾步走了过去细看。

不错，棺内躺的人正是大行皇帝李显。

袁昇全身剧震。虽然他想到了这座易天坛内必然有着秘门最大的机密，却没想到会是这样惊天的秘密。他正待俯身细看，棺内的李显忽然睁开了双眼。

大行皇帝的双眼蓝汪汪的，闪着一层幽光。

这情形太过诡异，袁昇险些心神失守。黛绮更是啊的一声惊呼。

好在袁昇脸上的面具瞬间也耀出一片光华。李显目中的幽光撞见那团光华，随即黯淡下来。

袁昇忍不住惊呼道："这不是大行皇帝的尸身，而是……与猫妖相同的傀儡术所造的怪物。"他忽又想起什么，转头细看棺椁旁匍匐不动的一只猫妖傀儡，却见那猫妖的脊背上刻着八个隶书大字："太平有相，李唐万代。"

他心中一寒，适才那黑色猫妖出现得太过突兀，惊得他无暇细观，只隐隐地觉出黑猫身上有些古怪。此时凝神细瞧，果见所有的猫妖身上都刻有这八个大字：

太平有相，李唐万代。

袁昇的身子瞬间便被冷汗浸透，一个大胆而可怕的念头猛自心头腾起，如果是这样的阴谋，那结果很可能是……血洗长安！

哗啦啦一声响，易天坛另一侧的大门忽然打开，现出一道冷峻的人影。

"袁昇，从你投入秘门的那一刻起，我就没有信任过你。果不其然，你是别有所图！"冷笑声中，薛青山缓步踱入。

宗相府内的第一剑客、剑仙门最著名的叛师大师兄甫一现身，便挟着一股强大的剑气。

袁昇不由眯起双眼，他看到了薛青山身边另一道熟悉的身影。

范平，这个右御史台最不显眼、最没有前途的"高丽僧"，这时依旧挺着一副随和的脸，只是这张随和的脸上几乎没有任何神色。

"范平，你做得很好。"薛青山拍了拍范平的肩头，"虽然让袁昇失踪了小半晚，好在你能立即悟出袁昇的动向，及时禀报，也算大功一件。"

范平的脸上仍是一贯谦恭的微笑："知错就改，善莫大焉。还好，范某提醒到位，没有耽误大事。而且，"他的眼中闪出一抹激动的光芒，"咱们悄然来此，没有惊动旁人，力擒卧底逆贼袁昇，这件大功劳将会是薛兄独得！来日，还请薛兄给小弟在宗相面前美言几句。"

"袁昇是你引狼入室的，你这也算亡羊补牢吧！"薛青山大剌剌地哼了一声。

"你们知道秘门和宗楚客到底要做什么吗？"袁昇沉声喝道。

薛青山冷冷道："看来阁下探出了些什么？"

"传闻宗楚客、慧范等人曾帮韦后策划了天邪策的奇局，我原以为只是要剿杀李家党，但现在看，这些猫妖，由傀儡术和机关术造出来的嗜血怪物，若尽数放出来，只怕整座长安城都要血流成河！"

薛青山扑哧一笑："大乱之后才能大治，自古成大事者，岂能存这些妇人之仁。"

袁昇厉声怒喝道："宗楚客为了一己之私，竟要血洗长安，这等人还妄想成什么大事？"

范平脸肌一颤，却嘿嘿笑道："袁将军好眼光，这百十只小猫，瞧上去妖媚多姿，但以傀儡妖术炼制的怪物都极为嗜血，血洗长安，那岂不有趣得紧？"

"不必多费唇舌了！"薛青山冷哼一声，缓缓抽出长剑，"范平，这个胡姬有些古怪，少时就交给你了，小心应对。"

范平再谦逊地躬身，道："范平定不辱命。"然后慢慢直起腰，自怀中摸出那对日月双斩，向黛绮苦笑道，"黛绮姑娘，只怕要得罪了！"

黛绮盯着那张随和的脸，心内说不出是厌恶还是愤恨，直到此刻，这人仍是一脸的真诚和无奈，仿佛他做的一切都是迫不得已，本该如此。

"我知道你的灵力修为很厉害，可惜，我不会给你这机会的。"范平无奈地一笑，骤然腾空掠出，日月双斩耀出犀利的光华，向黛绮的头顶罩去。

袁昇看过范平出手，知道此人看似木讷随和，真正出手时却狠辣迅猛，疾如雷电，怕黛绮应付不来，忙长剑斜挥，一蓬剑雨扫出，将范平的攻势截住。

"袁昇，武延秀后园一晤后，你不是一直想要复仇吗！"薛青山冷哼着，长剑当胸刺出。

袁昇与陆冲相熟，当然熟悉剑仙门的剑法，相传剑仙门的御剑术宇内无双，飞剑一出，快愈惊雷，天上地下，欲避无门，而此时剑仙门最著名的大师兄这一剑却平平无奇，甚至大违御剑术的常理，有些缓慢，有些质朴。但此剑一出，屋内所有的空气仿佛都被这道剑意吸干，甚至让长剑所指的袁昇敛去了所有生的欲望和念头。

袁昇的双眸有些干涩，只觉全身的血液都要随着这缓慢的一剑而停止流动。他相信，哪怕是剑仙门掌门丹云子在此，也会为薛青山这一剑拍案喝彩，这一剑看似平平无奇，其实返璞归真，甚至别开生面。

他的掩日剑急忙挥出。纤细的剑锋耀出灿烂的光芒，仿佛春日的朝阳忽然出现在铁屋之中。如果说薛青山的剑气是冬之肃杀，袁昇的剑芒则带着春之勃勃生机。

春秋笔同时祭出，笔意在空中飞快跃动，无数奇异的星宿图案在空中若隐若现。

两道完全不同的剑意骤然相遇，立时便如乌云开合、烈日出没，屋内出现繁复激烈的阴阳之争。

"还不错！"薛青山的剑意仍在缓慢地逼近，死气沉浑如山般压下。

那边黛绮得了袁昇的一剑之助，立时抢得先机，倏地翻身，连环两肘疾向范平的胸口撞去，跟着袖间厉芒闪处，那把波斯弯刀冷厉地刺向范平的咽喉。

这两肘一刀，都是灵慧旅人秘传的防身秘技，在紧急之时施出，几乎百发百中。

猛听砰砰劲响，范平以肘对肘，居然在仓促间跟她硬拼了两记，跟着身形画出一道优美的弧线，避开了弯刀的凌厉一击。

"真是厉害！"范平一脸惊讶，"黛绮姑娘，何必如此，你差点要了我的老命。"

黛绮一上来便施出绝招，已累得呼呼喘息，却不料对手如此好整以暇，一时心内微凉。

袁昇剑上的罡气渐被那股沉浑的死气压制，但他右手的笔意却蓬勃而出，一点点星宿的图案在空中若隐若现，一道道奇异的罡气随之喷薄而出。

最奇异的是他的掩日剑炫出无数璀璨日芒，仿佛是刺出了千剑万剑，但春秋笔却舒缓自若，犹似书家凝神运笔而书，笔意遒劲沉稳。但转眼间看似沉缓的春秋笔却骤然刺破薛青山的剑意，飞挑向他的咽喉。

这种快慢的转换完全跳出了寻常人的认知，仿佛袁昇的春秋笔竟是从另外一个世界刺到的。

"似慢实快，好术法！"薛青山也不由扬眉惊呼，长剑陡地翻转过来，轻轻巧巧地压住了春秋笔。

袁昇心头暗惊，这一道快慢转换的术法是他刚刚从天魔那个小世界中悟出的，饶是他惊才绝艳，可这门出生入死的奇遇才辛苦悟出的时空扭转之术，到底还太匆忙，术法的力道还太稀薄。

薛青山长剑疾翻，这一剑却重若怒潮突降，带着数道忽隐忽现的气劲，将春秋笔和掩日剑尽数裹住。袁昇只觉自己的笔剑陷入了万道旋涡中，掩日剑上的日芒剑意、春秋笔上的星宿之气都被连绵不绝的旋涡卷走了。

"你很有天分，可惜，时日太浅！"薛青山脸上扬起一道狰狞的笑意，两剑一笔剧烈交争之际，他的后颈忽地耀出了一束亮光。

跟着，一把剑形的光焰从他的后颈慢慢升起。

那道光焰升得极慢，却带着一股君临天下般的强大威压，仿佛神器将临，百兽敛声，甚至屋内的那些猫妖傀偶都在微微战栗起来。

"气剑术！"袁昇心头剧震，知道这是剑仙门御剑术中最高明的气剑之术，连陆冲都没有炼成此道，而气剑一出，八荒辟易，在这样的铁屋中，只怕万难躲避。

薛青山很聪明，在这样的紧要时刻，他不和袁昇拼比繁复的术法和招数，一上来便用强悍的罡气以硬碰硬。

在这样封闭的空间内，硬拼功力，功深者胜。袁昇急待全力抽回笔剑，但薛青山剑上的吸力越来越强，那些可怕的旋涡几乎便要将这两件法器尽数吞噬。

便在此时，铁屋内猛然响起一道霹雳般的暴喝，刀芒闪处，血光迸现。

屋中的四个人齐齐僵住了身形。

黛绮最先惊呼出声，不可置信看着眼前的一切。

薛青山则慢慢低头，怔怔看着胸前冒出的一截刀尖。

在他身后，范平躬着身子，双手稳稳捧着刀，那把犀利狭长的月斩已插入薛青山的背心，直没至柄。

袁昇也觉惊奇不定，却奋力撑住春秋笔和掩日剑，卷得薛青山的长剑难以回攻范平。

"为什么？"薛青山还在低头望着滴血的刀尖，却在问身后的范平。

"只因我们容不得你留在宗楚客身边，而你又太贪婪自负，只需一句'能压倒浅月的大功劳'，就能将你诱至此处，所以你必须死，也注定会死！"范平的声音依旧很沉稳，跟他的刀一样沉稳。

说罢，他猛然抽刀，鲜血迸射间，薛青山的身子剧烈抽搐。他的脸上还写满了不甘，他还想回身挥剑，但范平那狠辣致命的一刀已断绝了他所有的生机。薛青山终于慢慢软倒。

他颈后刚刚升腾出一半的剑形光焰则化成了万千残碎的星光，瞬间消散。

黛绮急忙闪到袁昇身后，惊疑不定地盯着对面的范平。

"喂，范平，你……到底是哪边的？"她颤声问。

"相信袁将军能看得懂我的心，我看出袁将军是个干大事的人，而薛青山却一直对你怀疑不减，此人不除，大事难成啊。所以我不得不鼓动唇舌，将他诱来……"范平答非所问地苦笑道。

还是那张随和而毫无表情的脸，甚至在手刃了宗相府第一高手薛青山之后，这张脸上也没有任何惊喜自豪的神色。

"我也很奇怪，范兄到底是哪边的？"袁昇很客气却很果决地打断了他的话。

"这又有何干系？"范平拍了拍手，"只要你知道，范某是你的朋友，绝不会与你为敌，便是了。我现在有两条路可行，一是跟袁兄走，另投明主，海阔天空！二是留下来，袁兄去做大事，小弟则替你清理此处，再稳住宗楚客。袁将军想让我走哪条路？"

"好，范兄算计精细，"袁昇慢慢拱起手来，"那就有劳范兄留下！"

"袁兄真是大气魄，就不怕我去告密？"

袁昇瞟了眼地上的尸身，微笑道："一刀斩杀薛青山，我又何须生疑？"心内却想，这个范平深藏不露，杀伐果决，当真是个厉害角色，可惜猜不透他到底是哪一方的人马。

"看来范兄所图甚大，我便祝范兄好运，告辞了。"

"范某在哪里都是苟延残喘，哪敢有什么所图，不过是凑合活下去而已。"范平依旧谦恭地笑着，掏出一个面具递了过来，"出门后再没有什么紧要人物看管，他们只认面具，请黛绮姑娘戴上我的。这里的事，交给我吧。"

果然如范平所说，也不知他跟薛青山说了什么，今晚通往易天坛的路径上竟没什么高手坐镇。袁昇和黛绮戴着面具，一路畅通无阻，终于出了长长的地府井洞，从一处很隐秘的宅院枯井中钻出。

二人不敢耽搁，趁着浓浓的夜色赶回了与陆冲等人约好的一处暗宅。这处暗宅在青龙坊内，当初两人合力破解傀儡蛊时便曾在此处栖身，算是辟邪司仅有的两处宅院之一。

踏入院中的一瞬间，东方天际已现出了一道曙光，虽然整个苍穹几乎还是昏黄的颜色，但那痕淡金色的朝阳却是那样朝气蓬勃，锐意升腾。

黛绮望着那道晨曦，忽然跪在地上，叹道："这个世界原来这样美，为何他们还要千辛万苦地去争夺什么天魔之力，去探寻什么地府之秘？"

"也许，都是心魔的召唤吧。"袁昇将她扶起，"这个世界上，最可怕的，并非什么天魔妖物，而是封印在每个人心底的猫妖！这个心魔可能是权势，可能

第十一章 翻云覆雨

是财宝，但一旦跳出来，便会吞噬一切。"

黛绮侧头望着他，忽道："这么多的钩心斗角，这么多的阴谋诡计，辟邪司遇见的这些事，我都不喜欢。"

袁昇凝望着西天仍存的浓浓暗色，沉沉叹道："辟邪，是辟除妖邪之意，但一路辟邪到最后，我才发现，最大的妖邪，其实是这个朝廷中执掌大权的人，生杀予夺之权尽集一身……可我也只能无可奈何地看着这个妖物翻手为云覆手为雨，没法子辟除它！"

黛绮愣了下，幽幽叹道："既然不快乐，又何必在这里耗下去？我想起你让我读的那篇《归去来兮辞》，咱们这便是那文章里说的'心为形役'吧？归去来兮，田园将芜胡不归……现在想起来，我最快乐的时光其实是在西域诸国巡游表演幻术的日子，那里的人要简单得多，也快乐得多。有时候，我很怀念那里明朗纯净的日色和一望无垠的大漠，连那里的风都是那般无拘无束……"

"大漠浩瀚，异域风情。"袁昇也不由叹了口气，"希望有朝一日，我能陪你去看看。"

"当真？"她的眉眼间溢出朝阳般的喜色。

袁昇点点头道："当真！我还想去江南转转呢，看看那里的浩渺碧波，清幽林泉，你也会陪我去吗？"

"那当然，一言既出，驷马难追……不，翻一倍，八马难追！"她孩子气地伸出手，要和他击掌。

"好！八马难追！"袁昇大笑着和黛绮击掌。

"哼，心口不一，这时候你心里想的，定然不是跟我一同游西域，转江南。"女郎翻了下明媚的眸子，忽地掀起院中水井旁的一块方砖，"你定然是想看看陆冲给你留下了什么记号！"

"现在不必了！"袁昇望向门外，"小十九，应该回来了。"

一道极轻的脚步声响起，高剑风在门外笑道："十七兄，我这么小心，还是给你听了出来。"

相王世子李成器这次连夜赶来，却吃了个软钉子。

太平公主拖了很久，才带着一脸深睡被打扰的慵懒神色，冷冰冰地见了他。

听得李成器禀明找寻三弟李隆基的来意，太平更是干脆板起了脸，用姑母的身份把李成器训斥了一顿，说了一番兄弟同心不可猜疑的大道理，便客气地送客了事。

李成器闷闷走出，出门后对丹云子低声耳语了两句。

丹云子从水官祠仓皇退出，这时还是有些狼狈。好在追杀大逆宣机，乃是浅月的首责，剑仙门宗主今晚倚多而不胜，深以此事为耻，竟没声张。

他回来后便被李成器拉着连夜赶来太平公主府，此刻仍大为郁闷，只得打个哈欠道："好吧，那老头子就试试，不过咱们有言在先，我只在这儿耗到天明。"

"非常时期，不得不有劳先生出马了。"李成器见丹云子答应留在太平公主府内暗中监视，心内略慰，拱了拱手，才钻进了厢车。

望见丹云子如一抹青烟般又飘身跃入了太平公主府，李成器才闷闷地摇了摇头，命一个大宗师做这盯梢的事，也实在是无奈之举。

他重重踢了下前车壁下方的踏板。车夫得了指令，挥鞭催马而行。

马车辘辘行起的一瞬，李成器忽觉幽暗的车厢内翻起一道人影。这人先前不知藏身何处，这时神不知鬼不觉地骤然出现，当真形如鬼魅。

"是先生吗？"李成器第一反应是丹云子偷懒，去而复返，心内大是不快。

"是先生的徒弟，陆冲给世子请安了。"

"陆冲，你来做什么？"李成器惊疑不定。

"没什么，"陆冲懒洋洋道，"太平公主这边我试探过了，对青瑛下手的人，绝不会是她。"

"你说什么？"李成器更惊。

陆冲没言语，蓦地探掌，一把揪住了李成器的手，沉声道："这时候世子就不必装了吧，老唐！"

他将着李成器左手的中指，那上面有一颗白色玉石戒指。陆冲猛地弹指一掀，那块圆滚滚的白玉翻转过来，现出另外一面，幽幽的蓝色光华，在沉暗的车厢内依旧夺目。

"哪怕你不是老唐，也是相王这边掌管铁唐的绝对首脑！"

李成器大惊，奋力一挣，却如蜻蜓撼玉柱，只得怒道："陆冲，你要背叛铁

第十一章　翻云覆雨

唐吗？"

"我不会背叛，"陆冲冷冷地笑起来，"但我会跟他同归于尽。"

"三郎的手下，果然都是些无法无天的鸡鸣狗盗之徒。"李成器又惊又怒，更暗骂自己何必要将丹云子从身边支开。

他这次出来，务求机密，除了丹云子，便只带了前面那马夫。此刻他甚至无法叫嚷，那马夫在陆冲面前简直不堪一击，若是失仪喊叫，除了示弱，毫无益处。

"说得好，无法无天！"陆冲猛然扳开了他的嘴，将一枚药丸弹入了李成器口中。

一股浓烈的腥味滚入喉中，李成器又惊又怒，喝道："这是什么，咳咳，你……你到底要怎样？"

"你知道老子要什么，"陆冲终于放了他的手，一字字道，"将青瑛还给我，我要一个无病无灾、壮得像牛的青瑛！当然，还有老子所中毒蛊的解药。"

"你还记得青瑛已被喂了蛊毒？"李成器冷笑起来。他的笑容陡然僵住，小腹内一阵剧烈的绞痛传来，让他的身子都抽搐起来，"你……你给我吃了什么？"

"九天十地无敌蛊！"陆冲嘿嘿笑起来，"这种蛊毒没有你喂青瑛的那么麻烦，它就一个特性，霸道，发作很快，能让你的肠子断成一二百段……

"别这么看着我，说清楚些，就是蛊毒最终发作时，一二百只蛊虫会冲破丸药，将你的肠子咬出百十个孔洞，再从你的肠子内钻出来，它们会顺着你的脏腑向上，一路拼命地咬，拼命地钻，最后从你的耳朵、眼睛、鼻孔爬出，飞走！当然，那时候你的五脏六腑，你的眼睛、耳朵都已被咬成了一团肉泥……"

李成器只觉毛骨悚然，怒喝道："你胡说……哎哟……"剧烈的小腹绞痛让他端不起丝毫的架子，只得哀求道，"陆冲，万事好商量，这蛊毒现在已经发作了？"

"早说了，这玩意就一个特性：霸道！现在只是它发作的前兆，蛊虫们刚刚觉醒，正在你的肠内散步，少时就会咬你了。怎么样，你答应陪我去寻青瑛，我立马给你解药。"

"好，我答允，现在……"李成器的额头上已凝满豆大的汗珠。他自视甚高，当然不会为了一个江湖女子而搭上自己的命，这时只得勉力应允，再将无数怒骂硬生生咽下。

"很好，世子果然当机立断，英明果决，运筹帷幄，决胜千里，佩服佩服。解药来了！"陆冲粗暴地扳开他的嘴，又塞入一粒药丸。

仍旧是一股腥味入喉，李成器忍不住呻吟道："这当真是解药？"

"当然，独门解药，海内独步，疗效无双，立竿见影！"

李成器陡觉腹内一股温热，先前那钻心的绞痛立解，不由喘息道："果然……好些了……"

他慢慢挺直腰板，斜睨着陆冲道："陆冲，你与令师说来都是我铁唐之中流砥柱，与袁昇大为不同，何必要因小失大、一意孤行呢，此时悬崖勒马，为时未晚……"

望见陆冲冰冷甚至带着些哂笑的目光，他只得知趣地改了口："好吧，本王会兑现承诺，现在带你去见青瑛……哎呀……"

李成器猛然又抱紧了小腹，喘息道："为何……又痛了？"

"很正常，因为你服了双份的九天十地无敌蛊！"陆冲憨厚地笑起来。

"你……你这无赖！"李成器双眼如欲喷火，但听得陆冲那没心没肺的笑声，却又彻底地无可奈何，"你……你到底想干什么？"

"第一，老子不是让你带我去见青瑛，而是要你带着我去救青瑛！你要确保她无毒无病，永无后患！

"第二，老子给你吃的这第二丸药确实算得上一份解药，只是这解药有些异常，它与第一丸药的药性相反，两个相互克制，所以你的肚子、肠子一时不大痛了，可这第二丸药的剂量不足，难以尽数克制蛊毒，你的肠子便又会扭痛起来。所以你的时间不多了。

"赶紧老老实实地将活蹦乱跳的青瑛交给我，我再给你一丸解药，当然，剂量还是不会给足。老子要先确认青瑛和我服了解药后都安然无恙，若是不然，咱们同归于尽。老子肯定，世子爷会死在我们前面，而且死得惨不忍睹！"

李成器又气又痛，已说不出话来，只得催促车夫加速疾行。

就在马车转弯而去的一瞬，高剑风恰好带着袁昇和黛绮奔到太平公主府前。

"居然是相王府的车马？"袁昇遥遥望见李成器的厢车呼啸而过，不由拧起了双眉。

高剑风却哼了一声："听冲哥说，他们一直阴魂不散地纠缠着，这时候还管他们作甚！袁老大，咱们怎么进府？"

袁昇沉吟道："禀报而入，太过麻烦，只怕还会引人注目，我们跳进去！"

第十二章

最后的天邪策

作为大唐权势最大的公主，太平公主府极为奢华，如果不是高剑风在前带路，只怕袁昇还要晕头转向地转上许久。好在此时天蒙蒙亮，而太平公主议事的如意堂却灯火通明，极为醒目。

才到得堂前，便听得里面传来李隆基焦急的声音："姑母，小侄已派人去寻袁昇了，可眼下这事情已到了万分紧急的境地……"

袁昇却倏地止步，回头望向堂后一株老柏前若隐若现的黑影，低叹道："是丹云子前辈吗？事情紧急，您老不妨进去，一同听听。"

一道粗豪的笑声响起："袁昇，老夫其实很好奇，对你足够好奇，对你探来的这消息更是足够好奇！"

如意堂的殿门倏地打开，慧范一步抢出，阴郁锐利的目光直射出来，正与丹云子那满不在乎的懒散目光碰撞在一处。

李隆基疾步走出，大笑道："大郎，我知道你一定会赶过来的。"

"袁将军来得正好，快请进来议事吧！"太平公主的声音也沉稳地传了过来。

跟着袁昇踏入阁中的一瞬，黛绮忽然有些恍惚，真是没有永远的朋友，也没有永远的敌人呀！

看看此时阁内端坐的人，太平公主一直想置袁昇于死地，甚至对李隆基也动过杀意；那个神秘莫测的老胡僧慧范，更是一直视袁昇为死敌；而李隆基呢，他是袁昇的朋友和上司，但数日前还被怀疑亲自布下诬陷袁昇的迷局；还有这个阴着脸的丹云子，陆冲的师尊，这老头子其实挺滑头的……他似乎是相王和李成器那边的死党，看来太平公主不得不请这个老滑头进来密谋，这是稳住他的唯一方法，但他到底会站在哪一边？

"……宗楚客所谋极大！"袁昇终于将一切都说完，缓缓扫视众人，沉声道，"天已邪，当易天，不错，作为天邪策的真正策划者，宗楚客要易天了！"

"袁将军，请将你的推断说得仔细些。"太平公主尽量平复自己的声音，却仍不禁语声微颤。

"宗楚客的秘门高手们制造出了一种混合傀儡术和机关术的猫妖傀儡，此物配合诸般邪门药物，极能惑乱人心。我只知道太极宫和安乐公主府内出现了猫妖，但是没想到，秘门地府的易天坛内，居然还潜伏着众多的猫妖傀儡。

"那个大行皇帝尸身傀儡已经说明了一切，宗楚客他们要在大行皇帝殡葬之仪时动手，施放猫妖傀儡，制造一场天大乱局。那具可以假乱真的尸身傀儡，应该是韦后密令宗楚客所做，是为免大乱之际大行皇帝的尸身会出现什么闪失。很显然，这第一层杀局的布局之人是韦后和宗楚客。

"想想那些猫妖傀儡身上，都刻了'太平有相，李唐万代'八字，正暗应太平公主殿下和相王千岁。那么这场大乱的罪名，一定会被安在李家党的头上。大乱之后，他们便会以谋反的罪名对相王和公主殿下动手。"

阁内鸦雀无声，冷寂得惊人。

沉了沉，太平公主才缓缓点头道："殡葬之仪，你认为到底会在什么祭礼上动手？"

袁昇朗声道："我大唐遵循'天子七月而葬'的周礼，一般应在半年之后帝陵全部营建结束才发引落葬。而大行皇帝龙驭宾天至今才不过二十多日，还属入殓停灵之期，前几日已行了新帝'成服'之礼和'小祥'之礼，而再过十日，就是'大祥'和'禫祭'之礼……"

太平公主熟悉典制，知道大唐皇帝祭礼极为繁复，大行皇帝入棺大殓之后，新皇帝要率百官行"成服"哭祭，"成服"礼十三日后行"小祥"仪式，二十五日后行"大祥"仪式。

这个"大祥"仪式比较隆重，新帝也就是小皇帝李重茂要穿大祥服哭祭，然后百官要列队于太极门外奉慰新帝返宫……

袁昇一字字道："还记得末将刚刚转述的，宗楚客在神帝转生节的高台上所说的话吗？"

"秘门大祥，万事大祥？"太平公主双眸一亮，拍案而起，"怪不得我觉得这两句话怪里怪气，原来，宗楚客要选定在'大祥'之仪上动手！"

袁昇缓缓道："不错，大祥之仪上，忽然猫妖出现，惊动大行皇帝梓宫，百官大乱，太后受惊，新帝震恐，甚至以傀儡造成的大行皇帝龙体都会有不测之灾。那时候，依照'太平有相，李唐万代'这八字，这天大罪责必会落在相王和公主头上，然后连带所有李家党都会万劫不复。"

"屈指算来，"李隆基悚然道，"大祥之仪，也只有十日左右的光景了。箭在弦上，请姑母早做定夺啊。"

太平公主这时候倒慢慢端坐回榻上，习惯性地望向慧范，道："大师以为如何？"

慧范一直不露声色地听着，这时才淡淡道："公主殿下何必着急？袁将军适才说了，宗楚客所谋极大，袁将军显然还有许多紧要的话没有说完。"

袁昇与慧范对望一眼，皆是会心一笑。

"不错！"袁昇沉沉道，"宗楚客说过，秘门即将踏上万世霸业之路。他的野心，绝不仅仅是替韦后扫除李家党，而是……螳螂捕蝉，黄雀在后！在大祥祭礼上大乱突生，宗楚客一定会反戈一击，先是劫持少帝李重茂，随后反手诛杀韦后和韦家党！"

太平公主忍不住道："我相信宗楚客野心不小，但你怎么如此肯定他会这样急不可待地动手？在大祥祭礼上，同时对李韦两党动手，风险未免太大！"

慧范忽地笑道："只因那是最好的时机！以韦太后和宗楚客的实力，对我们这全无防备的公主相王一系突施杀手，几乎胜券在握。而那时候的韦太后，同样对宗楚客全无防备……"

"那确实是铤而走险的大好时机，"袁昇点点头，望向兀自面带犹豫的太平公主，"最大的证据便是易天阁内藏着的数百只猫妖，如果那些嗜血的傀儡怪物一同被施放出来，当真足以血洗长安，制造一场百妖横行京师的巨大混乱。那才当得上'天已邪，当易天'。"

李隆基长吸了口冷气道："而且，在趁乱斩杀韦后之后，宗楚客甚至可将所有的乱局罪名都抛给我们。绝妙的时机，完美的杀局！"

"一部天邪策奇局，每个局中人都有不同的解局之法，"慧范眯起老眼，幽幽道，"甚至每个人都以为自己才是布局者，却不知自己也是别人布入局中的棋子。而宗楚客的天邪之局，则是同时对李韦两党动手，他要让这天下彻底姓宗，他才是真正的易天者！"

屋中又是一阵沉默，显然这个老胡僧的话搅动了很多人的心思。

一直默然不语的丹云子终于叹道："现在看来，远从弓甲案起，宗楚客便已开始布局了，命浅月设局劫走弓甲，搅得韦李两派相互猜疑。这老东西，枉他每日里在韦后和安乐公主面前唯唯诺诺，扮足了一个贪图享乐的安逸宰相！"

"远者是弓甲案，近者则是那两只猫妖，"袁昇有些无奈地笑道，"一只迷惑韦后，另一只则对安乐公主下手。所以在得知猫妖傀儡的背后操控者是秘门和宗楚客之后，我甚为吃惊，因为安乐公主的驸马武延秀原也是秘门中人，那么，为何宗楚客会对本属秘门的武延秀身边人下手？"

黛绮一凛，忍不住道："你是说，那时候宗楚客已经将你算计入局？"

袁昇慢慢地点了点头道："宗楚客在出手前便已断出，武延秀会对那猫妖傀儡束手无策，他更算出，对安乐公主百依百顺的武延秀在无计可施时一定会来求助我，而且知道，我一定会不计前嫌地出手相助。最后，他甚至算出了李成器会对我下手，或者说，他一定会让李成器对我下手！"

"宗楚客会让李成器对你下手？"丹云子悚然道，"你是说，世子爷身边，难道有他安插的细作？"

"除此之外，别无解释！"袁昇森然道，"丹云子前辈是世子的绝对亲信，难道不觉得，世子这次绕过临淄郡王，对我骤下狠手，颇为突兀？"

丹云子脸色变幻不定，喃喃道："是很古怪，他急匆匆地说，一定要先将你控制起来……那心急火燎的样子，便似是……得到了什么消息。"他愕然抬起头，"难道，当真是受了什么人的蛊惑？"

李隆基重重地一顿足，恨恨道："大哥的性子虽然冰冷些，但为人倒还淡泊坚忍，可他这一步弃子棋，走得又险又狠，大违他的本性。"

袁昇淡淡道："我们铁唐其实才刚刚建立，而秘门则早已横行了数十年，在朝廷，在百官，在坊间，只怕都已到了无孔不入的境地。而宗楚客独具慧眼，只怕对李家党求稳和求进的两派纷争洞若观火，他要做的，只是适时命人拨动机枢，让这两派人先杀个鱼死网破！"

"袁将军说得是，宗楚客拨了下机枢，然后，我们这边便有人乖乖上钩了。"太平公主显然对李成器和相王不跟自己商量，突然对李隆基等人下手之事大为不满，冷睨了丹云子一眼。

丹云子一脸郁色，却说不出什么话来。

"二郎何在！"太平公主忽然双掌轻击。一个高大的青年应声而出，给太平公主和阁内众人见礼，正是太平公主最喜爱的二儿子薛崇简。

太平公主的这位二公子年纪轻轻就被封为燕国公，英锐逼人，颇受其母器重。而因为与李隆基年纪相仿，这对表兄弟也是志同道合，颇有交情。

太平公主自袖中掏出一枚金光闪闪的虎符，郑重递入李隆基手中，缓缓道："铁唐精锐有二，一为死士部，一为细作部。此刻，我将自己掌握的所有力量，都尽数归你调遣。二郎则熟悉各路人马，他会全力辅佐你。"

李隆基接过虎符，沉声道："侄儿定然不辱使命！"

他再望向薛崇简，两个年轻人的手重重握在一处。

"我们该当何时启动？"太平公主的目光扫视全场。此时她气度从容不迫，神色冰冷坚毅。

薛崇简沉吟道："母亲是想兵贵神速？孩儿等去纠集人马，全力筹措，怎么也要十余天……"

"太久了，"太平摇了摇头，"要在七天内启动，雷霆一击！"

袁昇心中一动，太平公主开口便说"启动"，而不是"谋划"等语，显然，作为大唐第一强势公主，她绝不会如她那窝囊的相王哥哥一样隐忍求全。从她那急迫却不慌乱畏缩的目光中可见，太平公主极可能也如宗楚客一样，早就做出了长远筹划。

想到宗楚客，袁昇不由望向了慧范。不想慧范也正阴阴地望着他笑。

两人目光一撞，袁昇心念电闪，陡然想到，太平公主曾被武则天评为最像自己之人，其野心绝不会在宗楚客之下，而其身边又有这个极擅阴谋诡计的老狐精在，她当然会早做筹备，甚至有了慧范提供的强大财力支撑，太平公主的筹备之策只怕更加狠辣。

这时李隆基却摇了摇头，沉声道："小侄以为，最好在三日内出手，如果可能，应该缩短到十二个时辰！"

太平一凛："三郎何出此言，大祥之仪还有十余日呢，难道我们现在很危险？"

"临淄郡王果然见识高远！"慧范不由叹了口气，"薛青山已死，即便有范平在秘门全力掩饰，但宗楚客身边如此重要的人物失踪，此事能掩盖多久？如果宗楚客查知了此事，以其狠辣决绝，又会对我们怎样？"

"正是！"李隆基扬眉道，"范平不足恃，也许我们真的只有十二个时辰！"

"看来三郎的鲲鹏盟内藏龙卧虎呀，这次你蛟龙脱困，想必许多事都已计划周全了吧？"太平公主似笑非笑地望着这个一脸英气的侄儿。想到铁唐近日报来的消息，李隆基暗中早已组建了鲲鹏盟，太平公主的心底便不寒而栗，如此神不知鬼不觉地拉拢了大批手握实权的中低级军官，这个李三郎，心机竟如此深沉，假以时日，必成大器。

"侄儿只是为了李唐万代江山，稍尽绵薄之力罢了。"李隆基不露声色地躬身行礼。

"那么，我们该当从何处出手？"太平公主冷峻的目光再次扫视全场。

这一次李隆基没有言语，而是从案头抽出一张精致的飘香纸笺，提笔写了起来。

仿佛心有灵犀，袁昇、慧范和太平公主都抽出纸笺，默然挥笔。只有丹云子揣着手在旁默坐，只是此刻他满脸肃然，往常挂在脸上的那种散淡怠懒之色已一丝不剩。

三张纸笺很快推到太平公主眼前，上面是不同的笔法，却都只写了三个字：玄武门。

太平公主也慢慢翻开自己的纸笺，同样是这三个字。

玄武门。

阁内霎时间再次冷寂得落针可闻，一道道凛冽的杀气仿佛正从那四张洁白如雪的纸笺上弥漫出来。

"去吧，诸君！"太平公主慢慢吐出一口气，"我们只准成功，不许失败！"

六月的朝阳重新照耀着长安城这座世界上最大的城市，曲江的浩渺清波在红日映照下如莹莹翠玉，挟着潺潺的低吟和无限的生机悠悠东去。

曲江边的大鞠场上已挺立着十余个披着血色朝霞的汉子。

袁昇和陆冲陪在李隆基身侧。袁昇发现，李隆基朗声训话期间，陆冲这个几乎消失了半个晚上的家伙脸上不时浮现出一抹神秘的笑意，忍不住问："你小子摊上了什么好事？"

"青瑛回来了，虽然心情不大好，但是安然无恙。"陆冲得意地笑道。

袁昇登时也松了口气，跟他击掌相庆。

李隆基训话完毕，刘幽求拍了拍手，再给跃跃欲试的众兄弟鼓劲一番，最后朗声道："诸位兄弟，成败在此一举。大唐社稷，全在我们这一次破釜沉舟的全力一击！"

袁昇沉声补充道："诸君，除了大唐的社稷，更有长安无数人的生死安危，也全系于我等之手！"

"好像有人怕了！"李隆基锐利的目光扫视全场，最终落在一个身材高大的汉子脸上，笑道，"王毛仲，瞧你那张脸，比平康坊的娘们儿还要白。"

王毛仲其实是李隆基的家奴，自小就是李隆基的伴当亲随，李隆基为了筹建鲲鹏盟，曾密令身份特殊的王毛仲潜入守卫宫城的皇家精锐禁军内去拉拢精悍勇士，钟旭等几个军官便是被王毛仲拉过来的。没想到在这危急时刻，最是忠心耿耿的王毛仲却脸现畏缩惧色。

好在李隆基这句笑话一说，场间腾起一阵嬉笑，王毛仲脸上的骇色也退却不少。

李隆基这才板起脸，低喝道："现在，人家已经箭在弦上了，那只血手马上就要砸下来。咱们是老实做案上待砍的鱼肉，还是为了大唐江山，为了长安百姓，拼死一搏，就看今晚了。"

袁昇知道此时形势非常，气可鼓不可泄，朗声道："诸君，我们的胜算很大，虽然我们只比他们早了一两日动手，但兵贵神速，兵家上的一两日，决定的就是生死成败！"

"袁将军所说千真万确，此时我要告知大家一个惊天动地的真相！"李隆基心知袁昇要凝聚士气的心意，而要凝聚士气，最好的办法是给自己的行动罩上正大光明的借口，他咳嗽两声，才缓缓道，"知道先帝是怎么驾崩的吗？"

一句话问得场间鸦雀无声。

李隆基环顾众人多时，才沉沉道："先帝春秋鼎盛，直到驾崩前两三日还曾在御花园与我父王闲聊，所以，他绝不是病逝，而是被韦后这个野心勃勃的狠女人毒杀的！"

这句话惊如天雷。虽然皇帝李显的突然驾崩，在坊间早已有了多种疯狂传言，但此刻李隆基以皇侄之尊说出这个"惊天真相"，就犹如一道霹雳从天而降。李易德、王毛仲等人全是又惊又怒，尽皆攥紧了双拳。

"所以，我等今晚直捣内苑，共诛诸韦，实乃为先帝复仇、为百姓除魔之义举。这时候怕也没有用，因为就算我们什么都不做，也会给宗楚客韦后他们寻隙赐死。若是拼命去搏了，也许就能搏出一片新天，搏出泼天富贵来！"

听得"泼天富贵"四字，众人的脸上都是一片激越之色，连王毛仲的脸都红了起来。

谁都知道控制禁军的重要性。韦后将自己那些无能昏庸的堂兄弟派往禁军任职高官，其实是只得其表。

但实际上，鲲鹏盟的这批血性汉子中，钟旭是掌管内苑的总监，陈玄礼是万骑左营统帅，李易德甚至就是守卫玄武门的禁军头目，这批人才是北门禁军中的实权派。而李隆基则独具慧眼，早早就将这批禁军中最危险的力量聚拢到了自己麾下。

这位临淄郡王天生胆色粗豪，在大行皇帝驾崩后便已跟心腹刘幽求等人日夜密谋筹划多日，已密议好了计划，直到被李家党内求稳一派的父王亲自下令囚禁。

今日，无论是李隆基和刘幽求，还是太平公主和薛崇简，不过是将早已定好的计划"重启"而已。

"一切就听临淄郡王的！"陆冲双眼发红，嘶声道，"博大功业，取大富贵，誓死一战，绝不回头！若有违者，如同此石！"

他袍袖一震，一道厉芒横空掠过，丈余外一块青石被剑光轰上，登时炸开，崩碎成一片齑粉。

这一剑当真是石破天惊，激得众人的血性一发涌上来，齐齐低声嘶吼："誓死一战，绝不回头！"

大唐唐隆元年六月二十的深夜，太极宫内的玄武门附近突然爆出了冲天的杀声和鼓声。

因玄武门地势较高，其门楼甚至可以俯视整座太极宫的宫城，所以玄武门发生过两次血腥的武力政变，而今晚是第三次。

第一次最著名，也最简单。当时还是秦王的李世民率尉迟恭等天策府精锐，在玄武门外伏击毫无准备的太子李建成和齐王李元吉，一举夺权成功。

第二次则是数年前，就是这大行皇帝李显当时的太子李重俊，被韦后逼得走投无路，愤而起兵政变。李太子率着一群乱军顺利斩杀了当时掌握大权的武三思父子，又一路气势汹汹地杀到了玄武门下，只因他最后在玄武门的门楼下被阻，手下军士倒戈，才兵败被杀。那是一次几乎没有什么准备的仓促政变，但李重俊差一点就成功了，距离他斩杀韦后的目标只有一步之遥。

而这一次，是李隆基、太平公主等人筹谋多日的军事政变，铁唐和鲲鹏盟的联手一击，其谨密、狠辣、迅疾都远胜李重俊那次。

这场惊天之变因为抢得了一步先机，居然出乎意料地顺利。李隆基遇到的唯一麻烦，居然只是出在其鲲鹏盟的得力干将内苑总监钟旭身上。在大变开始时，钟旭曾生过一丝畏惧犹豫，不敢开门放李隆基等人进入内苑，但终究被其娘子大义凛然地说服，毅然率众追随了李隆基。

史载，这一晚，临淄郡王李隆基得太平公主之助，领着一批亲信军官潜入内苑，得内苑总监钟旭之助，斩杀了禁军中不得人心的韦璿、韦播等韦氏掌权高官，再当众宣告"韦氏毒死先帝，谋危社稷"的罪名，力倡"今夕当共诛诸韦……立相王为帝以安天下"。

在韦璿等韦氏高级军官被杀后，深宫内苑内已经没有了韦后的亲信，李隆基率兵从玄武门冲入，一路几乎没有遇到什么阻碍。仓皇无备的韦后最先被乱军所杀。

这一晚，安乐公主恰恰没有回府，而是宿在宫中。

她的丈夫武延秀也在宫中陪着她。杀声一起，武延秀忙赶往肃章门御敌。可惜这位驸马爷虽然箭术过人，但面对李易德等如狼似虎的兵将们，也不过是螳臂当车而已，没撑多久便被乱刀分尸。

闻听殿外喊杀声震天，安乐公主吓得花容失色，一遍一遍地催问雪雁情形如何。

正惶恐惊慌的当口，殿门忽然一启，一道熟悉的身影闪入屋来。

"袁昇，是你，真的是你？"

安乐公主还以为自己花了眼，眼前的一切都像突如其来的噩梦，好在他来了，那个世间唯一能带自己脱离这场噩梦的人。

"是我，"袁昇叹了口气，"时候非常，大变已生，一切不可逆转，请公主速速换衣改容，我或许还能带你脱困。"

安乐不顾一切地抓住了袁昇的双手。在这个噩梦般的夜晚，重又攥紧这双温暖的大手，安乐不由泪盈长睫，哭得梨花带雨。

当所有人都抛弃自己而去的时候，也只有袁昇会不顾一切地赶过来。她知道他是冒着多么大的风险。

他静静望着她，目光平静，心内却波澜起伏。

她是他最初的梦，后来这个梦变得虚无缥缈，甚至变得不那么美丽，他也就不再追逐。他蓦地忆起那晚两人在凌烟阁上，水银般的明亮灯辉中，她绰约而立，流光溢彩。她望着自己盈盈而笑，熠熠生辉的双眸比天上的圆月还要夺目。

而那一晚，其实是她大婚的前夜。也就是在那一晚，他终于认清她只是个遥不可及的梦。

但此刻，他仍不愿这个最初的美梦被人击碎或是践踏。虽然他早已知道，身为朝廷中人，这是极不冷静成熟的行为，也许会给他此后的生涯带来血雨腥风的无尽麻烦，但是他还是要冒险一试。

"公主殿下，大事不好了，"雪雁披头散发地冲了进来，"驸马力战而死，叛军正在皇城内大搜太后和您……还有人说，太后也已遇害了……"

驸马死了，特别是泰山般巨大的靠山娘亲也遭了叛军毒手，安乐只觉浑身冰冷，双腿几乎不听使唤。

"公主殿下还愣着干什么，既然袁将军来救你了，还不快走！"雪雁嘶声大叫着，飞快地抛过来几件内侍的衣裤，再翻箱倒柜地找出几件安乐的衣裙，向自己身上套去。

安乐木然呆坐着，忽地一把揪住了雪雁，颤声道："等等……"她扭头望向袁昇，"下一步，便逃出去了，我会去哪里？"

"隐姓埋名，寂然一生。"袁昇叹了口气，心内一惨，暗想，"李三郎已经公布了韦后毒杀先帝的罪名，现在看，这罪名很可能也会有你安乐一份。即便相王仁慈，但这天大的罪名下，他也不得不下令杀你。"

"寂然一生……寂然一生？"安乐喃喃着，忽地咬了咬牙，仰头笑了起来，"不，我不要寂然，我要灿然！与其庸碌寂然百年，哪若灿然怒放一瞬。我灿然过，这才是我安乐。"

她脸色苍白如雪，这时凄然一笑，挂着珠泪的绝美娇靥上涌出无尽的悲凉、爱怜、凄郁，仿佛寒风里突然绽放的白茶花。

袁昇心底却蓦地涌出一抹不祥之感，忙握向她的双手，才惊见安乐藏在大袖内的右手已紧抵在自己心口，那雪白的五指间攥着一把匕首。想是她在听到外面乱军嘶喊时便已摸出匕首了，这时听得母后、丈夫已逝，自己去向渺茫，登时生意断绝，才悄然挥刀……

"裹儿，你这是何苦？"袁昇忙抱紧她的双臂，顺手想掰开她的五指。哪知安乐死意决绝，右手又坚定地将匕首推了下去。她自来所用之物都是奢华无比，这把贴身所藏的匕首自然也是削铁如泥，瞬间直没至柄。

"昇郎，你很好，"鲜血瞬间染红了她胸前衣襟，安乐却轻轻抚了抚袁昇的面庞，"好到……我甚至想抛弃一切，只和你在一起！可惜，你知道，我办不到，我们都办不到……但你今晚能来，能让我死在你怀里……让我很安心。就像那阵子，我只有握住你的手，才能睡得安心……

"现在，终于又握住了你的手，很好，就让我安心地睡吧……这一切真像一场繁华的梦啊……"她的手忽然垂落。

"裹儿！"袁昇痛呼一声，只觉心底一阵难言的绞痛。

她横卧在他怀中，身上那袭浣花流水锦的纱衣上绣着她最喜欢的百花争妍图，只是那朵最娇艳的牡丹上却是一片刺目的血红。

她长长的睫毛合拢了，这时她终于安心地睡了，永久地睡去。

"公主殿下……"雪雁先前仿佛傻了一般，这时才扑过去，发出一声撕心裂肺的号哭。

"安乐公主在这里！莫走了安乐！"啸叫声中，大门忽然被撞开，李易德和陆冲并肩冲入。见了黯然肃立的袁昇，两人都是一愣，挥手止住了身后疯狂嘶号的兵士们。

这是发生在唐隆元年也就是景龙四年的政变。在这场狂飙惊澜的政变中，韦太后和安乐公主尽皆殒命，驸马武延秀被杀，同属韦后一脉的女权臣上官婉儿被杀。

天刚蒙蒙亮，李隆基便迅疾展开了政变的清尾工作。

当了二十余天皇帝的少帝李重茂被重兵"请"了过来，软禁在神龙殿内。

对韦氏一党的全面清剿捕杀也很顺利，韦后的堂兄、总知长安内外兵马的宰相韦温仓皇逃出府后被追兵斩杀；另一位宰相、已八十岁的老臣韦巨源也被飞骑斩于府门口……

进驻太极殿的李隆基听得捷报一个个传来，眉头却拧成一字，因为那个真正的劲敌宗楚客失踪了。

其实在三更天时斩杀韦后，大局已定之际，李隆基便派兵去宗相府追杀宗楚客。但铁唐死士很快回报，宗相府闭门死战，待得破门冲入，相府内却已不见了宗楚客的身影。

李隆基又惊又怒，立时命大将陈玄礼亲自率一支劲旅出宫，满城搜捕宗楚客。

五更天很快过去，又很快，天色大亮，但宗楚客便如融入河川的一滴水花，消失得无影无踪。

想到宗楚客那秘门新任真宗的身份，李隆基心内寒意渐浓，这样一个羽翼遍布、阴谋百出的人物如果逃走，实在是后患无穷。

袁昇也知此时形势非常，不得不强抑下悲郁，向李隆基请缨出马，带着陆冲等一众辟邪司群英出宫搜寻。

此刻的袁昇已和昨日判若两人，这一夜惊变后，相王府一边几乎掌握了所有的朝堂力量，袁昇能调动的力量也大得惊人。但他发动了铁唐、辟邪司、金吾卫等多部人马四出探查的结果，却是毫无所得。

随着日色渐高，袁昇的眉峰越蹙越紧，宗楚客身边死士高手极多，这些人更兼精熟地府秘道，如果由秘道辗转逃遁，那当真如鱼入大海，难觅其踪。

他只得一道道地颁下急令：封锁长安城所有城门，除了临淄郡王的亲笔手令，任何人等不许出入。速遣辟邪司精干，配以重兵，由高剑风和吴六郎带领，急速探查各处地府秘道及其出口……

直到时辰近午，吴六郎和高剑风终于匆匆赶来禀报，宗楚客找到了！

原来这老滑头带着两名贴身死士，都扮作了客商模样，想从通化门逃出长安，但他在行囊中藏了鼓鼓囊囊的一批金银珠宝，被路上禁军看出端倪，过来盘查。一场混战之后，主仆三人横尸在通化门下。

"为何要杀了他！"袁昇愤愤地一顿足，忙率人飞速赶往通化门。

通化门前一片混乱，街上已血迹纵横，可知适才的血战是何等激烈。袁昇疾步赶到宗楚客的尸身前，俯身细察了片刻，才黯然站起身，摇了摇头。

"不是他。虽然他生得几乎与宗楚客一模一样，可是，这老儿居然没有易容，只是简单地将面部涂黑了些，又身藏重宝，招摇过市，这岂是宗楚客的行事风格？"

过不多时，两骑快马几乎同时赶到通化门下。两名辟邪司暗探带来了两个惊人的消息：安化门发生了激战，三名壮汉护送一名老者，形迹可疑，遭到盘查后拔刀硬闯，最终被乱刀斩杀。据说那老者的相貌酷似宗楚客。

开远门处，一支送葬的队伍想强行冲关出门，一番激战后，队伍中的七八人或被杀，或自尽，而那个扮作死尸的人同样酷似宗楚客。可惜这个"死尸"也在混战中死于兵士刀下。

袁昇的脸色干冷起来。安化门在长安城南侧，开远门在长安城西北方，而眼前这通化门则在城东，由这里奔向安化门，再赶往开远门，那便形同绕着长安城兜了大半个圈子。

"不用去了，都是宗楚客在故布疑阵！"袁昇抬起头，望了望日头。

日色已西斜，袁昇仿佛看到宗楚客正在虚空中望着自己冷笑。这老儿突然祭出两路不同方向的疑兵，难道是要调虎离山，然后从别的地方夺门而出？

正犹豫间，一个酒肆伙计模样的人疾步走到城门前，向袁昇施了一礼："这位莫不就是袁将军？有位姓范的先生说是您的老友，花钱雇了小的来给您送封信。"

"姓范？"袁昇心中一动，一把抢过那伙计递过来的短笺。那是张粗糙的麻纸，上面潦草地标出了一处地名，落款却是个端端正正的"平"字。

范平，这个至今应该还潜伏在秘门的神秘家伙终于出手了。而他遣人送来的便信上的地名更是让袁昇浮想联翩。

"你怎知我在这里？"袁昇忽然问那伙计。

那伙计微笑道："是那位范先生说的，他吩咐了，这时候，您应该还在通化门前。小的过来一问，果不其然……"

"陆冲，小十九，我们走！六郎，你率大队人马跟上！"袁昇冷冷打断伙计的话，当先纵马奔出。

麻纸短笺上标示处是一座位于怀德坊内的祆庙小光明寺。

小光明寺远不及慧范的老巢之一西云寺那么有名，甚至在长安信奉祆教的胡人中，也是个可有可无的小胡寺。但这时候范平送信标出了这个神秘祆庙，反而让袁昇觉得眼前一亮。

怀德坊紧靠西市的地方，聚居着不少胡人。依着宗楚客的秉性，在所有人都以为他将全力以赴破城出逃的时候，他极可能反其道而行之，一面派出多路疑兵，造成宗楚客已死的假象，一面悄然潜入一座不起眼的胡寺中。想那知机子就曾扮作一名胡僧，秘门中当然还有胡人高手，所以宗楚客如果突然遁入胡寺，其实是一招谁也料想不到的高招。

三人催马如风，自通化门折向西南，直奔了多时，终于赶到了怀德坊的小光明寺。

再次赶到小光明寺，高剑风的心不由突突急跳。当日二师兄就是带着自己来到这里，通过一面神秘的古镜，见到了师尊。师尊还说，当时的他是非生非死。可后来，二师兄离奇死后，自己来过这里多次，却再也寻不到师尊的任何踪迹。

为什么会是这里？小十九的心底疑云重重。

已是黄昏时分，祆庙内悄寂而阴森，迎面便见一座高大的殿宇，殿门半掩，里面黑漆漆的。

"好浓的血腥气，"陆冲揉了揉鼻子，嘟囔道，"那里面到底有什么？"

"小心为上！"袁昇沉声道。

不知为何，这座深邃而神秘的殿宇带给袁昇极大的压迫感，一瞬间，他甚至想到了天堂幻境内那座无名祆庙中的神秘巫阵。那也是一座与此相似的大殿，却被设置了可怕的巫阵，险些将他和黛绮困杀其中。

陆冲哼了一声，振袖挥出两枚沉重的流星锤，将半启的殿门轰开。

三人登时惊在那里。

殿内是一屋子死人，看衣饰都是客商或是胡人，尽皆身中乱箭，殿内血迹纵横。

"这里应该有一场伏击！"陆冲大步入殿，左右顾盼着，"这些人被诱入殿内，忽然阵法启动，他们难以突围，而乱箭自外激射而入……更可怕的是，随后还有人冲了来，每人身上补了数刀。"

"补刀的人，应该是范平兄吧。"袁昇扫了眼两人身上的伤口，朗声道，"请范兄现身一见。"

"恭喜袁将军，寻得了宗楚客，又得大功一件。"范平笑吟吟地自一道角门转入殿内。

"宗楚客在哪里？"陆冲急在地上的死尸间寻找宗楚客的踪迹。

"运气好的话，他应该还没死。"范平指了指屋中央，那里数个死尸叠加一处，瞧来颇为古怪。

陆冲忙赶过去，掀开堆在最上面的两具死尸。下面果然传出一道细微的呻吟，一个瘦长的身躯慢慢地爬出。这人身上没有多少伤痕，只在后背处斜插了一支羽箭。

显然适才乱箭一发，他虽挨了一支冷箭，但随即身边的死士围拢，形成了肉盾。众死士忠心耿耿，甚至被乱箭射死，也宁愿压在上面，替此人挡住了乱箭。

"袁昇，"那人痛苦地翻过身来，大口喘息着，"天下大事与英雄，尽毁于……竖子之手。"

袁昇慢慢蹲下身，凝望着那人鹰隼般的双眸，沉声道："可惜，你宗楚客不是英雄。"

"放肆，你……"宗楚客的眼神狰狞如鬼，却陡地凝固、涣散。他整个人挣了一下，终于一动不动。

袁昇揭开了他脸上那薄薄的面皮，现出宗楚客那张阴郁、愤怒的脸孔。

"范平兄，"袁昇叹了口气，站起身来叹道，"你总是让我意想不到。"

范平那有些秀气的脸上依旧满是谦和的笑容："将宗楚客等人诳来此地并不太费力，毕竟他们高高在上惯了，忽然间跌落尘埃，便有些六神无主。我及时献策，只说此地是胡庙，兵行诡道，出人意料，反容易栖身……"

"最重要的事你没说，"袁昇盯着那张熟悉而陌生的脸，"想不到你竟是慧范的人。"

范平若无其事地退开一步，淡然道："还是那句老话，最重要的是，只要你知道范某是你的朋友，绝不会与你为敌，那便是了。"

"那是自然，"随着一道清冷的笑声，慧范悠悠踱入殿内，"袁将军可是天书选定之人，我等怎会与你为敌。"他慢腾腾地自怀中掏出那卷熟悉的古旧书卷。

这卷神秘的天书图轴已剩下不多了，那支红琉璃轴愈发醒目。

慧范那纤长枯瘦的手指慢慢扯下去，撕下一幅册页来。

画上是一只黑色的猫，挺立墙头，傲然仰头望着天上一轮金黄色的滚圆月亮。整幅画笔意简练传神，却透着说不出的诡异之气。

袁昇盯着那幅画，却觉得一道深入骨髓的寒意腾起，暗叫："不可能，他不是神仙，怎么可能预见得这么远，难道他能知道猫妖，甚至能预知地府和宗楚客的覆败？"

"是了，"他忽然眼前一亮，苦笑道，"阁下的许多画，都是后来补画的，事后诸葛，又有何稀奇？"

"随你如何想吧。"慧范幽幽一笑，屈指一弹，一缕火光飞出，在猫妖画页上烧出了一个黑洞。

随着火光渐起，黑洞迅速扩大，整幅画在红艳的火苗中扭曲起来，画上那只神秘的黑猫在火中跃跃欲动，终于化作一缕黑烟。

望见慧范那深不可测的笑容，袁昇忽觉一阵心虚，也许这些图当真是慧范很早就绘好的呢……也许当真，这些真的是他所说的天书？

"恭喜慧范长老，"袁昇轻叹了口气，"神机妙算，终于立下从龙大功。"

"袁将军又何尝不是从龙重臣？"慧范的老眼灼灼闪烁，"这天下，马上就是李三郎的啦！"

袁昇哼了一声，这时才发现一个更加可怕的现实。

当年地狱变壁画案时，慧范还只是表面上为太平公主敛财的老胡僧，事后发现是他全力为韦后策划了大玄元观杀局。那时起，这个老胡僧便为太平、韦后甚至安乐三个大唐最有权势的女人敛财效力。在袁昇眼中，那时的慧范不过是个脚踩两只船的老滑头而已。

但自傀儡蛊奇案开始，他才惊讶地发现，慧范才慢慢暴露出自己全力为太平公主效命的真意。这个表面上懒散油滑的老胡僧甚至一步步算计出了许多大势的走向。

慧范能选中太平公主，便可见他独特的眼光，而太平能选中他，也可见其慧眼独具。

今日大局已定，慧范又一次押对了宝。

"范平这支深插入秘门的'暗箭'一定是尊驾的杰作，所以，尊驾才是真正的老唐！"

一直以来，铁唐势力分为相王统领的死士部和太平公主统领的细作部两系，但相王世子李成器挂帅的死士部，远不如太平一方的细作部运作高效而犀利，所以细作部的大首脑才是人们口中那个真正的老唐。可惜，这"老唐"一直神龙见首不见尾。

直到此刻，袁昇才由范平望向慧范的恭谨目光中看出了端倪，窥破了老唐的真身。

"幸不辱命吧。"慧范有些得意地笑了笑。

"不过，"袁昇盯着慧范缓缓卷起的图轴，那支红琉璃轴上显然还有画卷，"你这道天邪册的天书，似乎还没有完？"

"天机不可泄露！"慧范狡黠地笑了。

"秘门！"袁昇蓦地一震，目光扫向一脸平静的范平，沉声道，"范兄潜入秘门多日，甚至能将宗楚客一干人等诱至此地，看来已经掌握了秘门许多的机密？"

他心中的寒意越来越甚，经过几十年盘根错节的发展，秘门的势力既庞大又复杂，除了宗楚客掌握的这支强大秘门，甚至御医秦清流也自命秘门清士，而慧范这老胡僧则掌握着更多不为人知的秘门机要。想想锁魔苑内那神秘的九首天魔幻象，便可知慧范已经辛苦搜寻了多年秘门的信息。

而现在，宗楚客一支的秘门精锐尽数被诛，那么这支秘门所掌握的诸多机密，很可能已经经得范平之手，都转到了慧范的手上。

"秘门永远不会消亡，犹如暗势力一样，他们都是平衡宇宙阴阳的一部分。"慧范的笑容忽然有些寂寞，"袁将军，一切都没有结束，是吗？"他已悠然转过身，穿殿而出。

范平笑吟吟地向袁昇点了点头，也疾步跟了出去。

"就让这老东西这么走了？"陆冲郁闷地拍了拍剑鞘，长剑发出嗡然惊鸣。

"急什么，"袁昇也淡然一笑，"他说得对，现在远非终局，一切都还没有结束。"

他扬眸远眺，慧范在范平的陪同下，正向小径深处的那片竹林行去。

深紫色的晚霞已经散尽，楼阁竹木都泛出了灰蒙蒙的蓬松暗影，几只昏鸦倦倦地投入了林梢。慧范那道瘦长的影子便随着长安暮色中最后的流光，模糊在了一片混沌苍茫中。

下卷

潜龙变

第一章

迎娶

大唐先天二年夏日的长安，有两件轰动的喜事，且都和辟邪司有关。

一件是袁昇即将被太上皇赐婚，据说所赐婚的佳人竟是太平公主之女永和县主武妙妙。当年太平公主初婚下嫁给城阳公主的二儿子薛绍，生有薛崇简等二子二女；薛绍死后，太平再嫁给定王武攸暨，再生二子二女，武妙妙便是其小女儿。

身为天子红人的袁昇，即将成为太平公主的佳婿，这件事立即引起了朝野各方的高度关注，迅速成为长安坊间的谈资。

只是这件才子佳人的喜事，到底还在风传阶段，相较之下，另一件事则更加轰动——辟邪司的二把手陆冲陆大剑客马上就要成婚了。

在南衙诸军、北门四军，特别是辟邪司和金吾卫混过的人，都知道陆大剑客和青瑛之间的趣事。两人情投意合而又争吵不断，是一对十足的欢喜冤家，但相恋相争了数年，现在陆冲终于要大婚了，要娶的人却不是青瑛。

因为青瑛已经失踪一年多了。

当年，李隆基和其姑母太平公主联手发动了"唐隆政变"，诛杀韦太后、安乐公主、宰相宗楚客、宰相韦温等人，一举剿灭韦家党，随后拥立相王李旦登基，李隆基成了皇太子。

但就在这场李家党大获全胜的政变之后，本该属于胜利者一方的辟邪司要员青瑛却在一年后失踪了，没有人知道她去了哪里，甚至不知道她是死是活。

一晃又是一年过去，在此期间，看似已步入正轨的大唐朝局却依旧潜流激涌。

虽然韦后党被扫荡一空，但于李唐皇脉有再造之功的太平公主则更加强势。再加上李旦登上皇位后，对这位皇妹极其信赖，太平公主的权势空前强大，现今的宰相居然有五位出自其门下。

权势滔天的太平公主最烦的人便是太子李隆基。她需要一位庸碌软弱的人继承皇位，这样才不会威胁到其权，偏偏李隆基这个侄儿的心机深不可测，强大到让她夜不能寐。

于是强势姑母公主与太子侄儿之间开始了新一轮的明争暗斗。太平公主连着将宰相姚崇、吏部尚书宋璟等李隆基的亲信贬出京城，甚至用天象预警等说法来蛊惑皇兄李旦换掉太子。但最终的结果却出人意料，早已厌倦了权势争斗的皇帝李旦忽然提前将皇位禅让给了太子李隆基。

大唐的年号改元为"先天"。

初登皇位的李隆基对太平姑母依旧一味忍让。这不仅因为当朝七位宰相只有魏知古等三人站在了保皇党一方，更因为重大朝政和三品以上高官的除授仍要由太上皇决断。李隆基其实只当了小半个皇帝。于是大唐政局表面上波澜不惊，实则暗流激涌。

身为剿灭韦家党的大功之臣，袁昇和陆冲虽在明面上没有讨得什么太多的封赏，但辟邪司的实权却是大增。这个神秘的衙司几乎成为与大理寺并驾齐驱的强势机构。辟邪司与大理寺一样，可以调阅案牍，校验案件，同时有自己一套独特的暗探系统。

而更胜大理寺的一点是，辟邪司的直接领导者仍是李隆基，而现在的李三郎已经贵为天子。也就是说，辟邪司已成为直接由天子掌控的秘密机构。

据说也正因为辟邪司如此深受皇帝李隆基器重，才让太上皇动了心思。当天子与太平公主明争暗斗如火如荼之际，最难受的其实是高高在上的太上皇李旦，一方是自己最器重最喜爱的儿子，一方是自己最依赖最信任的妹子，夹在其中的李旦谁也不愿意得罪，一直想努力调和双方的关系。

不知哪位高人给太上皇出了个主意。太平公主有一位小女儿永和县主武妙妙年方二八，姿容绝色，尚未婚配，而袁昇不但是天子嫡系，又与李隆基私交甚笃，而且这位辟邪司首领这些年一直潜心修道，也未婚娶。如果让这两人联姻了，对缓和双方的矛盾大有裨益，而且以袁昇的智慧，或许能成为一个出色的居中调停人。

据说太上皇听得这个主意后，大为欣然，甚至已私下跟李隆基以及太平公主都商量好了，这几日便会择机赐婚。

太上皇赐婚、成为当朝第一公主的乘龙快婿，这在旁人是梦寐以求的美事，袁昇却觉得无比反感，甚至憋闷、苦楚。

当年历尽艰险，终于掀翻了韦后一党，其中辟邪司群英出力甚大，黛绮更是功不可没，但袁昇的老爷子袁怀玉依旧对她不大中意。这个儒家出身的老爷子有着远超于寻常大唐官民的执拗和死板，堂堂书香门第，赫赫天子重臣，怎么就要去娶个胡姬？

身为孝子的袁昇始终无法说服袁老爷子，特别是在掀翻韦后逆党的最后决战中，袁老爷子无辜入狱，受了极大苦楚，此后一直重病缠绵难愈。袁昇对老爹的入狱受苦乃至患病不愈深怀愧疚，他不敢违逆病体支离的老父，也不愿负了深情似火的黛绮，便一直耗着不娶，终身大事也就这么耽搁了两年多。

黛绮自然理解袁昇的苦处。跟寻常中原女子早早寻个人家托付终身的观念不同，波斯女郎觉得能嫁给意中人那是最好，如果不能，便这么长相厮守似乎也不错。虽然这"不错"，颇多自我安慰，虽然有时候，她也会恹恹不乐。

直到近日，忽然听闻京师风传的太上皇要给袁昇赐婚的消息，黛绮整个人便似丢了个魂。她终于发现，自己才是最痴的那个，也是最苦的那个。自己仿佛一直在水边欢喜地望着水中的月亮，但当下手去捞时，那月亮便破碎了，而自己也只能无奈地看着那片美丽的月从手心碎裂、流走……

袁昇同样很无奈，只得倾力去劝解黛绮，但往日里那些百试不爽的招数都失效了，每次两人都不欢而散。

相较袁昇和黛绮的惊慌失措，陆冲却已经快要疯掉了。

青瑛失踪这一年多的日子里，他和袁昇发动了所有辟邪司乃至金吾卫的暗探力量穷搜遍寻了许久，也依旧得不到她的丝毫讯息。

"我觉得她没有死，甚至没有离开长安，只是因为太平那婆娘，她潜起来了……我一定会找到她，用不了多久，用不了多久……"

开始时，陆冲时常这样神经质地唠叨着。这种唠叨经常会在醉酒后变本加厉，他会瞪起泛起血丝的牛眼问同案的酒友："我一定会找到她的，因为我能感觉到，她没有走远，她就在我身边，这一两日还来看过我，对不对？"

这时候，如果对面是袁昇、高剑风，便只能被动点头，一边暗自叹息。

没有人敢触这位醉酒的陆大剑客的霉头。只有黛绮，遇到这种情形，会眼眶发红地摇头，说一声："醒醒吧老陆，别这么痴了。"

后来，心思活络的吴六郎实在不愿看着陆冲变成一个疯癫癫的"情痴"，便带着陆冲去了几次平康坊。作为辟邪司阅历最丰富的人物，吴六郎对长安的风花雪月也是无所不晓。他觉得心病还须心病医，对陆冲这种痛失爱侣所致的苦痛，最好的办法是让他找到新的爱侣。

没想到这一招果然奏效，吴六郎将陆冲引入了几家高档歌楼后，陆大剑客仿佛忽然间开了窍。他在平康坊无意间遇到了一家规模不大的歌馆，听那歌馆中叫倚虹的女孩唱了一曲后，便疯狂地迷恋上了她。只要朝中无事，便总赶来密会倚虹。

情痴陆冲居然改了性，喜欢上了一个绝色歌女，这风声很快便传了出去，又成为长安城的一时风谈。据说倚虹的缠头由此涨了不少。

谁也没想到，陆大剑客这一次居然是认真的。便在两月前，他忽然提出要给倚虹赎身，正式迎娶。

一直管着倚虹的那个孙嬷嬷立即坐地起价，板着脸训诫陆冲："倚虹可卖不得。可能你陆大将军不大懂行，倚虹不是寻常歌姬，她素来卖艺不卖身，往日里的身份其实是百戏班子盈霞社的两大头牌之一，江梅儿的舞，倚虹的曲儿，这'梅虹双姝'在整个平康坊都赫赫有名。"

"江梅舞，倚虹曲，怎么这江梅儿我从来没见过？"陆冲话一出口，才发现孙嬷嬷的老脸愈发冰冷。而在他的印象中，这婆子对自己从来没什么好脸色。

孙嬷嬷哼道："一个倚虹已经让你霸占了这许久，要是江梅儿再让你见了，再给黏住了，人家盈霞社还怎么混？"

"少废话，开个价吧。"陆冲干脆板起脸，大咧咧地挥手，"注意，你只有一次机会，开价不能太高。当然，你也可以不开价，但老子在三日内就会封了你这间歌馆，还有那个什么盈霞社……"

孙嬷嬷几乎要气疯了，却又无可奈何。因为陆冲是官，而且他这种官不归六部管辖，听说辟邪司直属天子管理。任你平康坊一家秦楼楚馆的力量再大，还能将这点事捅到天子那儿去？

好在陆冲最终也没有为难孙嬷嬷，照当时的实价给倚虹赎了身，随后便大张旗鼓地运作了迎娶事宜。

大唐先天二年六月二十八日，吉日。

辟邪司副指挥使陆冲要正式"迎娶"倚虹了。

"再说一遍，这不是迎娶！"暂且将一众醉酒起哄的军方兄弟们扔在大厅，一身大红吉服的陆冲将袁昇请入暖阁内，很严肃地说，"袁老大你还不知道吗，我的正妻之位是要给青瑛留着的，倚虹只是侧室。嗯，按咱们大唐的律疏，倚虹这乐籍身份还没有改，她现在甚至还不能做姬妾。不过，这都不算什么，重要的是……"

"重要的是，你想用这招逼得青瑛现身？"袁昇的神色也很严肃，"但你觉得，这对倚虹公平吗？"

陆冲哼了一声，竟有些发呆。

袁昇不由想起前几日陆冲带着自己初见倚虹的情形，那明艳女郎凝望陆冲的眼神是那样执着。他不由叹了口气道："我看得出来，倚虹其实对你很痴情。至少，你给她赎身的钱，许多还是人家拿出自己的缠头给你凑的吧？"

"她是凑了一点……"陆冲忽然非常郁闷，只觉许多剪不断理还乱的细丝正向自己缠绕过来，一时是倚虹的眼波，一时是青瑛的眸光，怎么事先没想到，自己要解决一个旧烦恼，却陷入了一个新烦恼的深坑中。

他只得拼力挥了挥手，道："袁老大你这时候说这些有什么用？吴老六带着兄弟们都已经准备好了，这宅子周遭都是咱们的暗探……只要有闲杂人等一现身，哼哼！"

"如果她没来呢？或者，她根本就不在长安？"

袁昇的一句话让陆冲定在了那里。他拍了拍新郎官的肩头："其实我是想告诉你，怜取眼前人吧。"

陆冲的心神有些恍惚。他一把抓起案头的酒壶，胡乱灌了几口，赌气般叹道："我管不了那么多，青瑛，你这臭婆娘，老子一定要找到你，一定！一定！谁？"

阁门有些尴尬地打开，现出孙婆子那张冷冰冰的老脸。

"我说陆爷，倚虹虽然不是你明媒正娶的正妻，可我家闺女终究是将终身托付给你的。瞧你们前厅那些官爷一直在那儿笑闹不休，你行了纳礼，也要请新妇出来给亲朋们敬几杯酒吧，省得那些官爷起哄。"大喜之日，孙嬷嬷照旧不给陆冲什么好脸色。

"好，好，那帮家伙……我带着倚虹去给他们敬酒。"陆冲晃悠悠地站起身来。

唐代的婚俗是天大亮时进行婚娶仪式，这种非正妻的纳娶就随意些，但陆冲三教九流的朋友们太多了，喜宴从晌午时分就喝上了，此时已经日色西斜，还在哄闹不休。听得孙嬷嬷的话，陆冲只得带着新妇去给朋友们敬酒。

这时吴六郎急匆匆走进屋来，低声道："袁老大，王琚来了，带着几个人贼眉鼠眼地坐在前厅喝酒。"

"王琚，这家伙来干什么？"陆冲登时站定了身子，只向孙婆子挥手，"你先去照顾小虹。"

袁昇的脸色阴沉下来。这王琚是天子李隆基的智囊，此人精于术数玄学，且射术惊人，实在是文武双全的奇才，在李隆基为太子时投靠过来，为李隆基所赏识，如今官拜中书侍郎。在另一个天子智囊刘幽求因故被远贬后，王琚更被李隆基倚重，甚至有"内宰相"之称。

王琚本与袁昇、陆冲一样，都是李隆基对抗太平公主的左膀右臂，双方的关系也颇融洽。但两三月前，袁昇忽然发现，这位王侍郎竟也发动了一批人手，在秘密寻找青瑛。

陆冲闻讯后大感奇怪，老子的女人，怎的你还来偷偷搜寻？为此还曾去找王琚细问端详。但王琚这个人行事素来高深莫测，跟陆冲虚与委蛇，全没吐露实言，让陆冲大为郁怒。双方明面上虽未撕破脸，暗地里却已心存芥蒂。没想到陆大剑客大喜之日，王琚不请自来，更带了一批暗探来此布防。

吴六郎见陆冲怒冲冲便往外走，忙劝道："老陆，人家是带了贺礼来的，终究是客，咱们小心应对便是，不可莽撞。"

袁昇点点头，对吴六郎道："你去跟王琚打个招呼，不要失了礼数，也不可缠逼太紧，要让王琚他们放手去干，暗中观察，且看他们要做什么。"

陆冲见吴六郎疾步而出，才郁郁叹了口气："王琚跟咱们好歹都是天子一脉，怎的咬住了老子不撒嘴？嘿，当真想不到，时局竟乱成这个狗样。还是范平那'高丽僧'想得开，早早地跑到扬州躲清闲。"

听到范平的名字，袁昇不由哑然失笑："是呀，前两日刚刚跟他喝的饯行酒，这时候他应该已在路上了。"

范平绝对是个谁也看不透的人物，心机深沉到让袁昇都觉得可怕，但偏偏这家伙表面上却总是一副老实随和的模样。

在击杀韦后党的唐隆政变中，深藏不露的范平于最后时刻反戈一击，斩杀宗楚客的悍将薛青山，可谓居功至伟。此后他竟重回官场，进了礼部，更得慧范和太平公主相助，一路混得风生水起。这人一脸随和，善于攀附，对各路人马都不得罪，甚至和当时做太子的李隆基混得也不错，曾陪着李隆基打过几场马球。

可就是这样一个八面玲珑的家伙，忽然间谋求外放为官，经太平公主亲自运作，择了扬州这样的富庶之地为官。范平的饯行宴搞得挺隆重。这位右御史台"高丽僧"出身的家伙请了许多人，而袁昇、陆冲这样的"患难之交"当然被硬拉了过去。范平酒喝得不少，还怅然诵了两句王勃的诗"心事同漂泊，生涯共苦辛。无论去与住，俱是梦中人"，弄得挺感伤。

这时候袁昇回想起来，范平所为，也许又是一次逃离旋涡的妙招。这家伙，每次都让人意想不到。

陆冲又愤愤道："杀了韦后那贼婆娘，先拥得太上皇登基，再换得万岁登基，可结果如何呢？太上皇处处护着他那混账妹子太平公主，三郎的亲信姚元之被贬为申州刺史，宋璟被贬为楚州刺史，刘幽求更是险些丢了老命，这会儿已被发配岭南了吧。现在，王琚这厮都阴阳怪气地缠上身来，当真恼人！"

袁昇心内也是一沉。陆冲所说的几个人，都与他交情不错。特别是刘幽求，作为当日李隆基剿杀韦后党的元勋心腹和主要智囊，也算与袁昇、陆冲等人患难与共，在李旦登基后拜相，为徐国公，赐铁卷。在李隆基登基后，眼见太平公主权倾朝野，刘幽求便曾想施奇计袭杀太平公主，却因事机不严而走漏风声，被太上皇李旦下了大狱。虽经李隆基苦苦求情而保住性命，却被远贬岭南。

"连慧范那老胡僧都封了三品，这都什么世道！"

听得陆冲这句话，袁昇只有苦笑。经得太平公主的举奏，胡僧慧范现在已被钦封为圣善寺主，加三品，同时封公。

"还有你，袁老大，"陆冲今日喝多了酒，变得牢骚满腹，定定地望着他，"你和黛绮更是一对苦命鸳鸯，比老子和青瑛还要苦命的苦命鸳鸯！太上皇那边，可改了主意了吗？"

袁昇的眼神瞬间黯淡下来，默然摇了摇头，沉默了良久，才闷闷地说："万岁曾私下求过太上皇，反遭太上皇一顿呵斥。据说，联姻这件事，竟是太平公主最先跟太上皇提出来的……"

陆冲骤然愣住。想不到竟是太平公主最先起了拉拢袁昇的念头，他想拿这件事跟袁昇打打趣，但口唇翕张了几下，竟没说出什么来。

袁昇则奋力摇了摇头，似乎要将那些无力左右的事情尽数抛开，又道："还说那个刘幽求，其实我一直认为，青瑛的失踪跟他有很大的关系。"

"为什么？"陆冲又吃一惊。

"刘幽求是一年多前筹划对太平公主动手的，事败被抓前，他见的最后一个人就是青瑛。"袁昇有些同情地望着陆冲，"别埋怨我，我也是刚刚查出来此事。看来，就是两人的一次密议后，刘幽求甘心入狱待罪，而青瑛则突然消失了。"

"刘幽求，这家伙到底对青瑛说了什么？"陆冲慢慢攥紧双拳。

刘幽求与王琚其实很相似，都属于能言善辩、奇计百出的谋臣。只不过王琚文武双全，好玄学炼养秘术，青年时期便曾因谋刺权臣武三思事泄而亡命天涯，身上更多草莽气。而刘幽求是进士出身，文气略重，但运筹帷幄间杀伐果决，更胜于王琚。

这样一个谋略家在被捕前日与辟邪司要员青瑛密议，所说的话必然非同小可。因为二人有着共同的敌人太平公主。

"今日是你和倚虹的大喜之日，你们放心去敬酒吧！"袁昇轻轻拍了拍陆冲的宽肩，"王琚，由我来应付。"

陆冲蓦地有些呆愣。今晚是自己和倚虹的大喜之日，自己之所以如此，不是为了青瑛吗？可青瑛还是鸿飞冥冥，自己却要娶纳倚虹了？

眼前闪过倚虹那一派喜滋滋的娇靥，他的心才迟钝地抽了抽。他不再说什么，只默默地转过身，大踏步奔向前厅。

前厅早热闹成了一片。十二名从西市请来的乐姬分成两列，琵琶、古筝、洞箫齐鸣，主唱的不是什么百戏班的名角歌姬，而是一个十七八的少年喜歌郎，扯着脖子高唱着喜歌。厅中更有几个幻戏班的小丑，和着那喜歌在案前扭着身子跳舞，逗得满厅客人笑声不断。

陆冲便在一片笑声中，带着倚虹穿梭着敬酒。他的酒量原本很大，今晚不知为何，似乎没喝多少，却有些醺醺的感觉。

"老陆，你功成名就，还有这么绝色的媳妇，今晚大喜，你给大家亮一手剑术吧！"

"陆将军，听说新娘子的胡旋舞跳得极好，能否让兄弟们开开眼……"

"大喜之夜，新妇哪能又跳又唱的，不过听说新人的玉笛妙技无双，给大家吹一曲玉笛总是无妨吧……"

四下里起哄笑闹声不断，陆冲都大剌剌地挡了骂。

这时他有些恍惚，仿佛是宿醉方醒般的朦胧感，似乎自己生命中的某些东西丢失了，那东西很重要，却看不到，抓不着，但就在刚刚，那东西丢失了。

忽然间他脑中闪过一段话："我将我家闺女交给你了，你要好好待她。"

说这话的是孙嬷嬷。就在方才，陆冲要带着倚虹出厅敬酒之际，这个一直冷着脸的老婆子忽然很认真地对陆冲说了这话。当时陆冲觉得很可笑，这个见钱眼开、势利尖酸的孙婆子真是能装。

"孙婆子呢？"他扭头问倚虹。

"刚刚走了。"倚虹穿着翠绿色的钿钗礼衣，一身喜气，此时她耐不住四下里宾客们的劝请，已让丫鬟取来了一支长笛。

"走了？"陆冲忽然一怔，"这时候，她为何走了？"他眼前陡地闪过孙婆子的眼神，心内猛然一阵剧烈的抽动。

再抬眼看时，见前面是一个空案，案上有几盘吃了大半的菜肴，却没有客人。

"这是谁人的席位？"陆冲忙问邻案的吴六郎。

"是王琚他们，适才忽然间急匆匆都撤了。"吴六郎忙道，"我已知会了袁老大，高十九已悄然追了过去。"

王琚走了，她也刚刚走了！陆冲的心突地一颤，袖口内的手不由得狠狠掐了自己的大腿一下，掐出一片瘀青，心内只叫，我怎的这么傻，她一直在我眼前，我一直没有发现。

他慢慢仰起头，那热腾腾的阳光呼地蹿上他的额头。

"我将我家闺女交给你了，你要好好待她。"扮成孙婆子的青瑛站在飘忽的日光里，很郑重地望着他，只是那声音很轻，轻忽得如一抹烟，转眼便在日色中散去了。

此刻这句话骤然又钻入耳内，那些烟和那些阳光都显得无比刺眼。青瑛，他的心揪紧得发痛。天涯海角，老子也要找到你，我只问问你，我苦心孤诣地这样找你，你为何这样对我，为何这样对我？

他再不说什么，提着新郎官的大红襟袍，转身默然走向厅外。

在他的身后，倚虹那悠长缠绵的笛声已经响起。她的目光一直缠绕在他的背影上。

王琚不疾不徐地催马而行。

他布局张网许久，此时一切尽在掌控，当然不必急。前方的探子这时赶来回报："孙婆子的厢车在前方岔路停了，四五个打扮得一模一样的婆子忽然一起下了车来，拐向了三处岔路。"

"三路都追，一个个都抓了来。"王琚冷笑。

片刻后，探子再来报，两个假扮的孙婆子已经被抓，但那真身已经逃向了明德门。

身边的暗探忙问："催更鼓就要响了，看她这路数，似乎是要出城门逃往城南，放她出城吗？"

"不可！城南地旷人稀，山路迂曲，马上给我拦住！不过，"一股若有若无的忧虑袭上心头，王琚沉吟道，"堂堂青瑛女侠，绝不会只出这样一个分兵扰敌的小伎俩，大家小心些。"

两拨人马一追一逃，在日色西斜时分，便已近了长安城正南的明德门。催更鼓快响了，自唐隆政变后，长安城的宵禁之制更加严格，几乎到了犯者必杀的地步，所以这时候街面上行人稀少。

王琚早下了车，带着七名贴身高手提气急追。

与许多手无缚鸡之力的书生不同，他自幼喜好玄学，更兼才智过人，在道术修炼上进境超人。此时他将潜修多年的神足术施出，竟在几位术师高手中稳占先机。

转过一个街角，前方便可清楚地看到斜阳影子里，有两人疾步而行。一个是扮作孙嬷嬷的青瑛，另一人身材瘦小，竟只是个小厮。

孙嬷嬷忽然定住了步子，缓缓转过身来，淡淡道："是王大人吧，你处心积虑，追着我一个老婆子，到底为何而来？"

"名震京师的青瑛副使，辟邪司中排行第三，足智多谋，易容百变，又如何会变成一个老婆子？"王琚笑吟吟地挥了下手，七名术师翩然散开，隐隐将二人夹在当中。

"想不到堂堂中书侍郎，竟是崆峒门的道术高手。好吧！"孙嬷嬷幽幽叹了口气，缓缓揭开那张苍老的面皮，现出一张如花似玉却又隐现英气的脸孔，"我是青瑛。不知我所犯何罪，触何条律，让王侍郎率着数名高手秘捕来捉我？"

"谁说青瑛副使犯了什么条律，"王琚悠然负手而笑，"本官只是久闻青瑛副使大名，想请姑娘小酌一番，谈些闲事。"

"既然是闲事，不谈也罢。"青瑛冷笑一声，转身便走。

"只怕由不得姑娘。"王琚轻轻挥手，那七名术师已齐齐逼上。有两人性子稍急，已抽出短剑，剑上星芒闪耀，一道道剑气直向青瑛卷来。

青瑛顿住步子。起伏呼啸的剑气吹得她长发四散飘飞，她却凛然不动，嘴角甚至还噙着一抹淡漠的笑意。

王琚瞥见那笑意，心头不知怎的竟生出一股冷意，这时候她已是穷途末路，为何还如此气定神闲，难道还伏下了什么后招？

便在此时，一缕胡琴声忽然传入众人耳中。

这道胡琴声拉得极为悠长，甚至长得有些不成曲调，只那么一道低沉的长声拉了出去。寻常曲乐的低音往往难以长久，偏这道胡琴声低沉忧郁，却又永无尽头。

王琚等人都觉得一颗心被一股无形的力量紧揪着，随着曲声向下沉去，永无止境地疾坠，一时胸腔烦闷，险些透不过气来。

扑通两声，扑得最靠前的那两名术师竟喷出两口血水，险些栽倒在地。

"临兵斗者列阵在前！"王琚也觉头晕脑涨，急忙双手结印，拼力喝出本门术语。

凭着符咒之力带来的瞬间清明，王琚吃力地仰头望去。却见苍茫的暮色中，一道高瘦的身影缓缓行来。那是个老者，手中拉着一把奇怪的西域胡琴。老者的身子很瘦，走得又很慢，仿佛随时会被暮风卷走的一片枯叶。

这道身影一入眼中，王琚便觉出一股强大的威压感，仿佛那是一个从地狱深处钻出的魔王。王琚知道，这老者是个真正的魔王般的宗师级大术师，因为那道悠长的胡琴声还在继续。

只一个手势，那只枯瘦的老手只是稳稳地将琴弦向后拉去，这动作漫长无比，仿佛那琴弓很长很长，长得无尽无休。

那低沉的腔调，也似永远不会停止。

凝音如线，直贯敌耳，这种以曲乐操控人心神的奇异术法，王琚以前只是听说过，一直以为是个传说而已，想不到今日亲见亲闻。怪不得青瑛一直好整以暇，这位素以多谋广博而闻名的辟邪司高手果然名不虚传，竟在这里埋伏了这样一位绝顶大术师。

夕阳从老者身后照来，反衬得他整个人有些幽暗、神秘。王琚努力瞪大双眼才看清老者的那张脸，脸上都是伤疤，更有两道伤疤从额头贯穿到下巴。左耳也不见了，只是一片厚厚的伤疤，仿佛被什么恶兽咬掉了。

这恐怖的老家伙到底是谁？

砰砰两声，王琚身边又有两名术师栽倒在地。

"青瑛姑娘，"王琚拼尽全力叫道，"是刘幽求！是他……让我来找你的。"

"我凭什么信你？"青瑛的眸中掠过一层厉色。

"刘幽求说了，他留下的计策，你一个人，办不成……"王琚呼出最后一个字，也栽到了地上。

青瑛挥了挥手，那道低沉得让人心悸的琴声终于停歇。疤面老者慢慢转过身，缓步走向暮色深处。他走得挺慢，但几步迈出，身形便忽然消失不见，仿佛在刹那间遁入了另一个空间。

王琚压力顿消，只觉全身已被冷汗浸透。这时他才想起来，这老者自始至终，居然从来没有正眼瞧过自己。

"青瑛副使隐姓埋名，为家国图谋大事，奇行义举，孤忠大勇，有古仁人剑客之风。某衷心敬佩，请容某敬姑娘一杯薄酒。"

就在街角的一间小酒肆内，王琚亲自给青瑛满上了一大杯酒。死里逃生后，他很机灵地将自称由"本官"换作江湖化的"某"。

这间小酒肆很偏僻，只有一个老掌柜和一个店小二。此时这两人都已昏睡不醒，经得两位术师高手齐齐施法，这两人醒来后也不会记得今天的任何事情。王琚带来的七位高手则散在酒肆四周防范，此时屋内只有王琚和青瑛两人。那神秘的疤面老者则不知去向。

"王侍郎言重了，青瑛所为，只是要报家仇，与忠义无关。"青瑛接过酒盏，却淡然笑道，"不过，今晚我正想痛饮。"

"好，"王琚见她举杯豪气十足地一饮而尽，放下酒盏时，眼角已隐见泪花闪动，不由微笑道，"姑娘果然豪气远胜须眉，王琚有幸，便陪姑娘痛饮三杯。"

青瑛也不多言，酒到杯干，跟他连尽了三盏。

这三大杯梨花烧落肚，即便是王琚也觉得脸红腹热，看青瑛时却见这女郎面不改色，腮上甚至没有泛出一丝桃花红，不由心下暗自称奇。

"刘幽求擅出奇谋，与我交情莫逆。他在被抓前夜，只见了两个人，前一人是你青瑛副使，后一人，就是我……"王琚早知青瑛性子爽直，也不拐弯抹角，上来便直入正题。

"刘幽求当日不知怎的揣摩到了姑娘对太平公主的强烈敌意，随后鼓动三寸不烂之舌，才给姑娘定下此计，你先从辟邪司消失，接管刘幽求留下的那批地下力量，他们也会助你避开辟邪司事后的盘查，然后，"王琚压低声音，一字字道，"你再设法潜入太平公主府……"

青瑛的秀眉一挑，没有说话。

"我想，姑娘忍辱负重，绝不仅仅是要刺杀太平公主那样简单——与其将之一剑毙命，何不让她身败名裂，家破人亡？"王琚又给她满上了一杯酒。

"这些话，刘幽求已经跟我说过了。"青瑛又饮了一杯酒，只是这一次她喝得很慢。不知为何，她的脸上掠过一丝清冷的笑意。

"姑娘见识高远，应该已对眼前的形势洞若观火。现在万岁与太平公主已经势不两立，但太上皇始终顾念兄妹之情，万岁则对太上皇孝心为重，自然不能先行动手……"

青瑛扑哧笑道："所以，你们只能诱使太平抢先发难。所以，你们需要一支'暗箭'——射进太平公主府的'暗箭'。而最好的人选就是我！因为我已按着刘幽求的遗计，从辟邪司消失许久了……长安的人都知道，连陆冲都找不到我了！任是太平公主的人如何算计，都想不到万岁的亲信中还有我这号人物。"

王琚微微一凛，笑道："刘幽求果然算无遗策，那么，他有没有告诉姑娘，如何打入太平公主府？"

"他说要等待时机，莫非王侍郎现在已有了计较？"

"不错，现在时机已到，姑娘可准备好了？"王琚的目光灼灼闪动。

"不好！"

屋外响起一声大喝。这喝声竟传自屋顶，也不知何时这小酒肆的屋顶上竟伏了个人。

"什么人……哎哟……"店外传来数道呼喝，王琚安排戍守的高手们这才发现了那人，但听得惨呼之声不断，显然有数位不速之客从不同方位向小店发起了突袭。

两名高手术师已被那人闪电般击倒。

房门忽然被撞开，那人已一阵风般闪入，一身新郎官的大红襟袍极是刺眼，正是陆冲。

王琚的暗探护卫随后赶来，却被两道凛冽的剑气逼退，高剑风和袁昇并肩而入。

"原来是陆将军和袁将军，都不是外人，你们都退下吧。"王琚愣了下，随即打了个自我解嘲的哈哈。他知道在这三大高手面前，自己所率的护卫实在不堪一击，索性大方地将这几人遣开。

"为什么？"陆冲自一冲入屋内，就直勾勾地盯着青瑛，"你告诉我为什么，忽然无声无息地离开，一去不回，就为了刘幽求那个混账跟你说的一席话？这席话便让你就此跟老子一刀两断，再无往来……"

青瑛只静静望着他，目光中五味杂陈，听到他一连串地痛斥了许久，才幽幽叹了口气道："陆郎，忘了我吧……我别无选择。"

"是为了仇恨？"袁昇轻轻叹了口气，"青瑛，这世上，并非只有仇恨。"

"我知道，我全知道……"青瑛的神色忽然有些无奈，慢慢低下头去，只不过再昂起头来时，脸上已经换上了一副刚毅之色，"王侍郎，请接着说，如何能顺利打入太平公主府？"

王琚瞟了眼气势汹汹的陆冲，有些尴尬，却仍微笑道："据说太平公主正在搜罗各色美女，准备择一万里挑一的国色，进献给皇上，以缓和姑侄间剑拔弩张的关系。我会设定一套路径，保证你会被选中。"

"设计路径？"青瑛又轻笑了一声，"何必这么麻烦……请诸君稍候。"

她款款起身，提着随身包裹转身走入酒肆逼仄狭窄的内屋。陆冲怔怔望着她窈窕的背影，一时气结心塞，说不出话来。

只听得屋内窸窸窣窣之声不绝，片刻后，青瑛袅袅而出。屋中的王琚、袁昇和陆冲尽皆呆住。

"玉鬟儿？"陆冲几乎是呻吟般地吐出了三个字。

玉鬟儿，正是与今上李隆基曾有过一段刻骨铭心苦恋的少女，而在李隆基遭遇傀儡蛊之厄时，玉鬟儿为救李隆基自尽而亡。在她香消玉殒之后，李隆基始终对其念念不忘。

而在这片刻之间，青瑛已经易容成了玉鬟儿的模样，任是袁昇和陆冲这样的易容老手，也看不出丝毫易容的痕迹。

"原来让万岁念念不忘的玉鬟儿，竟是这副模样，果然天姿国色，动人心魄。"王琚没见过玉鬟儿，但听得陆冲这一呼，立时明白了青瑛的心意。

李隆基当年与玉鬟儿之恋轰动长安，太平公主当然知道此事。如果长安忽然出现了一个酷似玉鬟儿的女子，她又怎能放过？

"这是什么易容术，竟如此逼真？"计策草定，王琚当然更关心青瑛易容的真假程度，如果易容被人看出破绽，那么此计就会完全失效，但他细看青瑛的脸颊，但见香腮如雪，明眸闪耀，几乎全无瑕疵。

"这是我这些日子来苦修的一种西域蛊术，与当日的傀儡蛊相近，易容所需的辅料不是面粉、膏腻等寻常物，而是一种奇异蛊丝，"青瑛轻敲着自己吹弹得破的玉颊，笑容却有些无奈，"蛊丝不怕水洗，触之温润，几乎与皮肤无异。"

"简直天衣无缝，佩服佩服！"王琚杂学渊博，对易容术也常钻研，此时不禁叹为观止。

"佩服个屁！"陆冲忽然大吼起来，"青瑛，老子答允你去了吗？那地方是龙潭虎穴，是魔王之窟，你一个女流之辈，去那里就是送死。老子不同意，绝不会让你去。"

"陆大人，你是我的什么人？"女郎扬起秀眸，依旧清清冷冷地望着他，"我青瑛行事，凭什么要让你应允？"

陆冲给她问得一愕。

袁昇眉头紧蹙，踏上一步，正待言语。王琚忽道："陆将军，袁将军，本官奉劝你们一句，千万不要坏了万岁的大事。二位要知道，这次大事是青瑛姑娘自己应允的，本官绝没有丝毫威逼。"

这句话插得极是时候，袁昇的话登时被他噎住。

"即便报仇，就一定要如此吗？"袁昇只得无奈地望向青瑛。

"一定！"女郎幽幽吐了口气，"袁老大不必多言了，这条路，是我自己选的。还有你，陆冲，今日是你大喜之日吧，你怎忍心把新人扔在家里，还是回去吧……"

陆冲僵立在那儿。眼前的意中人亭亭玉立，却已经"变成"了玉鬟儿。

他心中酸苦难言，自己为了寻她苦心孤诣，几乎可以放弃一切，而她为了报仇也是苦心孤诣，几乎可以放弃一切，包括他陆冲。此时的她还是那样冷冷清清，甚至没有正眼看自己几眼，似乎自己是个多余的人。

陆冲忽然低头，看到了自己满身红灿灿的新郎衣饰，陡觉全身冰冷，仿佛多

第一章　迎娶

日来的挣扎苦拼全没了意义，只想："是呀，老子是个多余的人，老子原是个多余的人。在她心底，终究是要复仇的愿望多些，而我，只是她生命中的一个点缀罢了。"

"陆将军，"王琚饶有兴味地望着这位新郎官，"既然这件大事是青瑛副使自己的选择，那么请你不要坏了青瑛的大事。"

陆冲却仿佛没有听到。他慢慢转过身，慢慢跨出屋去。

他苦苦追寻的人就在眼前，他为了找到她几乎用尽了所有的心血。这一刻，他终于看到了她，却已不想再多说一句话。

知道残酷的真相后，说什么都是废话。

他只能离开。

"陆冲……"袁昇无奈地喊了声，却也生出一种无力之感，只得做个手势，让高剑风赶过去，陪在陆冲身边。

袁昇黯然回头，却忽然发现青瑛直勾勾地盯着陆冲的背影。她紧咬着樱唇，不让自己发出声响，唇角被她咬出一线血痕。

"好了，"王琚转身关上了店门，沉声道，"闲人都走了，下一步怎么做，不仅关乎万岁的大事，也关乎青瑛姑娘的生死。袁将军足智多谋，正好留下来一起参详……"

第二章

暗箭

"打，给我狠狠地打，让他长长记性。"

太平公主将一碗醪糟缓缓啜尽，虽然语声冰冷，但持碗的手还在微微发颤。

她下令责打的人是她的二儿子薛崇简。

这位太平公主府的二公子与李隆基是表兄弟，自幼交情深厚。李隆基成了天子之后，薛崇简对李三郎更多了几分崇拜仰慕，眼见母亲处处与天子作对，心中忧虑，常出言劝解母亲。行事锋芒毕露的太平公主当然不会听儿子的话，反而视为羽翼渐丰的儿子对自己不孝，向自己挑衅。

所以每次薛二公子的劝解都会惹来其母太平公主的极大不快，有时候甚至直接家法伺候。这一次薛崇简见母亲大张旗鼓地为天子"选妃"，立即就悟出了其中的关键，便极力苦劝。太平公主正在筹谋大事，见儿子竟直接站到了自己的对立面，心头恼怒，便直接赏了他三十竹杖。

仍是那座极奢华的如意堂，此时已经汇集了中书令兼吏部尚书萧至忠、左御史大夫同中书门下三品窦怀贞和左羽林大将军常元楷、知右羽林将军李慈、左金吾将军李钦五大要员。这五人两位是宰相，三位是持掌兵权的武将，实为太平公主的左膀右臂。

他们都已不是第一次看见二公子被母亲痛责了，两位宰相皱皱眉头，真真假假地劝解了几句。

"好吧，别为这个孽障耽误了正事。"太平公主强抑下满腹郁闷，挥了挥手，命下人们将薛崇简轰了出去，"近来选妃之事如何了？"

"恭喜公主殿下，下官寻到了一位绝色，"窦怀贞笑吟吟地拱手，"据平康坊的人说，这女子几乎就是当年的玉簪儿再世。"

"什么，玉簪儿再世？"太平公主几乎跳起身来，目光急速从几位死党的脸上掠过，"你们谁见过玉簪儿？"

萧至忠面如止水，端坐不动。他的官职最高，为人又深沉多智，绝不会亲自去接这个话茬。常元楷摇了摇头。倒是左金吾将军李钦涌起一脸倾慕之色，嘿嘿笑道："我见过，这丫头当年在长安可是艳名远播呀……"

"我也见过。"太平公主缓缓吐出了几个字。

当年雪无双是她门下的秘密死士，筹谋了傀儡蛊一案，曾带着其亦徒亦女的玉簪儿进公主府，谒见太平公主。在天堂幻境内竞逐万国花魁的那晚，太平公主还在慧范的策划下，亲自观览了玉簪儿力夺花魁的全程。

"好吧，将她带过来。"太平公主轻敲案头，"去云逍阁，我们一同看看这位玉簪儿再世的美女！"

云逍阁是太平公主待客听歌赏舞之所，当年曾耗资八十万缗铜钱建造，阁内陈设豪奢炫目，内有檀香屏风遮掩，可热闹喧嚣，也可保持私密。

虽正值炎风酷日的七月初，但阁外环绕的大片池塘清风徐来，吹散了沉闷的暑气。此时，太平公主率五大得力干将端坐在几扇檀香屏风后，紧盯着阁中一位表演剑舞的美艳歌姬。

"真的是她，真的是玉簪儿呀……"左金吾将军李钦的死鱼眼几乎要瞪出眼眶。

"还是有些不同的，"太平公主幽幽叹了口气，"玉簪儿更加温婉柔媚，这女子艳则艳矣，似乎更有些英气。这一手剑舞英锐与妖媚并重，只怕长安城内都找不到第二人。"

萧至忠忽道："她叫什么，查过她的底细吗？如此妙舞绝色，为何以前没有听说过？"

"她叫柳青青，今年芳龄十九，扬州销金窟那边刚过来的，诸般手续齐全。" 窦怀贞其实很烦萧至忠这种居高临下的口气，但见太平公主也以目相询，便只得耐着性子解释，"据说教她剑舞的老师就是在两京颇为有名的妙仪。我们已经细细盘查过妙仪了，决计没问题。"

"只盘查一个艳姬妙仪还远远不够，还要派人去扬州细查。" 萧至忠说得斩钉截铁。窦怀贞只觉大没面子，便没有吭声。

屏风外，扮作柳青青的青瑛剑光闪闪，一通剑器舞已经舞到尾声。经过特殊处理的长剑翻转间，一道道弧光在她周身缭绕不散，如飞星逐月，如彩虹贯日。青瑛随之越转越快，她的长裙、她的衣袂、她的秀发都在飞速疾旋，那些弧光也越来越繁复细密，耀得观剑诸人目眩神驰。

"难得呀，只凭这一手出神入化的剑舞，就是个难得之才。怀贞，你立了大功！" 太平公主幽幽笑了起来，"我们要的，不是一个美女细作，而是一个单纯的美女！大师，你瞧如何？"

太平公主转向另一侧的屏风。萧至忠等文武大僚也肃然望向那里，胡僧慧范慢慢踱了出来。众人均知，若论阴谋诡计，眼前这位老胡僧可说是最权威的行家。

"公主殿下明见万里，我们其实只需要一个让李隆基一见倾心的美女罢了。" 慧范白皙的脸上还挂着那抹招牌般的懒散笑容，"而眼前这个柳青青具备了我们所需要的一切，实乃天助也！当然，我们并不能因此而有丝毫大意，这位美女，请容老衲仔细探底。"

这时府内管事匆匆赶来奏报："钟少詹来拜访公主殿下。"

"钟旭，" 窦怀贞大咧咧地道，"他来干什么？"

萧至忠却双目放光，哂笑："公主殿下高明，终于将这位钟总监拉了过来！"

太平公主暗叹还是萧至忠眼光深远，微笑点头："钟旭是唐隆政变清剿韦庶人的功臣之一，但李三郎犯了个大忌，对功臣并不厚待。钟旭只混了个少詹事的闲差，甚至因为跟姚崇、王琚等李隆基的新宠臣互相瞧不上眼，在三郎那里常受排挤。但他依旧是内苑总监，将他拉过来，对我们大有裨益。"

"可是李隆基还将内苑这重地交给他看管，如此说来，这钟旭在天子跟前，还没有完全失宠吧？"窦怀贞还在懊恼地辩解。

萧至忠哼了一声："所以说，这才是公主殿下的高明之处。钟旭现在天子驾前，处境十分尴尬，进无擢升之途，退有倾覆之忧，于是只剩下了满腹牢骚。可这满腹牢骚，只能让天子和王琚等人对他更加疏远。这时候公主殿下出手，不必刻意拉拢，只需请他几次过府赴宴，便能造成一种舆论……"

"萧相妙论，在这个微妙时节，只需几道闲言碎语，就能左右一个人的最终去向！"太平笑得容光焕发，"不错，钟旭正是我亲自下帖请来的。这已是第五次了。去吧，传钟旭进来，一同观舞。"

知右羽林将军李慈一惊："请钟旭这家伙过来，泄密了怎么办？"

慧范神秘笑道："公主殿下为天子选妃，此事何须保密？越是大张旗鼓越好，而且此时萧相等公主殿下的股肱之臣在座，延请钟旭入座，会让他更加受宠若惊。这位绝色舞姬的事，也可借他的口传出去……"

太平哧哧笑道："好了，你这老胡僧当真啰唆。"

阁内剑芒闪闪，屏风内笑声阵阵，阁外的甬道间靴声橐橐，钟旭在那管事的陪同下，若有所思地赶了过来。

惊艳众人的剑舞后，接下来青瑛面对的是一个繁复得几乎要命的仪式。

两名老宫女过来亲自验看她的全身，对她的腰身、肌肤、纤秾甚至连汗味都进行了细察。然后便是洗澡。青瑛觉得自己这辈子都没洗过这么久的澡。

这一通澡居然洗了三次，分别换了三个巨大的兰汤浴桶。

在缭绕的水汽中，青瑛明显感觉到不自在。她不但要留意自己脸上的蛊丝不要被水汽熏蒸得出现松动，还要留意周遭的环境。而女人的直觉告诉她，在屏风后有一双老眼正盯着她，而且那应该是一双老男人的眼。她觉得无比厌恶，甚至揉洗肌肤的手都在微微颤抖，但这时候她知道自己必须忍。

"没想到钟旭居然被太平公主拉拢过去了。"她闭上眼，强迫自己不去想那双老眼，而是思考今日舞剑时所见的惊讶场景。唐隆政变的元勋重臣钟旭居然被太平公主请来高坐，而且堂上的萧至忠等人还跟他谈笑风生、刻意拉拢。原来那些传言都是真的？

正自疑惑之际，不远处忽然传来一道舒缓的箫声。那箫声中正平和，宛若清泉穿出幽谷，这般悠然传入青瑛耳中，瞬间让她心神一阵放松。

"清心曲？"更大的疑问骤然闪入心底，青瑛猛地张开双眸。

记得有一次陪着陆冲进宫去面圣，却见李隆基正郁然坐在后花园内吹笛。她记得那起伏平和的曲调，正是眼前这首清心曲。当时陆冲曾唱叹说，这首清心曲是天子当年和那红颜知己玉鬓儿在一起时常吹奏的。青瑛便讥笑陆冲说，看看人家大唐年轻天子是何等至情至性，可比他强上百倍，于是换来陆冲一通超级牢骚。那一次拌嘴，让她对这首曲子印象至深。

听说这首曲子其实来历挺神秘，是李隆基从袁昇那里习得的道门清心秘曲。这时候，在太平公主的府内，怎的会有人吹奏这首神秘曲谱？

就在她满腹疑惑之际，一名老宫女终于给她带来了一个好消息："公主殿下要见你！"

翌日午后，一道绝密消息便传到了大唐天子李隆基的案头。这是一次机密会议，殿内只有李隆基、王琚、袁昇和皇帝亲信宦官高力士四人。

"钟旭果然成了太平姑母的座上客？"李隆基拈着那份经过特制秘写处理的细小麻纸，喟然轻叹，"不过青瑛副使不负众望，这支暗箭果然扎得够深够稳！"

"只是，青瑛副使这消息，似乎传得太急了些？"王琚接过那密信，却缓缓摇头。

按照他与青瑛的事先约定，青瑛如果有何紧急消息，便将一份秘写后的细小纸团插入前院特别指定的几处花圃之一。王侍郎费了很大的心血，也仅能将暗探安插为太平公主府内的两个低级仆役，这两人甚至无法进入后园等紧要位置，但他们却能将青瑛的信息及时传递出来。

"王侍郎说得是，"袁昇也是满脸担忧，"青瑛在公主府立足未稳，也许四周都是监视的眼睛。她实不该如此冒险。"

李隆基点了点头，又沉吟道："不过这密报中更奇怪的是这句话，她居然听到，在公主府内有人吹奏清心曲。"

望见天子问询的目光，袁昇摇了摇头，沉吟道："清心曲是本门秘术曲谱，流传极少，除非是那个深不可测的慧范……但他为何要这么做？"

一抹疑云登时袭上四人心头。

天子微一沉吟，随即拍案定夺："传讯回去，让青瑛务必小心谨慎，今后除了谋大逆等十万火急之机密，不必急于奏报。"

"这个钟旭，万岁要如何处置，也是个麻烦。"王琚素来与钟旭不睦，此时当然不放过打压这个老对头的机会，试探道，"只不过此时还不宜处置钟旭。"

袁昇冷冷道："现在自然不能动钟旭，他进了太平府内，看到他的，除了太平的左膀右臂，便是青瑛。如果我们此时动了钟旭，青瑛立时就陷入了危局。"

"雕虫小技罢了。"李隆基淡然一笑，将那团细小的麻纸送到案边的一根长明灯烛上烧了，"钟旭当然不能动，他们不过是拿钟旭做个试探。"

"坊间传闻，我那太平姑母很像当年的则天圣后，不得不说，她行事之果决快捷，实在出乎我的意料。"年轻天子盯着那道跳跃的火光，脸上又浮出了一抹忧色，"今日散了早朝，也不知她去跟我父皇说了什么。就在刚刚，父皇将我召去，兴冲冲地吩咐了一件事，皇家要办两场家宴，明日由太平公主在其府内办这首宴，转过天，则由父皇在太极宫亲办第二场皇室家宴。我与太平，还有些重要身份的宗室都要亲临……"

"明日就要在太平公主府办头一场？"王琚略一沉吟，恍然道，"看来这是太上皇要亲自出面，来调和陛下和太平公主之间的关系了。"

当今的时局比较特殊。退位成为太上皇之后，李旦仍旧大权在握。而太上皇李旦与他那黯然殒命的兄弟李显一样，当年全仗着在武则天驾前受宠的太平公主多方施计翼护，才保全了性命，所以对这位幺妹有一种超乎寻常的依赖眷恋。

所以李旦最大的愿望就是当皇帝的儿子李隆基和妹子太平能相安无事，眼见两人近年来明争暗斗得越来越激烈，太上皇不得不亲自出面调和了。

"又是皇室家宴！"袁昇不由苦笑起来。

他想起了中宗皇帝李显驾崩前的那次著名皇室家宴，那时候韦家与李家也是水火不容，中宗皇帝便想着办一次家宴，给双方调和。可惜韦后举办那次皇室家宴的目的，其实是要将李家党一网打尽。而就在那场家宴上，大变突生，宣机阴差阳错地成为谋大逆的重犯，本已奄奄一息的中宗李显也于当晚驾崩。

李隆基也叹了口气，轻轻点头道："姑母的大局已经设下了，她大张旗鼓地为我选妃，父皇得悉后居然很高兴，认为这是他的好妹子在真正地和解示好。听说明日的家宴上，太平姑母就要送给我一件出人意料的'至宝'。看来，她是要将青瑛在宴会上堂而皇之地献给我。"

"这么快？"王琚吃了一惊，"太平刚刚寻到青瑛，照理说，他们应该先要考察探寻青瑛的底细，然后再全面特训一段时光，之后才会将其堂而皇之地献给陛下，或充为枕边细作，或作为美女杀手……但这都需要时间呀，为何太平这么快就将青瑛推出来？"

殿内安静了下来。王琚的话也是每个人心中最大的疑问，可惜这疑问没有答案。

在旁侍立的高力士摇了摇头拱手道："奴婢以为，太平府内的家宴就是鸿门宴，万岁还是寻个托词，不去为妙。"

袁昇和王琚都蹙眉不语。他们都知道，太上皇亲自发了话，李隆基又怎能不去？而且太平这样堂而皇之地延请，身为天子的李隆基如果推辞不赴，反而显得心虚畏缩。

"一定要去，哪怕明知是鸿门宴！"李隆基扑哧一笑，"正所谓'犯上难，摄下易'，我为天子，岂惧一太平？"

年轻天子的脸上又耀出那抹英锐之气。高力士等追随他日久，一见他这副神色，便知道他心意已决。

袁昇忽问："明日太平公主府内的家宴，太上皇是否也会驾幸公主府？"

李隆基摇了摇头道："不会，父皇明晚不会在场。他其实是想让我和姑母能有一段独处的时间。父皇是苦心孤诣地盼着我们和好……"

王琚马上明白了袁昇的心意，点头道："太上皇不驾临公主府，反而更稳妥些。太平如果敢冒天下之大不韪，在自己府内动手，就不得不触及太上皇的强悍实力。而以她目下的力量，又不足以同时再对太上皇动手。"

"万岁要怎样对待青瑛呢？"袁昇的目光中有些郁色。

李隆基的眉头不禁抖了抖，沉了沉，才叹道："在面对酷似玉鬟儿的青瑛时，朕当然要足够震惊、惊喜，乃至如获至宝……"

剩下的话，他没有说，只是无声地苦笑。这种皇室青年子弟的风流勾当，他当然完全熟悉。只不过这时候，他面对的却是自己的女臣僚，而这个女臣僚还是自己忠心耿耿的干将陆冲没过门的妻子。

"《管子》有云：小谨者不大立！"王琚看出了皇帝的尴尬，急忙替他解围，"太平的想法是，万岁一定会笑纳她这姑母的良苦用心，酒后应该会与那柳青青春风一度，然后将其带回宫中。不过如此一来，我们辛苦射入太平公主府的'暗箭'就全然无用了。"

"臣以为，我们可将计就计，万岁只在房中与青瑛说些闲话，而在这所谓的'临幸'之后，借口身为新帝，不得耽于声色，暂不将其带走。如此，青瑛俨然便是留在太平府内的一名天子妃嫔，身份高贵了许多，更方便给我们刺探消息。"

袁昇瞟了一眼王琚，沉吟道："臣还是觉得奇怪，太平公主为何这样急匆匆地抛出这次家宴，特别是这样急匆匆地抛出青瑛？"

老问题重新被他提及，殿内却没有人觉得啰唆，每个人的神色都有些凝重。知己知彼百战不殆，此时是朝廷暗战的关键时刻，己方却不能洞悉对手的意图，这难免让人心中惴惴。

经得一阵有些压抑的沉默，王琚才盯着袁昇，说了四个字："寸步不离！"

既然皇帝必须驾幸公主府，那么唯一能做的就是全力保护。众人的目光便全集在袁昇的身上。袁昇也缓缓道："寸步不离！"

"还有一件急事，太平公主府后角门有一家小花店，已经被我设法盘下来了。"王琚讨好地望着袁昇，"贵司青瑛那边，不是需要人在公主府外守候着通报消息吗？"

按照辟邪司最初的安排，青瑛深入虎穴去卧底太平公主府，除了两名早被王琚安插入公主府的花匠能定时接收她埋在花圃的密信外，辟邪司这边还需要一个固定地点方便联络青瑛。袁昇很敏锐地发现，在兴道坊公主府角门外那条街上，有一家不很景气的小花店。现在王琚运用手段，终于将小花店盘了下来。

在袁昇心中，这小花店最适宜的女主人便是黛绮。她是辟邪司的要员之一，精通易容，善于应变，与青瑛又极交好，几乎到了心神相接的地步，正是坐镇花店、联络青瑛的不二人选。

只是近日一想到黛绮，袁昇便没了往日的从容，甚至有些心慌意乱。赶回辟邪司的路上，他忽然看到街角站着个黑黑瘦瘦的卖花少女，斜挎的花篮中是花团锦簇的一大丛玉兰花。这种花多是春日盛放，卖花人却有秘法让其在夏日二次盛开。他心中一动，走过去挑了两枝玉兰，一朵洁白如玉，一朵橙黄如金，都是饱满如笑，香气馥郁。

嗅着玉兰的芬芳，想到黛绮的笑靥，他的脚步轻快了些。他赶回辟邪司时，却见黛绮正埋首案头，在一张素笺上写着什么。

她写得很慢，却又写得很坚决。

见他这时便回转来，黛绮有些意外，便怅怅地撂下笔。望见她的脸色，袁昇心中微沉，看那染香素笺上是她稚嫩却秀气的字迹：我要走了，莫来寻我。

"你要去哪里，又胡思乱想什么了？"袁昇有些恼怒。近日来，两人的争吵渐多，他的脾气也愈发急躁。

黛绮的脸非常苍白，神色却异常平静，只缓缓摇头，说："该离开了，我不能再骗自己。"

袁昇的心咚地一跳，仿佛被什么锐物缓慢而深切地刺到了。他只得慢慢道："还记得那天，我们同去游历天下的许诺吗？那些话我始终没有忘。你留下来，实在不成，我们还可以一起游剑江湖。"

黛绮静静地望着他，然后坚定地摇头："你说谎，你不会为了我离开的，对不对？"波斯女郎的话不似中原女子那样婉转温柔，却切中要害。

袁昇沉默下来。她的双眸起了不少血丝，显是多夜未曾睡好。袁昇却觉得那双眼睛仿佛是一泓清澈的湖水，照见了自己的虚伪和懦弱。

他想起了陆冲骂自己的话，自己永远是一副四平八稳、波澜不惊的样子，其实是戴着厚重的面具。这个厚重的面具让自己平静得不像个真实的人，几乎将自己所有的情感都掩埋起来了。

他耳畔又响起老父那一通没完没了的咳嗽声和缓慢嘶哑的语声："娶一个胡姬？你知道你现在肩头的担子有多重，当今朝廷用人之际，政局未稳，剑拔弩张，万岁有多倚重你，多少双眼睛在看着你呢……咳咳……你却不思进取，终日将心思用在一个胡姬身上……士不可以不弘毅，你的抱负呢？你的弘毅呢？你的忠心呢……"

袁昇记得当时自己也在心底呐喊："我不是什么士，也不要什么大丈夫的弘毅忠心，我是道家，只求无愧天地，逍遥自心……"但这句话终究被老父那一通

第二章　暗箭

锥心的咳嗽声淹没了。

是的，自己也很无奈，而且终究不会跨出那一步。

袁昇的双唇翕张了下，却没有说出什么。这时候他忽然发现，无论说什么都是苍白无力的，任何表白都只能反衬出自己的无奈甚至软弱。

"我说对了，是吗？"她望着他。那泓清澈的湖水表面平静，下面却波涛激涌，但所有的波涛都被那股平静所掩盖。这种神情便带出一种可怕的决绝来。

"你不大懂这些朝局上的事。万岁与太平，已经是鱼死网破之争了，终究不会因为我的婚事而有任何缓和。所以，我和武妙妙是不会成婚的……"

他的话有些苍白。实际上，如果太上皇赐婚，他和县主武妙妙必须成亲，而且这婚事绝不会因天子与太平之争有任何变化。当然，如果最终太平败了，这个武妙妙的处境就会很可怕。

"明天就是太平公主府举办皇室家宴，后日就是太上皇亲自主持的家宴，那时候太上皇就会给你们赐婚吧，你就要迎娶那只猫了。"黛绮哼道。

"那只猫？"

"她不是叫武喵喵？"女郎明艳的脸上满是不屑。

袁昇不禁苦笑道："好了，如果太上皇赐婚，我会固辞的。"他将那两朵挺拔饱满的玉兰递给她，"明日确实是公主府的家宴，青瑛那边应该压力极大，我们已经盘下了兴道坊公主府角门外的一家小花店，你今晚就过去，到那里坐镇。"

她接过鲜花，低头嗅着那抹芬芳，脸上终于有了些笑意，只是很快又凝固了。她抬起头，一字字地说："你不会固辞的，因为你家老爷子不会答应。"

她的脸上仍挂着笑，伴着手中那如金如玉的花，那笑忽然平添了许多苍凉。

袁昇只觉心上的钝痛又深刻了几分，只得道："不要离开辟邪司，就在那家小花店等我，好吗？"他的话几乎是在哀求。

黛绮愣了下，忽然长长地叹了口气，将那两朵玉兰举起来轻轻摇晃。

那两朵花的枝轻颤起来，以一种极美妙的韵律，随即花瓣纷飞。白色的花瓣如皑皑白雪簌簌飘落，又似无数白鸽在起落翱翔，黄色的花瓣就像是金色的蝴蝶翩然翻飞。

袁昇怔住了。书案不见了，四壁不见了，甚至辟邪司也不见了，他的世界只剩下这如雪如金的花瓣在舞动着，缠绕着，燃烧着。

在这曼妙凄美的花瓣雨中，他看到了她深情的眸子在向他凝视，她婀娜的身姿在向他绽放，她的拥抱灼热如火，她的深吻甜蜜如诗……

"袁老大，你怎么了？"不知何时，高剑风赶入屋来，将他唤醒。

袁昇一震，满空的花瓣雨消失无踪，黛绮也已杳然如鹤。

他万万想不到，最后一刻，执拗的她不惜对自己动用元神攻击，虽然她的元神攻击非常温柔，甚至甜蜜。在那场温馨如歌的花瓣雨中，他看到了两个人许许多多的美丽画面。

袁昇无力地坐在案前的一张胡椅上，黯然发现，这一回她终于走了。

那些美好，以后还会有吗？

"何事呀？"袁昇有些怔怔地问小十九。

"十七兄，你知道吗？"高剑风一脸的惊喜，"大师兄说，师尊显圣了。"

"什么？"

"已经连着三日了，灵虚门内算上大师兄凌犛子，有好几人都梦到了师尊。就在前晚，大师兄和七师兄竟同时在镇元井前看到了师尊的真容……师尊容貌如生，端坐井前吹着一支玉笛，只是身上闪着道道金光。他二人又惊又喜，赶上去行礼时，一恍惚间，师尊就消逝了，只是满园异香扑鼻，良久不散。"

"师尊显圣……是大师兄和七师兄一起看到的？"袁昇的眉头却微微蹙起。

"自然了，我问得很细，他两人一起看见，决计不会是幻觉。那团异香，许多人也都闻见了的。"高剑风神采飞扬，显是颇为激动，"我听大师兄说，他和六师兄昨晚同时做了一个梦，竟都梦见了师尊，师尊说他要复活了，而且会是肉身复活，灵虚门也将大兴。"

"师尊复活，还是肉身复活？"

袁昇心底疑窦丛生，却不知说什么是好，望着小十九那张犹带稚气的兴奋脸孔，只得叹了口气，慢慢道："小十九，人死不能复生，这件事其实颇为蹊跷，待我忙完此间大事，会亲自去和大师兄详谈。"

听了十七兄的话，高剑风有些茫然若失，只得怅然点了点头。

第三章
公主府盛宴

　　太平公主在京师长安有三处府邸，分别位于兴道、兴宁、醴泉三坊，而在长安东南方升平坊地势较高的乐游原上，还有一处豪奢广袤的私家园林。这次举行家宴的地方选在了太平公主常住的兴道坊豪邸，离皇城仅隔着一条天街。

　　家宴安排在中午，这个时段姑侄二人可以尽情畅饮。天子不必担心喝过了头，如果喝尽兴的话，自可在公主府内小憩一番，然后在催更鼓前率众回宫。

　　今日朝会散得早，李隆基为了表示对姑母的尊重，离着午宴还有半个多时辰，便已驾临公主府了。让人吃惊的是，天子只带了一支二百人的千牛卫随驾扈从。

　　担当天子宿卫侍从的千牛卫都是高大英俊的长安高荫子弟，而且花钿绣服，配备精良。只可惜虽然盔明甲亮的千牛卫骑士们英气勃勃，但仪仗队伍太短，让天街两边观看天子亲军的长安市民们大呼不过瘾。

　　只有明白这场姑侄斗法底细的臣僚们暗自惊叹，这位青年天子果然气魄十足。

　　其实由王琚亲自运筹的皇帝护卫布置丝毫不马虎，率军主将是胆大心细的千牛卫将军陈玄礼，而更多的兵马则由万骑首脑左龙武将军王毛仲和另一位千牛卫将军李易德统率，布控在兴道坊四周。对天子施行"寸步不离"保护的重任自然落在了辟邪司肩头。袁昇紧跟在皇帝身后，陆冲则带着高剑风、吴六郎和一些精锐暗探散在了天子仪仗周遭。

虽有皇帝在场，但到底是以皇室家宴为名，所以宴请的朝臣并不多，而有幸赴宴的臣僚都有着极其重要的身份。太平公主这边是文武嫡系的五大重臣，李隆基这边则有王琚和老宰相魏知古等数位重臣。

大唐朝廷的传统是，私底下斗得你死我活、朝堂上争得面红耳赤，并不妨碍在筵席上觥筹交错，虽然推杯换盏之际仍不免相互冷嘲热讽。但大家都知道，这两次皇室家宴乃太上皇亲自授意，目的便是要调和天子与太平这对姑侄的关系，所以谁也不敢过于造次。无论是眼高于顶的萧至忠，还是辩才过人的王琚，都不得不将锋芒隐起。

更因到底是家宴，除了朝廷重臣，还有皇上与太平公主的家人。李隆基的大哥、当日的相王世子李成器现在已经官封宋王，带着二弟申王李成义，还有皇上的两个弟弟岐王李隆范和薛王李隆业，与太平公主这边薛崇简等三个表兄弟谈笑风生。

少时盛宴大开，歌舞缤纷，无论是宾主间、姑侄间、君臣间、兄弟间、臣僚间，都表现得愉快亲切。

特别是高坐首席案头的李隆基和太平公主，热情地叙着家常。太平公主始终在高度夸赞这位皇帝侄儿，而且若有若无地将声音放大，让临案的客人们都能听到。

"……且不说如今，就说当年则天圣后的时候，有一次朝堂祭祀，那时候咱们的天子才七岁，便雄赳赳地带着车骑而来，正遇见金吾大将军武懿宗。这武懿宗仗着是我母后的亲侄子，望见三郎的仪仗齐整威严，眼红之下便无端训斥护卫。那时节我那母后宠信武家，我们姓李的事事忍气吞声。偏咱们的小天子不吃这一套，在车上指着武懿宗大喝：'这是我李家的朝堂，关你何事？你是什么东西，竟敢逼迫我的车骑随从！'才七岁的孩子呀，就这么豪气十足地叉腰怒喝，硬生生将堂堂的金吾大将军给骂退了。"太平公主声情并茂地说着，又叉起腰，学着七岁孩童指点江山的模样，又拍手笑道，"你们说，天子岂不是自幼便有气吞山河的气势？事后我跟母后说起这事，则天圣后反而挺高兴，连夸赞：'这孩子真有气魄，当做吾家的太平天子。'"

李隆基七岁时斥退武周朝气焰熏天的金吾大将军武懿宗之事，在坊间流传已久，但此时由太平公主这个真正的当事者说出来，便有极不寻常的效果。

"都是前朝往事了，那时候我李唐皇室艰难，全仗姑母在圣后祖母驾前全力维护。"李隆基说着，脸上涌满感激之色，"姑母当年的关爱大恩，我兄弟永记在心。"

其实他说的倒全是实情，在武则天当权的时候，李家皇子的命运朝不保夕，无论是现在的太上皇李旦还是先帝中宗李显，都被武则天压制得命悬一线。反倒是太平公主因为是个女儿身，独得母后欢喜，常为两个皇兄开脱说情，几次救其于危难。

听得皇帝如此一说，宋王李成器忙率其余三兄弟站起，陪同李隆基一起给姑母敬酒。

太平公主欣然饮了一大盏，才望着李隆基慈爱地笑起来："姑母现在便不关爱你了吗？皇上终日为国事辛劳，今天姑母可要给你舒舒心。陛下请看，这就是平康坊'江梅舞，倚虹曲'中的江梅儿。此女才情绝艳，自创了一曲《惊鸿舞》，舞态曼妙，如飞鸿戏波，似凤凰来仪……"

随着她双掌轻击，场中舞乐声一变，珠帘分合间十二名高挑婀娜的妙龄胡姬袅袅而来。众胡姬在大厅中央霍然分开，现出当中一位粉红纱衣的绝色佳丽。那女子青丝如瀑，眼波如水，晗睇流盼间让在场宾客都是心魂一醉。

她便是"梅虹双姝"中的江梅儿。

挺立在李隆基身后的陆冲却陡觉心底一阵刺痛，他立时想到了"梅虹双姝"中的倚虹。现在看来，倚虹是青瑛给自己安排的良人吧，青瑛啊青瑛，你当真以为自己可以安排好一切？

鼓乐声急促起来，那美女江梅儿随乐起舞，跳的正是她独创的《惊鸿舞》。

其舞姿模仿惊鸿穿梭翱翔，但见她如回风舞雪般翩跹起舞，迷人的曲线、柔韧的腰肢、修长的玉腿在疾舞中若隐若现。当真是"翩如兰苕翠，婉如游龙举"，她的每一圈旋转，每一个腾跃，都带着极致的妖娆。配上外圈十二名袅袅舞动的胡姬，呈现出一种绚丽而张扬的美感。

厅上所有臣僚、贵胄的目光都被江梅儿吸引了过去，一道道灼热的目光紧紧追逐着那道明丽的倩影。厅中喝彩之声不绝。只有李隆基的脸上挂着淡漠的笑容，只向激舞的美女瞟了几眼，心内却想，不是说姑母已选定了青瑛，为何却换成了江梅儿？

太平公主很快捕捉到了青年天子的心不在焉。看来确实如此，他以前便是个花丛中打滚的荒唐王爷，任你如何绝色娉婷，也难以打动他。好在她还有另一手准备。

少时鼓乐渐息，江梅儿在一个难度极高的激转中停下，赢得了满堂喝彩。胡姬们如蝴蝶穿花般退下了，江梅儿则机灵地偷觑了眼居中正坐的天子，见他并没有太过注目自己，心有不甘，却也只得翩翩退下了。

"先前这支《惊鸿舞》只是一道开胃小菜，正经的佳肴，在这里。"太平公主笑着挥了挥手。

果然乐声变得愈发激昂，两排宫装妙龄女郎翩然而入。一众美女到了场心倏地分开，让出当中一位明艳绝伦的女郎。

她的容颜娇艳欲滴，眸光似笑似嗔。最奇的是她手中居然捧着一对银灿灿的短剑，如凌波微步般来到大厅中央，先向李隆基和太平公主款款施礼。

"这……这是……玉鬟儿？"李隆基盯着亭亭玉立的青瑛，喃喃低呼。

虽然这一切都是他心腹的筹算安排，而他早已得了详细的密报，这时候忽然看见神形酷似玉鬟儿的青瑛，还是止不住心神一阵恍惚。虽然那不是真正的玉鬟儿，但那真的仿佛就是她，是他心底深处最柔软的难以触碰的一道影子。

太平公主望着如痴如醉的李隆基，嘴角牵出一抹意味深长的淡笑。

曲声骤急，青瑛将双剑一分，衣袂飘飘，已翩然挥剑而舞。她的舞姿忽而矫健忽而婀娜，剑势也兼具刚健与婉转之风。曲乐声越来越急促，青瑛的剑舞也愈发迅疾起来。到得后来，众人只见一团团银光将她整个人都环绕起来，而随着疾舞，她那身特制的水泻长裙也如盛放的红莲般怒张起来，看上去就仿佛无数道白虹在绕着一束窈窕的红霞飞旋。

堂内的皇室宗亲、朝廷重臣都是见多识广的人，不禁纷纷喝彩。

"姑母都替陛下查清楚了，这女娃儿叫柳青青，自幼入教坊学艺，还是个清白处子身。皇上终日操劳政务，也该张弛有度，赏心乐事还是要有的。若是看上了，便可收在宫内，让她贴身伺候。"

李隆基这才半真半假地从恍惚中惊醒，受宠若惊地推辞着。

只不过此次皇室家宴的目的便是调和姑侄的关系，现在姑母公主主动献美示好，李隆基当然不能固辞，象征性地推辞两个回合之后，便满面欣喜地"笑纳"了姑母好意。

那边剑舞的曲声渐息，青瑛翩然定住身形，盈盈秋波扫过李隆基，扫过太平公主和袁昇等一众重臣，在李隆基身后一道寂寞的身影上定了定。

那人是陆冲。他今日不得不来，这剑舞也不得不看，虽然满腹郁闷，但案头的酒却不能喝上一滴。他也正愣愣地盯着她。跟她那道翩若惊鸿的目光一对，陆冲陡觉全身巨震，双唇翕张，几乎喊出声来。

她意识到了他的失态，奋力别过目光，款款行礼，袅袅婷婷地退去。

接下来东西教坊的妙龄舞伎、西市甄选的各路幻戏高手接连登场，但这些都只是酒宴高潮退去后的余韵。李隆基喝得心不在焉，不时望着青瑛退去的方向若有所思。太平公主看在眼里，却不露声色地着力劝酒。

终于，见李隆基已经醺醺然了，太平公主才低声道："陛下，你有些酒力上头了，让崇简陪你去后堂歇歇腿，青青等着你呢。"

于是这对姑侄相互交流了一个意味深长的笑容，李隆基便晃悠悠地站起了身。身后的袁昇和陆冲一起伸手扶他。太平的二公子薛崇简大步跨过来，也一把扶住了他，笑吟吟地搀着这位皇帝表哥转向后厅。

堂上歌舞伎乐依旧热闹，李隆基身为天子，哪怕是出去方便一下，也要有一堆人跟随扈从。好在这些人都被太平公主巧妙地挡了驾。

李隆基看到是薛崇简搀扶着自己，暗叹姑母当真是心细如发，在整座公主府内，他唯一信赖的人就是这位憨厚的表弟。薛崇简因为多次劝解母亲而遭责罚的事，他都一清二楚。

"母亲大人让我送陛下去牡丹阁，柳青青正在那儿候驾呢。"薛崇简搀着李隆基，低声问，"万岁酒量如海，适才应该没喝多吧？"

"无妨！"李隆基轻拍了拍表弟的手，"牡丹阁那边，一切正常吧？"

"臣都已探过了，一切都很正常。"

二人对望一眼，薛崇简的目光坚定而执着。这让李隆基很放心。

说话间薛崇简扬手指了指，前方一座精致的建筑赫然在望。

太平公主凡事务求奢华，整座公主府建得奢华宽广，各种建筑都有其独特的风格。比如待客的云道阁金碧辉煌；议事的如意堂则肃穆恢宏，其中又有多处暖阁，可以保证议事的隐秘性。而这座牡丹阁则半临着池塘而建，精巧别致，如美人临波照影，尽显妩媚之气。

袁昇早已带着人赶过去，将牡丹阁周遭的地形尽数看了，此刻除了老远恭候跪迎的几名侍女，阁内外再无旁人。

陆冲大步流星地进入最后的那间寝阁，阁内幽香馥郁。青瑛此时已换了一身鹅黄色纱衣宫装，对镜静静端坐着。

陆冲强抑住心底的万千波澜，低声道："撑过这两次皇室家宴，便随我走！"

青瑛静静地望着他，点了点头，又摇了摇头，低叹道："熬过这段最艰难的日子，我会告诉你一切！"

他的心再次猛烈抽动，看来是这样的，她的心底还有很多话现在还不能说。熬过这段日子，那自然是指那个几乎不可能完成的任务——扳倒太平公主。那她要告诉自己的秘密是什么呢？这个柔弱窈窕的身子还在独扛着多大的压力？

陆冲眼前闪过两人一次次同甘共苦的情景，想起那次在傀儡蛊案中，她全力冲来要救自己的画面。那深邃得不见底的夜，她那在月光下疾飞的长发，那万千发丝仿佛化成了万千道利剑，深深刺入他的心底。

陆冲再次觉出一种无力的感觉，只能默然转身出屋。他心里空荡荡的，默默地走到池塘边，静静地坐下来，低头望着水里面那个同样满腮胡子一脸抑郁的自己发呆。

袁昇紧跟着李隆基走到香气缥缈的寝阁外，忽觉有些尴尬。

按理说辟邪司应该对天子寸步不离，但此时李隆基要"临幸"太平公主敬献的美女，他们自然不能跟进最后的那间寝阁去。所以他只得向李隆基笑了笑，在寝阁外停步。好在适才已经探查清楚，屋里的人就是辟邪司的要员青瑛。

李隆基最后向薛崇简甩出一道青年贵胄间心照不宣的笑答，便兴冲冲地进了阁内。薛崇简自然也不会进去，恭送他到了门口，便向袁昇一笑，自顾自地背着手向池塘边溜达过去。

"奴婢柳青青叩见万岁……"

阁内传来青瑛微微颤抖的声音，恰好让阁内外的人都能听到。连她那激动的语调，都能让外人捕捉到。

"免礼！"声音带着几分轻佻，李隆基很随意地关上了阁门。

阁门关闭的刹那，青瑛有些尴尬，但是她随即便镇定下来，低声禀报："这里非常安静，臣已经探查过了，没有人埋伏，也没有人偷听，请万岁不必忧心。"

"你辛苦了！"

李隆基望着眼前的青瑛，目光有些复杂，毕竟这位往日的女下属居然易容成了他当年的意中人模样。略略平复了下心神，他又苦笑道："今晚我要表现得对你极感兴趣，但……从这间寝阁走出去之后，我还要扮成不得耽于女色的青年明君，以此为借口，不会将你立刻带走。如此，你还能继续潜在这里。"

"臣明白！"青瑛犹豫了下，沉吟道，"我只是有些疑惑，太平如此煞费苦心，到底是要做什么？我甚至觉得，这一次家宴她只是全力示好，莫非……她想掩盖什么？"

李隆基双眉骤紧。阁外的丝竹声、歌唱声和笑闹声隐隐传来，李隆基却陷入沉默。

很显然，此时犹如两军对垒，一方大张旗鼓、虚张声势，那么肯定别有所图。

"那首清心曲，查到是谁在吹奏了吗？"李隆基又想起了那个老问题。

青瑛摇了摇头："此曲调我只听过一次，此后再没听到过。"

"你确认是清心曲？"

"决计错不了。"青瑛因为这首曲子曾和陆冲拌过一次嘴，自然深印心头。

恰好李隆基还不能马上离开，因为要在此缠绵，总要费些时候。二人便乘机推敲了一番，却仍是毫无结果。

年轻的天子彻底沉默下来，站在窗前，透过厚厚的窗纱缝隙向外远眺着。青瑛望见他满面沉郁，便也不再说话。

这确实是个尴尬的时刻。

先前两人推敲与太平暗战的种种拆解招数，还能侃侃而谈，这时候沉默下来，反而有些局促。

这时候袁昇正在阁外徘徊着，目光始终警惕地扫视四周。

不知为什么，他总觉得这座牡丹阁有些怪异，特别是阁门外那一道精巧的回廊附近，总有一抹奇异的气息若隐若现。

只不过急切间他难以查出什么，只得密令高剑风和吴六郎分别肃立在回廊两边，隔绝所有的仆役等其他闲人出入。

"如果黛绮在便好了，她的心思细密，而且灵力远超旁人，一定能及时窥出些玄奥。"

他惆怅地想着，不由望向远处池塘边静坐的陆冲和肃立的薛崇简。薛崇简是一个很单纯的人，绝对无法看透他母亲深不可测的心思，所以即便他认为这座牡丹阁没问题，也未必真就太平无事。而陆冲显然有些魂不守舍，今日只怕指望不上他了。

便在此时，一个公主府管事急匆匆地赶到袁昇身边，涎着脸笑道："袁将军，公主殿下有请，说是有私事相商。"

袁昇不由紧皱眉头。因为风传的武妙妙之事，他很怕单独面对太平公主，特别是这时候天子还孤身在阁内，他实不宜离开。

"将军请看，公主殿下已过来了。"管事向不远处一座高亭指了指。

果然，太平公主端坐在那形若飞燕的精巧八角亭内，正向袁昇招着手。那亭子与牡丹阁遥遥相对，距离天子所在也不远。袁昇不由暗叹太平公主当真善解人意，自己是不得不过去了。

"袁将军，陪着万岁来我这府上做客，怎么如临大敌呀？"

八角亭内，太平公主望着肃然给自己见礼的袁昇，先开了个玩笑，随即挥手命左右亲信都远远出亭伺候着。

"公主殿下说笑了，公主府是天下最安全的地方，只不过末将身系天子安危，自当循例尽职罢了。"袁昇回答得不卑不亢。

太平公主没有言语，只静静地望着他，目光复杂。

便这么稍一凝定的当口，一缕袅袅的琴声悠然而至。袁昇听那曲子正是一首

第三章　公主府盛宴

《高山流水》，只是琴声奔放中略带些急促，显见弹奏者虽弹得很娴熟，却少了一种琴者的从容冲和之气。

他不由抬头望去，却见这亭子西侧是一座玲珑的假山，便在叠石参差、涌绿耸翠的山顶，另有一座小巧竹亭，亭间一个妙龄少女正自端坐弹琴。少女衣饰华贵艳丽，依稀可见面如满月，双眉飞扬，秀气的脸上难掩一股倨傲之气。

"那是小女妙妙。"太平公主轻笑道，"久闻袁将军文武双全，琴棋书画无一不精，妙妙则雅好琴道，很想请将军指点一二。"

袁昇在心底长长吁了口气。果然如传言所说，联姻之策真是太平公主提出来的，这位大唐第一公主甚至不惜抛下面子，给自己和她女儿制造一个机会。

他定了定念头，才缓缓道："多蒙公主殿下厚爱，县主琴道非凡，可惜末将只好书画，于琴乐之道还不得其门而入，哪敢指点县主的琴道。"

太平公主的目光骤然冷冽下来，却淡淡笑道："当年你迷恋安乐，但那个残花败柳，又怎么跟我家妙妙相比？哼，除了那脸狐媚相，安乐有的，妙妙都会有。袁将军当真不肯屈尊指点一二？"

袁昇的心猛地一紧，实在想不到太平公主会这样直白，甚至有些图穷匕见的意思。安乐有的，妙妙都会有——可安乐是当年大唐的第一公主啊，而武妙妙不过是个县主，除非她的母亲成为……女皇！

琴声还在淙淙地鸣响着，只是听在袁昇耳中，更多了几分急迫。他终于摇了摇头，又长长一揖，说了声："末将不通乐道，岂敢班门弄斧。"

遥遥地，他忽然听得牡丹阁内传来一声闷响，似乎是有人将门重重关上的声音，万岁已经出了屋吗？

"万岁那边还需回护，末将职责所在，不敢轻忽，告辞。"他的心神有些紊乱，不待太平公主应声，已转身出了八角亭。

脚边水光激滟，头上绿影扶疏，耳畔还飘着那缕细密的琴声，袁昇却一步不停，大踏步赶向回廊。

身后，他觉得有一双刀一般的眼睛在死死地剜着自己的背影。

那是太平公主的眼睛。

"时候差不多了，朕要回去了。"

暖阁内，李隆基叹了口气道："青瑛，你为了李唐大业甘冒奇险，我自会记得。待平定了此乱，朕亲自给你和陆冲赐婚！"

"臣叩谢皇恩！"青瑛盈盈拜倒，仰起头来忽道，"万岁干脆再大发慈悲，给袁昇和黛绮也赐婚了吧。"

李隆基愣了下，一颗心陡然一沉，太上皇还要给袁昇赐婚呢，这桩婚事如何收回呢？

他的心微微紧了紧。陆冲与袁昇，这两名亲近下属为自己承担了太多意想不到的压力，无论是对青瑛还是对黛绮，都极不公平。但此时此刻，自己这名义上的大唐天子对这一切却无能为力。

"朕会记挂此事的！"他含糊地笑了笑，又定定地望着她，"青瑛，要保护好自己。这里，到底是龙潭虎穴！"

青瑛肃然躬身道："臣明白。"

"王琚似乎给了你一些糖果，不到万不得已，万不可用。"

青瑛眼芒一闪，只点了点头。

王琚给她的东西当然不是糖果，而是沾唇则亡的剧毒药丸。她很清楚自己插入太平公主府内卧底的底线——如果身份暴露，一定不能牵连出万岁来。

放心吧陛下，到了紧要时分，我会义无反顾地离开。

女郎笑了，先是在心底无声地苦笑，随后她忽然仰起头，咯咯地笑起来。她的笑声渐大，仿佛摇曳的银铃声，带着几分激动，带着几分满足。

李隆基愣了下，才明白她是在笑给屋外的人听。虽然这里是天子的幽会之所，照理说周围决计没有人敢来偷听，但长久地毫无动静也不合常理。

只不过青瑛的笑声有些大，他听得有些刺耳。

"我该走了！"李隆基略一犹豫，忽然摘下自己指上的碧玉指环递了过来，"我宠幸你之后，要给你个信物。这是我的贴身指环，满朝文武都知道，你戴上它，自能取信于太平。"

"多谢陛下。"青瑛小心翼翼地接过指环，犹豫了一下，还是戴在了手上。

在阁外那道精巧回廊上徘徊的高剑风听得笑声，不由皱了皱眉，亏得陆冲没有在这附近。他转头望向不远处池塘边的陆冲和薛崇简。薛崇简负手而立，背影如一根挺拔的长枪，陆冲则默默地坐着，背影宽阔如山。

瞥见那如山般一动不动的背影，那道笑声便更显得刺耳。小十九知道青瑛也是不得已而为之，但心内仍仿佛被什么东西刺中，转身向回廊外挪开了几步。

"剑风，袁昇呢？"

高剑风忽然听到身后有人在唤他，转过头便瞧见年轻的天子已走出了阁门，正在不远处向他招手。

他忙转回身疾步跟了过去，李隆基却又大踏步转出了回廊。

阁内，青瑛也从袖中取出一支金灿灿的凤钗，低声道："此物是太平公主准备的，也作为我敬献给陛下的定情之物。只不过我总觉得此物有些古怪，陛下请仔细斟酌一下。"

自来男女缠绵后，双方互赠定情之物，这是很正常的举动。太平公主当然想到了此点。但李隆基一看那凤钗，神色顿时一黯。

那是一支纯金打造的精美凤钗，凤凰的身上还镶嵌着各色名贵宝石，凤凰的双眸则是罕见的红宝石，瞧上去光华缭绕。只是凤凰却衔着一对小小的玉环。那是一对名贵于阗白玉雕成的玉环，只有指头大小，被金凤衔在口中，玉色璀璨夺目。

玉环，玉环儿，玉鬟儿！

这用意再明显不过，这是太平公主再次用玉鬟儿的谐音来提醒李隆基。

李隆基却眯起了眼，脸上闪过忧郁、感伤和痛楚神色，终于缓缓摇了摇头道："难得姑母如此用心良苦，只不过……此物瞧来太过睹物伤怀。朕不取了，如果她问起，就说你心绪激动之下，忘了给朕。"

他慢慢地转过身，缓步踱出阁外。青瑛要起身相送。李隆基却挥了挥手，低声道："你此时还是在榻上躺会儿为好。"

青瑛眸中闪过一抹羞涩。这时候她要表现得刚刚承欢而无法相送，便只得躬身道："陛下慢行。"

阁门关闭的一瞬，李隆基的心思仍有些恍惚，可能是因为那支玉环凤钗让他太过感伤了。

他走进回廊，廊内很安静，袁昇和高剑风等人竟都不在那里。阁门外只有一名黄衣小鬟，见了李隆基出来，忙躬身施礼。

李隆基正觉气闷，没有搭理那小鬟，信步前行。走了几步，他忽然觉出不对头，这回廊竟似漫长无比，永远也走不到尽头。

他察觉有异，刚要止步，陡觉一股怪异的力量漫卷而来，霎时天旋地转，跟着脚下一空，猛然向下陷落。

"陛下怎么走得这样疾？"袁昇遥遥地看见了李隆基，忙加快脚步，疾步赶过去。

他忽然发觉这道回廊有些别致，先前曾往来探查过多次都没觉出有何异常，此时却陡觉有些异样的气息在涌动。他来不及细查这些气息有何古怪，因为更古怪的事情发生了。

李隆基不见了。

"陛下！"袁昇大喊，却没有听得回音，忙喊过高剑风，"看到陛下了吗？"

小十九和闻声赶来的吴六郎都是一脸焦急，纷纷道："适才还见到了，只一晃，怎么不见了呢？"

"你们在那儿做什么？"李隆基忽自回廊的另一头转出，远远地向他们低喝。

"谢天谢地！"袁、高等三人都在心底欢呼一声，忙赶过去围在他的身边。

"陛下，这回廊有些古怪，"袁昇仍觉心有余悸，"似乎这里有一处没有启动的法阵，只是适才微臣失察了，好在万岁洪福齐天，没有大碍。"

"这么紧张做什么？"李隆基淡然一笑，拍了拍回廊的栏杆，"姑母久有异志，府内自然禁制重重。这里是一处秘阁，回廊处设置一处法阵也是寻常。你们肃立四周，府内外都是我们的精兵强将，他们又能掀起什么风浪？"

至尊天子这么一说，袁昇等人都长出了一口气。

"哎哟，朕还有一件东西要给青瑛。"李隆基又想起了什么，沉声道，"你们在门外守候，不得擅离。"转身急匆匆地又推开了暖阁的门。

"万岁……"屋内的青瑛看见李隆基去而复返，有些疑惑。

李隆基盯着她手上的碧玉指环，摇了摇头道："朕有些莽撞了，虽然要给你个信物，但这指环对朕至关重要，反会让姑母心中生疑。给你这个……"

他自怀中掏出一块玉佩，递了过来。

那是一块于阗美玉的玉佩，上面雕着一对造型古朴的云龙飞凤，玉色柔和，雕工细腻。虽然一望便知是皇家的精妙之物，但与那绿如深潭的碧玉戒指相比，确实品相平凡得多了。

青瑛觉得李隆基说得在理，郑重接过玉佩，再摘下指环捧了过去。

李隆基忙戴在了指上，又瞥了眼案头那件凤钗，沉吟道："这个……"

"适才陛下不是说不愿拿吗？"

"还是拿吧，免得朕那好姑母事后找你麻烦。"他叹口气，将那件玉环凤钗揣入了怀中，又看看日色，沉声道，"你要小心在意。"

恭送李隆基出屋，青瑛却有些呆愣，默然望着手中那块玉佩，若有所思。她隐约觉得似乎哪里出了问题，但是又想不起来有何异常。

愣了片晌，忙赶到窗棂前，掀开厚重的窗纱一角向外张望，却见李隆基正在袁昇等人的簇拥下笑吟吟地走远，青瑛才舒了口气。

虽然心中仍旧疑云起伏，但她此时身份特殊，无法出去一探究竟，只得黯然仰在了榻上，静静等待。

第四章

假作真时真亦假

这感觉很怪，似乎仅仅过了一瞬，又似已过了一整天。

李隆基终于从那古怪的感觉中挣脱出来。

他拼力张开眼，发现四周黑得瘆人，只有些微的光亮从头顶透下来。

呆愣了一下，他终于明白过来，自己中了机关。那回廊中应该有些奇怪的禁制，在突然启动后，自己踏上去，随即陷落。这里类似一个地窖，很可能在翻板发动之前，自己已经神志失常，否则该当大声呼喊的。

"快来人，袁昇！"他急忙大喊。但那声音只在喉头咕噜两下，竟难以吐出一丝声响。

自己竟哑了？李隆基又惊又怒，马上他又发现，腿脚竟都绵软无力。

巨大的恐怖和疑惑如潮水般袭来，姑母当真下手了，但她就这样赤裸裸地下手，不顾忌陈玄礼、王毛仲他们在府内外气势汹汹的大兵吗？

李隆基猛力咬了咬嘴唇，借着刺痛，让自己的心神急速凝定下来。跟着他发现，自己的双臂活动自如，而腿脚竟也隐隐有了些气力，只是他听不到外面的声响。不知是这里隔音太好，还是自己的耳朵聋了。他探手摸索，摸到了身上的两样物件。这次赶赴太平公主府凶险难测，李隆基和王琚等人都做了最坏的打算和最强的准备。因此，李隆基怀里揣着一把削铁如泥的匕首，左腿内侧则别着一支最新型的小巧机弩。

他先摸出了怀中的匕首，望着那道暗影里闪烁的刃芒，心内有了些底气。

猛然头上光线大亮。李隆基知道机关被人打开了，有人正在探头下望。

他不敢确定打开机关的人是袁昇等亲信，还是公主府的人，急忙伏低身子，一动不动。好在他在地窖黑黢黢的底部，上面的人全然看不清楚他的情况如何。

一道影子缓缓垂落，李隆基斜睨那人的形貌，心底一寒，那是个陌生的青衣仆役，是公主府的人，显然，姑母一出手，就要斩草除根了。

一蓬光骤然铺开，显是那仆役点燃了蜡烛。

李隆基还是一动不动，一颗心怦怦乱跳。那仆役似乎对他凝视片刻，随即冷笑一声，一只手拎起了他的脖领，另一只手则扬起了一把明晃晃的短刀。

李隆基猛然挥刀刺出。

他是京师极品的纨绔王爷，除了歌舞乐道，马球、相扑等无一不精，执掌辟邪司后，更曾跟袁昇和陆冲学过几手保命的狠辣绝招。

这可能是他生命中最重要的一刀，匕首如闪电般砍向那人的咽喉。

但仍然慢了一瞬。

那青衣仆役虽然没料到李隆基竟没有昏厥，但他显是术法和武功高手，千钧一发之际，回刀一撑，堪堪抵住了匕首。

只要争得这一瞬，他接下来就能挥出四五记杀招，甚至只用膝腿技法，就能让李隆基筋骨俱断。

但随着咔的一声脆响，锋锐无匹的匕首被李隆基全力一击，竟势如破竹般劈断了刀身，跟着如一道疾电般刺入了那人的咽喉。

那仆役满脸的不可置信，他的肘击、膝撞、插眼等埋伏的连环杀招尽数凝滞在了空中。

李隆基猛一咬牙，干净利落地将匕首在那人喉头一剜，再将尸身横贯到了地上。这几下兔起鹘落，但到底事出突然，李隆基半惊半吓，已累得呼呼喘息。

这时候耳中忽然嗡嗡作响，听力竟恢复了一些。李隆基心神渐定，听得秘道上方再无任何声息，心知这个仆役应是第一时间赶到的，说不准还有其他人会陆续赶到。

袁昇等人依旧杳然无踪。那么只有两种可能，一是被太平公主设法引开了，更多的是第二种可能，他们已遭了对手雷霆手段的突袭……

　　李隆基当机立断，将自己明黄色的轻袍扯下，再将那仆役的青衣外袍胡乱套上。他瞄一瞄地窖上方的空间，估算了一下，将那仆役尸身垫在脚下，奋力一跃，终于抠住了地窖上方的墙头，手足并用，费力地爬了上去。

　　探头一望，他发现自己跃出来的地方很古怪，原来是和青瑛"幽会"的秘阁的侧后方。灌木中种着许多珍稀兰花，香气馥郁芬芳。

　　他料想青瑛此时还躺在阁内，本能地便想奔入屋内求救，但转念一想，心内寒意渐盛，这件事青瑛便是完全清白的吗？

　　突遭大难的天子选择不再相信任何人。

　　只这么一犹豫，他听见回廊的另一端传来脚步声，却是两名高挑的侍女款款而来，赶到了青瑛的秘阁外轻轻敲门。

　　看来不管青瑛是否清白，此时她身份特殊，已是公主府内众目交瞩之人。李隆基不敢再去寻青瑛，仗着身周花草繁茂，悄然向远离秘阁的方向移动，跟着几步疾跃，闪到了一座高大的假山后。

　　仓促隐好了身形，李隆基又有些疑惑。这府内一片宁和，绝不似爆发了什么激战的模样，最奇的是此处距离秘阁不远，依照常理，这附近应该密布侍卫，怎的所有的防范都被撤了，身周竟没什么人影？

　　见假山下引了一泓清泉流过，李隆基忙仔细看了看自己这身衣衫，所幸刺杀那家伙的时候，手法利落，只在前襟上洒了些血珠。他掏出帕子，浸了点池塘里的冷水，将那些血渍胡乱擦拭了下，再望了望水中倒影，登时一怔。

　　水中的人一脸仓皇，最可怕的是，左颊上竟浮出一道黑印，大致有三指宽，将半张脸遮得有些古怪。他急忙捧水擦拭，那道黑印却似天生的胎记般深印肌肤内，难以去除。

　　这到底是怎么回事？他努力揉着自己的眼，水中的人，还是自己吗？

　　正愤怒懊恼间，忽听得远处传来一阵喧哗，许多人众星捧月般簇拥着两个人走出。

　　李隆基全身僵硬，不可置信地望着他们。那其中一人雍容华贵，顾盼神飞，自然是他的姑母太平公主了。而另一人竟然是……自己！

是的，太平公主恭敬相陪的人，居然是大唐天子李隆基。

那人与李隆基的穿着打扮完全相同，同样的明黄色绣飞龙暗纹的交领轻袍，同样的金漆纱凤翅翼善冠，甚至是同样的身高，同样的眉眼举止，同样的音容笑貌。

是的，那就是个完完全全的自己。

"姑母暂请留步吧，"那位天子温文尔雅地向太平挥手致意，"今日家宴，极为尽兴。姑母的苦心和关爱，朕自会深记于心。"

李隆基距离较远，当然听不清那位天子的声音。但望见他说话挥手间的潇洒举止，便愈发呆愣住了，那举止与自己全无二致，简直就是自己的影子。

他伏在繁茂花丛间，痴呆地望着那个影子摇晃着行了几步，却没有上那匹来时所乘的御马，似乎是喝多了酒，笑吟吟地上了早已备好的御辇。

李隆基全身冰冷。

这时他才粗略想通了太平公主设的这个奇局。她早已暗中准备了一个"李隆基"，此人不但与自己容貌、声音酷似，而且很可能经过特训，连语气、神色都模仿得惟妙惟肖。

是的，那曲《清心曲》显然也是这家伙闲时所吹，这人应该对自己的一切嗜好都了如指掌。

接下来，他们大张旗鼓地找到了青瑛，也就是酷似玉鬟儿的柳青青。在太平亲自出马说服太上皇之后，自己一定会来公主府参加家宴，见到柳青青后一定会为了表示对太平姑母的信任而进入牡丹阁。

而牡丹阁外的那段回廊，则已被人布置了一处奇异法阵。这法阵的手段高妙，在未曾启动时甚至能瞒过阵学高手袁昇，而在自己进屋密会青瑛时，法阵悄然启动了。

自己从牡丹阁寝室出来时遭到法阵攻击，陷入了下面的地窖。可是袁昇，这段时间，他去了哪里？为何自己出来时，没有看到他？

转念一想，便明了。很可能就在自己出屋前，那个潜伏已久的假天子出现，将袁昇等人都支走了。担着"寸步不离"重任的辟邪司群英，只有皇帝才有权将之调走。

那么在自己陷入翻板、坠入地窖后，那个假天子就可以在公主府内堂而皇之地代替自己了……

然后是那个青衣仆役悄然赶来痛下杀手，也许在太平公主等人心里，自己这时候已经死了。

而现如今，所谓的大唐天子，已经是太平公主的人了。

李代桃僵！姑母所布的这个局果然高明到了极点，也大胆到了极点。

李隆基心内震惊、愤怒、悔恨、后怕交织在一处，身子竟突突发颤。蓦地，他眼前一亮，看到了御辇前的袁昇和陆冲。二人正虎视眈眈地扫视四周。

袁昇的目光向这边望过来了。

他心中狂喜，可此刻难以发声呼喊。情急智生，他忽地掏出了怀中的玉笛，向着袁昇连连挥动。

两人距离较远，李隆基知道自己一身仆人衣饰，即便这般遥遥振袖，也不会被袁昇留意。他只希望袁昇能注意到这支玉笛。

可惜，袁昇的目光微微一凝，便漠然滑过。

李隆基很想继续挥动玉笛，但他随即看到太平公主身后挺立的公主府侍卫。这些公主府侍卫的背上竟都负着机弩，李隆基怕被这些侍卫或是太平公主亲信看见，只得停止挥舞玉笛。

因为他还不能开口说话，如果这时候被发现或是贸然闯过去，唯一的可能就是被太平公主下令当场格杀。

甚至在自己身中乱箭、横尸园中的时候，袁昇和陆冲可能还不明白发生了什么。辟邪司的任务是护卫天子安全。看到一个口不能言、脸生黑记、仆役穿着的家伙突然冲来，哪怕是被万箭穿心当场射死，他们也不会出手阻拦。

这时千万不可妄动！李隆基在心底不住地提醒自己，仰头看时，夕阳已缓缓西坠，天色已近黄昏。他只得尽力伏低身子，缩进了假山间。

不远处，那个冒牌的大唐天子被无数护卫和臣僚们簇拥着，在太平公主的殷切陪伴下，乘着御辇渐行渐远。

李隆基的心突突乱跳，这时他唯一的优势是太平公主还不知道他没死，必须趁着所有人恭送假天子纷乱之机，尽快逃离公主府。

他当机立断，忙转身出了假山。他知道这园子极为奢华广大。如果只是步行，虽然自己一身府内仆役的打扮，但一路上进出各道院落，仍难免遭到各种

第四章 **假作真时真亦假**

227

盘问。

正踌躇间，忽听得几声散乱的吆喝声。

"快走吧，趁着催更鼓没敲，还能赶到邓尚书府！"

"都麻利些，彩衣赶紧收好，那辆车快点……"

李隆基探头望去，见一群衣衫五彩斑斓的男女艺人匆匆从云道阁后门走出，套好了车马，吆喝着陆续前行。

为了筹备这次隆重的宴会，太平公主府不但调动了所有府内乐伎，还从西市和平康坊请来了多支伎乐名家队伍。此时盛筵一散，各路伎乐班子便要及时散去。

李隆基盯着几步远的那辆厢车，心中一喜。眼前几个胡姬还在慢慢腾腾地倒腾着诸般艳舞的彩衣，他猛一咬牙，飞步冲入了车内。

这是一辆盛放演出衣物和道具的厢车，车厢挺宽大，车上没有人，前面有个简陋的胡椅，后面则是只巨大的双门柜，柜内塞满了各色彩衣。

李隆基迅速钻入了柜内，再用舞衣将自己遮得严严实实。

"都麻利些，公主府的规矩大，大家再快点！"车外响起了班主的大声吆喝，"别磨蹭了，今晚可是邓尚书七十大寿。这一大桩买卖也不容易！"

连番催促声中，柜门外又传来女子的轻声抱怨，似乎两个女子也挤上了车。没多久，车身摇晃，马车终于起步。

辘辘辚辚的车行声中，李隆基随着箱柜摇晃着，车外传来各种嘈杂声，他的眼前却只有无尽的黑暗。

天子回宫的大队人马缓缓启动，如一条长龙般向府门外行去。

袁昇紧跟在李隆基的龙辇旁，若有所思。他适才一直心神不宁，牡丹阁那处怪异法阵还在眼前蹁跹闪动。这件事始终挥之不去，甚至适才陪着天子重回云道阁宴饮时，他都若有所思。而出了云道阁后，那种心神不宁的感觉愈发加重了，他仿佛看到了什么东西，却又遗漏了什么东西。

"你怎么了，心事重重的样子？"陆冲捅了袁昇一下。其实陆大剑客的心情也不大好，想到青瑛还在这龙潭虎穴内卧底刺探，他的心就阵阵刺痛。

袁昇没有答话。陆冲忍不住吹了声口哨，这是发泄的一声呼哨。可这道口哨声刺入袁昇的耳中却不啻雷鸣。

他陡然想起来，自己遗忘了什么。就在刚刚，他似乎看到了一个奇怪的场景，有个青衣仆役在向自己遥遥挥动什么东西。但那时自己心中仍在想着那处奇怪的回廊，心神恍惚间没有过多留意。此时蓦地想到，那仆役挥动的，似乎是……玉笛？

袁昇急忙拨转马头，赶到了龙辇前，透过辇窗前的珠帘向内张望，见天子一脸悠然地倚在辇内，右手轻敲着大腿。

他熟知李隆基的性情，知道这是天子心情不错时的习惯性动作，有时是五指轻弹，更多的时候是握着那支玉笛轻敲着自己的腿。

此刻，皇帝的手中却没有那支玉笛。

他的目光划过万岁李隆基悠然敲击的手时，注意到了手指上那个碧玉指环，指环散着碧幽幽的光，不知怎的却显得有些怪异。

"陛下，您的玉笛呢？"袁昇很自然地问了一声。

皇帝一怔，忙摸了摸身上，随即笑道："想是忘在宫中了，哦，不……"望见袁昇疑惑的目光，他又弹了弹自己的额头，"是忘在姑母那儿了吧。"

"臣这就去寻。"

"何必着急呢，少时姑母找到，自会派人送来。"他当然知道那支玉笛在哪儿，心底暗自埋怨太平公主那边的动作太慢，这样重要的道具，按照计划，早就该神不知鬼不觉地取来塞给自己了。

"好吧，你回去寻寻吧。"皇帝随即想到玉笛对于李隆基的重要性，又挥挥手叮嘱道，"记住，别搞出太大的动静。"

袁昇得了口谕，又对陆冲简单吩咐了下，才悄然向仪仗队列后面赶去。

袁昇很快便潜回了公主府。他飘身赶回假山，见假山前有几个丫鬟在洒扫忙碌着，但那青衣仆役早已不知去向。

他满腹疑惑，又再赶回牡丹阁的回廊前。从这里可以望见李隆基密会青瑛的那间暖阁，但青瑛现在的身份是艳姬柳青青，他当然不能进去探问自己的女下属。

他在回廊前逡巡着，先前那道法阵气息已经稀薄了许多，甚至极难察觉，但仍是他心头挥之不去的阴影。

"这不是袁将军吗？怎么去而复返？"一道温和的笑声忽自身后响起。

太平公主大张旗鼓地恭送假天子回宫后，刚刚赶回议事所在的如意阁，便接到了属下传来的急报——李隆基可能没有死！

意气风发的太平公主犹似被一盆冷水兜头浇中，愣了一下，当即大发雷霆。

自假天子从牡丹阁出来的那一瞬，她便通过两人间特有的约定暗号确认了对方的身份。眼前的这位大唐青年天子已经换成了她的人。

他在公主府的秘号叫作——天丙。

接下来的重任，便是处置被囚的真天子李隆基了。狠辣的太平公主选择了最简单、最彻底的处理方式，当场斩杀，永绝后患。

一切都依计划行事。

在迷晕李隆基的那处法阵地窖中暗藏着邪恶蛊术，寻常高手难以入内，而奉命出马的那青衣仆役名叫高瑜，恰恰是设置这套法阵的行家之一。虽然他的武功和术法不能和陆冲那样的强悍高手相提并论，但用来对付昏厥的李隆基，仍旧如牛刀宰鸡般简单。

"怎么回事，怎么会出这样的差错？不是说李隆基只要一走入回廊，就会中蛊昏厥，落入地窖吗？"太平公主将紫檀大案拍得极响，"他又怎么会不见了，还能杀了高瑜？"

阁内都是太平一系的最紧要人物，此时没有人敢搭腔，所有人的目光都凝在闭目沉思的慧范脸上。

这个惊天奇计，正是慧范的神作，包括全盘构思、设置法阵、安置蛊物，当然还有事前甄选和训练假天子。

"公主殿下息怒，是老衲疏忽了一件事。"慧范终于张开了一双老眼，"法阵中攻击李隆基的，乃是名为'混沌'的蛊毒。这蛊毒无色无嗅，可迅速封闭其眼、耳、鼻、舌、身、意六识，让其变成一个混沌的呆子。只是蛊术一道，都有个缺陷，那便是不能以小压大。当年李隆基被雪无双控制，曾中过傀儡蛊，事后蛊主玉簪儿自尽，才助他解开了此蛊……"

"你是说，"太平公主惊道，"他当年中过傀儡蛊后，对这混沌蛊，竟有了天然的抵御？”

"这是唯一的解释，"慧范点头长叹，"也是这个计划唯一可能存在的纰漏。要知道，那一阵子时间很紧，潜伏在阵内夹层中的天丙全力以赴地盯着阁内李隆基的动静，李隆基要出屋的一瞬间，他才可抢先出现，将袁昇等人引走。同时阵法也被他启动，蛊毒攻击李隆基，将其陷入阵中。高瑜也在那千金难易的一刻赶入地窖去刺杀李隆基……

"但那时候，回廊附近仍遍布李隆基的嫡系，袁昇又心细如发，我们实在无法派过多的人过去。况且，李隆基就算生龙活虎，在高瑜身前，也逃不了一击必杀的下场。除非，"慧范猛地吸了口寒气，"李隆基在地窖中抢先醒来了……适才老衲赶去地窖细细勘察过，那里的痕迹显示，地窖内的打斗很简单，应当是李隆基醒来后伏地装死，然后突然袭击了高瑜。"

众人一阵沉默。如果真是如此，只能说明这个李隆基心志坚忍，处险不乱，而且，有足够的运气。

萧至忠察觉到了大家心底的震惊和忧虑，忙咳嗽了一声，道："诸君，慧范大师的计划天衣无缝，虽然出了一点小纰漏，但眼下的大势完全在我们的手中。此时此刻，宫里那位，已经换成了我们的人。天丙可是皇帝，一位随时会听从我们指令的皇帝。至于那个逃走的李隆基，他可是孤家寡人一个，而且很可能眼下还没有逃出这广大幽深的公主府呢！"

这一番话果然让众人士气大振。太平公主马上传令，命府内护卫集体出动，全面搜查一位身着青衣、酷似皇帝的不速之客。

慧范点头微笑道："混沌一发，聋哑昏瞎。傀儡蛊虽然可助李隆基当时不至昏迷，但混沌蛊毒入体，他也逃不过或哑或瞎的下场。如果他侥幸逃出公主府，但孤家寡人一个，甚至已经成了哑子、瞎子，他要怎样证明自己的天子身份？而且这时候，我们可以将那两个废货抛出去……"

听得"废货"两字，太平公主双眼一亮。当日为了找寻酷似李隆基的人，太平公主等人煞费苦心，终于先后寻到了三人，分别命名为天甲、天乙和天丙。

最后是天赋异禀的天丙毛遂自荐，异军突起，成了真正的天子替身，而前两个训练多日的天甲和天乙，则被秘密保护了起来。

"很好，先将天甲唤来。"太平公主立时明白了慧范的话。

片刻后一名高瘦青年便被人带进厅内。这人与李隆基的相貌有九分相似，甚至神色也是那样高傲尊贵。

"天甲，养兵千日用兵一时，该当你出场，为国效力了。"太平公主挥了挥手，"豪杰出行，当有酒壮行。赐参汤一碗。"

一碗药气蒸腾的参汤灌下。天甲忽然脸色姜黄，跟着满地打滚，口中嗷嗷哀叫，却吐不出一个字。

慧范走过去捏住他的嘴看了看，点头道："确已哑了。"

屋内的大人物都明白了他的意思，均是满意地点头。这个天甲的容貌与李隆基最为接近，奈何生来不识字，所以一上来便成了排位最末的废货，以备不时之需。

现在，终于到了他效命的时候，而且是实实在在的效"命"。

"好，"太平公主冷笑道，"现擒获韦庶人余孽一名，竟装扮成万岁模样，妄图作乱，速速给我押入御史台狱。同时传知各部衙司，韦党余孽死灰复燃，竟易容秘训出了三个假皇帝，意图扰乱京师。诸衙定要全力以赴，全城搜捕……"

"韦庶人"就是当年的韦后，被杀后被废为"庶人"。虽然韦后及其党羽早已覆灭两三年了，但现在太平公主需要，于是他们又"死灰复燃"。众人见太平公主当机立断，措置得当，都频频点头赞誉。

萧至忠则仰起头，用他一贯独持己见的腔调拈髯微笑道："老臣斗胆请公主殿下再加上一句，这三个大逆不道之人皆丧心病狂，身怀毒蛊，遇见者可格杀勿论，事后皆有重赏。若敢藏匿不报，罪同谋逆！"

慧范也阴沉一笑："以假乱真，虽真亦假！"

少时，公主府内大搜的各种讯息接连回报，都查无所得。李隆基似乎凭空消失了。

太平公主面沉似水，只得望向厅角的一名白面书生，缓缓道："惊尘，该你出马了！"

这书生始终静静端坐，一言不发。如果不是太平公主出言，屋内甚至没有人留意他。这时听得"惊尘"二字，常元楷等三大武将都不禁吃了一惊。

原来这人便是当年第一国师宣机门下号称最有才华的弟子冷惊尘！

朝野皆知，恰恰是这位冷惊尘，在宣机入狱后，最早背叛了他，对其师反戈一击，乃至提供了详细的"罪证"，让宣机再难翻身。随后，让江湖和道门都震惊的冷惊尘便彻底消失了。坊间有人传说，冷惊尘其实是投靠了太平公主，甚至做了这位豪放公主的面首。

现在从太平公主温柔的眼波便可看出，果然如此。

"惊尘领命。"白面书生起身拱手，"不过惊尘只是一个典军，职微权浅，只能尽力而为。"

这个震动京师的宣门叛逆身材颀长，穿着一件宝蓝色交领轻袍，革带紧束，看容貌三十出头，虽然面色白润如玉，但颈项过分修长，配上一双鹰隼般的锐利双眸，便有一种桀骜阴冷的感觉。

他现在所任的公主府典军之职，乃是在亲王、公主府内所设的武官，五品官职不算低，但只能掌统本府校尉，出了公主府便无权调遣各路人马。

"那是自然，以惊尘你的才干，至少可在金吾卫领一个中郎将之位。"太平公主望向左金吾将军李钦，淡淡笑道，"在京师缉捕要犯是金吾卫之责，李将军可速分一彪人马归惊尘调遣，要派得力干将相佐。"

李钦从冷惊尘那种大剌剌的口吻，便听出了他与太平公主的"亲密关系"，忙正色躬身领命。

"事急从权，今晚暂且如此了。"太平公主忽地笑道，"是了，可别忘了皇帝现在已经是咱们的人了。少时由秘密通道传信过去，过两日让天子亲自给惊尘敕授官职，该试试咱们天丙的威力了。"

其时大唐任命官员，皆由吏部注拟，五品以上皇帝敕授，冷惊尘现任的公主府典军就是五品官员，如要擢升为从四品的金吾卫中郎将，当然也要皇帝敕授。殿内的众人便都笑了起来，笑得一派轻松。

现在的大唐天子已经是一个牵线傀儡，而那些控制傀儡的线，正是操控在在座诸君手中，大家都有一种志得意满之感。

"多谢公主殿下。"冷惊尘却没有笑，"当下还有三件紧要之务。如果李隆基侥幸逃出，一定会去自己亲近大臣的府邸求助。故而其一，请公主殿下急速知会天丙，将王毛仲、陈玄礼、王琚等大臣以议事为名，尽数羁留宫内。其二，再以扫除韦庶人余孽为名，在李隆基一众亲信党羽的府邸前密布暗探，缉捕所有嫌疑人等。其三，将天乙也放出去，再当街缉捕，命金吾卫将韦庶人秘造假皇帝之事在各大臣府内宣示，以彻底断其退路。"

众人听他一条条缓缓说来，谨严细密，都收了先前的轻视之心。

太平公主更是频频点头，温然道："那么其四，才是追查李隆基？"

"不错，"冷惊尘的眸中闪过一抹厉色，"如此安排，前有虎穴，后有天兵，李隆基万万逃不掉！"

太平公主自袖中取出一枚光闪闪的镏金符牌，递了过来，说："除了李将军拨给你的金吾卫，我府内护卫和死士，也都尽皆归你调遣。"

片刻后，领命而出的冷惊尘独自唤来了回报信息的府内管事细问："就在这段时间，可有什么车马离府吗？"

那管事道："只有三队伎乐班子是带着车马的，他们刚刚走。"

冷惊尘转头吩咐一名护卫统领："急速查明三家车马的去向，给我即刻扣留，严加盘查。"

护卫统领领命匆匆而去，那管事却又笑吟吟地凑上前来，拱手道："给冷典军报个喜讯，属下刚刚轰走了一人。"

"是谁？"

"袁昇！这小子不知为何适才又去而复返。"管事一脸的笑容可掬。他知道眼前这位矫健的青年颇得太平公主青睐，所以特来献个巧。

"袁昇又回来了？"冷惊尘却惊得几乎跳起来，"他要干什么，给我说清楚。"

"是……是天子刚刚起驾回宫，仪仗将要开拔出府时，不知怎的袁昇又溜了回来，独自一人赶到了牡丹阁后的假山附近。属下看着起疑，便跟了过去问他作甚。这小子一脸狐疑，说万岁好像丢了一支玉笛。属下瞧他贼眉鼠眼的，只在那回廊前的法阵附近转悠，只怕再多待一刻，法阵的秘密就会被他侦知，便板起脸来道，尊驾的重任是护卫皇上，而不是搜查公主府吧？那厮脸上挂不住，就这么硬生生被属下轰走了……"

"然后呢，你看着他走了？"

"是呀，属下亲自盯着他，这厮灰溜溜地去了。"

"蠢材！"冷惊尘愤然顿足，"袁昇是何等样人，他既有狐疑，你就应该坦荡荡地带着他去牡丹阁内转悠。你越是赶他走，越会惹他起疑，后面的事便越是麻烦。"

　　一种不祥之感从冷惊尘的心中腾起。如果袁昇当真起了疑心，以此人的头脑，不知要带来多大的麻烦。他越想越怒，当即拂袖而去，将一脸僵硬笑容的管事丢在了那里。

第四章　假作真时真亦假

第
五
章

惊鸿一舞拼狭路

李隆基藏在彩衣车上，一路车行，倒是很顺利地出了太平公主府。班主屈十二要赶在催更鼓敲响前，抵达位于崇贤坊的邓尚书府，急催着众艺人加紧赶路。

缩在彩衣柜内，李隆基便一直苦思自己下一步的去处。姑母使出这样一个"李代桃僵"之计，委实是石破天惊的奇招，但这计划只成功了一半，自己这正主却没有死。

当前的形势已是昭然若揭，自己必须马上与王毛仲、陈玄礼等手握重兵的亲信将领接上头。麻烦在于，这些实权亲信此刻都围拢在假天子的身周，而当太平公主发现自己逃脱后，必会十万火急地报知假天子。

那么，他们的应对之法只有一条，将王毛仲、陈玄礼等人尽数羁留宫中。当然，羁留是比较柔和的办法，可能还有更狠厉的杀招——这些忠于自己的能臣干将会被尽数诛杀。

想到这里，李隆基的额头便渗出一层冷汗。

在摇荡的车厢中，他默然抚摸冰冷的玉笛，极力让自己冷静下来，拼力想着太平公主会怎么办。最常见的策略当然是满城搜捕自己，但这法子如大海捞针，太过缓慢；最快捷的法子，则是即刻派人去自己各路亲信的府邸前守株待兔，等着自己慌慌张张地去自投罗网。

绝对不能去王毛仲、王琚等亲信的府邸，最好的去处反是一些不大被太平公主留意的中间人物，比如邓尚书？

想到这支乐班正要赶赴礼部尚书邓日用的府邸，李隆基不由眼前一亮，看来自己大意失策，但运气还没有完全糟透。

一阵凉风袭来，却是车内的女子开了窗子。李隆基从那些五颜六色的彩衣缝隙中向外张望，看出车子一路南行，再折而向西，应该已到了崇德坊，再向前行不远，便该到达邓日用府邸所在的崇贤坊了。

正犹豫间，忽听一个女子尖声惊叫："有鬼！"

牛车立时停住。

下一刻，穿着青衣仆役外袍的李隆基便一脸尴尬地站在了道旁，在他身周，围着七八名歌姬和两名幻术师。班主屈十二气势汹汹地喝道："你……你是谁，给我说清楚了！不说清楚不能走！"

面对一连串的质问，口哑难言的李隆基当然说不出话来。他知道自己这时候也不能贸然逃跑，那只能惹来更多的麻烦。无奈之下，忽然瞥见一个胡姬纤腰上挂的竹笛，李隆基情急智生，忙掏出了怀中的玉笛，凑到口边吹了起来。

笛声清越悠扬，不过初试的几声，便有高峰出云、清风破雾之势。围在他身周看热闹的乐伎和屈十二都是行家，听得他这几声笛韵，都觉眼前一亮。

"原来你也是个乐师。"屈十二侧头望着李隆基，见他指着自己的嗓子唔唔连声，"你竟是个哑巴？那你又为何躲在我们的车上？"

李隆基一边点头，一边满脸赔笑地疾打手势。

屈十二看得似懂非懂，喃喃道："怎么，你要进入我们盈霞社？"

李隆基这时候才知道这乐班大名叫"盈霞社"，遂连连点头。

屈班主哈哈大笑："你虽会吹得几声笛，但想要入我盈霞社，那是蛤蟆吃天鹅——痴心妄想！就凭我盈霞社在西市的地位，想削尖脑袋钻进来的人不知多少，凭什么要收你这个来历不明的家伙？嗯，还是个哑巴？"

"屈头，他这几声笛吹得倒是挺别致的。"一道高挑的身影从人群中闪出，竟是江梅儿。

李隆基看到江梅儿，心中一动，知道这美女是盈霞社的头牌，料想自己此时面貌大变，而且狼狈不堪，这美女绝不会将自己认作天子，便向江梅儿连连作揖。

"别求我，盈霞社可都是凭本事吃饭的。你适才吹的曲子是《临江曲》，等闲人是不敢吹的，足见高明。"女郎侧头望着他，闪闪星眸透出些顽皮意味，"不过你很滑头，后面那一串高调没吹，如果你能吹上去，我就代屈头做主，收了你。"

李隆基微一沉吟，扬笛便吹。笛声由舒缓而明快，由明快而飞扬，由飞扬而激越，跟着沛然浩瀚，直上云霄，仿佛飞鸿临江戏波，再转而高飞冲霄。

众人眼前似是看到斜阳染江，半江红艳，忽有一舸凌波破浪，瞬息千里而去，只余满江紫光离合。笛声消散，众人兀自觉得心神一阵舒畅清爽。

"当真是好笛！"江梅儿轻吁了一口气，望向班主，"屈头，先前我只是瞧这小子面善，总觉得似曾相识，可你听他这手本事，在西市只怕也没几个吧？"

屈十二是识才之人，这时不禁犯了踌躇。几个女郎打趣江梅儿道："你瞧他面善，那定是私会过吧。人家这会子偷爬上车，原来是寻你来啦。"

一众娇笑声中，屈十二叹道："我说江梅儿啊，你成天乱发慈悲，上次你带来的那丑八怪老齐，我还没跟你算账呢！"

"屈头你可得说良心话呀，老齐是孙嬷嬷收留的，我只是顺情说好话而已。哼，你不是说我乱发慈悲吗，"江梅儿忽然很豪迈地一拍李隆基的肩膀，"姑奶奶我这回就发定了，这个哑巴，我收了。"

屈十二无可奈何，仰头看看日色，只得道："好，好，就这么着，下不为例。快走，别赶上催更鼓，坊门要关了。"

众姐妹齐声起哄。江梅儿则得胜般地拍了拍李隆基的肩头，见他兀自向那彩衣车走去，忍不住叫道："喂，你坐车坐上瘾了吗？"

李隆基拼力挤出一丝笑，指了指自己的肚子，摆手示意饥饿无力。其实是适才他吹笛用力过度，此刻忽觉一股怪异气息从腹内升起，双腿再次绵软虚弱。

难道是地窖内中的那种怪毒又蔓延了？

这念头才一闪，一股绞痛袭来，他一个踉跄，竟栽倒在了车前。

"等等，别碰他。"屈十二见多识广，见眼前情形有异，忙喝住了一群莺声燕语的娇娥，俯身细看脸现青气的李隆基，低声道，"难道是……中了蛊？小子，你到底是什么人，又得罪了什么厉害人物，竟给你下了蛊？"

李隆基苦笑着摇了摇头，心下暗想，自己果然是中了蛊，看来那回廊前的怪异气息，便是毒蛊发动。

他用力撑地，想爬起身来，但双臂气力不足，挣了几下，仍难以起身。

"姑奶奶，我们不能收留他。"屈十二扬头望着江梅儿，面色果决，"这人不但来历不明，还中了古怪的毒蛊，咱们这盈霞社不容易，不能因为这一个哑子，摊上什么大事！"

此刻李隆基的脸上浮着一层青气，谁都看得出来情形有异。屈班主的话更让一众姐妹都安静了下来。

"你们走吧，我留下来……"江梅儿终于缓缓吐出了几个字。

李隆基有些吃惊地仰起头望着她。江梅儿叉着腰站在那儿，斜阳从她背后打过来，映得她窈窕的身子分外纤弱，她的脸上则是一片暗影，看不出神色。

"干什么？"屈十二怒起来，"臭丫头，你还当真要翻天去了不成？这小子跟你无亲无故，疯了吗？"

"就是无亲无故，我也不能看着他死在我跟前。你们先去邓尚书府吧，时候来得及，我送他去拐角的那家医馆，便马上赶过去。"见屈十二兀自紧绷着脸，江梅儿嗔道，"干什么，不信我？前面就是坊门，姑奶奶赶在催更鼓前，爬也能爬进去的。"

屈十二知道这位头牌的脾气，只得恨恨地挥了挥手，喝道："走，大家抓紧过坊门。"

众姐妹不敢拂了班主，只得纷纷叮嘱江梅儿要快些，便陆续跟着屈十二上路。一行车马扬尘而去。

江梅儿将李隆基搀了起来，喃喃道："你说你，就不能再忍一会儿，上了车再昏倒？不过姑奶奶好歹说话算话，送你到前面的医馆，算是听你这段笛子的酬劳……哎哟，你好沉。喂，老齐，快过来帮帮忙！"

女郎伸手招呼着。

原来众艺人都已走远，只有个老人拖在了最后，这时闻言慢悠悠地踱了过来。看到李隆基后，老人咦了一声，慢慢俯下身来。

李隆基瞥见老人那张脸，登时唬得一惊。这张脸上纵横都是伤疤，甚至有两道伤疤从额头贯到了下巴，他的左耳也不见了，整个人看起来狰狞怪异。

忽然一股剧痛袭来，老齐竟一把揪住了他的脖子。

"老齐，喂，你干什么？"江梅儿大惊。

"他中了蛊，很重！"老齐的声音很难听，犹似硬物在金铁上摩擦，说的话却斩钉截铁。

"是呀，你好像懂这个，能治好吗？"江梅儿由震惊变成了惊喜。

"只能试试。"

说话间，老齐的手一直在紧扣着李隆基的脖子，而且手劲越来越大。李隆基呼吸不得，不由五官强烈扭曲。最可怕的是，他觉得老齐的手上有一股沉浑的气机透入，将自己的口鼻尽数封闭，没有一丝空气能钻进。

就在他感觉自己马上就要憋死之际，老齐忽然松开了手，并指成剑指，在他的脑顶一按。

一股强大的罡气透入，李隆基猛然张口，哇的一声，吐出了一口黑血。黑血一出，他只觉仿佛甩掉了一件无形枷锁，四肢力量再生，竟站起身来。

江梅儿喜道："老齐你当真了不得，这便治好了？"

老齐点点头，却又摇头道："这毒蛊太麻烦，老夫的罡气只能助你支撑一两日。一两日内，你最好寻到解药或是真正的行家给你祛毒。"

李隆基听他说得郑重，心内微沉，此时果觉体内一股热气四下乱撞，甚至几次顶到了他的喉下，挤压得他喉头咕咕作响。

他忙向老者肃然拱手致谢。望着老齐这双神光湛湛的眼眸，李隆基忽然想到，这老齐是个丑八怪，原来就是适才屈班主所提的被江梅儿和孙嬷嬷收留之人。他曾得王琚和袁昇密报，知道所谓的孙嬷嬷就是青瑛，心中不由又是一动，这个伎乐班子难道和青瑛也有些关系？

"嗯，你脸上的青气去了不少，瞧来顺眼多了。"江梅儿却没听出老齐话中隐含的忧虑，侧头瞅了瞅李隆基，点头道，"好了，这下屈头没理由轰你走了，我们赶紧去邓尚书府……"

李隆基点了点头，此时腿脚有力，忙紧跟在江梅儿身后疾行。

"老齐，你也赶紧呀。"江梅儿扭头见老齐依旧静立原地，不由着急起来。

"你们先去，我再等等。"疤面人老齐一脸疑惑地转头望向十字路口，仿佛那里有什么鬼怪在窥探。

一阵舒缓而低沉的鼓声响起，正是催更鼓鸣响了，在三轮各一百零八声催更鼓之后，各坊门便须关闭。江梅儿不敢停留，扯了下李隆基，疾步便行。

李隆基忽然握住了江梅儿的手，拉着她疾步奔向崇贤坊门。他的手很温暖，动作也很自然，江梅儿心中一跳，竟没什么反感，侧头看时，见他的脸上竟似比自己还要焦急。

不知为何，这个男人给她一种很奇怪的感觉。他虽穿着仆役的衣饰，也不会说话，但五官精致，特别是鼻梁高挺，目光深邃得像是无底的明湖，让他全身有一股难以形容的气韵，坚强而沉稳，仿佛就是天塌下来也难被压垮。

两人便在斜阳下手拉着手飞奔。

他们身后，老齐依旧孤独地静立街口，暮风萧萧，吹得他的衣襟飒飒轻舞。

就在老人前方百十步远，一彪人马正自泼风般赶来。

五十步远时，人马正中的冷惊尘忽然嗅到一股浓烈的威压，这股气息强悍无比，关键是极为熟悉，熟悉得让他觉得毛骨悚然。

"停！"冷惊尘喝住了大队人马，然后他便看到了前方暮色中的老人。

七十岁已是官员致仕归乡的年纪，但大唐朝廷有重用老臣的传统。礼部尚书邓日用不但德高望重，更精于儒家经学，算得上大唐儒学的大宗师，也正因其学术上造诣精深，在朝廷中又从不结纳党派，反让他多年来在各派党争中屹立不倒。

邓尚书的威望和影响力不逊于萧至忠等各位宰相，只是这礼部尚书之位到底较宰相稍低一线，所以没有被邀请赴午间的皇室家宴。但今晚他这寿宴是古稀寿宴，非同小可，所以来贺的客人们当真不少。而一些午间赶赴太平公主府皇室家宴的宰相，都遣人送来了寿礼和贺帖，甚至李隆基还亲笔赐写了一幅"南山同寿"的贺寿横幅，更随赐了玉如意等贺礼。

进入邓尚书府很顺当，因为赶来贺寿的各路客人本就很多，而屈班主更是遣专人在府门前候着江梅儿。

"姑奶奶，你可来了，快……你的舞，马上就要到了。"那姐妹不由分说就将江梅儿拉进了府内。李隆基则很自然地跟着进了后园。

江梅儿是盈霞社的顶梁柱，立即被屈班主派人迎进一间屋中换衣打扮。众艺人穿梭忙碌，李隆基则清闲起来，悄悄扯了件艺人的彩衣换在了身上，信步溜达到了前厅。

正寻思着该到何处去寻邓尚书，忽听得一阵人声嘈杂，却是一名金吾卫官员大步走入。

这人只拱手昂然道了声"给邓尚书贺寿"，便急匆匆展开一份文书宣读。居然是中书省刚刚签发的加急文书，要在最短的时间内传送至京师重要官僚府邸，乃至金吾卫所辖的各处武候铺、坊卒。

文书的内容简单却惊人：突厥贼酋联络了潜伏京师的韦庶人余孽，以毒蛊易容出数名当朝天子模样的贼人，大逆不道，意图作乱京师。各部衙司及诸坊须协同全力缉捕，遇有青衣仆役打扮、脸带青气之来历不明的高瘦青年，定要严加盘查。此大逆之獠身怀毒蛊，凶险难测，各司紧急时可就地格杀，事后皆有重赏，敢藏匿不报者，罪同谋逆。

文书的落款，竟是中书令兼吏部尚书萧至忠和镇国太平公主联名所签。

宴客大厅上满是宾客，此时聚在院内听闻了这道文书尽皆惊骇。太平公主在朝中地位尊崇，被尊称为"镇国太平公主"，太上皇裁决诸事首先要问"太平公主是否知晓"，而此刻她罕见地亲自在文书上落下名签，可见这封十万火急文书之重要。

更奇怪的是文书中所说的内容，韦后党早已覆灭三年了，又怎会死灰复燃，还拉拢了突厥来京师作乱，而他们作乱的手段更是匪夷所思，居然派人易容成今上的模样？

那金吾卫官员通报完毕，本要赶往别处传报，却被下人们延入后厅吃茶。众宾客议论纷纷，尽皆满面狐疑地回厅饮酒。

混在人群中的李隆基不由得低下了头，浑身泛出阵阵寒气。太平公主出手果然迅捷毒辣，好在聚集在此的都是府内宾客，盈霞社的艺人们都在忙着备演，没有听到这份文书，否则以屈十二的谨小慎微，定要先将自己这来历不明的家伙举报上去。

他暗自庆幸适才自己又套了一件吹奏艺人所穿的彩绿长袍，忙悄然向不显眼的地方退去，一边四顾查找今日的老寿星邓日用的身影。

这时却见江梅儿裙袂飘飘，在一众美艳胡姬的簇拥下向前厅行来。该是著名的"江梅舞"登场了。

李隆基心中一动，目光紧紧追逐着江梅儿，细瞧厅内形势。此刻暮色渐浓，大厅里灯火通明。他先看到了寿宴的主厅上高悬着的那幅横幅，正是自己御笔所赐。此时宾主双方各自寒暄落座，不少人还在低声议论着适才那惊人的中书省文书，但盈霞社头牌舞姬果然技艺惊人，鼓乐声响起时，众人的目光便都被江梅儿动人的舞姿吸引过去了。

曲声激越，彩裙飞旋，江梅儿的惊鸿舞立即惊艳全场。厅中喝彩声不绝，一位皓首白髯的老者回到首席坐下，频频点头微笑。李隆基双眸一凝，那老者正是礼部尚书邓日用。

邓老夫子历经高宗、武周、中宗直至复辟的睿宗，迄今已是五朝元老重臣，优渥隆眷之久，竟直追武周时期七十一岁时病逝任上的名相狄仁杰。因为邓老夫子这朝廷不倒翁的特性，乃至各派党争之人，都不愿去拉拢他。

也正因如此，太平公主没有留意这位老夫子。在她眼中，邓尚书只是个儒学泰斗的象征而已，有名无实，无权无势。但在李隆基眼中，邓日用反成了他唯一的希望。他缩在一众乐人的身后，紧盯着邓日用的一举一动。

说来也巧，曲声一停，江梅儿舞终离场，一名府内下人赶在邓日用耳边低声说了些什么。邓老夫子阴沉着脸站起身，缓步踱向后堂。

李隆基心中一喜，也悄然向后堂转去。

那里应该是邓日用的书房，看得出学富五车的邓老夫子对书房的设置很是讲究。书房极为轩敞，四周花树掩映，又很幽静。

遥遥地，透过半启的花窗，可见邓尚书正在明烛高挑的屋内与一位客人寒暄。那客人一身显眼的金吾卫服饰，正是先前赶来传讯的金吾卫官员。邓老夫子为人谨细，遇到了这等大事，当然要先打探清楚。

"你是谁，怎的转到这儿来了？"一个丫鬟捧着碗醒酒汤过来，见了李隆基这生人，立时出声呵斥。

李隆基脸色略僵，苦笑两声，自然说不出什么。

"瞧你这打扮，是请来的艺人？可你怎的胡乱闯到这里来了？"那丫鬟在府内颇有身份，阅历较多，见李隆基默不作声，不由大起疑心，喝道，"你到底是不是艺人，怎么不说话，再不说我便喊人了。"

望见那丫鬟惊疑不定的神色，李隆基额头已渗出冷汗。如果她贸然一喊，书房内的邓尚书和那金吾卫官员必会闻声赶来，到时候连邓老夫子都无法保护自己。

正在这紧要之时，一道清脆的声音响起："又迷路了是吧！找你找得好辛苦，少时就该你上场了。"却是江梅儿翩翩赶来。

适才江梅儿舞惊全场，这大丫鬟自然认得她，见状松了口气，道："原来是你们盈霞社的人，这小子好不懂规矩，姐姐你可得管好了。"

江梅儿向她笑笑，扯过了李隆基，低声埋怨道："让你自己找个清净地方练练那段新曲子，怎么跑到人家后园来了……"

那大丫鬟听了，疑心尽去，捧着醒酒汤款款走入书房。

江梅儿见李隆基还盯着书房那边，心中有气，嗔道："还不快走，你惹的事还不嫌少？"

李隆基忽然握住了她的手，拉着她闪到了假山后。他的手温暖有力，江梅儿的心不禁怦地一跳，正想说他，忽见李隆基向自己做了个噤声的手势。

他的目光坚定沉稳，满是疲惫的脸上却闪着一抹莫可名状的贵气。她心中霎时一阵凝定，那种奇怪的感觉再度袭来，仿佛这个男人的任何安排都让她很放心。

这时书房内告别声起，那位金吾卫官员要赶往别处传报，邓老夫子便微笑送客。二人官职相差太大，邓日用只送到书房门口，便遣那亲信大丫鬟引着那金吾卫官员去了。

邓日用一脸疑惑地回到书案前，默然抽出了一支笔，寻思着适才那金吾卫官员老金所传的古怪信息，心绪起伏，只是握着笔呆坐。

忽然人影一晃，一道高瘦的身影慢慢坐在了对面。邓日用一凛，抬头见是个脸泛青气的青年艺人，正想呵斥，忽觉这艺人的眉眼有些眼熟。

"你……你是……"邓老夫子陡地想到金吾卫官员适才说的话，本能地便想大声呼喝，但一见对面青年那沉稳的目光，一声喊竟噎在了喉头。

他太熟悉这目光和神情了，他不相信世间还有这样形神尽妙的易容术，便只犹豫道："你……到底是谁？"

李隆基不答，只从笔筒中拈起那支最粗的狼毫，慢慢地蘸着墨，调着笔锋。

江梅儿被李隆基扯进了书房，这时本觉得无比冒失，正想告罪离开，但见李隆基慢条斯理地润笔，心内疑惑大增："这家伙到底是怎么回事，为何这位大官邓大人，会用这样略带敬畏的眼神看着他？"

李隆基已经落笔而书，笔势沉厚遒劲，秀美多姿的四字隶书跃然纸上：南山同寿。

邓日用突地站起了身，颤声道："难道……难道当真是今上？老臣老眼昏花了，求您开一下御口……"

"南山同寿"这四个字正是当今天子李隆基御笔所赐，这笔迹和气势，寻常人等绝对模仿不出。

李隆基仍不言语，又换了一支略细的鸡距笔，扯过一张雪白的益州麻纸，写道："卿上月'尊儒圣抑佛道'之谏，及引马周'节俭于身、恩加于人'之语，皆为老成谋国之论，惜乎用力太急，今形势纷乱，不宜取此险急之策，故朕置而未应。"

邓日用花白胡子抖成了一片，呼吸急促起伏，道："是，是，原来如此……"

李隆基又抽出一张麻纸，写道："近闻卿老病甚笃，朕甚忧之。中和丸大益脾胃，朕当命御医精细调制，此药宜每日进补，断则药力不继，万嘱万嘱。"

"是……正是……老臣都记得……"邓日用的眼中已泛出浑浊的老泪。

原来这位老夫子身为儒家泰斗，上个月曾上书皇帝，直言今上与太上皇佞佛崇道太过，治国之道当以儒家为尊，循中正醇和之道，又批评近年朝中豪奢之风不减，建议皇帝重读贞观名臣马周《陈时政疏》中"节俭于身、恩加于人"之语。可惜，这番费尽心思的大道理一直没有得到皇帝回应。

而此刻李隆基所写的头一段话正是对此策谏的回答，直言他建言虽好，但在当前纷争暗涌的大形势下，皇帝是不敢用这种刚猛之策的，只怕会冒犯太上皇等各方显贵利益。

李隆基写的第二段话，则是半月前他亲笔给邓老夫子所上的请致仕书写的最后一段批语，温言安慰老夫子仍须为国尽心效力，至于脾胃衰弱的老毛病，可用御赐的中和丸进补。

这两段话都是君臣间极私密的书信，绝无第三人可知。邓日用这时再无怀疑，扑通一声，直挺挺地跪倒，哽咽道："陛下，请恕老臣年老昏聩之罪……"说着砰砰地叩头。

李隆基静静端坐，直到这位老臣连磕了三个响头，才伸手扶住了他。

一旁的江梅儿彻底呆住。她觉得自己全身血液都凝固了，跟着便觉得，不是自己疯了，就是这老头子疯了，这口不能言的家伙居然是皇帝？！

"朕……中了毒……不能言。"李隆基忽然艰难地吐出了几个字。

他适才被那疤面人老齐施法救治，当时一股浑厚的罡气入腹后，直贯喉头，已稍能吐字。

"是谁，是谁如此大逆不道，胆敢对陛下妄下毒手？"邓日用刚被李隆基搀扶而起，便气喘吁吁地怒喝。

"太平！"李隆基嘶声苦笑。

邓日用老眼一闪，想到那份十万火急的文书上，最后的神秘落款名签，立时猜到了大致情形。这定是这对姑侄斗法中，姑姑太平公主抢先下毒发难，不知怎的竟让新帝落得了这般田地。

"太平当真是罪不可赦，万死莫赎！"邓日用愤愤地道，"怪不得，适才金吾卫的老金跟我言道，他亲自看着万岁家宴之后，出了太平公主府起驾回宫，身边有高力士相陪。现在看来，回宫的那位，才是……"

"假的！"

"原来如此，世间竟有如此匪夷所思之事。"邓日用又惊又怒，"而如今京师满城风雨，侦骑四出，特别是在陈玄礼、王毛仲等陛下亲信的府前，都密布暗探，说是要搜捕易容成陛下之人。听老金说，陈玄礼他们即刻便被那万岁传入内苑，说是天子意兴正高，还要请他们喝酒……"

李隆基的心陡地沉了下去，果然如自己所推断的那样，太平公主知悉他逃脱的信息后，立即将他的这些干将能臣软禁了起来。等待着他们的，也许是极为可怕的结局。

想到这里，他浑身一阵空荡荡的苦闷，手中冷汗津津。先前他说了几句话，只觉喉头痛如针扎，这时只得提笔写道："疾风劲草，岁寒方验！"

望见这句话，邓老夫子的老脸不由泛了红。在多年党争中，他从未加入任何一派，但到底身为当世儒宗，儒家忠君之念已深入骨髓，此时不畏艰险，反深觉荣幸，老眼中热泪滚动，慨然道："陛下圣威洪福，感通天地佑护，必得履险如夷。臣虽老迈，百无一长，必以一腔热血忠义以报陛下。

"陛下尽可先在老臣府内静观其变。老臣这便去打听风声……陛下以为，咱们该当如何行事？"邓日用是位老学究，执掌礼部，并不擅长谋略机变，沉吟道，"老臣可亲自去通知陈玄礼等陛下亲信，只等他们大兵一到，大事可弹指而定。"

李隆基摇了摇头，自己的那些铁杆亲信这时候应该还被羁留宫中，只怕自身难保，贸然联络他们，定会被太平派遣的暗探们候个正着。

他这次没有用笔，而是艰难地吐出了六个字："太上皇！辟邪司！"

邓日用一愣，随即明白天子的真意，任你如何伪装，这天下哪有不认识儿子的父亲，何况太上皇那边还执掌着这天下过半的重权，忙点头道："好，为今之计，也只有太上皇的龙威能扭转乾坤了。陛下要寻的辟邪司，应该是其大统领袁昇？"

李隆基沉沉点头。相比手握重兵的陈玄礼等大将，袁昇反而不易为太平公主重视，而且辟邪司群英都身怀异能，或许会成为一支奇兵。

他还有个奇怪的感觉，自己曾向袁昇挥舞玉笛，袁昇似乎有过那么一瞬间的感应。虽然他不敢肯定，但还是期盼着奇迹发生。

"万岁放心，万岁天纵英武，神踪莫测，这一二日间，太平公主绝不会探知您的踪迹。老臣会速遣亲信去寻袁昇，这一边，老臣会亲自去太上……"

猛地，一道细不可闻的风声将他的话硬生生截断，一枚钢针端端正正地射入他的眉心。

邓老夫子大张着口，呵呵连声，终于双眼上翻，颓然倒地。

江梅儿刚来得及发出半声惊呼，李隆基反应迅疾，已扯住她的腕子向远离窗子的一侧退去，同时将一排书架踢翻，遮在两人身前。

笃笃两声脆响，又是两枚钢针从江梅儿适才站立的地方穿过，狠狠射在翻倒的书架上。

格窗一启，冷惊尘如一道影子般飘了进来。

江梅儿吃惊地望着这个一身蓝袍的秀气书生。这个人面目俊朗，却带着一股难言的阴戾之气，特别是那双眸子，冷漠得似乎不带一丝人间气息。

"你是谁？"李隆基拼力喝出三字。

他见多识广，已看出这人是个可怕至极的术法高手，只是不知为何，这人宝蓝色交领长袍的衣襟半开，形容略显狼狈，仿佛刚被什么人硬生生扯开一般。

"太平公主府典军冷惊尘参见陛下，想必万岁不识得我！"冷惊尘指尖拈着一枚钢针，很想一针结果了这位逃亡天子，但望见李隆基脸上那层淡淡的青气，又改变了主意。

眼前的青年天子不仅是个丧家之犬，而且是个奄奄一息的丧家之犬，那不如将其活捉回府，让自己在萧至忠那些老家伙跟前扬眉吐气。他微微笑道："陛下虽然侥幸逃了混沌蛊的攻击，但吐字艰难，舌根已被封了，看来混沌蛊已经发作，此后你的六根会依次被封，用不了多久，就会眼不能看，口不能言，耳不能听，变成一根无知无觉的肉棍。好在陛下遇到了我，请陛下跟臣走吧，我会让你免除这活僵尸的痛苦……"

他忽然咦了一声。因为李隆基忽然呻吟一声，痛苦倒地，口角翻出白沫。

"喂，你怎么了？"江梅儿吓得又惊呼起来。

眼见冷惊尘步步逼近，她猛一咬牙，张开双臂，横在了李隆基身前，喝道："你知道自己在做什么吗？你这个大逆不道的逆贼、臭贼、死混账，你是要被株连九族的！"

李隆基仰卧在地上，还在不停地抽搐，却能清晰地看到女郎的背影，那背影很窈窕，却又很坚韧很执拗。

看着眼前的绝色女郎，冷惊尘终于忍不住笑道："陛下当真不负当年京师第一风流王爷的雅称，在这亡命天涯之际，还能顺道揽得一位红颜知己，佩服佩服！"

他的笑容忽然凝住。他发现一道黑黢黢的物事忽自女郎的腰旁探出，伴着清脆的锐鸣，一蓬乌光劲射而来。

李隆基适才假意抽搐倒地，其实就是故意示弱，等的便是冷惊尘懈怠的一瞬。他怀中揣着的小机弩是大唐军方最新研制的小型弩机，名为灵机弩，携带方便，精巧犀利。

弩机骤然而发，当真迅若雷电。

冷惊尘厉啸着斜身而起，一瞬间已将全身的术法发挥到了极致。可惜他的修为虽已冠绝宣门，但射击的距离太近，这种弩机又一次连发六支短箭，极其猛厉。

冷惊尘竭尽所能震落了四支，但还是有一支箭射落了头上的幞头，另一支则直贯入他的小腹。

冷惊尘身子踉跄后退。危急之际，他全身罡气迸发，勉力阻住了那支短箭的顽强钻入。饶是如此，他腹间鲜血迸流，更可怕的是丹田经脉受震，一口血便喷了出来。

李隆基劲弩发出，一把便揽住了江梅儿的手，向后退向书房的内厅，跟着又将横在地上的书架踢向冷惊尘。

刚抢到内屋，一道劲风已扑面袭至，横飞的书架被罡气震得四分五裂，冷惊尘已势如疯魔地冲了进来。

"去死吧！"李隆基冷笑，黑洞洞的机弩在木屑翻飞中指向了他的胸口。

当日袁昇和小神捕林啸就是被宗楚客派出的军方高手用一列劲弩彻底压制住，这对冤家不得不平生唯一一次联手对敌。此刻冷惊尘更是如此，他心知在这狭窄的屋内，任何术法武功都难及这种劲可透甲的弩机实用，大惊之下，只得拼力后翻。

李隆基已乘机将房门掩上，这几下兔起鹘落，他因身中毒蛊，已累得满身大汗。只有他自己知道，这弩机不能连发，适才不过虚张声势，这时急忙搬弄弩机机枢。

李隆基看了看机匣，心不由一凉，匣内还剩下六支短箭，只够发射一次了。

江梅儿也是呼呼娇喘，看他累得身子突突发颤，忍不住问："喂，你没事吧？"猛听一声怪响，却是冷惊尘遥遥一掌将内屋房门震开一个巨洞。

二人大惊之际，忽听得一道胡琴声响起，这琴声低沉粗粝，却带着一股难言的威压。

书房内外的三个人尽皆愣住，疤面老者老齐缓步踏入了书房。

冷惊尘一见老齐，心底便是一寒。老齐那有些痴呆的目光直直锁向冷惊尘，嘶哑着声音道："很久了，我一直不知道我自己是谁，我觉得你应该知道，但你适才在街角为何对我出手？"

冷惊尘的身子突突发颤，仿佛看到了一个从地狱中钻出来的恶魔。适才他在街角一看到老齐，便从那份宗师气度和熟悉的罡气猜到了对方的身份。

那是他这辈子最怕的人，他的师尊，当年的大唐第一国师，宣机真人。

相传他数年前被浅月真人等众高手围攻，死于长安城下的地府秘道，想不到他竟还活着。好在这老家伙似乎有些痴痴呆呆，冷惊尘毫不犹豫地命人对他发动了突袭。

不知怎的，已化身老齐的宣机虽然痴呆，却对冷惊尘有一种别样的感觉，直接向他冲了过来。一番纠缠较量后，冷惊尘终于在强悍的公主府侍卫的帮助下侥幸脱身，抢先赶到了盈霞社的下一个献艺点邓尚书府，更觅得了李隆基的踪迹。

可惜，师尊宣机竟阴魂不散地跟踪至此。

冷惊尘捂住了汩汩流血的小腹伤口，死死盯着步步逼近的宣机。猎物眼看唾手可得，却遇上了命中煞星，他一时不知是进是退。

"告诉我，我是谁？"宣机嘶声道，忽地探掌抓向冷惊尘的脖颈。

这一抓看似平平无奇，掌上势道却几乎笼罩了屋内所有的空间。冷惊尘瞳孔微缩，只觉自己所有的进退之路都已被这只手挡住。

冷惊尘情急生智，大喝道："你是浅月真人！"

宣机脑中嗡地一响，隐约觉得浅月这名字好熟悉，不知为何，心底却生出一股强烈的厌恶之感。啪的一声，宣机的铁掌落下，案头那件以象牙罩线的紫檀棋盘发出嗡然哀鸣，震颤不已。

乘着师尊心神恍惚的一瞬，冷惊尘脚下神行术运使到十成，斜刺里腾身而起，如一道电芒般从对开的窗间穿出，甚至没有碰到那半启的窗牖。

"浅月是谁？我不是浅月，我不是浅月！"宣机恼恨起来，一转眼间见失了冷惊尘踪迹，大为懊恼，喝道，"喂……你去了哪里，回来！"身子一晃，循踪追出。

透过门板上那个巨洞，李隆基和江梅儿将书房外厅的这些变故看得清清楚楚。眼见强敌忽去，江梅儿终于长出了一口气，一扭头，忽见李隆基还软在地上，不由惊道："喂，你……你这次是装的，还是又病了？"

李隆基苦笑着摇了摇头，已说不出话来，额头上凝出豆大的汗珠。适才一阵对峙，在冷惊尘强大罡气的压制下，他耗力巨多，此时双腿又不听使唤了。

江梅儿忙将他搀起来，向外便行。

"等等！"

行到外屋时，李隆基忽然喊住了她，黯然伸手，给仰面而毙的邓老夫子合上了双眼。他不知想到了什么，忽然将半开的窗牖合上了。

她一愣，随即明白，这样外面的人再难从窗外看出屋内的情形，不由暗赞此人心思缜密。忽听得不远处传来一阵嘈杂声。适才邓日用要赶回书房与那金吾卫官员密议，命令家仆不得入内打扰，最贴身的大丫鬟进了醒酒汤后便无人再来，只是这里发生连番打斗，虽然短促，但还是有声响传出，终于引得些仆人赶来探问。

李隆基这时再难支撑，竟软倒在地。江梅儿又惊又急，咬了咬牙，猛然俯身将他负在了背上，转身便出屋疾奔。她自幼学舞，成年后又曾习武防身，腰腿有力，此时将李隆基这壮汉背起，竟不觉吃力。

刚转出书房，耳听得前方脚步声人语声越来越盛，江梅儿急得心如鹿撞，忽听得身后响起李隆基的声音："关紧书房门，躲入假山后，静观其变。"

听得这道嘶哑却沉着的声音，江梅儿芳心一定，忙依言紧闭了房门，再背着李隆基闪到了假山后，果见先前那大丫鬟带着两个仆役匆匆赶到了书房前。邓老夫子的规矩挺大，那丫鬟见门窗紧闭，不敢贸然入内，只在门外敲门轻唤。

"走！"李隆基低声再喝。

江梅儿忙循着假山奔出。过了跨院，便是热闹的前厅，江梅儿便搀着他一瘸一拐地溜进了艺人们所在的小偏院，遥遥地已望见屈班主正在指挥艺人们收拾行装，准备开拔。

看见了熟人，江梅儿的心底兀自乱糟糟的，忽听李隆基低声道："莫要停，赶紧走！"

不知怎的，江梅儿往日里心高气傲，此刻李隆基声音虽轻，一入耳却让她觉得难以拒绝，竟搀着他拐入了一道角门。

便在此时，遥遥地听得一声刺耳的尖叫："老大人……您这是……快，快来人呀……"

江梅儿一颗心几乎跳出喉咙，脚下加快，扶着李隆基从后院的角门趔了出去。

街上暮色沉沉，长安城已万家灯火。

第六章

疑云

太极宫内，此时也是灯辉齐明。

化名天丙的假皇帝在一众近臣的护卫下回了寝宫。他怕李隆基常骑的那匹照夜雪狮子宝马不识得自己，所以干脆装醉，坐上了龙辇回宫。当然装醉的好处还有很多，比如万一他的哪处行为显得与往日不同，就可以推到醉酒后不拘形迹上。

因为太平公主的安排和他往日的努力，他曾借着很多机缘，仔细观察过李隆基在酒宴上的表现，遂此时表现得完美无瑕。高力士、陈玄礼等近臣都没有看出丝毫端倪。

因袁昇突然赶回公主府一直未归，陆冲就率着辟邪司精锐兢兢业业地一路护着他进了宫。

李旦退位为太上皇后，仍旧大权在握，还在太极宫的太极殿内御事，所以李隆基便一直"屈居"在武德殿内理政。李旦曾经表示要退居大明宫，但当儿子的李隆基自然要坚请父皇留在太极宫内主持大局，以便常向父皇请益问安。倒是李旦图幽静，常去大明宫躲清闲，那里地势更高，殿宇更加高大雄伟，而且还有风光优美的太液池。

今日太上皇李旦散了早朝后就去了大明宫，而李隆基在驾临太平公主府之前已按规矩给太上皇请了安，所以天丙不必担心被太上皇召见。虽然他自忖伪装得惟妙惟肖，但要瞒过李隆基的亲爹，到底不那么容易。

就在刚刚，他得到了太平公主派内线传来的可怕信息，李隆基并没有死，而且逃脱了。天丙不由在心底破口大骂这群蠢材，却也只得继续推进太平交代的新计划——回宫后，继续开筵，宴请这批保皇党精锐，席间要见机行事，先将这些人软禁起来。

于是，天丙进了寝宫后便装作兴致刚起的样子，将陈玄礼等近臣都留了下来，倡议大家一醉方休。难得天子如此有兴致，众臣子当然不能扫了皇帝的兴。少时御筵大张，觥筹交错，众臣在太平公主府一直神经紧绷，此刻才有了放松之感。

王琚见众人酒兴甚浓，不得不奉劝皇帝，太平公主只怕是别有居心，陛下万不可掉以轻心。官拜门下省长官的宰相魏知古老成持重，也认为太平今日行事深不可测，绝不能等闲视之。

天丙洒脱地放下酒盏，用与李隆基全无二致的长安官话笑道："朕的太平姑母当然不会这样甘心臣服，她越是如此，就越是可怕。想想看，她近日忽然和内苑总监钟旭过往甚密，其心已昭然若揭。"说着便大气磅礴地挥着手。

李隆基一直这样，好出惊人之语，而且说到兴起时会配上豪放的手势。天丙已学得形神兼妙。

魏知古哼道："这大胆钟旭，明日老臣就上表，给他换个地方。"

天丙继续大气地挥手道："不成，钟旭现在虽然只是少詹事，却是剿灭韦逆的元勋，其任免必会惊动太上皇。如此一来，打草惊蛇，反为不美，而且会让我们射入公主府的暗箭露出行迹……"

在青瑛进入太平公主府的第一日，老谋深算的慧范已经将其身份看透，但他们的计策筹谋已久，青瑛这次自投罗网，反而给了他们将计就计的良机，所以慧范和太平都没有立即揭穿。青瑛所传递的消息，都已被太平一方得悉，乃至她与李隆基的对话，都被天丙在特制的暗格内听得一清二楚。

"不过朕认为，三日内，她是绝不会动手的。"天丙再次豪放地挥手。

"陛下是说，她会熬过太上皇的这次家宴再行发难？"王琚沉吟着问。

天丙莫测高深地一笑，没有答话。他深悉身居高位者要适当地保持神秘，不能对臣子们有问必答，更不能对臣子们有求必应。

他装作兴致盎然地殷勤劝酒，王琚等近臣当然只得继续相陪。

天丙的手悄然摸向了袖间的革囊，那里藏有一袋神奇的蛊毒药丸。按照计划，他要择机将丸药捏破，撒入酒中。

这是慧范精研许久的蛊毒，没什么味道，发作起来也很缓慢。这一众李隆基的亲信今晚大醉之后，会在回到府中时才突然毒发身亡。

天丙几次摸到了革囊，却始终没有拈出蛊毒药丸来。他已喝了很多的酒，却并没有醉。他清楚自己和眼前这批人的关系。他们以为自己是李隆基，所以对自己忠心耿耿。但自己是太平公主派出的细作，所以应该按计划将这批人全部毒杀，这样禁军大权就会完全落入太平手中。随后，太平就会发动兵变，夺取大权。也许自己会在皇位上待一段时间，当一阵子傀儡皇帝。但是他深知，傀儡皇帝没有一个好下场。于是，自己这个为太平公主立下天大功劳的人一定会死，而且会死得无声无息。

回到太极宫不久，他就跟太平公主的内线宦官接上了线，得到的结果令人沮丧，李隆基仍旧杳无音信。不过据慧范分析，他肯定中了蛊毒，而且孤身一人逃亡。

这名充作太平公主内线的宦官和春，只是内府局一个掌管灯烛的小宦官，此时忽然被皇帝传唤过来问话，便如官升十八级一般。在别的宫人眼中，俨然是他家祖坟上冒了青烟。

和春也很兴奋，当然他知道自己之所以能如此，全仗着那个真正的主子太平公主。于是他向皇帝禀报了太平公主的最新密令——请陛下及早动手！

"传信回去，朕要见机行事，务求稳妥！"天丙的脸色黑了下来，他盯着这个并不知道多少内情的和春，冷冷道，"虽然是姑母将你安排进来的，但你应该知道，你的一切全在朕的手里。"

天丙发现，此时自己面临着可怕的两难选择，不知道李隆基何时会落网，而在他落网之前，这批保皇党精锐到底要不要杀？

在盛夏的夜里，斜倚在金碧辉煌的寝宫内，喝着最美最纯的西域葡萄酒，天丙却觉得有些寒冷。他眯起眼，看到一只飞蛾正在绕着高烛的火焰打转，不由有些呆愣。

那只飞蛾是否很像自己？

群臣喝得都很尽兴，只有王琚还保留几分清醒，见李隆基沉吟不语，忍不住问："万岁有何烦忧？"

"投火，是飞蛾的本性驱使，"天丙站起身，忽然打开窗子，袍袖轻挥，将那只蛾子赶出了窗外，微笑道，"但如果有一只飞蛾，忽然觉悟了，不再投火，而是投向无边无际的夜空……那将是何等有趣呀！"

众臣算上王琚，都觉得万岁的话深邃无比，于是许多人都用崇敬的目光望向他们眼中的李隆基。

他们不知道，就在适才这一刻，他们所有人都是死里逃生。

因为就在推窗驱蛾的一瞬，天丙忽然下定决心，不杀眼前这些人。虽然他深知，这些人只是对李隆基忠心耿耿，如果知道自己是假货，一定会将自己乱刃分尸。

但如果，他们一直认为自己是李隆基呢？

现在李隆基虽然逃脱，但按照计划，他这个真人会成为假货，而自己这个假货才是真正的李隆基。那么，自己为何不一直将李隆基扮演下去？

他的手很自然地搭在了腰间，那里插着特制的独门兵刃龙凤双斩。这对兵刃是太平公主按照慧范的设计，命人给他重新打造的。任是哪个旧人看到，都不会认出这是范平曾经的称手兵刃日月双斩。

是的，范平已经死了，从奉命出京外放的那一天就"死了"。此后，他只能用"天丙"这个奇怪的名字，而现在，他是李隆基，再过不了多久，会变成真正的大唐天子李隆基。

李隆基能做到的，他也能做到，包括斩杀太平公主，独霸天下，重振大唐朝纲。

随即他一脸淡然地转过身，环顾着酒局，沉着地对身边的宦官和春下令："速传兵部尚书郭元振进宫密议，速传殿中少监姜皎进宫密议……"他传的都是李隆基的绝对亲信，只要将这些人软禁在宫内，就等于封死了李隆基的归途。

"对了，袁昇呢？"范平忽然想到了那张万分关键的脸孔，"无论他在哪里，无论他在做什么，急速寻他回宫来见朕！"

和春有些惊讶皇帝言辞的果决，不敢怠慢，紧着赶去传信。

誓死一搏吧！

眼望着那向浩瀚夜宇奋力飞舞的小蛾，范平不由在心底对自己默默地怒吼。

邓老夫子在自己的七十寿宴上被杀，这消息随着大丫鬟的一声歇斯底里的尖叫，迅速传遍了邓府，震惊了满院亲友宾客。

"快报官，速速报官！"

"去寻巡街的金吾卫来，街角那儿就有武候铺！"

府上宾客中当然有不少官面人物，但多是文官，见状谁也不敢上前，只盼着刑部、金吾卫等一系的官方之人出面勘察。

嘈杂的嘶吼叫嚷声中，最先赶到的刑狱系官方人物，居然是袁昇。

适才他在公主府，被那管事一通软硬兼施，只得默然离去。可他却没有走远，因为他已经对这座牡丹阁、回廊和假山生出了足够的疑心。他当日曾来过太平公主府密议，熟悉路径，乘机蹑足潜行，便赶到了府内召开秘密会议所在的如意堂前。

他不敢过分逼近，凭着犀利的目光，发现灯火通明的阁内有几张熟悉的面孔，太平公主和慧范等人居然在议论着什么要事。

随后堂内匆匆走出一人，着实让袁昇吃了一惊。

冷惊尘，宣门最有才华的弟子，居然投奔在了太平公主门下。

跟着他便听到冷惊尘怒斥那管事，甚至还听到冷惊尘在念叨自己的名字。跟着许许多多的侍卫被冷惊尘调动出来，显然是在调查一件大事。

如果说袁昇先前的疑心只是如一张薄纸上的小洞，那么现在这小洞已被捅破。

他迅速改变了及早回宫复命的念头。看着越聚越多的府内各路侍卫高手，袁昇急忙溜出了公主府，改在府门外盯住冷惊尘一行的动静。

冷惊尘的动静着实不小，要跟踪他并非难事。袁昇很快发现冷惊尘主要是追踪从公主府离开的献艺班子，似乎什么人混在艺人中逃走了，到底是什么人让他们如此紧张，难道是青瑛？

满腹疑惑的袁昇很快在街角看到了奇怪的对峙场面。

他看到那个奇怪的疤面老者，跟着又目睹了冷惊尘噤若寒蝉之状，便随即想起一个可怕的名字——宣机国师，他居然还没死！

化身疤面老者的宣机与冷惊尘之间的打斗极为简单。虽然宣机看来已有些行事疯癫，但冷惊尘对自己的师尊太过畏惧，很快便落荒而逃。只不过冷惊尘逃得很有心机，用几名强悍手下将宣机引开，自己则悄然溜走。

而另一边，认出了突兀现身的宣机后，袁昇心神微乱，也被冷惊尘的手下发现了踪迹。

袁昇还不想露出自己的身份，只得远遁。以他的深厚功力要甩掉那几个公主府侍卫并不麻烦，在转过一个街口后，袁昇发现了一幅奇景。

数名公主府侍卫气势汹汹地押着一人直奔长安县衙而去。看那犯人的容貌赫然便是当朝天子李隆基，袁昇愣了好久，才明白那应该是个赝品，而且此人口中唔唔连声，竟是个哑巴。

而押解的几名侍卫则骂骂咧咧个不停。

"老实些，你这死贼囚，竟敢胆大包天地冒充天子！"

"少装哑巴，你这突厥狗和韦庶人的余孽，少时进了死牢便老实了……"

袁昇从侍卫们夸张的咆哮声中听了出来，竟是公主府活捉了一名突厥和韦后余孽联手打造的冒充天子之逆贼，甚至这些大逆不道的狂徒还不止打造了这一名假天子。

袁昇顿生疑惑，韦后一方早已覆灭多年，又怎会死灰复燃，更怎能和远在千里之外的突厥一方勾搭上？而瞧这假冒天子的逆徒，竟是如此形貌酷似，这份功夫当真没少下。

这到底是谁的惊人手笔？

他知道，公主府那边故意如此大张旗鼓地造势必有缘故，可他此时更紧要的是去追寻冷惊尘，便只得将满腹疑云强自抑下。

这么一番波折，袁昇甩脱侍卫们的追踪后，便完全失去了冷惊尘与宣机两人的踪迹。好在他大致知道冷惊尘适才要急匆匆地赶往崇贤坊，便只得赶来探看究竟。

一路寻来，恰在灯火通明的邓老尚书府外，听得了府内的哭喊嘈杂。

"不可妄动！"袁昇赶到书房外，见状大喝一声。望见满院人惊疑的目光，他随即亮明身份，"在下辟邪司袁昇。"

一众仓皇悲怆的宾客亲朋听得袁昇的大名都似看到了救星，纷纷求他尽快捉拿真凶。邓日用的原配早逝，尚有五房妾室和十余个子女，此时尽皆哭天抢地地求袁昇大展神通，断案擒凶。

德高望重的礼部尚书在寿宴上被杀，袁昇也觉震惊无比，忙将一众闲人隔离在外，先来探查现场。

邓日用的眉心处触目惊心，一痕血线直贯至颌。袁昇俯身细瞧他眉心那枚钢针，心底惊疑不定。那钢针太普通了，普通到袁昇完全无法推断是哪一门高手所用的暗器。再四顾屋内翻倒的书架和散落满地的书卷和碎裂木屑，他心中的震惊越来越盛。

邓日用应该正在屋内与什么人密谈，却在突然之间被杀。杀手出手很快，让这位老夫子完全想不到。这从他毫无破损的衣饰和还算平静的脸上便可看出来。

随后这间屋内发生了一场甚至两场激战。在内屋门口的地上血迹斑斑，显然不是邓日用的。

袁昇的手无意间触到了案头那件紫檀棋盘。啪的一声轻响，结实的紫檀棋盘忽然酥化，碎成了一片齑粉。袁昇盯着那团依旧维持着棋盘大致形状的木屑，长吸了一口冷气。

只有宗师级别的人物出手，才能将坚若磐石的紫檀棋盘震碎却又维持原样。难道是……神志尚未恢复的宣机？

袁昇在心底急速进行着推算。

地上那四溅的书架碎木说明那场对战颇为激烈。显然，没有人会跟宣机对峙这么长的时间。除非，宣机赶来时是发生的第二场激战。

而宣机一直在追击冷惊尘，那么第一场应该是在冷惊尘和某人之间进行。随后，被冷惊尘手下引开的宣机才赶到了邓府。

从这枚射杀邓尚书的钢针来看，其劲急犀利、入骨颇深，可知出手者功力极为深厚，甚至不在他袁昇之下。这样的人选，很可能是冷惊尘。

那么，第一场与冷惊尘激战的人到底是谁？

在残碎的木屑中，他很快找到了几枚亮闪闪的弩箭。弩箭短而锐利，极为独特，那竟是灵机弩的弩箭。

在今日的大唐京师，能用上这等最新型精巧弩机的人还不多。袁昇随即想到，就在昨晚，自己亲自劝请李隆基，将这灵机弩别在雪绸裤上，以防备万一。

他的心突突发颤，甚至不敢再想下去，难道当真是万岁？可这也太不合常理了。

袁昇俯下身继续查找，终于看到了案头的几张纸。那些纸在激战时被劲风震得散落各处，大多还被墨汁抹黑，所以直到此时袁昇才留意到。

他先看到了那幅字："卿上月'尊儒圣抑佛道'之谏，及引马周'节俭于身、恩加于人'之语，皆为老成谋国之论，惜乎用力太急，今形势纷乱，不宜取此险急之策，故朕置而未应。"

袁昇不由一怔。他作为当世书画名家，一眼便认出这确确实实是李隆基的笔迹，看语气则应该是万岁给邓尚书奏折所回的批语。但为何不是写在折子上，而是很随意地写在一张麻纸上？

跟着又看到了那幅"中和丸"帖和"南山同寿"四字横幅。

看用纸竟都是寻常的益州麻纸。

虽然益州麻纸有"滑如春冰密如茧"的美誉，但其中也有很多分类和规格。大唐宫廷规定用于抄写公文的益州麻纸必须是加入防虫蛀药剂的明黄色金花麻纸，或者色泽悦目的"十色笺"。

他熟悉李隆基的性情，知道这位潇洒倜傥的年轻天子最喜用"十色笺"中的浅云、清青两色给臣子们回书。注重细节的李隆基绝不会用眼前这种简单的素纸，以免显得太不庄重。

倒是邓日用这样的老学究，平时喜用这种素纸来挥毫泼墨。再一抬眼，果见砚台旁还压着厚厚一摞的益州素纸，袁昇的头不由嗡然一响。

那么，只有一种情况才能如此，李隆基当时就在这书房中，信手从案头抽出一张素纸写了字，然后再抽出一张继续写……

他捧着那幅"南山同寿"，双手不由突突发颤。适才他虽然来得匆忙，但在前厅一瞥，也已看见了厅上高悬的皇帝手书。天子御笔钦赐横幅，这是无上荣耀，邓府当然要将之挂在最醒目的地方。

而此刻，书房内竟然出现了第二幅。袁昇拼力抑住心底的万千波澜，仔细查验笔迹。

大唐皇帝均痴迷书法，太宗李世民便是一位大书法家，李隆基则多才多艺，工隶书、行书，书法丰厚腴美，风骨峥嵘，直追其曾祖李世民。袁昇作为当世书画双绝的青年俊彦，又与李隆基相交多年，常和他一起交流书道，对这位当朝天子的书法最为熟悉不过。

眼前的"南山同寿"横幅是隶书，虽然笔势很急，看得出书者是信手而成，但笔法丰茂秀丽，特别是这份淳厚恢宏的气度，旁人决计难以模仿。再细看那墨迹，因为书者下笔很急，有几处着墨很重，此时仍能看出墨中潮意，似乎是不久前刚刚书就的。

难道当真是陛下，适才曾驾临书房？难道与邓日用密议之人竟是陛下，而随后，冷惊尘赶到，突然袭杀了邓老夫子，又与陛下发生了一场激战？

袁昇拼力凝定下心神，迅速将几幅素纸收好，小心翼翼地揣入了怀中，再转身唤来了那第一个进入案发书房现场的大丫鬟，细问端详。

那丫鬟的情绪依旧不稳，说话中不时哭泣："……那个金吾卫的官儿来传信，老大人便将他延入书房，然后我便替他送了那人出去。出门时我看见老大人一脸阴沉地站在门口，似乎很不高兴的样子……老大人在书房时的规矩挺大，不让等闲人打扰。前厅的乐声曲声太吵，后来我听到书房中传来一些闹腾声响，终于忍不住赶了过来，哪承想……"

"除了那位金吾卫官员老金，你还看到什么可疑之人？"

"没有了……啊，不！"她忽地拍腿惊叫起来，"有一对艺人，误打误撞地竟进了这里。那男的身材高瘦，任我怎么问他，就是紧闭着嘴巴不吭声。"

"这高瘦男子多大年岁，什么模样？"

"二十来岁吧，脸上有股傲气，看人时总似在居高临下地瞭你，连笑起来都那副德行。其实高鼻大眼的挺俊，可惜是个哑巴。一个哑巴还这么傲气，这不是怪了吗？"

"哑巴？你为何说他是哑巴？"

"我问了他几遍，为何跑到这里来，他死活就是不吭声。我要大声喊人，他见了脸上才有些焦急，却仍不说话，这不就是个哑巴？后来那女艺人来了，就是跳惊鸿舞的那个江梅儿，连声埋怨那男的走错了路，将他拉走了。"

听到江梅儿的名字，袁昇沉默了下来。

看来盈霞社是出了太平公主府又赶到此处献艺。而冷惊尘拼力追击的，正是盈霞社在内的三个献艺班子。冷惊尘真正的目标到底是什么？

"袁将军，您认为那个哑巴是嫌凶？"那丫鬟瞪大哭得红肿的双眸。

袁昇默然摇了摇头，跟着接连唤入几名在书房周围院落中伺候的下人询问。终于有个机灵些的小厮战战兢兢地说了一个极有用的细节："我见到了鬼，蓝袍鬼，老爷子只怕是撞了鬼了……"

"怎么讲，说仔细些。"

"……张管事命小的去取些香药给香炉填上，路过书房院落时听到了几声稀里哗啦的乱响，跟着便见到一道蓝光从院子里射出来。当时天色太暗了，亏得小的眼睛好，才看到是个穿着蓝袍的人……不，那不能说是个人，就是个蓝影子，人不能那么快呀……"小厮说起先前所见，还是声音发颤，"在那蓝袍鬼的后面，又有一道光，那道光更快了，小的根本没看清那东西是什么形状什么颜色，只是隐隐约约地听到了一声怪响，那似乎是一道琴声……可也就是一恍惚，那道光便也不见了……大人您说，小的是不是着了魔了？"

袁昇只是缓缓点了点头，说了声："未必是幻视幻听，你的话先存在心底，莫与旁人说起。"

遣走小厮后，将众人的证词串联一处，袁昇心底的惊涛骇浪又再腾起。

那金吾卫官员老金赶来传报一道十万火急的文书，那是太平公主和中书省联名签发的，突厥贼人竟"伪造"出数个形神酷似天子的贼人潜入了京师，凡见之者就要格杀勿论。

中书省若真是遇到如此紧急大变，为何不立即报知万岁和太上皇？即便事出紧急，要立即签发文书，那为何太平公主还要气势汹汹地联名签发？

门外忽然传来一阵嘈杂声，书房大门霍然打开，现出两张熟悉而又冰冷的脸孔，竟是刑部六卫中的老大"听风卫"苏木和老三"知机卫"曹轻晓。

本来韦后被诛后，朝堂上进行了一次极大规模的清洗，各部尚书、侍郎等许多大人物都换了，反倒是刑部六卫这样官职卑微的小人物得以保住了乌纱帽。

特别是苏木听从了二弟离明潇的建议，愈发紧跟太平公主。太平公主正在用人之际，看到小神捕林啸死后，御史台到底缺少真正的干将，便出马运作，将这六卫中比较机灵的老大苏木和老三曹轻晓调入了御史台，如今这二位在御史台巡使任职，官升一级，混得有滋有味。

六卫中混得最好的便是老二"辨机卫"离明潇。此人颇擅机谋，竟被太平公主看中，直接调入了公主府。

"竟然是袁将军，袁将军来得好快！"曹轻晓看到袁昇，不由吃了一惊。唐隆政变后袁昇成了天子身边的红人，曹苏二人不得不赔上一副笑脸。

"二位也来得好快。"

"不得不来呀，街衢之案归属金吾卫，坊间院落有案当然要归我御史台巡街使。"伶牙俐齿的曹轻晓微笑道，"倒是袁将军，现在统领辟邪司，直管为天子辟除邪祟之大案，这等事还轮不到您来插手吧？"

袁昇冷冷道："眼前这件便是事关天子安危的大案，你们御史台无权插手。"

苏木哪敢和他争执，只是讨好地一叉手，笑道："即便我们不该插手，你袁将军今晚只怕也没法插手了。适才卑职路过辟邪司府衙时，见到内侍宣公公守在那儿愁眉苦脸，说是万岁紧着要召见您，宣您速速进宫，十万火急。"

夜色已降，邓府这后门的小角门对着一条很狭窄的小巷，看不见一个人影。李隆基全身虚软，只能在江梅儿搀扶下勉力前行。

江梅儿这时候才想起来，自己居然稀里糊涂地跟着他跑出来了。她觉得搀着他走得太慢，干脆又将他背在了背上。

"那家伙说你中了什么混沌毒蛊，只怕是真的吧，怎么办？喂，你当真是皇帝，那邓老夫子都管你叫陛下的？你要真是皇帝，这时候站出来对他们喊一声，你是皇帝，有贼子作乱，那不就万事大吉了……"

听得她一连串的问话，李隆基不知如何解释。此时他发音困难，只能简单地吐出几个字："我……现在很危险。"

"可是，我要回盈霞社呀！"

"不能去了，他们很快就会发现邓尚书已死，我们两个应该都已被通缉。盈霞社，更会遭到盘查。"

"难道是宫廷仇杀？"江梅儿联想到李隆基和邓日用的对话，脑中乱成一片，那些话她似懂非懂，但隐约觉得那是一个逆臣的天大阴谋，竟让当今皇帝沦落至此。

江梅儿觉得自己在做梦，居然跟皇帝搅在了一起，而且这皇帝还在亡命天涯，这肯定是个最古怪最疯狂的梦。

"那咱们现在去哪儿？"她虽粗通武功，筋骨有力，但这般长时间背着李隆基，也累得娇喘吁吁。

"投宿，越荒僻越好，不能去客栈。你有亲友住在这坊内吗？要可靠的。"艰难地说到这里，李隆基忽然无声地苦笑了起来。这个天下是他的，这座京师更是他的，可他对这座京师肯定不如江梅儿这样的子民熟悉。

"那就是要找个落脚之地呗。"江梅儿明白了他的意思，定下神来想了想，"就去小霞那里吧。"

天已经完全黑了下来，她奋力将李隆基的身子向上挪了挪，向巷口拐了过去。

李隆基能觉出她的背很柔软，她的腰很纤细，在这份柔软纤细中，又透出一股难言的坚韧。他就这样无力地靠在她的背上，从她浓郁的秀发和雪润的脖颈间，嗅到一抹淡淡的香气。

这个夜真黑呀，好在这如墨的暗夜里，还有这抹兰花般的幽香。

忽然在一瞬间，那抹幽香无影无踪。

李隆基一怔，仿佛从噩梦里挣脱了出来，才发现自己还伏在美女的背上，夜色还是那么黑那么浓，只是自己再也嗅不到任何气息。他蓦地想到冷惊尘的话，自己的眼、耳、鼻、舌、身、意六识要陆续被封闭。虽然在那丑琴师的怪异疗法下，自己稍能开口说话，但现在看，伤势也只是延缓？

此刻自己的鼻根已被封闭，也许用不了多久，嘴巴再也无法说话，然后接下来就是眼睛和头脑……

李隆基的头嗡嗡作响，他却紧咬牙根，执拗地向前方望去。

天上忽然传来隆隆的雷声，前面那团浓黑的夜色，被忽隐忽现的闪电分割成了无数段，似乎要下雨了。

这条巷子很窄，江梅儿只挑这种窄巷穿行。还没有遇到巡夜的，但大道上不时传来此起彼伏的呼喝声，更有急促的马蹄声敲得人心紧。

好在不多时便下雨了，长安的夏雨汹涌肆虐，大道上的呼喝声立时便少了许多。

淋得湿透的两个人终于闪进了一条幽黑逼仄的巷子。李隆基有了些气力，便挣了下来，挨在她肩上深一脚浅一脚地走着。眼前竟都是粗陋的茅舍泥屋，还夹杂着很多更简陋的薄板木屋，鳞次栉比，不少还亮着灯，不时有赌徒的喧嚣声、醉酒汉子和放荡女子的笑闹声传出。

"这是什么所在？"李隆基吃力地问。

"这地方叫迷魂塘，因这里地价便宜，周围还有大片农地，便变成了闲散庶民甚至是泼皮们的杂居地。不大的地方，大小茅屋木房纵横交错，外人到了这里都会晕头转向。"

李隆基暗自放下心来。他知道西市需要大批的流动人口为之服务，而靠近西市的怀远、崇化诸坊，则地占要冲，宅价高昂，这些闲汉贫民便拥入了怀远坊东南方的崇贤坊，因宅地价格一直颇为低廉，这里竟已自成了一片小天地。

说起来，大唐的达官贵人多居于皇城南面的兴道、务本等坊，而邓日用虽然名气极大，却一生为官清廉，宅子远离权贵集中的长安城东北区域，倒让李隆基的这次逃匿有了这处极好的落脚点。

"小霞，小霞你在吗？是我！"江梅儿终于在一扇柴门前停住步子，拼力叩门。

江梅儿告诉李隆基，他们来投奔的小霞是她当年的一个好姐妹。小霞当年因为技艺不精，老被班主责骂，便全靠江梅儿罩着。后来班主干脆将乐舞之道不精的小霞放弃了，让她去伺候一个有势力的老迈小吏。小霞骨气挺硬，干脆逃了出来，便在这个流民杂居的陋巷落脚。

咣当，门开了一道缝。门缝后的女子眼睛很亮。"是……梅儿姐？"小霞又疑又喜，忙开了门，将两个人让进了屋。

不大的小木屋被一扇薄木简单地分割成了里外两间，外面这间一张简陋的土炕占据了大半，倒还齐整。小霞望着湿漉漉的两个人，一脸惊疑。

"妹子，是这样……因为他，我……我跟老屈闹翻了。"江梅儿脸上满是委屈，还有些羞红。这羞红竟大多出于真心。

"就因为他，你跟屈十二闹翻脸了？"小霞扑哧笑出了声，瞟着李隆基，"嗯，倒是挺俊的。"她手脚麻利地给两人倒水洗漱。

江梅儿的脸更红了，她咬了咬牙，说："我们是逃出来的，今生我非他不嫁。屈十二什么人你知道吧，钱少了他不会放我，本来还在谈价码，但屈十二竟直接派人将他打伤了……"

李隆基有些惊讶江梅儿编故事的能力，而且这故事竟没什么破绽，和自己这一身狼狈形象完全吻合。

小霞连连点头，一脸同情和愤慨，拍胸脯保证可以让他们先躲两天："梅姐只管放心，这地方无法无天，屈十二绞尽脑汁也不会查到这里来，只是这地方憋屈，姐你别嫌弃便成。"

"嫌这地方憋屈，爷那里有宽敞地方呀！"咣当一声，薄门板被人一脚踹开，斜风热雨汹涌钻入。一个赤膊大汉气势汹汹地出现在门口，虎视眈眈地盯着江梅儿和李隆基，"一男一女，形迹可疑；男的高瘦，女的漂亮。哈哈，老子发了，老子这就要发了，交出去就发了大财。"

李隆基听了这大汉的话，心中一沉，下意识地摸向腰间的机弩。但瞧见大汉身后还跟着两个汉子，他只得放弃了发弩攻敌的念头。这种小型机弩到底威力较小，实在无法同时解决三个人。

"小狮子，你疯了吗！"小霞横在江梅儿前，嗔道，"这是江姐姐，我的恩人哪。"

"什么恩人，小姑奶奶你当真不知深浅，可别挡了爷的财路。"那大汉扬手将小霞搡到了一边，喝道，"就在刚刚，武候铺的老几位接到最新通知，紧急搜查一对青年男女，形貌就跟这两人一般无二，这可是十万火急的黑白两榜同时悬赏，知情不报，罪加三等，形同谋反，这是要抄家、杀头的！跟你说过多少次了，要多关注朝廷要事，懂吗？"

听得这句"多关注朝廷要事"，李隆基眼前一亮，借着飘忽的烛火，果见赤膊汉子的肩头上绣着一只狰狞的狮子，胸前刺着两行字"生不怕京兆尹，死不怕阎罗王"，正是当日亲探长安地府时见过几面的孙小狮子。万想不到，这位当年颇具凶名的花子帮首领竟恰与这小霞姑娘凑成了一对。

"孙小狮子，你敢不敢赌？"李隆基冷冷地开了腔。

"你倒知道老子的大名，赌什么？"

"将我们交出去，能换多少赏钱？那些缉匪捕盗的清水衙门，能拨给你们二三十贯便算不错了……"老琴师宣机打入他体内的那股气还在胸腹间翻滚着，只是李隆基说话还有些吃力。

"你口气倒大，三十贯够老子在这崇贤坊买一处三亩地的小宅子了，在你眼里不是钱了？"

"你若当真是'生不怕京兆尹，死不怕阎罗王'，便该赌一赌，留我两个晚上，事后有人会给你这个数！"李隆基伸出了一个巴掌。

"五十贯？"孙小狮子一脸鄙夷。

"是五百贯！"

五百贯就是五十万钱，可以在醴泉坊那样的贵地，轻松买下一座十亩地的大宅院。李隆基强自按捺住说出五千贯的冲动，对这群没见过多少钱的家伙，钱说多了会适得其反。

屋内爆出一阵大笑。孙小狮子指着李隆基，向身后两个大汉笑道："这小子有趣不，张口就敢胡诌！五百贯？老子敢打赌，他这辈子没见过五百贯的钱堆一起是啥样！"

"这是信物。"李隆基自腰间摸出一块玉佩，递了过去，想了想又道，"你可以不信我，也可以不识货，但你应该知道吴老六。他是我朋友，你可以拿此物去寻他，若能将他找来，最好。"

大唐天子想起当年陆冲说过的话，辟邪司的老好人吴六郎曾做过几年暗探，在长安黑道上颇有大名，忙将这位平日里最不出彩的臣子的大名搬了出来。

听到"吴老六"三字，孙小狮子终于不再狂笑了，将信将疑地接过玉佩。他曾在长安地府的鬼坊处干过一阵子唱卖生意，粗识宝物，一看那玉佩润泽通透，实为平生仅见，脸色便又是一变。

孙小狮子咬着牙沉默了片刻，猛地一拍大腿，叫道："老子平生最是好赌，我就赌这两晚。可这两晚间，你们得在这儿老老实实地给我待着，哪儿也不许去。"

天子紧急召见，袁昇只得即刻赶往皇宫。

况且在他心底，也希望能立即见到天子，也许一切疑问，都会在面圣后揭开。

只不过跟苏木这个唠叨鬼费了很多唇舌，时候有些耽搁。他先赶回了辟邪司府衙，果然见到了那个传旨的小内侍。小宦官一看见他，立时如释重负。

二人乘马直接赶赴宫城。路上袁昇从小太监口中得知，皇帝回宫后居然一直在和各位近臣饮酒，或者说是一边饮酒一边密议机要大事。

袁昇却觉得大为反常。按照李隆基的脾气，这般深夜急召亲信入宫议事的情况很少发生，即便发生了，那便说明是极为重要机密的大事，而密议机要的时候，李隆基是绝少饮酒的。

"万岁这次为何要边议事边饮酒？"

小宦官苦笑道："奴婢哪里知晓，只是听说万岁和各位大人都喝得不少，高力士高大人甚至醉得一塌糊涂……"

"高力士竟喝醉了！"袁昇心内更惊，依着高力士谨严细密的性子，当此密议大事之际，怎能如此不识大体地当先醉倒，忍不住问，"那是谁让你来传旨，急召我进宫的？"

"是和春。他原是内府局掌管灯烛的小宦官，今晚突然被陛下擢升内侍省的内侍宦官。"

袁昇更觉匪夷所思。拐到前方大街时，一队金吾卫迎面疾驰过来，为首军官大喝道："前方何人，胆敢深夜不顾宵禁？"

"辟邪司袁昇！"袁昇急忙亮出腰牌，"有急事奉旨进宫面圣。"

"原来是袁将军呀，末将也是刚刚得的消息，"那军官干笑道，"前方正在严查突厥余孽，大道已经封锁，请走东边这条小路绕过去。"

袁昇所率的辟邪司曾经归属金吾卫，对不少金吾卫将领都很熟悉，但看了对面将官两眼，发现这人颇为脸生。又瞧见他身后人马嘈杂，许多兵卒正举着火把忙碌，袁昇不由微微蹙眉，只得依言带着小内侍纵马绕路向东。

小巷子很窄，只容一马独行。好在过了这条小巷，前方便现出大道宽衢的十字路口。路口高处有座三层高的酒楼，深夜里酒楼早已关门，高挑的红灯笼照亮了楼前一片空地，空荡荡的，甚是轩敞。

小宦官心急火燎地催马奔去。那马忽地一声惊鸣，扑倒在地，小宦官摔了个灰头土脸。袁昇手疾眼快，急忙勒马，险之又险地躲过了一根黑沉沉的绊马索。

猛听嗖嗖劲响，一串密集的箭已攒射而至。袁昇横身一滚，马侧藏身，滚到马腹下时，那匹白马连声哀鸣，已被急雨般的弩箭射中。

"再射白马！"酒楼三楼栏杆处传来一道低沉冷酷的声音。

第二轮弩箭又再射到，这回箭雨尽数指向袁昇和他所乘的白马。白马再难发出一丝声响，已成了血泊中的"箭猬"。

密集的箭雨终于止息，酒楼下闪出数名黑衣汉子，手中兵刃寒芒闪闪，直向那匹倒卧的白马冲去。扑到近前，才发现白马尸身旁竟不见了袁昇的踪影。

"他在那儿！"

冷酷的声音再次响起，伴着一道劲急的羽箭。这是一支火箭，浇油箭杆上火焰腾腾，唰地射入街角一间屋宇的木檐。燃烧的火光映出檐下一道清瘦的身影。

原来适才袁昇那下马侧藏身不过是虚张声势，随即借着幽暗的夜色蹿入了街角这处屋檐下。他这一闪已将神行术使到了十成，直如一道影子般轻捷迅疾，却还是被那人窥个正着。

一道闪电横空掠过，刺破了阴暗的苍冥。袁昇向对面酒楼上瞭去，正望见那张冰冷傲兀的脸孔，是冷惊尘。

冷惊尘没有故意隐身，阴冷的眸子居高临下地盯着火光下的对手。

他准备的这轮伏击非常仓促，甚至有些越权。但是没办法，他费了九牛二虎之力才摆脱了失忆师尊的纠缠。等冷惊尘悄然再折回邓府，才发现袁昇居然第一时间赶到了邓尚书的书房，案发现场那些最紧要的资料，很可能都被这个心细如发的家伙收走了。

冷惊尘又惊又怒，更有几分畏惧。对袁昇这个宣门死敌，他本就深为忌惮。如果任由这家伙调查下去，后果不堪设想。而此刻时间紧迫，也完全容不得他上报太平公主。好在跟他一起忙碌的还有同为太平一系的苏木，闻讯也赶了过来。

从苏木口中得知"宫里那位皇帝"正在急召袁昇进宫，冷惊尘当机立断，在最短的时间内策划了这个杀局。

今晚上街巡查的金吾卫都是左金吾将军李钦的人马。得了太平公主密令后，李钦尽选金吾卫精锐，都归了冷惊尘调遣。冷惊尘希望尽快杀死袁昇，这家伙的杀伤力太大，很难保证心生疑心的袁昇进宫后会捅出什么天大的娄子来。

天上雷声滚滚，豆大的雨点已经汹涌垂落。

几道黑影几乎和雷声一起扑到了袁昇近前。袁昇扬手一剑，剑上罡气迸发，火箭尽熄。

骤明骤暗的落差让扑到近前的黑影们眼前一阵恍惚。袁昇乘机出手，春秋笔横握当胸，左手长剑耀出犀利的寒芒，如怒潮奔腾，横空卷向黑影。

剑芒闪处，一道黑影痛哼倒地。另四人却各自挥出奇特的兵刃，一人持着耀出淡淡青光的双环，一人舞动龟形双抓，另两人则一个持着似鼎非鼎的怪器，一个双手同挥两把黄灿灿的铜尺，四人进退有据，将剑潮稳稳阻住。

"三才如意圈，龟背双抓！"

袁昇一眼认出了前两人的法器，随即又辨出那金色双尺竟是元阳量天尺。这三件都是极强悍的法器，三才如意圈和元阳量天尺上都刻有符文，曾被高深符法炼制，妙用无穷；龟背双抓则有"守如灵龟"的美誉。

震耳的雷声中，双方极快地交手数招。那四人只守不攻，操演娴熟，更兼手中的四样奇特法器可相互取长补短，守得滴水不漏。

急切间冲突不断，袁昇不由心内焦急。他最强大的画龙术需要些时间来运笔施法，天地间的法则便是平衡和公平，如果他过快施为的话，则要消耗巨大的真元。

"禹王神鼎，竟是天罗门的掌门！"袁昇这时终于认出最后那件怪异法器，竟是绝迹江湖多年的禹王神鼎，专门锁拿各种法宝。这种专练守御法门的术法正是天罗门秘传，而天罗门最著名的三位长老号称"天罗三老"，当年曾在武延秀的后花园中与其交过手，不想这些门人竟都被太平公主搜罗到了门下。

那禹王神鼎则是天罗门的至宝，历来只存于掌门凤九曲手中。出手伏击自己的应该是丝毫不弱于天罗三老的凤掌门和他的几个师兄弟。

袁昇心神剧震之际，那挥鼎怪人凤九曲陡然疾催罡气，小鼎发出怪异气息，竟险些将袁昇的长剑吸走。

便在此时，天上一道闪电腾过，一道暴戾的青芒斜刺里射来，如惊蛇出草般噬向袁昇的左肋。

那是一把长枪，出枪的人是冷惊尘。

冷惊尘早已下了楼，始终如一条蛇般守在角落里，直到此刻看到袁昇的剑势被禹王神鼎撕开一道裂口，这才出枪。

冷惊尘不是一直想与袁昇一较高下的林啸，更不是想处处超越袁昇的莫神机。在冷惊尘看来，那些想法太幼稚。他只需要成功，在最短的时间内成功。

在宣机的门下，冷惊尘一直是个奇异的存在。他的天分连其师尊宣机都曾惊叹，但他却一直懒得付出太多的努力，甚至在修炼法器的抉择上都是如此。长枪为兵器之王，但因长而累赘，素来不被潇洒无为的修炼人所喜。但冷惊尘不在乎，既然长枪威力远过刀剑，那就练长枪。他最看重的是时机，只要在对的时机做对的事，一切就全对了。所以他可以在关键的时候，委身太平公主那个老女人，也可以在第一时间出卖宣机。

此刻的这一枪也是如此，在最紧要的时机出枪，一枪毙敌。这把青焰枪原本就是极犀利的法器，更凝聚了宣门第一高徒冷惊尘的全部功力。枪上冒出惨青色的光焰，那是一团浓郁的死亡之光。

这一枪的时机、角度、力道都无懈可击，势在必中。但袁昇一直横笔在胸的右手这时终于动了，春秋笔如神龙摆尾般垂落疾封。原来他一直在留意着冷惊尘，从冷惊尘悄然下楼，融入黑暗，每一刻的每一个细微动作都在他的心神笼罩之下。

两人原本功力相当，而所谓长枪有放长击远之威，势道远胜短笔，但枪笔相交，春秋笔上迸出的强悍罡气竟将青焰枪远远弹开。

原来冷惊尘今日刚被李隆基射了一箭，又连遭宣机这大术师级的高手纠缠，罡气受损严重。但冷惊尘最擅长的谋时此刻现了功效。他这一出枪，已将所有时机都算至了极致。

长枪弹起的一瞬，天上一道闪电刚刚掠过，跟着惊雷轰然而作。雷声突发的同时，冷惊尘枪上黑焰暴起，如一条狰狞的巨蟒，凌空卷向袁昇。冷惊尘是宣机最杰出的弟子，自然继承了宣机的绝学——雷法。

这次长枪再出，枪上巧妙地借了天雷之威，势道暴增十成。同一刻，凤九曲四人挥动禹王神鼎等法器齐齐攻到。

以寡敌众的袁昇闷哼一声，只觉左肋剧痛，一股灼热的劲道凶悍无比地透体钻入，浑身经脉剧震。

他蓦地振声大吼，笔剑齐出，终于将那气势磅礴的青焰枪勉力震开。春秋笔势若龙蛇般划空闪过，一条狰狞乌龙忽然钻出云层，怒冲冲向冷惊尘等人卷来。

"是画龙术，大家勿慌！"冷惊尘狂啸声中，青焰枪势挟风雷，挑向乌龙。但那条乌龙太过庞大，龙尾疾扫，竟将他和四名术师尽数卷住。

冷惊尘已察觉出巨龙的劲道虽猛，却有些虚张声势，厉声再啸，枪上的雷电之威尽发，满空雷声隆隆炸响之际，那条乌龙忽然碎成万千碎片。

但乌龙影像碎裂后，淙淙大雨的街头已不见了袁昇的踪迹。

"给我搜！他受了重伤，跑不远！"冷惊尘疯了般大叫。

众兵卒四下里散开搜寻，片刻后有人大喝："他在那里，他跳河逃遁了。"

几支火箭和几盏孔明灯都随着那人手指方向射出，果见永安渠的河水中有一道人影载沉载浮，竟已游出去好远了。

冷惊尘展开身形当先掠了过去，一众亲信侍卫兵卒也手举火把灯笼如飞奔去。那道人影去得好快，闪耀的火把光芒映照下，却见那人只一冒头便游出数丈。

"是袁昇，放箭！"冷惊尘大喝。一蓬乱箭疾射而出，水中那人中了数箭，游速明显慢了。几个兵卒乱糟糟地跳入水中，将那人围拢擒住。

冷惊尘忙率众奔去，河岸边忽然爆出一阵大乱："木头！居然是一段木头。""怪了，老子捞上来时，还见是个重伤待死的人……"

那果然只是一段木头，上面插满了箭。

"障眼法！"冷惊尘只觉浑身一冷，在心底喃喃叹道，"难得啊，这时候你还敢使出障眼法！"

仰头看时，却见暴雨中的永安渠黑沉沉的，望不见头。永安渠直通多个坊区，如果袁昇运使水遁等秘术，甚至可以轻松游入皇城。

酷暑的夜雨还带着白日的燠热气息，冷惊尘僵立在倾盆大雨中，却觉遍体冰凉。

第七章

潜龙腾渊

借助声东击西的障眼法，袁昇早向相反的方向借水远遁了。

只是为了这次逃脱，他付出了极惨重的代价。被冷惊尘的青焰枪和雷法重伤经脉后，他不得不在最短时间动用了画龙术，更是耗费了大量真元。

凉飕飕的河水反让袁昇的心神一阵清醒。

一个皇帝出现在邓府，一个皇帝在彻夜饮酒，传旨的人居然不是高力士，一个管灯烛的小宦官刚刚被擢升高位，而冷惊尘竟能调动金吾卫……

无数的疑惑如怒潮般袭来。片刻之间，袁昇做了个重大决定：绝不能进宫。

从水中湿漉漉地爬上岸时，袁昇只觉四肢百骸无一处不痛。大雨终于渐小，却依旧绵密，天地间黑沉沉的，盛夏长安的闷热被这场突如其来的暴雨一扫而空，甚至有些沁凉。好在他终于看到了前方那点温暖的小小灯辉。

这就是那家小花店。因为要联络青瑛，这家花店早被吴六郎安排了亲信，整夜值守。看到那蓬暗夜里温暖的光芒，袁昇的心却愈发刺痛起来。

在灯下守候的人，本应是黛绮。可惜她走了，而且走得那样决绝，今后还能看到那张明媚的笑靥吗？

袁昇强撑着拍响了花店的门，撑到门闩开启，跟着是一蓬光射出来。立在灯影前的竟是一道熟悉的倩影，高挑婀娜，长发飘逸。

一瞬间袁昇竟有些恍惚，直到他听到了那熟悉的声音："你……你怎么了？"

竟然是她，真的是她。

她竟然没有走，而且来到这里等他。

此刻她手持短檠，站在淡黄的烛光里，宛若天女。

在这个雨夜里，袁昇突遭人生最大的疑惑和困局，更是遭遇突如其来的袭杀，入水逃遁，四下里都是漆黑的水和漆黑的夜，永无尽头。直到此刻，那短檠上的光忽然照亮了他的整个世界。

袁昇感觉自己的心瞬间便被那蓬温暖的光拍中、融化了。

他慢慢软倒在黛绮的怀中。

按照皇帝的旨意，随着一位又一位近臣被连夜宣召入宫，寝殿内简易酒宴的客人已经增加到了十五名。

大臣们给万岁见礼后便被赐入席饮宴。冒雨进宫的大臣都很奇怪，又颇觉荣光，万岁深夜相召，本身就是一件很荣幸的事。

望着觥筹交错而又各自疑惑的重臣们，范平非常满足。才不到一天的工夫，现在的他已经再无最初扮演皇帝时那种战战兢兢的生疏感，甚至开始享受九五之尊的乐趣。

又一番推杯换盏之后，范平才环顾众臣，沉声道："深宵请诸位爱卿入宫，实在是时事紧迫使然。朕刚刚得知，京师中竟有冒充朕的大逆不道之徒招摇过市，可怕的是，这些狂徒的扮相竟惟妙惟肖。太平公主府那里抓住了一个，已交送了御史台。朕刚刚问过了，御史台报上来的消息说假天子被人喂了哑药，已成了哑巴，偏偏他还不识字，只是疯狂哀号。"

听天子突然抛出这惊天秘闻，众臣都是又惊又怒，有人痛骂贼人万死莫赎，有人疑惑逆贼居心叵测。王琚忍不住惊问："陛下，此事委实关系重大。如陛下适才所说，御史台那边认定是突厥和韦庶人余孽联手所为，但韦庶人早覆灭多年，这种说法只怕太过虚浮草率吧？"

"岂止虚浮草率，简直是掩耳盗铃！"范平重重放下酒樽，"韦庶人早已灰飞烟灭，突厥又皆是蛮荒之辈，这个天下，除了朕那好姑母，还有谁会炮制出如此惊天逆案？"

淡淡的一句话不啻惊雷突降，将酒局中的重臣们轰得酒醒了大半。虽然大家早知道天子与太平不睦，但今日上午姑侄间还亲情暖暖，甚至刚回宫时天子还连连夸赞他的太平好姑母呢，怎么这时候居然口径骤变？

"诸君，上午的家宴，太平不过是在给太上皇演戏，黄昏时分她交出这个假天子，实是迫不得已，因为朕已经秘派亲信追查良久。"范平挺直腰杆，用一句很含混的理由将这句有些自相矛盾的话遮掩过去，便沉声道，"连假皇帝这等狠招都使出来了，太平实已图穷匕见。我们已全然没有了退路，兵贵神速，先机者胜！"

他将李隆基的腔调气魄模仿得十足，越是心神激荡，语气越是平缓。这平缓的一句话，却如将火星丢入了沸油，席间立时炸了开来。

醉意十足的大将军王毛仲当下拍案大喝："陛下圣明，咱们早该如此了！陛下与太平，现在已经形同两军交战，必得力争先机。"

陈玄礼也朗声道："万岁明见万里，当此非常之时，先一步动手，这天下就还是陛下的，晚一步动手，我们就是韦庶人！"

这两位都是曾随着李隆基参加唐隆政变的亲信将军，显是隐忍许久了，这时候虽然出言嚣张，却颇为切中要害。两大将军的发言立时引来了一片附和之声。

陆冲官职较低，却因是李隆基的绝对亲信，也被赐座同饮，这时忍不住大声道："陆冲等万岁这句话等了多年了，只请万岁一声令下，陆冲愿为先锋。"

他身边站起一位壮硕将军，拍着陆冲的肩头亢声道："陆将军不要跟我抢这头功，只要陛下一声令下，我李易德今晚便去宰了太平那婆娘。"

这壮硕将军正是擅使流星锤的李易德，与王毛仲一样，都是李隆基还是临淄郡王时便追随他的铁杆亲信。此人勇武非常，偏又头脑憨直，远不及同为武夫出身的王毛仲会动小心思，所以官一直做得不大。而李隆基正是看重了此人一根筋的头脑，才让他掌管宫内宿卫。

莽夫李易德的一句话引得殿内一片大笑。满殿笑声中，范平志得意满地点着头。他深知自己在许多方面不如李隆基，但在和太平公主的斗争中，他却知道更多的秘辛，而且他比李隆基更狠辣，更无所顾忌。

只有原本一直主张先下手为强的王琚这时候面对天子的突然转变，反有些谨慎，低声提醒："陛下，太上皇那边，要想好了应对之策。"

"大事了毕，朕自会对太上皇亲自解释。"范平又是豪气万丈地一挥手，"朕曾经说过，太平不敢对朕和太上皇同时下手，但现在看，我们低估了太平的野心和狠辣。"

王琚点了点头，其实天子现在的论断，一直都是他不停灌输的策论。他正色拱手道："陛下以为，我们该当何时动手？"

范平有些诡异地笑道："如卿先前所说，太平会忍到明晚太上皇的家宴后，那么朕绝不能背负这个不孝之名，就在家宴后的三日内动手，只要我们真正准备好……"他再次用很平缓的语气压下了王琚这位往日里运筹帷幄的"内宰相"的气焰，然后环顾四座，才将极紧要的诸般安排一样样地缓缓说出，"记住，我们要先下手为强，但又不能走漏风声。"

夜色已深，望着均带醉意却满脸亢奋的臣子们，范平在心底沉沉叹了口气，一切都很好，这番激情宣说已经让这些能臣干将对自己的计划颇为服帖，下一步，就是突然再下杀手，将动手的时间提前到第二次盛宴之时。

现在万事俱备只欠东风，就差最后斩杀那个李隆基的真身了。

"众卿且都散了吧，各自回府安歇，明日早朝，都不要露出行迹来。"范平最后看了眼连站都站不稳的王毛仲和陈玄礼，善解人意地道，"二位将军不必走了，今晚便在此安歇。嗯，高力士也醉了，你三人宿在一处吧。"

他的安排很精细，只要将掌握兵权的两大将军留住就成，其余这些人回府后会睡得死沉，绝没有一丝精力再去会客，而明天早晨又会急匆匆地赶来早朝，在散朝后，自己会再次设法将他们留下来。

众人均来谢恩辞行。

"陆冲，你留下值宿吧。有你在，朕才能放心安枕。"范平很随意地说了声。陆冲便只得留下。

王琚忽地赶上两步，低声道："陛下，今晚密议大事，我们最需要的袁昇却不在。臣怕他有失，想现在就与陆冲去寻袁昇。如此非常之际，万不能让袁昇落入太平之手。"

似乎觉得他说得颇为在理，范平立即应允。

望着王琚拜辞后赶过去拉着陆冲走远，范平才掀起一道冷笑，对拖在最后的千牛卫将军李易德道："李卿，慢行。"

蒙皇帝再次召见，李易德颇有些受宠若惊，忙肃然躬身。

"易德啊，论官职你虽比王毛仲、陈玄礼低上一线，但在朕心中，你才是最为忠耿的。"范平举起酒樽，亲自递给了李易德。在今晚的酒局中，他已悄然撒了些特制的迷药，少时迷药发作后，可让这些李隆基嫡系酣睡许久，但他还有大事要交给李易德去办，所以递过去的酒盏中已暗自撒了解药。

在今晚赴宴的李隆基三大嫡系武将中，王毛仲的官职最高，身为左龙武将军，统领左万骑。而陈玄礼和李易德都是天子宿卫亲军千牛卫中最受李隆基信任的实权将军，只是李易德虽然更加勇武，却有些毛躁，远不如性子谨严精细的陈玄礼更为李隆基所重。

此时李易德听得这话，感激得几乎要痛哭流涕，忙单膝跪倒，双手接过了酒盏，慨然道："末将早知道，末将的忠心，都在万岁的眼中呢。眼前这紧要时节，只要万岁吩咐一句，末将赴汤蹈火，在所不辞！"

范平满意地拍了拍他的肩头。他特意将李易德留下，就是看重李易德是个十足的莽夫，得令后会不问缘由地执行到底。

"知道为何适才商议如此机密大事，朕还要让众卿饮酒吗？因为美酒入喉，会让许多人的心迹难以遮掩……"

李易德听得似懂非懂，不由浮出一脸迷惑而又崇敬之色。

"所以朕看到了很多人的内心，他们本都是朕的忠心死士，但大乱当前，不少人心生惧意，包括王毛仲和陈玄礼，让朕失望。其实朕已经暗自定好了动手的时机，现在只要你一人得知。"

李易德心中一热，忙颤声道："陛下金口一开，末将定当赴汤蹈火。"

"不用你赴汤蹈火。明日的宴会，宫中千牛卫尽皆归你统领，你要事先暗伏弓弩手。"范平很温和地将李易德扶起，一字字道，"记住，宴会开始后，朕会适时外出更衣，你听朕号令，乱箭齐发，射死太平。"

"明晚，乱箭……"李易德先是惊喜于自己将两位同僚王毛仲和陈玄礼都压下了一头，竟是最为天子信赖，随即又想到这位行事刚毅的天子果然已经下了决心，而他选择的动手时机居然就是明晚的皇室家宴。如此狠辣的手段，当真出人意料。

他只觉太阳穴突突乱跳，忽然想起一事："陛下，乱箭齐发，那……太上皇怎么办？"

范平微微蹙眉，随即笑道："放心吧，父皇身边有易容的宗师级高手回护。你得朕密令之后，不必在乎殿内的任何人。"他轻拍着李易德的肩头，"适才朕探了探话锋，他们大多畏缩不前，竖子不足以论大事！机不可泄，爱卿可明白？"

李易德又惊又喜，想到如此惊天大事，万岁竟只告诉了自己，忙再叩头，表明心迹。

"起来吧，爱卿。"范平很亲热地拍着他的肩，望向王琚退走的方向，"现在，朕要交给你一个十万火急的任务。今晚赴宴的人中，已经有人背叛了朕……"

"孙小狮子，"江梅儿哼道，"你玉佩也收了，过几日也要发财当富家翁了，现在快给姑奶奶我准备间像样的屋子。"

"这就是最像样的屋子。好了，我们都回避，让你们两个今晚在这儿洞房花烛。"孙小狮子嘿嘿一笑，对身边的两个壮汉喝道，"谁也不得打扰这两位，这可是爷爷的摇钱树。"

那两个泼皮都不怀好意地笑起来："那是那是，恭喜孙爷大发财。"

"不过你两个的嘴得严丝合缝的，泄露出一丝风声去，狮爷断了你们的子孙根。"吓唬住了手下两个泼皮，孙小狮子才将玉佩摇了摇，"老子这辈子就好赌，一晚上五百贯，这个赌值得。天一亮，老子就去寻吴六爷。二位新婚大喜，晚上声响别弄得太大了，有事喊一声，爷就在隔壁。"大笑声中，孙小狮子带着两个泼皮自去了隔壁。

小霞满脸歉意，忙乎着给两人弄了饭菜。这种粗鄙地方，仓促间只能弄来几个胡饼。小霞知道江梅儿是个极讲究的女子，更觉歉疚。江梅儿却不在意，拉着她的手连声道谢，又叙了几句家常，才让她去了。

木板房内终于安静下来，二人又乏又饥，匆匆擦了把脸，便就着碗热水啃起了胡饼。大嚼了一通之后，两人几乎是同时仰起头望向对方，借着油灯飘忽的光，四目交投，忽然忍不住一起笑了起来。

"果然是你！"江梅儿忽然瞪大双眸，随即掩住口，低声道，"你真的就是那个……大唐天子？当时你坐在席间，笑起来就是这神色，可你那时候没怎么正眼瞧我。"

"亏得那时没让你太留意，不然一见我，便会大呼小叫。"李隆基苦笑。

"可是，我仍旧不敢相信，你真的是……皇帝。"江梅儿侧头望着他，那种心跳加速、血液凝固的感觉再次袭来。她怔怔站起身，迟疑着是否给天子行大礼参拜。

"你可以暂且就当不是。"李隆基看出她要行礼，伸手止住了她，"此时没有外人，咱们就你我相称，有外人时更要如此。"

这句话似乎让江梅儿松了口气，她目光幽幽地望着他，轻声道："不管你是不是皇帝，你这人身上都带着股……气韵。"

"什么气韵？"

"有骨气，有头脑，百折不挠，就好像天塌下来你也有办法撑着似的。"

望着这张明媚的笑靥，李隆基心中忽地生出一股柔软。自登基之后，他听过无数的赞美，以这个少女的赞美最为简单直白，却最让他感动。

是呀，现在天已经塌下来了，自己能否撑得住呢？

他的脸上却没有一丝的迟疑，只是云淡风轻地点头："是的，天塌下来，我也会撑住的。"

"可是，你怎么落到这般田地？"女郎又低声问起这个老话题。

李隆基发现这实在是个很难回答的问题，而且自己对太平公主布下的这奇局也没有完全参透，忽然想到江梅儿是西市著名的艺人，便用十足西市说书人的口吻道："奸臣当道！奸臣权势滔天，平日又极擅伪装成忠臣……"

一连串的比喻之后，江梅儿终于明白了这位落难天子的大致情形，见这清俊男子强颜微笑之下仍是掩不住的一脸疲惫和病容，疑心才去，忧心又起，忍不住问："你好些了？"

"是重些了。"

李隆基摇了摇头，艰难地将最后一口胡饼就着热水咽下，心下默然盘算着：那个蛊毒很麻烦，如果真如冷惊尘所说，会全面封闭自己的六识，那需要多久？

如果孙小狮子的运气足够好，他或许真能找到吴六郎，但如果找不到呢？

江梅儿果然又低声问："那明天，孙小狮子能带那个吴六郎过来吗？"

"不能拖到明日！"李隆基坚定地摇头，他绝不能将自己的命运交到一个泼皮手上。

"那你有办法？"

李隆基忽然抱住了江梅儿。

江梅儿又惊又羞。她虽然混迹西市，但舞技高超，素来受人尊敬。"你要干……"她刚惊呼得半声，双唇已被李隆基的嘴堵住。

强烈的男子气息袭来，江梅儿登觉一阵眩晕。她想挣扎，偏偏浑身没有半分气力。她有些恼恨李隆基的蛮横，更恼恨自己，为何这时候四肢百骸全都酥酥软软地提不起劲来。

最讨厌的是他的手。那大手在用力地揉着她的腰，揉着她的肩，揉着她的背，所到之处，仿佛有一团火焰在周游着她的身体。他的手太用力，她不知是痛是痒，忍不住娇呼出声。

"我们得迷惑他们，孙小狮子他们在隔壁呢。"李隆基在她耳边低语。

江梅儿脸红如烧，胸腔里似有几只小鹿在拼命地撞啊跳啊，只知含糊地点头，心内却有一丝莫名的恼恨。

李隆基的手没有停，江梅儿的声音还在一缕缕地飘出喉咙。

"听着，那两个泼皮走了，隔壁只有孙小狮子和小霞。"李隆基的声音冷静得仿佛是另外一个人，"小霞现在应该衣衫不整，你拍木板喊两声，就说我死过去了，将那小狮子喊来。"

他忽然用力掐了江梅儿的臀，她果然啊的一声大叫。

她在心底咒骂他，却不得不扑到壁板前大叫着："小霞，孙小狮子，快来，快来，他……他死过去啦。"

李隆基斜身闪在门后，右手持弩，左手抄起那根门闩，严阵以待。

隔壁果然传来一阵响动，孙小狮子骂骂咧咧地赶了过来。

砰的一声，薄板门打开的一瞬，李隆基应声倒地。他没来得及扣动弩机，更没来得及挥动门闩，整个人直挺挺地倒下，剧烈地抽搐起来。

时也运也！李隆基望见江梅儿的嘴夸张地张大，孙小狮子的嘴也在飞快地开合着，但他听不见一个字。原来偏偏在这时候，他体内的蛊毒剧烈发作了，身体不再听使唤，而且耳根竟被封闭了。

天亡我也，这是天要亡我李隆基！

"万能的玛兹达呀，你……你这到底是怎么了？"

黛绮一把抱住了软倒的袁昇。忽然看到这个让自己爱得要死恨得要死的男人变成了这副浴血重伤的样子，她心头的怜惜便如细密的夜雨般呼啸而来。

软倒在黛绮的怀中时，袁昇似乎又看到了那场缤纷绚丽的花瓣雨，还以为自己又坠入了一场奇怪的梦中。好在他听到了她焦急的呼喊，更揽住了她的温软和馨香，一切都是那样熟悉，那样真切。

匆匆掩好门，她手忙脚乱地将他扶上小榻。抹上金疮药、喂服了丹药，他却还在吐血。

她急得几乎哭了："出了什么事，为何会伤成这样？"

这已经是她第三次问他。

又吐出了一口黑血，袁昇终于缓过了一口气来，却说："谢天谢地，你终于肯回来了。"

"不是为了你！今天万岁驾临公主府，我是怕青瑛出事才过来的。"

他愣了下，忽然一把将她紧紧抱住，身子突突发颤着说："黛绮，如果当真出了那差错，那我……便是铸成了千古大错！我便是大唐的千古罪人！"

黛绮也下意识地抱紧了他。一直以来，这个男人在她眼中都是沉稳如山，运筹帷幄，这种山一般的沉稳甚至让她有种错觉，以为这个男人不会畏缩，不会忧愁，不会恐惧。但在这个雨夜里，他的身子不住颤抖，让她觉得他是如此真实，又如此值得怜爱。

"……你不会的。你说过，一切都是气运。大唐国运不绝，万岁也气运不绝。"听他说明了大致缘由，黛绮的心也紧起来，却竭力安慰着他。

两人紧紧相拥着，对望着。袁昇的双眼内都是灼热的红丝，她的双眼却依旧滢澈如波。

"黛绮，"他忽地将头深深埋在她雪润的颈间，缓缓道，"不要再离开我了，嫁给我吧。"

她纤细的腰肢颤了颤。外面的雨声依旧绵密，她却仿佛听不到了，只听到他的呼吸声，灼热而真实。

他蓦然觉得脸颊一片潮湿。他抬起头，才看到她已热泪纵横。

"没什么，"她不及擦自己的泪，只说，"我想到了我家老爷子常说的一句话——一切都会过去，一切都会好起来。"

"是的，一切都会好起来。"袁昇心底一片温暖，"熬过去这段苦难，我们一起泛舟五湖。你还没应呢，不许再离开我，嫁给我吧！"

黛绮见他难得像个孩子般连连追问，忍不住破涕为笑。她脸上珠泪未干，便这么一边淌着泪，一边又笑，一边又点着头。

窗外夜雨沙沙，屋内烛辉暖暖，这一刻竟是如此宁和美好。

不知过了多久，砰砰的敲门声忽然响起。

两个人都被唬得一惊。袁昇细辨那门板上韵律独特的敲击声，不由双眸一亮，说了声："是陆冲！"

跟着陆冲进来的，居然是王琚。两个人都是满身满脸的疲惫和狼狈。

"应该是出了大事，"陆大剑客甩着小臂上的血水，四仰八叉地摊在胡椅上，骂道，"我们辟邪司，都已被朝廷通缉了。这次向我们出手的居然是李易德率领的千牛卫，这个混账，几天前还跟我一起喝酒。"

"能指使李易德的只有万岁，今晚万岁很有些古怪！"王琚郁郁地说。范平在酒中下的迷药分量很小，宴会中只这两人精通术法，侥幸扛过了迷药。

王琚全身衣衫七零八落，瞧来十分不雅，但他的伤却不及陆冲那么多。二人突遭伏击时，陆冲替他挡住了大半攻势，随后这位精通玄学阵法的内宰相及时动用了阵学瞒天过海，这才带着陆冲狼狈逃至此处。

"不错，"袁昇沉沉地道，"宫里面那位天子，极可能是个假的……"

听袁昇细说了黄昏前后的遭遇，屋内瞬间安静下来，只有窗上的雨声突兀地响着。

"这可是真的？"陆冲愣了半晌，才怔怔地问了句。

"现在还需要最后的确认。"跟王琚对望一眼，袁昇知道这大胆的猜想与足智多谋的内宰相所见略同，不由叹道，"我们要找到两个人，一是青瑛，我想她应该能看出些端倪来；另一个则是倚虹，我需要你马上找到倚虹。"

"找到……倚虹？"陆冲以为自己听错了。

"为什么会救我？"李隆基慢慢舒展了下四肢，望向孙小狮子的目光中五味杂陈。

就在简陋的床榻下，有一只无头的白翎公鸡僵硬地瘫在地上。鸡脖子上缀满了蛊虫。这些蛊虫都细长如丝，寸许长短。想到这些丝虫竟是刚从自己的五官里爬出来的，李隆基的胃里便是一阵绞痛。

适才李隆基正准备偷袭孙小狮子时蛊毒发作，忽然动弹不得。让青年天子万万没想到的是，这孙小狮子竟看出他中了蛊毒，而且竟知道解毒之法，这个无赖泼皮善心大发，用一只通体雪白的大白公鸡开始施法解毒。

这大概是在丐帮里秘传的解蛊奇术。孙小狮子的操作古怪而生猛。他一手按住活蹦乱跳的大公鸡，一手挥刀剜出了血淋淋的鸡心，再将那颗鸡心塞入李隆基的嘴里，跟着便是雄黄酒源源不绝地往他嘴里灌。

孙小狮子再一刀干净利落地剁下鸡头，扔到浑身僵硬的李隆基身前。

李隆基马上开始呕吐。他吐出来的鸡心上密密地缠满了细丝样的怪虫，然后他的鼻孔、耳朵里都有丝虫爬出，争先恐后地涌过去啃噬鸡头。

孙小狮子又揪着李隆基的头继续灌入雄黄酒。被灌到第五碗时，李隆基终于大叫一声："别灌了，撑死啦。"

话一出口的瞬间，他的四肢竟也能动了。

李隆基这时候才想明白，太平公主应该是在自己的酒菜中下了这种神不知鬼不觉的蛊。

他曾听袁昇说过，有的蛊毒发作需要一些额外的引子，比如那种傀儡蛊就需要蜡烛气息诱发蛊虫发作。很可能自己从酒菜中误食蛊虫，走入牡丹阁时，只需那回廊里燃上特殊的香药，再加上突然启动的法阵，就能让自己中招。姑母的手段，当真是防不胜防。

"技痒了，技痒难耐呀！我为什么会救你？"孙小狮子累得满身大汗，这时得意扬扬地仰靠在榻上，盯着李隆基的眼神仿佛石匠在看着自己辛苦雕刻的石像。

　　"第一，碰巧我会解蛊，当然解得不太好。叫花子都得会玩蛇解毒，这可是一门手艺。而这门手艺里，最难的就是化蛊，这得算高深手艺。很可惜，这门高深手艺我多年没用过了，当年我可是磕了一百多个响头，才从一个老叫花子那里学来的。今天看见你这副模样，我当真是见猎心喜，犹如饿了三天的人看见了一顿上好八珍大菜般心痒难耐呀。

　　"其二，我刚留意到你手指上的这圈白印子，这说明你常戴戒指，那可是富人的玩意，而你这个白印子够宽，说明你那戒指着实不小。这也让我肯定，你给我的那块玉佩肯定是你的。而那块玉佩，居然三色同玉，那黄的如黄金，大片白色的更是又润又透，这么好成色的玉佩拿到西市能换一万金……"

　　"那可是正宗的三色于阗羊脂玉，一万金实在是糟蹋好玉了。"李隆基笑了，当然没敢说出那玉佩的真正价值，同时心底油然生出一种"草莽多奇杰"的念头。这个孙小狮子居然还有这么毒辣的眼光和细致的心思，果然是长安城最关心朝政的叫花子呀。

　　孙小狮子点点头，认真地说："所以你极可能真的认识吴六郎，而我当然可以将你卖出去，换来二三十贯赏钱，可事后吴六郎也许会活剐了我。故而，若是老子赌一把呢？赌你真是个大富大贵的主，赌你真的能给我五百贯！我孙小狮子当这叫花子头当了七八年了，实在是当腻了。"

　　李隆基看着他，忽然放声大笑："若想大贵大富，就要敢搏敢赌。孙小狮子，你果然有些胆魄。其实我们是见过的，那年我带着辟邪司的一名暗探去长安地府密探，也是跟你提起了吴老六……"

　　听他说起当年长安地府唱卖的往事，孙小狮子大起故旧之感，对小霞叫道："去爷的屋里面将那盘熟牛肉端过来，还有那坛子烧刀子酒。这位爷刚去了蛊毒，得用烈酒烧烧肠子。我正好陪这位爷喝上几杯。"他既然认定李隆基绝非凡人，连称呼都换成了"这位爷"。

　　片刻后，当朝天子李隆基已和长安叫花子头孙小狮子同案而坐，推杯换盏起来。

　　李隆基顺口将自己的身份改成了辟邪司的神秘暗探首领，而吴六郎则是自己的好搭档，前番是密探长安地府，并在最终掀翻宗楚客逆党大案中立下奇功，现在则是又一次乔装探案。只不过这次探案面对的对手十分强大，这些人甚至买通了一部分官府中人，对他进行围攻让他身陷重围而受了蛊毒，好在危难之际，他找到了老情人江梅儿。

这番话虽然有些小漏洞，孙小狮子却哪里听得出来。他只听过江梅儿的艳名，知道这位佳人在长安西市的缠头价码，对面这位爷既然往日里能将江梅儿金屋藏娇，那肯定是个多金的贵人。

"天一亮我就得走。这个案子太大，对手势力强劲，待久了怕连累你。"李隆基已恢复了睥睨天下的气度，言语间已是居高临下的命令口吻，"那块玉佩就是我的信物，但只怕吴六郎不信，我再给你写一幅字吧。取笔墨来。"

这个小小要求却将孙小狮子难住了，这花子头待的地方哪里有什么文房四宝。好在小霞机灵，将他私底下开暗赌的账簿找到，撕了张麻纸下来，又拿来记账的秃笔残墨。

于是李隆基写了平生以来最简陋寒酸的一幅字：

所受于太上之道，当须精诚洁心

这回是一手灵动的小楷，用那支秃笔写来，居然更多了几分凌厉的气韵。

听江梅儿将这两行字念了出来，孙小狮子有些犯傻："这……这啥意思，看着挺玄，是什么诗？"

"这不是诗，你也不必懂。甚至吴六郎也未必懂，告诉他，这幅字是我留给他的上司袁昇的。"

孙小狮子连连点头，牢牢记住了"袁昇"这个名字。

李隆基最后举起了杯，有些疲惫地笑道："我算是你的人质，你却要放我走了。这算是你的第二次大赌，你敢不敢赌？"

"谁说你是我的人质！不管你承认不承认，不管你瞧得起瞧不起我，我都是你的救命恩人。所以我当然要赌，也当然敢赌，赌就赌他个大的！"孙小狮子又侧头看着他，得意扬扬地笑起来，"你是我累得快吐血才救活的，从个僵硬的人棍子重新变成活蹦乱跳、喝酒写字的大活人。你是我小狮子这辈子最得意的病人。虽然，咳咳，"他脸上略有些难为情的神色，"虽然你的蛊毒，我治得还不算太彻底，只差最后一点点了，我还不知道怎么解。"

"已经很不错了。"李隆基又饮了一大杯烈酒，眸中有深邃的光悠然一闪，"我这人乐天知命，但我认为天命，永远在我这边。"

孙小狮子望着他那气势，竟有些呆愣，甚至忘了，就在个把时辰前，自己还冲着这个男人抖威风。

"不过，"李隆基又沉吟道，"眼前，你要寻个更安全的地方将我们藏起来，我的对头马上就要搜过来了。"

孙小狮子嘿嘿一笑："我小狮子是开黑赌坊的，论藏匿逃跑的本事，长安我是老大，而且我算是最熟悉长安地府的人了。"

"长安地府？"李隆基一凛，"那地方不是都已经封了吗？"

"没封干净。至少在这片迷魂塘坊内，还有一个小小的入口。"他忽然想到一件很重要的事，问，"对了，这位爷，该怎么称呼你？"

"便……叫我三郎吧。"

李隆基回顾江梅儿："你和小霞的关系，还有小霞的这处栖身之地，在盈霞社内还有谁知道？"

"小霞当日是真真地得罪了班主屈十二跑出来的，盈霞社里再没人知道她这处地方。哦，"江梅儿忽然想起了什么，"还有个人，只有这个人是知道的……"

第八章

反戈

整整一个下午，潜在太平公主府的青瑛都有些心神不宁。

按理说，自己成功"迷住"了皇帝，取得了信物，那么自己在太平的眼中应该至关重要。她应该对自己细细催问详情，甚至进行进一步的苦训。

为此，青瑛甚至编好了许多说辞。

很奇怪的是，恭送皇帝后，太平公主虽然召见了她，却只潦草地问了几句，便说了声"你辛苦了"，就让她退下了。简简单单，草草了事，完全像是在敷衍。青瑛知道，在太平公主这里，自己这一环，绝不应该是草草敷衍的。

然后她便敏锐地察觉到太平公主很忙，如意堂内整夜灯火通明，很多人进进出出。似乎太平公主有许多重要的事要布置，却唯独对自己这个皇帝新宠再不理会。

如此怪异，哪里出了差错？

很快青瑛便发现自己已经被监视，监视的人是奉命伺候自己的丫鬟春婷。经验丰富的辟邪司女诸葛不得不施了点小伎俩，将春婷唤来陪自己饮酒，用靴内暗藏的一点迷药让这个还显得很青涩的监视者睡了过去。

夜色初降时，还没有下雨。青瑛将春婷扔到榻上，盖好锦被，再换了身暗色的利落舞衣，便飘身出了卧房，趁着夜色悄然赶向牡丹阁。

她觉得所有的怪异，都源自牡丹阁这座玲珑而又神秘的建筑。

空气中有潮湿的雨意，牡丹阁那里居然灯火通明。两名高瘦术师率领许多护卫正在来回检查着，青瑛隐在暗处，终于看到寝阁前的那道回廊内竟出现一个柜式的大洞。

站在洞边的太平公主不说话，火把光幽幽地跳跃着，映得护卫们恍似幢幢鬼影，气氛肃杀得要压死人。那老胡僧慧范则忙着指使人手跳入洞内忙碌着。

跟着，一具尸体被人从洞内运了上来，然后是一件明黄色的袍子。

青瑛的双瞳骤然一缩，那是皇袍，本应是李隆基穿在身上的。

"落入法阵陷阱居然还能逃出去，"太平公主终于开口了，声音阴沉如水，"看来一切都是命，我的好侄儿不该死在这里。但他一定会死！这也是命！"

青瑛的身子不由突突发抖，太平的话是什么意思？皇帝落入机关了，又从机关逃走了？可自己为什么明明从窗户看到，皇帝被袁昇等人簇拥着远去了？

可以肯定的是，回廊外那地方肯定有个神秘的机关。原来那便是错误的开始。

那么自己又犯了什么错？

她终于想到了李隆基的去而复返，他为什么要换回那个戒指，更诡异的是，他为什么又拿走了那副凤钗？

她忽地心念电闪：李隆基绝不该拿走那玉环凤钗！

最初的设局者太平公主是个强势的女人。她理解的情，自然是希望自己永远被记住，所以她依照玉鬟儿的同音字，打造了那副玉环钗。她以为李隆基睹物思人，一定会拿走那钗子。可惜她不是男人，她身边的慧范也不是个娶妻生子的正经男人。

男人和女人对待"情"字而生出的心思完全不同。至少青瑛能看出，当时的李隆基并不愿意睹物思人，而宁愿小心翼翼地跳过去。她清晰地记得李隆基看到钗子时那丰富而深邃的表情。

但是后来呢，后来他为什么变化这么大？他几乎是兴冲冲地拿走了钗子，问题出在哪里？

难道有两个李隆基？

一念及此，她的身子不由突突发颤起来，跟着又想，那件抛上来的明黄轻袍和太平公主后来的话，显然又在说，真正的李隆基李三郎竟侥幸逃出了这个神秘陷阱……

这时一名高大护卫匆匆赶来向太平公主奏报："冷典军已传来消息，李三郎应该是混在盈霞社出府的。这时候跟他在一起的，应该是那个舞女江梅儿。不过催更鼓早响了，他们应该逃不出邓尚书府所在的崇贤坊。"

"那就给我搜，把崇贤坊掘地三尺也要把这对狗男女给我搜出来。"太平公主愤愤地顿足，"让他快些，再快些。"

慧范忽地一笑："公主殿下息怒，其实眼下更紧要的事，便是明日晚间太上皇主办的家宴。天丙那边传了最新信息，袁昇至今没有回宫，他似乎发现了什么……"

"袁昇！"太平公主想到午间假山前女儿抚琴时的黯然失落，羞怒中更增了几分寒意，"袁昇万不能小觑！咱们这儿，不是还有一只笼中鸟？明日将她给放出去，引出袁昇，一网打尽。大师说得对，太上皇的盛宴最为紧要，准备得怎么样了？"

"殿下且放宽心，万事俱备，"慧范慢条斯理地道，"在太上皇的盛宴上，一切都会解决。"

仿佛是回应慧范这道傲兀的低叹，天空中忽然传来一道惊雷，豆大的雨滴滚滚而落。

转天上午，青瑛果然神奇地获得了半日自由。她将在春婷的陪伴下去逛逛街，甚至可以去转转西市。

青瑛已经确认，自己就是太平公主口中的"笼中鸟"，看来对方早已识破了自己的身份，自己到底没有瞒过慧范那个老狐狸。

她的心很冷，心思反更细密了。昨晚在大雨前及时赶回屋后，她唤醒了春婷。春婷显然经过太平公主的特训，但在辟邪司行事最缜密的青瑛面前，在其解药和元神攻击的交互调弄下，春婷还是太过稚嫩。所以青瑛并不太过担心春婷。

她大大方方地带着春婷直奔西市，说那款凤钗终究是女子的物件，她要给陛下亲自挑一款别致些的发簪。她选择让香车拐出角门，车子驰过那家小花店时，青瑛故意笑语连连。

她瞟见了店内的那道痴痴的眸光，陆冲竟也守在这里。她的目光没有在他脸上做丝毫停留，只是一边快活地笑着，一边用手指飞快地轻叩车窗。

这是个很随意的动作，却是在告诉陆冲，自己这边已被人跟踪。她用兰花指敲得飞快，传达的信息是紧急、危急！

刚到得西市逛了不多久，春婷便借口离开了，青瑛成了独自一人闲逛。她却明白，春婷走了，身边肯定多了更多双监视的眼睛。

先前那些悲观的猜测愈发得到了证实，青瑛心内的寒意更盛，但她却没有多少自责和感伤。可以肯定的是，即便自己没有在这时节打入公主府，太平和慧范仍会使用同样的套路让李隆基入彀。

好在，自己千辛万苦地探出了更大的机密，除了万岁已经被人冒充之外，今日晚间那场太上皇盛宴极可能是杀机四伏！

一群小乞丐嘻嘻哈哈地向青瑛奔来。青瑛反迎上去，迎面抛出了几枚铜钱，于是引来了更多的小乞丐。青瑛倒不急，这个塞给几块糖，那个塞给两块糕，都是她刚买的小玩意。街衢间被她弄得乱成一片。

一个拉着胡琴的丑陋老者这时慢悠悠向她走来。擦肩而过的时候，青瑛塞给了他一封信。她的动作比较隐蔽，但足够让那些跟踪者窥见。

丑琴师忽然一声大喝，满街哄闹的小叫花吓得心惊胆战，齐齐发一声喊，四散奔逃。

在旁跟踪的公主府侍卫们尽皆傻了眼，只得四下里分兵去追，甚至连那步法奇快的丑琴师都分去了一路侍卫。

最终青瑛的身边只剩下冷惊尘仍在不离不弃地继续追踪。青瑛却假装不知道，又买了许多胭脂、裙裳、首饰等物，才施施然折返回太平公主府。

她没有如冷惊尘意料的那样逃之夭夭，而是选择大大方方地回转公主府。这就彻底断了冷惊尘顺藤摸瓜的跟踪套路。

青瑛很肯定，在今晚最重要的太上皇盛宴上，太平公主还有用得着自己的地方。

就在青瑛与公主府的追兵斗智斗勇的时候，小花店内的辟邪司精锐早已兵分两路，一路由陆冲和高剑风去追踪青瑛的消息，一路则由袁昇带着吴六郎和黛绮，去寻李隆基的下落。

袁昇这拨人易容成了商贾，先让黛绮亲自找来了倚虹，细问之下果然得悉江梅儿还有一位贴心姐妹住在这崇贤坊内。由倚虹带路，袁昇等人没费什么周折就找到了崇贤坊迷魂塘内的小霞。

"你们要找的那个人叫三郎吧？他已经走了，天一亮就带着江梅儿走了。"孙小狮子在吴六郎跟前只剩下了点头哈腰，"不过这个三郎受的伤挺重，是毒蛊呀，要命的毒蛊……"

他口沫横飞地给自己表功，吴六郎早就心急如焚，一把揪住了他的脖领："快说，陛……三郎在哪里，他怎么会受了蛊毒？"

孙小狮子几乎给这位辟邪司的老暗探掐死，手忙脚乱地大叫："吴老六，你讲不讲义气？你看看那只鸡，看看那些蛊虫，是老子救活了他……"

袁昇细看了看那只还有蛊虫蠕动的无头公鸡，虽然信了些孙小狮子的话，心却更紧了几分。

"对了，三郎给我留下了书信，说要交给你吴六郎，你老吴要是看不懂，就直接给你的上司袁昇。"孙小狮子终于捧出了那张奇怪的麻纸。

"是他的亲笔，不错，是他的……"这幅用秃笔写就的小楷沉实刚劲中仍带着几分厚重丰腴，袁昇一眼看出这麻纸上的字迹绝对是李隆基的亲笔。

"多谢！"袁昇收起了麻纸，"现在，你带我们去那处地府暗道。"

片刻后，孙小狮子带着他们赶到了那处未及封闭的地穴入口。

"三郎和江梅儿就是从这里走的，这个小地穴可是我们躲债时逃匿藏身的绝佳之地。"孙小狮子低声指点着，"经得朝廷的大力封堵，好处是这地府暗道的怪阵都被破去了，坏处是这条暗道的许多岔口都坍塌了，只剩这一条道，只数十丈远近，但这地方恰好跨过了坊门，出口就在延康坊。"

袁昇望了望黑漆漆的洞口，又抬头看看日色，已经日上三竿了。

"这位爷，"孙小狮子看出袁昇的地位非凡，壮着胆子问，"您就是袁昇吧。三郎可答应我了，这件事若成了，给我五百贯。从昨晚到方才，坊丁带着金吾卫、羽林卫已经搜了好几轮了……老子可是赌上了身家性命的。"

"你赌对了！"吴六郎冷笑一声，向袁昇飘去问询的目光。

袁昇明白他的意思，无论是万岁还是辟邪司所有成员，都处于被太平公主嫡系大军追杀的极度凶险中，而这个叫花子头居然知道李隆基的去向，如果留着他，难保不会走漏风声。

事关天子安危和国运大势，容不得任何假慈悲，吴六郎已然蓄势待发，做好了斩杀孙小狮子的准备。

"是的，你赌对了。"袁昇重复了一遍吴六郎的话，但语气已全然不同，"不过赌就赌到底，你敢不敢赌个更大的，入我辟邪司？"

袁昇的话让吴六郎、黛绮都是一惊，随即明白了他的苦心。袁老大不想杀人，又不能将孙小狮子留下，那么最好的办法就是带他走。而辟邪司内除了五大副使，另有许多精锐暗探，似孙小狮子这等机灵人物，倒也符合辟邪司不拘一格收揽人才的套路。

黛绮有些担心地盯着还不知自己处境凶险的叫花子头，只要这大汉吐出半个不字，等待他的很可能就是身首异处。

"敢呀！你说的可是真的？咱们一言既出，驷马难追，可不能反悔。"孙小狮子没有任何犹豫便狠拍胸脯应允下来，甚至欢喜得要跳起来，"好了，我孙小狮子这回修成正果了，祖坟冒青烟，今番入了大名鼎鼎的辟邪司。"

"那便一起走吧！"袁昇意味深长地看了眼吴六郎，便转身钻入了暗道。

阴沉沉的暗道中，吴六郎才想起来低声问："袁老大，这当真是那位爷的真迹？可那两句话太过古怪，写的是什么？"

"所受于太上之道，当须精诚洁心。这两句话出自《灵飞经》……"

袁昇的目光悠远起来。这条暗道跨过了崇贤坊，直抵延康坊。天子李隆基一大早便从暗道赶赴延康坊，显然是要去会一个极重要的人物。而延康坊内没有什么值得他造访的高官，除了那一位。

他的眼前闪过两道熟悉的人影。

那是一个沉静的午后，太子李隆基比较悠闲，便带着亲信兼书画好友袁昇，去了延康坊一处幽静的别院。

李隆基、袁昇和这别院的主人有一个共同点：雅好书道。三人中书法最好的，竟是这别院的主人。

袁昇清楚地记得，李隆基除了称赞别院主人的书法，就是拿他打趣。

　　这宅院既然称作别院，很明显是一个金屋藏娇的地方。别院主人显然中了太子的激将法，便让自己的外宅姬妾出来拜见贵客。

　　那是个妙龄女郎，迥异于长安贵胄们所藏的各种绝色姬妾，带着一股清爽的书卷气息。书卷女郎没有如寻常家伎那样表演歌舞，而是握起鸡距笔，在素绢上挥毫写了一页小楷《灵飞经》。

　　一纸书罢，翰墨未干，堂中已寂然无声。李隆基和袁昇皆盯着那幅秀媚舒展、神采飞动的小楷惊叹无语。

　　从那宅子出来后，回去的路上，李隆基久久无语，忽然对袁昇说了一句半是抱怨半是疑惑的话："如此佳人，为何不敢大方迎娶入门，却置之外宅？当年唐隆之变拨乱反正，万分紧急之际他心惊胆战，曾不敢开那个门，现在看，他还是魄力不足。"

　　这句"魄力不足"，似乎成了对别院主人的定论。自那以后，李隆基再也没有驾临过那里，甚至对别院主人，也隐隐有了些疏远之意。

　　袁昇明白，李隆基留下的这句话有两层含义，其一是向自己暗示延康坊的这家别院主人；其二，"太上之道"这四字，很可能是在暗示太上皇……

　　李隆基确实是在今早天光才亮时，便带着江梅儿，由孙小狮子领路，悄然进了那狭小悠长的暗道。

　　交代好了路径，孙小狮子拍拍李隆基的肩头便转身离开了。李隆基站在幽暗的洞穴内，盯着孙小狮子的背影默然许久，直到那壮硕的身子彻底消失，才幽幽地吐了口气，慢慢放松了袖口内紧握机弩的右手。

　　这有些漫长的冷寂让江梅儿有些害怕。她忍不住问："喂，你怎么了？"她曾想过要叫他陛下或者万岁，但总觉得十二分古怪，便仍用寻常的称呼。

　　"没什么。"李隆基笑了笑，擎起了蜡烛，拉起了江梅儿的手，"走吧！"

　　在大汉转身的一瞬，他几乎就想发动弩箭。毕竟留下这汉子，对自己太过危险了。但在最后一刻，他还是放弃了。松脱机枢的一刻，李隆基发现自己浑身都是冷汗。

　　"由他去吧，还是不要多生事端。"

犹豫是否杀掉一个会泄露自己行踪的恩人，居然比剧斗冷惊尘更让李隆基挣扎难耐，而最终用来说服自己的理由却是不要节外生枝。

江梅儿被他拉住了手，觉出了男人的手上都是冷汗，心内也有些紧，便强笑道："你是万岁爷，也害怕吗？"

他不由笑道："万岁爷担心害怕的事情更多。比如现在，我不仅要担心我，更要担忧你，无论天塌地陷，我一定不能让我的梅儿有一丝闪失。"

"你……你说什么……什么梅儿……"黑暗中，她的脸火烧火燎起来，心也跳得飞快，又想到昨晚这个混账对自己的荒唐行径，慌乱中便想抽出手来。

他却握得更紧了，缓缓道："几年前，我曾和一位叫玉鬟儿的女孩欢好过。我以为自己对她只是欢好，那时候我还是个荒唐郡王，绝不认为自己会爱上一个人。直到她为我舍身而死，我才发现，我很爱她，爱到骨子里那种……"

悠长的暗道中，江梅儿静静地听着，眼前只有烛火幽幽地闪耀，映得男人的高鼻俊目更增了几分硬朗和英气。他说的是个跟她完全不相干的女人，但她却听得很痴迷。

"玉鬟儿去了之后，我一直以为自己再也不会爱上别的女子，直到遇见你……"

他的手又紧了几分，她的心又热了几分。他却忽然顿住了步子，前方的暗洞处已透出一线天光。

"出去就是延康坊了。"李隆基盯着前方那团盛大的光亮，"不过前面会很凶险，你不要以为我现在还是皇帝，如果跟着我走，前面便是步步杀机，凶险难测。"

他慢慢放开了她的手："现在你可以选择，可以留下来，也可以逃去个安稳的地方。"

"我不怕，"她却重重抓住了他的手，"我……我们永远在一起。"
黑暗中她的眸子闪着灼灼的光。他的双眼也热了起来。他忽然将她紧紧抱住。

延康坊的九重巷，一道寻常巷陌的寻常宅院内，绿柳如荫，蝉声正沸。

钟旭每当心烦意乱时都会来这里。与李易德、陈玄礼那些只知道舞枪弄棒的寻常武将不同，钟旭本身是位极负盛名的大书家，家学渊源，尤擅小楷。

三年前，长安发生了一件惊天大事，李隆基和太平联手发动唐隆政变，斩杀了韦后逆党。在那场政变中，身为内苑总监的钟旭发挥了重要作用，他主管的内苑成了李隆基及其死士们杀进宫去的重要突破口。

但钟旭在政变中也有些不光彩的举动，跟临阵畏缩的王毛仲一样，钟旭在大变之前忽然也有些犹豫。当时他缩在屋内，脸色苍白，一动不动，任由李隆基及一干亲信将院门敲得山响，却不敢给他们开门。

关键时刻，是钟旭的正妻许氏站了出来，对战战兢兢的丈夫慷慨陈词："大丈夫忘身殉国，必得神明相助。况且你一直与临淄郡王等密谋大事，哪怕你今晚退出，又怎么能完全脱出干系？"

许氏的话最终将钟旭推到了胜利者的一方。他起身开门拜见李隆基，更紧急集合了二百名内苑的园丁工匠充实入李隆基的队伍之中。韦后终于覆灭，李隆基及其父相王成为最大的受益者。此后列封众功臣，钟旭居功至伟，竟拜中书令，封越国公，从五品小官一步登天而为首辅宰相，一时天下瞩目。

但钟旭到底根基资历太浅，能力欠缺，又加上一时忘形，接连遭人弹劾，经得太平公主推波助澜，便被人排挤出了执政中枢，先是转为户部尚书，还一度外放为官，三年间历经宦海沉浮，终于在半年前被召回京，授少詹事。据说钟旭还京后，李隆基只单独召见了这位老朋友一次，在少詹事的职位后又让他兼领了内苑总监的旧职。

这少詹事是东宫的官职，正四品，位高职闲，向来用以安置退罢大臣，而内苑总监则隶属于司农寺，两个算是八竿子打不着的职位，居然让一人独领。其时正是李隆基和太平公主这对姑侄斗法热火朝天之际，李隆基的这步"闲棋"，也就颇为意味深长。

只是不知何时，京师便有钟旭临机畏缩、关键时刻还是被妻子正颜厉色一番痛骂才幡然醒悟的流言传出。也就是从那时候起，钟旭便活在了一个女人的阴影下。每当看到妻子，他总觉得有些心虚甚至自卑。所以他不愿待在自家宅院里，而是更喜欢来这间别院静坐，在这里品茶，在这里挥毫。

此间侍奉他的便是这个温婉女子。她的目光永远沉静而温馨，看见她时他不会感到自卑。

这里非常安静，他的亲朋好友没几个人知道。他可以心平气和地写一些字，但今天他显然无法心平气和，连着写了几幅字，心气却愈发浮躁。

"夫君为何烦忧？"女子眼波温润如水，轻轻地问。

"只怕要出大事了。"钟旭长长叹了口气，他已经感觉到今晚的太上皇家宴玄机重重，却不想跟她说太多，只道，"今日午膳要早些，我马上就去内苑，宫里面的事情还很多，今晚不会回来了。"

女子不再说什么，只是轻轻点着头，起身默默地为他研墨。

正当他要再展开一张滑如春冰的益州麻纸时，却听到冷寂的院中传来一声轻叹："钟将军万安，万岁特命我来问你好。"

面蒙青纱的李隆基出现在了窗外，蛊毒初解的他，声音还有些含混。他带着江梅儿踅到了后院，估摸好了方位，窥得四周无人，才翻墙而入。

"足下是谁？"钟旭登时有些震惊。他这处金屋藏娇的别院比较僻静，再加上不愿张扬，所以院内只有几个丫鬟仆妇伺候着，确实疏于防护，想不到居然有不速之客。

李隆基沉声道："某是辟邪司吴六郎，特奉万岁之命，来跟你说几件事。"说这句话时，他在心底默默叹了口气，暗下决心等过了此劫，一定给吴六郎升个像样的官职。

他眼光深远，已看出要破此局，唯一的可能就是尽快找到太上皇，而太平公主在遍寻自己不得后，很可能会抢先对太上皇动手。无论从哪个方面来看，晚间的太上皇家宴都要出大事。之所以突然找到这里，是因为钟旭虽然一直不受重用，但那个内苑总监的职位，仍旧是他担任着。这个职位看似不起眼，却关系重大。也正因钟旭近年来升迁无望，反而在太上皇、天子李隆基和太平公主三方的力量角逐中成为谁也不愿动的神秘人物。

钟旭不由蹙紧眉头。他本是个文职官员，虽然也要过一阵枪棒，但平生只做过一件武事，那便是在内苑总监的职位上追随李隆基发动唐隆政变。此时他听来人直呼自己为钟将军，颇显得意味深长，又听得吴六郎的名字，更是心底一紧，不由沉吟道："原来是辟邪司的吴将军，不知有何凭证，为何不敢以真面目示人？"

"事出紧急，万岁只给我写了一份手谕，钟将军应当识得。贵府虽然闲适，终究有些杂役，某暂且蒙面，还望见谅。"

钟旭只得将李隆基请入屋内，一抬眼，才看见李隆基身后还跟着一名娇俏女郎。

"这位是辟邪司的青瑛副使。"李隆基又向江梅儿使个眼色，随即便跟她大剌剌地分坐在两张胡椅上。幽静的书房内是身份奇特的两男两女，四双眼睛交互打量着，都是心中惊疑不定。

钟旭从李隆基手中接过那份货真价实的天子手书。那当然是李隆基刚刚写就的，只是秃笔残墨，纸质简陋，上面写着三行字：

与卿暌违日久，忆九重巷内饮醪糟，论书道，殊深驰念。

朝中有人言卿心存首鼠，此皆庸人愚见，岂足一哂。而京师板荡，朕愈思卿之体国。

今大变之际，特遣朕心腹青瑛六郎驰援，可与卿见机而行。如卿忠勇，何待多言。付钟旭。

"不错，这确是万岁的真迹！"身为大书家的钟旭一眼看出了皇帝的笔法，手不由抖了起来。

这三行短笺的头一行说的便是他君臣才明白的往事，那时候还是太子的李隆基和袁昇来他这九重巷私宅谈论书法之道，喝的是他家私酿的甜醪糟，现在天子居然很怀念这些往事。

随后便说有人在天子身前进谗言，说他钟旭首鼠两端，但天子却认为这是庸人愚见，越是当前的板荡变动之际，天子越是思念公忠体国的钟旭。所以此刻特遣心腹青瑛和吴六郎赶来与他见机而行。

李隆基低声道："万岁写这密笺时是在宫外，当时他忽然想起钟少詹来，随手扯下麻纸写了此笺，命我二人速来见你。"

这短笺用纸很随意，其实是个破绽，但他轻轻巧巧一句话便将这破绽遮掩过去，而且在钟旭听来会觉得是亲近者之间才有的随意。

"是，是，"钟旭连连点头，叹道，"难得万岁还记得我家的酒。"

"外界纷纷传说，钟将军已投了太平公主。在万岁驾前说你坏话的人也不少，但万岁每次听了都摇头沉吟说，不可能，不可能，老钟绝不是那样的人。"

李隆基盯着钟旭渐趋激动的脸，继续说，"便在前晚，万岁紧急召见我时，我还见他一人在殿内徘徊，喃喃道，大变在即，可信的人不多，钟卿绝对是一人。至于投靠之说，那必是别有用心之人散播的谣言。太平以堂堂公主之尊，若传信宴请钟旭，他一个少詹事敢不赴宴？岂能以吃过几次太平的酒席，便将钟旭归于太平嫡系？"

钟旭听得这话陡觉眼眶一热，只觉这些年来所受的委屈和白眼在这几句话前都显得微不足道，登时泪水唰地涌了出来，仓促间忙低下头掩住脸，几乎哽咽地道："能得万岁这一句话，臣死也甘心了。这时节，万岁命你过来，想必定有要事？"

"那是自然，今晚太上皇家宴，只怕要出大事了……"李隆基幽幽叹了口气，"如这密诏所书，要出大事的时候，万岁便想到了你。"

钟旭的目光不由颤了颤，他确实嗅出了些味道，所以今日才这么心绪不宁。他转头对那温婉的女子吩咐道："速去准备酒菜，我和二位将军说些话。"

那女子很乖巧地给两位客人奉了茶，才悄然退出去。

李隆基又指了指江梅儿："青瑛副使已经易容潜装许久了，终于将太平公主府内的诸般阴谋秘事探听得一清二楚。太平的各种密谋诡计，都已落在了万岁手中。只是时机未到，万岁还要故意示弱，所以王琚、陈玄礼、王毛仲等文武干将现在都神隐不出，但北门四军和南衙诸卫都牢牢掌握在我们手中，万岁实是不发则已，一发必中。不过，太平这密谋便与今晚的盛宴有关，万岁不得不全力措置，无暇召见，特命我二人来此见你，另有密令交代。"

钟旭越听越惊。他并不知道太平公主的各种机密运筹，更不知道李隆基现如今的窘迫处境，只是依稀察觉出这两天的京师形势有些出人意料的古怪，直到听得这话，才知道原来陈玄礼等天子嫡系武将实则早有防备，甚至已备好了大军。如果是这样，太平公主必败无疑。难得这时候万岁还会想起自己，这也许是自己又一次面对从天而降的良机了。

一念及此，他甚至不敢安坐了，急忙站起，躬身道："原来如此，不知万岁有何密令，请吴将军示下。"

"青瑛副使已经探明，太平那边安排了一批死士，极可能会在今晚皇室家宴上突然发难，刺杀万岁。万岁已紧急措置，在内苑内外安排了多路人马，太平公主及其亲信进宫赴宴，实是自投罗网罢了……"这一番话显示了己方的强大势力，让钟旭惑然顿去。

李隆基一直紧盯着钟旭，见他脸上疑色已消解，才缓缓吐出今日的主要目的："万岁特命我二人扮作你的亲兵，由你带进宫内，以便保护太上皇。"

"钟旭遵旨！"钟旭郑重其事地长揖到地，忽又抬起头，沉吟道，"如此非常大变，万岁何不先发制人，一举荡平太平逆党？"

李隆基摇了摇头道："事机太急了，万岁一时间难有万全之策。而且钟将军也该知道，太上皇向来顾念与太平公主的兄妹之情，万岁至孝，不愿让太上皇伤心，所以迟迟不肯抢先发难。"

"万岁至仁至孝，上通于天。"钟旭的腰再深深弯下。

"太平公主那边死士高手不少，我们定要小心为上。"江梅儿是头牌舞姬出身，逢场作戏的本事丝毫不弱，这时才将那句早就定好的台词舒缓地说了出来。她所扮的青瑛副使，地位远较吴六郎要高，在最后时刻才发言，反有一锤定音的威势。

"明白，钟某定当肝脑涂地。"钟旭微笑起来，将那只钧瓷茶盏推了推，"请青瑛副使、吴将军饮茶。"

他这时唯一的疑问就是这位在京师坊间名气不小的吴六郎不知为何一直蒙着脸，借口让他饮茶，其实是很想看看此人的真容。

李隆基知他的心意，却不愿让他看出自己的真身，掀起嘴边的青纱，端起杯轻啜了半口，叹道："钟将军见谅，某昨晚突遭逆党奸徒袭击，虽苦战得脱，但脸上遭了蛊毒，容颜骇人，暂不敢以真面目示人。请钟将军赠些粉膏等物，稍时容我涂抹改装一番。"

钟旭点了点头，还没说什么，他那姬妾急匆匆地走入，低声道："夫君，外面突然来了一位客人，自称是太平公主差遣，名唤离明潇，说有急事见你。我将他稳在客厅了。"

"辨机卫离明潇？"钟旭脸色一苦，惊道，"此人是太平的嫡系，最是诡诈难缠，你确认已将他稳在客厅了？"

门外忽然响起一声大笑："钟大人好大架子，老友来访，怎的还躲躲闪闪？"笑声响亮，震得窗棂嗡嗡作响，院中鸟雀惊飞。

李隆基眼芒一寒，沉声道："莫慌，我们去里屋暂避，你虚与委蛇，尽快打发走他。"

钟旭雅好书道，书房规模不小，是一明两暗的大厅。李隆基起身扯着江梅儿进了里屋。

二人刚进屋掩好门，那不速之客已大步进了书房，正是原刑部六卫中混得最为风生水起的老二"辨机卫"离明潇。此人能言善辩又颇多机智，早被太平公主看中调入公主府，任公主府侍卫副统领。

"离明潇，你懂不懂规矩？"钟旭低喝，脸色顿沉，暗道自己虽然官职较之当年中书令的宰相之位已经大降，但少詹事仍是堂堂四品，这辨机卫不过算个"吏"，即便他现在受太平公主宠信，成为冷惊尘之下的公主府第二人，那仍旧与自己的官位差着数级。

"来得鲁莽，还请钟大人海涵。"离明潇瞟了眼那温婉女子，意味深长地笑了起来，"某在贵府内竟没寻到大人，好在公主府消息灵通，知道钟大人此处还有一间花宅。呵呵，公主这密令太急，若不能在一时三刻间寻得钟大人，只怕离某项上人头不保了。"

钟旭听他说得郑重，倒无暇理会他话中的揶揄之气，沉声道："不知公主殿下有何吩咐？"

"也没什么，今晚的盛宴非比寻常，公主殿下命我协助大人。咱们最好及早进宫。"

钟旭哼道："盛宴当然重大，但自有殿中省各司其职地去忙碌，我这内苑总监是个闲差，只管些园丁、工匠而已，值得公主殿下如此记挂吗？"

"事关宫闱内苑，便从无小事，钟大人身为内苑总监，实则便是内苑的一道重要入口，大人何必自谦？"离明潇忽然看到了案头的三个茶盏，冷笑道，"钟大人雅兴不浅，这当口似乎还在会客？"

钟旭更增郁怒，冷冷道："看来钟某与谁饮宴，与谁唱和，都要先由离大人批示？"他故意将"离大人"三字拖得极长，示意对方要在意身份上的差距。

辨机卫脸上一沉，声音也变得冷冰冰的："公主殿下密令，命我尽快陪同钟大人去内苑坐镇。"

离明潇的话没有说透。

内苑总监这个职位不过是监掌宫苑内馆园池诸事，官不大，职不重，但掌管的内苑却是太极宫的"后花园"，地方极为广大，其南端更紧接宫城的玄武门，宫苑人员出入都要经得钟旭之手。

更紧要的是，内苑内部还驻扎着负责宫廷安全的禁军"万骑"，而统领左万骑的，正是李隆基嫡系爱将王毛仲。可惜这位左龙武将军已被范平灌醉后软禁起来，但太平公主显然对这支禁军仍不大放心，让离明潇即刻进内苑，一大用意就是监视王毛仲的这支万骑亲军。

"公主殿下亲口吩咐，要片刻不得耽误，要与大人形影不离。"离明潇见钟旭端着架子不动，不得不连着将太平公主抬出来强压，"钟大人，咱们这便请吧。"

钟旭心中一沉，看来今晚果然要出大事，而太平公主对自己显然极不放心。

事隔三年，自己这个内苑总监再次成为权力角逐的关注点。三年前唐隆政变举事方的两大派系首脑正是李隆基和太平公主，这两人都深深明白自己这职位的重要性。

但如此出发，就形同被离明潇押送走，钟旭当然不会同意。

"快来人，离将军，快来救我！"此时书房里屋忽然传来一声女子仓皇的惊呼。

离明潇一凛，里屋居然有人，而且知道我的名头？

他心思诡诈，已发现这位内苑总监的态度颇为古怪，似乎在极力遮掩着什么，听得里屋传来这声惊呼后，立时探手摸到了袖中的一对短枪法器。

钟旭也是心思疾转，甚至隐隐明白了屋内两位辟邪司成员忽然出声的缘由，他们只怕是动了杀机！

"离老弟，少安毋躁。里面是我一位故旧，只怕是喝多了在耍酒疯。"钟旭故意笑得很牵强。

离明潇冷笑："既有故旧好酒，不妨出来同饮。"忽然闪身到里屋门前，一把推开了屋门，他心思缜密，此时全力预备门后的人突然袭击，并不直接进屋。

屋内的情形却让他一阵迷惑。却见胡椅上绑着一名女子，一个蒙面大汉骂骂咧咧地一掌抽在女子脸上。胡椅上的女子嘤的一声，滚翻在地，直接昏了过去。

"住手，你是谁……"离明潇刚开口喝问，猛见那大汉忽一扬手，一支黑黝黝的短弩内骤然射出一串短箭。

弩箭迎面射来，势如厉电。这种大唐兵部最新研制的机弩威力极为强悍，离明潇魂飞魄散，危急间就地疾滚。他的术法远不及冷惊尘，却能使出冷惊尘不好意思施展的这种泼皮式懒驴打滚。

这一滚救了他的命。五支弩箭尽数射空，只有一支向下斜飞的弩箭劲射入他的左大腿根部。离明潇痛得嘶声大叫。

"别动！"李隆基端起弩机对准了他的头，"此弩二十步之内可透三层牛皮，一发六箭，你的所有身法、术法，都派不上用场。"

其实这小巧的灵机弩只有两轮，每轮六箭，而这两轮弩箭已经分别射给了冷惊尘和离明潇。李隆基在心底暗叹，但他的手却稳如泰山，目光冰冷镇定，一派成竹在胸之色。

他知道离明潇这号人物。从此人在刑部六卫的时代，善于结交中下层军官的李隆基便已经知道这个辨机卫双枪犀利，为人机诈，这时候也不敢稍有放松。

"一切都好商量。"离明潇强挤出一丝笑，"既然都是钟大人的朋友，只怕这里面有些误会。"

这时钟旭已看到了李隆基丢向自己的眼色，长剑疾挥，猛向离明潇的脖颈砍去。此刻形势非常，钟旭也知除恶务尽之理，不敢有丝毫留手。

寒芒闪处，离明潇眸中闪过一道厉色，身子倏地一滚，屋中寒气骤增，左袖中的犀利法器冰魄凝雪枪飞跳而出。枪剑交击，钟旭的长剑被一股巨力震得直向屋顶飞去。

几乎在同一刻，钟旭已被离明潇拽到了身前，充作了肉盾。跟着右腕底锐光突灿，霸王七杀枪爆射向李隆基的咽喉，与此同时，空中的冰魄凝雪枪打一盘旋，带着厉啸，射向李隆基的小腹。他对那把神秘的小机弩极为忌惮，此刻全力以赴，双枪齐出，务求立即格杀。

李隆基一见钟旭受制，便已抢先疾向后退，同时踢翻了身前的一张楠木书案。咔嚓劲响声中，厚重的书案被离明潇的双枪搅得四分五裂。

劲风到处，李隆基脸上的青纱也突然碎成无数蝴蝶。

"万岁！"此时李隆基的蛊毒已解，脸上的青气消失殆尽，钟旭看清了这位"辟邪司要员"的脸，不由惊呼出声。

离明潇也唬得一惊。他虽然职位卑微，但到底是见过李隆基的，特别是昨晚皇帝驾临公主府，他这个公主府护卫副统领当然看了个真真切切。

难道公主殿下千寻万寻不见的李隆基竟在这里？离明潇又惊又喜，虽然此时难辨真假，却知这可是升官发财的千古难逢之机。

猛听一声怒吼，钟旭已疯了般向离明潇撞来。钟旭忽然看到李隆基的真容，心念电转，隐约想明白了许多事。他本被离明潇抠住肩胛横挡在身前，此时情急之下，头槌后仰、肘锤反撞、反腿踢裆，上中下三路反击齐施，形同拼命。

离明潇狞笑一声，抬脚将钟旭踢飞，同时急念法诀，将凌空飞插向李隆基咽喉的双枪改为刺向双腿。他要活捉这家伙，不管他是真是假。

忽然一股剧痛自后心袭来，离明潇怒喝一声，拼力将身后的女郎扫飞。

李隆基预伏的最后一重杀招终于生效。

他先前当着钟旭、离明潇的面，将江梅儿一巴掌"打昏"，此后突发袭击，将注意力都吸引到了自己这边来。离明潇根本没有留意这个"昏迷倒地"的女郎，更不知这女郎的袖中藏着一把锋利匕首。

江梅儿到底没有杀过人，虽然情急之下挺身飞刺，但这一刺其实力道并不太足，可这把匕首却是削铁如泥的皇家利器，瞬间直没入柄。

离明潇口中呵呵连声，反手想去抓背后的匕首，没有抓到，忽然拼着最后一口罡气咧嘴狂啸，那两把暂时凝固在空中的短枪同时耀出耀目的厉芒，疾向李隆基斩下。

便在此时，一道青影斜刺里闪来，长剑疾挥，双枪怆然锐鸣，跌落在地。

"陛下……袁昇救驾来迟！"终于见到了李隆基，袁昇惊急交集，声音竟微微发颤。

与离明潇的对峙极其耗费心神，李隆基看到了袁昇，才觉精疲力竭，却强撑着扑过去扶起了横卧在地的女郎，见女郎双眸紧闭，一声不吭，登时心下惊怵，连呼道："梅儿，梅儿，你怎么了？"

袁昇忙赶过去施法推拿，道："陛下勿慌，她只是闭过气去了。"

江梅儿适才被离明潇掌风扫中，好在是对手受了重伤下的仓促一击，只是闭住了气，这时得袁昇度入一股罡气，才幽幽转醒，朦朦胧胧地看到了李隆基的影子，一把揪住了，叫道："喂，你快跑，快！"

李隆基双眼潮湿，攥紧了她的手，轻声道："莫急，莫急，朕的良将已到，逆贼已经伏诛……"

江梅儿这才缓了口气，压力顿逝，苍白的娇靥上只余着一抹笑，竟再说不出话来。

"万岁……果然是您！"钟旭这时直挺挺地跪倒叩头，"请恕臣老眼昏花。"

当袁昇将最后一根银针从李隆基的脑顶拔出来时，已经将近午时。

这段时候，陆冲的那一路奇兵，已被黛绮设法召唤了过来。书房中，陆冲、王琚、吴六郎、黛绮、江梅儿和钟旭夫妇都静静地望着袁昇运功施针。

辟邪司的干将，只有小十九高剑风还没见踪影。

孙小狮子被袁昇安排在院中戍守。这个长安最敢赌的花子头正在为亲见吴六郎和袁昇而沾沾自喜，如果知道了他救的那个人是当朝天子，只怕会当场昏过去。

孙小狮子这时在院内如一根铁枪般挺立着，目光时不时瞟向老柳树下那眯眼打盹的老琴师，心底暗自奇怪："这家伙当真丑得无边无沿了，怎么陆冲陆大剑客会带来这么个脏兮兮的丑鬼？"

书房内的李隆基又呕出了一口瘀血，苦笑道："袁卿，照这么说，朕之所以能在混沌蛊下撑得这么久，竟是因为原来曾中过傀儡蛊？"

"不错，两蛊毒种性相近，陛下体内已隐有克制之气。这也是万岁洪福被笼四海，朝廷社稷佑护所致！"袁昇看了看银针颜色，叹道，"恭喜万岁，蛊毒终于消除。"

"袁大郎你这老实人也学会溜须拍马的说辞了，"李隆基刚经得长时间的针灸，兀自谈笑自若，"朕的洪福哪能被笼四海，连这长安城内，若没有江梅儿，都照顾不到。若说感恩，便感恩玉鬟儿的在天之灵，更要感恩我的梅儿吧！"

他轻轻握住了女郎的手。江梅儿垂下了头，苍白的脸上腾起一片晕红。

"绍可，"李隆基叫着钟旭的字，"现在也不必瞒你，朕眼下就是孤家寡人一个，你可还如上次那般，心内惴惴？"

钟旭的额角渗出几滴汗，却长揖到地，从怀中捧出一幅素绢，昂然道：

"风云激荡之际，臣为万岁为社稷甘效死命！这是贱内刚刚写的两字，可证臣之心意！"

李隆基接过素绢，但见一绢横案，上面是墨迹未干的两个大字：无愧。

盯着那两个字，钟旭忽觉眼眶有些泛潮。这是妻子特意写来捧给他的。愧，这些年来，他的心底始终存着这个字。

愧，愧对自己，愧对良妻，甚至愧对朝臣君王。

果然她才是真正知道他的人啊。

那温婉女子这时已给书房内的众人烹好了茶，先将一碗香茗恭敬奉到李隆基面前。

"好词，好书，好一个无愧！"李隆基接茶在手，也慨然道，"大丈夫便当如此，无愧于己心，无愧于天地！诸君，建功立业，无愧社稷。"

袁昇、陆冲等人尽都起身肃立，朗声道："建功立业，无愧社稷。"

"时候不早了，王侍郎有何安排？"李隆基灼灼的目光望向了这位素来自负奇谋的内宰相。

所有人的神色都沉重了起来。现在可能是大唐国祚最为危难的时候了。虽然能文能武的几位干臣都聚拢到了李隆基身边，偏偏这些人却都成为朝廷通缉追索的对象，包括眼前这位货真价实的皇帝李隆基。

除了固有的公主府一方势力，那个毫无头脑的千牛卫将军李易德正在不折不扣地执行着假皇帝的命令，多路禁军也在疯狂地奉命搜查着他们的下落。

王琚简要分析了众人所面对的形势，才沉声道："好在青瑛副使及时传来了公主府那边的最新动向，除了万岁已被那大逆不道之贼冒充之外，还有个惊天消息，就是晚间的太上皇盛宴上极可能暗藏杀机。"

今日早上那一连串跟踪与反跟踪之战的胜利者最终是青瑛，她将消息塞给了擦肩而过的丑琴师宣机。

这位女郎敢于卧底公主府的一个关键保证，就是与宣机的神秘联系。而万幸的是，宣机居然没有忘记她的嘱托，一直在角门附近游荡。在当今的长安城内，混元宗宗主浅月已死，剑仙门宗主丹云子一直拱护着太上皇，老胡僧慧范又无暇分身，宣机几乎是个无敌的存在，他很快便摆脱追兵，按照字条所说，悄然将消息送回了小花店。

陆冲听得"青瑛"二字，脸色格外阴沉，死盯着让青瑛卧底的始作俑者王琚，似乎随时会上去撕了他。

王琚只做不见，环顾众人，缓缓道："青瑛副使历尽艰险传出的这信息非常及时，而我们还有唯一的优势，太平还不知道我们现在已是蓄势待发。"

"青瑛呢，为何她传了这信息后，还偏要回转公主府？"陆冲双目喷火，忽然喝道，"这也是你下的密令？"

王琚沉吟道："不是我！我猜想，她是要稳住太平公主。"

"稳住个屁！"陆冲终于破口大骂。

"这是青瑛的决定。"王琚毫不着恼，说得慢条斯理。

"青瑛暂时无恙。"袁昇按住了双眸几欲喷火的陆冲，"太上皇宴会上，她肯定会再来献舞。太平大张旗鼓为万岁选了一位美妃，太上皇还没有看到，她怎能让这个妃子无缘无故地消失？"

"太平公主肯定以为胜券在握了。"王琚的双眼耀着灼灼精光，"现在，我们分析太平必然会双管齐下。一是在盛宴上突然出手，只要挟制太上皇，便能控制整个朝堂。

"二是夺取兵权。现今拱卫京师的大军十之七八都在万岁的嫡系手中，但现如今李易德浑浑噩噩，已被假天子收服，而陈玄礼和王毛仲都已中了迷药。只要假皇帝下一纸诏令，太平再派萧至忠以中书令的身份去南衙夺取兵权，如此，她就能掌控整个京师，进而掌控整个天下。"

当今京师长安中主要的军事力量就是由天子直接统领的"北门四军"和宰相有调遣权的"南衙诸卫"。其中左、右羽林军和左、右万骑组成的"北门四军"的战斗力最强，但统领左万骑的左龙武将军王毛仲已遭软禁，羽林军又大多在太平嫡系常元楷和李慈的掌控下，所以在太平公主心中，北门四军已没有多大威胁。

南衙诸卫中，负责京城治安的金吾卫、负责护卫皇城的监门卫乃至天子近宿千牛卫都是劲旅，太平公主为求稳妥起见，必会命常元楷等大将军去夺取南衙诸卫的兵权。

李隆基沉吟："你估计，姑母会在何时谋夺兵权？"

"夺取军权最大的障碍就是太上皇。据某推断，太平一定会在盛宴开始，由她拖住太上皇后，才敢进行。"王琚一番长篇大论剖析了太平的阴谋，才长舒了口气，"一切都会在今晚的盛宴上了断。"

"所以我们还有机会！"李隆基的眼睛亮了起来，忽见袁昇一直若有所思，便问，"大郎，你在想什么？"

袁昇其实一直在担忧高剑风。按理说小十九早该赶回了，他直到现在仍未回，难道被什么人或事羁绊住了？这时闻言才低叹道："太平双管齐下，我们也会两翼并举。我此刻最担心的，还是慧范……"

"太平公主手下那个老胡僧？"李隆基眸间一冷。

"还记得当年的天邪策吗？慧范实为最终的运筹人。他已经潜伏三年了，我甚至不知道，他最后要干什么。"袁昇的眼前忽又闪过那诡异的火光。

那神秘的天书被这老胡僧一页一页地扯下来，在自己面前烧掉，他到底要做什么？

太极宫武德殿后的御花园中，范平轻松自若地打着双陆。陪着天子玩双陆的人居然是千牛卫将军李易德。

在范平的眼中，昨夜的一切都很完美，包括那一通兴高采烈的长夜之饮。随后兴致未尽的他又让高力士唤来了一个李隆基从未碰过的后妃华美人侍寝，第二天懒洋洋地上了早朝。

如走过场般地散去早朝后，范平回了宫，便将李易德唤了过来，陪他来打双陆。事关今晚的太上皇盛宴，他还有很多机密安排要着落在这个莽夫身上。

李易德昨晚奉天子之命狙杀陆冲和王琚，奈何这两人一个剑法无双一个精通阵学，终究让这二人做了漏网之鱼。他正心中惴惴，难得又蒙天子亲切召唤，自然又惊又喜。

范平当年凭着一张随和实诚的脸孔，在朝中左右逢源，甚至混到了李隆基的身边，仗着机灵善变和多才多艺，也有过几次陪皇伴驾的机会。他曾对李隆基做过深入的观察和研究，甚至常常习练李隆基常吹奏的那首《清心曲》，当然知道李隆基在闲极无聊的时候也会叫来近臣打几局双陆。

双陆是当时的一种博戏。范平一边玩着双陆，一边低声对李易德面授机宜。

"……这些安排，都要记好了。"交代完毕，范平终于将案前的双陆棋盘推开，慵懒地伸了个懒腰。

李易德急忙要起身施礼，却被范平用眼色止住了，忙就势躬身道："末将定然不辱使命，到时候，只看陛下的眼色行事。"

范平满意地点了点头，忽见宦官和春带着两个人匆匆走入。

一见迎面那人，范平的脸色瞬间凝固起来。

适才打双陆时，和春便已赶来密报，说是太平公主要带两个联络之人觐见，范平也没有多心，便点头应允。毕竟他还不想在大变之前就惹翻太平，但没想到，这两个觐见之人，为首者居然是慧范。

"师尊……"他将这两字拼力压抑住，向李易德挥了挥手，刚想说一声"李将军，你且下去吧"，便听一缕声音冰冷地钻入耳内："继续，打完这一局，再让他走。"

范平不敢违拗，僵硬地笑了笑，果然继续打完最后一局双陆，才将李易德打发走。

毕恭毕敬地将慧范引入殿内，屏退闲人，范平才诚恳地叫了声"师尊"，作势便要施礼。

慧范却温和一笑，止住了他。化身为胡僧之后，他其实一直在秘密筹谋自己的势力和羽翼。范平就是他千方百计寻得的"奇才"。范平天赋极高，又妙在不喜张扬，而且本身的术法修为也颇有根基，再经得他这大宗师苦心孤诣的数年调教，终成了这次太平公主大变的终极杀器。

慧范仿佛相士般细细看了看范平的脸，低笑道："陛下对付这么多嫔妃娇娥，身子骨可还受得了？为师这里有来自南海的异种春药，下次给你多带些过来。"

范平苦笑道："师尊说笑了，弟子如履薄冰，哪有那等闲心。好在有您亲来坐镇，弟子便完全放心了。"忽一抬头，看清了慧范身后那人的脸，不由惊道："小十九……高剑风？"

高剑风穿着一身侍卫服饰，一直紧跟在慧范身侧，神色却有些浑浑噩噩。

从得知师尊显灵的消息后，高剑风就有些心神激荡，甚至有些魂不守舍。他想到了几年前那面神秘的镜子，想到了镜中师尊鸿罩那张神秘的脸孔。今日早上，他被陆冲安排先去公主府附近打探消息，却巧遇了一名灵虚门弟子。那弟子激动地告诉他，灵虚门就要复兴了，因为大师兄说了，师尊这次极可能是肉身复活。为此，灵虚门将依据仙家的程序开棺验证。

相传修炼者有一种极高明的羽化手段，就是死后其仙骸会消失得一丝不剩，那是成仙的标志。如果当真如此，鸿罡真人极可能会成为一个真正的传说。

高剑风闻言又惊又喜，但想到袁昇曾说这件事其实颇为蹊跷，便想忙过这段，一定要赶去问问大师兄。送别了那弟子，正犹豫间，他的肩膀忽被人轻轻一拍。他愕然回头，正瞧见师尊鸿罡那张慈祥的笑脸，对着他道："小十九，你是在找为师吧？"

高剑风的心神骤然迷糊，陷入一团混沌中。

"正是他，不过，他可有大用处。"

寝殿内，慧范轻拍着高剑风的头，后者的眼神愈发迷离，竟慢慢坐倒在地，如老僧入定般地闭上了双眼。

"你是我在西云寺收的秘密弟子，唯一的一个。"慧范盯着范平，"我这老不死的，要再化身为人，很不容易呀……"

范平连连点头："弟子明白，弟子明白。"

"你不明白！"慧范淡淡道，"你想用李易德这莽夫射杀太平公主，但后面的事怎么办，萧至忠那几个老家伙，会听你的？"

范平瞬间脸色煞白，看来一切都瞒不过师尊这个老狐狸。

"很多事你都不知道，你知道什么叫天邪策？"慧范低笑起来，幽幽地道，"现在，师尊要告诉你终极的秘密，天书的真正安排！"

第九章

龙翔凤翥太极宫

七月初的长安，天黑得晚，夕阳斜晖正将西天搅得半边殷红，远处林梢都挂着血红色的暮霭霞彩。

李隆基将孙小狮子和江梅儿留在了钟旭的私宅，自带着王琚、袁昇等精锐，尽都扮成了内苑总监钟旭的亲随。

因为钟旭身边要跟着那个形影不离的离明潇，为了不让太平公主的人生疑，出门前，黛绮亲自将袁昇易容成了离明潇的模样。两人都是高瘦身形，袁昇穿上离明潇的那身碧色官袍倒还合身，背心的血迹匆匆洗了，只是无暇晾晒，就那么湿漉漉地草草套上。

李隆基只简单地做了易容，和女扮男装的黛绮一起，都扮作了钟旭的亲兵。

果然，凭着钟旭内苑总监这块金字招牌，李隆基一行早早地由内苑混到了太极宫之北的宫门前。

这座宫门便是著名的玄武门。

玄武门前守宫门的校尉，隶属于大唐十六卫之一的监门卫。往日里钟旭及其部下早与监门卫校尉们混得熟了，但这次钟旭亮出腰牌，大剌剌地说要将大批花卉送去延嘉殿前装饰，几个监门卫校尉却板着脸摇头道："今晚盛宴不同凡响，必要有万岁或是太平公主的秘颁令牌才能出入。"

扮作离明潇的袁昇及时闪身向前，亮出从离明潇身上搜出的紫金腰牌，这才顺利喝开了宫门。连玄武门的守门校尉都得了太平公主的密令，看来太平公主那边的准备，几乎是滴水不漏。

踏过玄武门恢宏的城门，李隆基不由暗自长吁了口气。三年前，就是从这里，自己率人发动唐隆政变，斩杀韦后逆党；现在，自己又来了，却面临更大的变局。

这次盛宴非比寻常，为了凸显其重要性，太上皇钦定仍在大唐政权中枢所在的太极宫内廷举行，地点便在延嘉殿。

延嘉殿坐落于内廷中轴线的甘露殿与承香殿之间，殿前地势广阔，北临金水河，西北可见波光浩渺的南海子，东可望见巍峨壮丽的凌烟阁，南方则与甘露殿相对。

延嘉殿前，早已按最高规格进行了布置。那玉带般的长廊间、金水桥上都早早地燃亮了各色宫灯，大殿前那座五楹主殿内更是火烛通明，香炉熏笼内幽香袅袅，本就轩敞通风的大殿更在暗槽内砌入了冰块，一进殿便觉馨香气息和舒爽凉气直透入人的骨子里。

一场惊天盛宴就要拉开序幕。

陆冲没有随同李隆基进宫，而是独自一人悄然赶赴南衙。

大唐的南衙诸卫因为归尚书省兵部直辖，而兵部的官衙位于皇城南部，才被称为"南衙禁军"。

根据王琚的推算，太平公主既然动手，一定会命左羽林大将军常元楷、金吾卫将军李钦等人去夺取南衙诸卫的军权。这两位大将身上应该有太平公主嫡系宰相萧至忠和窦怀贞的调兵公文，也许还会有假皇帝亲自盖了玺印的密旨。常元楷只需忽然击鼓升帐，聚集各卫大将，展示密旨公文，用一句"太极宫发生叛乱，太上皇身处危局"的谎言，便能轻易控制南衙诸卫，轻松将兵权夺下。

兵权之争，事关重大，但李隆基这边实在没有其他能人高手了，这个千钧重任便落在了陆冲的身上。

夜色渐渐铺下。陆冲无法确定常元楷他们由哪座宫门进入皇城，所以干脆在朱雀天街的必经要道上选了一株枝叶繁茂的老树，闪身缩在了树上，浑身罡气内敛，与整棵老树融为一体，那把紫火烈剑更是燥气全无。

他在静静地等待。

常元楷身边必然带着无数军方高手，而这边，只有他陆大剑客一人。

这将是一场影响大唐国运的苦战。

"青瑛，你还好吗？臭婆娘，一定要等我呀！"陆冲仰起头，透过浓密枝丫，望着苍黑色的浩瀚天宇。天地间已悄寂下来，夜空中有几颗疏星眨着微弱的眼，仿佛在辛苦地遥遥相映。

李隆基这路人中，最先忙碌起来的还是王琚。他混入太极宫后，立即赶赴上次宴饮的寝殿附近。他的任务明确，却绝不简单，要想尽一切办法找到陈玄礼和王毛仲，将这两位身中迷药的大将军解救出来。

身为李隆基驾前的第一红人，王琚对太极宫太熟悉了，但他也不敢轻举妄动，同样在等待天色彻底黑下来，延嘉殿的那场盛宴正式开始。

才到申酉之交，延嘉殿前便鼓乐齐鸣。

扮作天子的范平估算好了时间，从武德殿出发，几乎和太平公主同时驾临延嘉殿前。范平特意希望两人一起出现在太上皇李旦身前，有了太平公主的遮掩，他这个假儿子才能更容易蒙混过关。

果然，看到御妹太平公主亲热地挽着儿子的手，一路欢声笑语地走来，再一同给自己见礼，太上皇李旦的老脸上浮满了笑意。这位最爱说套话的老好人兴致一起，自然免不了滔滔不绝地勉励二人，说了一番"姑侄齐心，其利断金""同心协力，躬行盛德，方可风动四方，开大唐中兴盛世"的大道理。

面对太上皇连绵不绝的废话，范平和太平公主都在认真倾听，并不时做出一副茅塞顿开的恍然大悟状。

在太上皇的一通长篇大论后，范平抢着躬身道："父皇此言，仁爱圣德上通于天，儿子谨记在心，有父皇运筹帷幄，垂拱九重，现在我大唐已是太平极盛，四夷冕旒朝拜，早就不逊贞观盛世了。"

太平公主拍手笑道："好了，好了，陛下圣孝通天，皇兄圣明如天，一个太上皇，一个小皇帝，一对父子见了面便不要总将仁政爱民挂在口边了，今晚咱们只聊赏心乐事，少谈国家大事。"

李旦哈哈笑道："是啊，我大唐先帝列祖列宗仁泽佑护，有你这个足智多谋的御妹，国家大事，可以让朕少操许多心……"

一时筵宴大张，歌舞声中觥筹交错，君臣间其乐融融。

范平落座时发现自己的席位离着宋王李成器等兄弟稍远，不由暗自庆幸，否则这四兄弟若问些亲密无间的问题，自己只怕回答不上来。他偷眼细瞧，在太上皇身侧看到了一个熟悉的懒散身影，正是剑仙门的宗主丹云子。这位硕果仅存的大术师自来与太上皇交情不错，三年前便如愿以偿地做上了大唐国师，今日显然身负保护太上皇的重任。

而在太平公主的身边，则陪着老胡僧慧范。这位官居三品的国公仍旧一脸市侩的笑容。范平想到适才慧范对自己说的话，不由心生寒意，自己以为盘算得无比缜密的计划居然被他一眼看透了。看来自己只是师尊手中的一枚棋子，始终都是，只是不知道这枚棋子会何时被他抛弃。

仿佛是心有感应，慧范的目光迎上了他。范平的嘴角牵动出一丝笑意，不露声色地转过头，再陪着太平公主给父皇敬酒。

三位大唐首脑如此亲情暖暖，使得这次晚宴较之上次公主府的午宴更融洽了许多。虽然还是以萧至忠和魏知古两位宰相为首，两拨重臣分案对坐，但双方当着太上皇的金面，都温和了许多。

萧至忠自觉胜券在握，甚至夸赞了魏知古的诗才，说那首《玄元观寻李先生不遇》中"未作千年别，犹应七日还"，写得颇有仙气。魏知古则投桃报李，笑赞萧相的那句"神卫空中绕，仙歌云外清"才有"御风而行、泠然善也"的洒脱。

太上皇的家宴自然规格极高，粗如儿臂的绛蜡高烧，琉璃盏中琼液盈樽，皇室东西教坊的绝色佳丽先在席间歌舞献艺。

酒过三巡，一串高亢激越的鼙鼓声响起，两排娇艳女郎穿着葱黄色艳丽宫装上场，再如两条嫩黄柳枝般分开，闪出了中间亭亭玉立的青瑛，风鬟雾鬓，纤腰楚楚，映着耀目烛辉，恍若仙子临波而立。她双手背后，各持一把银光闪闪的长剑，先向太上皇和范平盈盈拜倒行礼。

"这就是跟皇兄提起过的那个柳青青，"太平公主瞟了眼太上皇那边的"李隆基"，掩口笑道，"皇上可是对她万分满意。太上皇若也瞧得过眼，少时可得要皇上给人家个名分呀。"

太上皇哈哈大笑。范平也配合着做出兴奋而又灼热的神色。

一时间琴瑟笙篁齐鸣，鼙鼓声愈发劲急紧密，青瑛长裙飘飘，已开始飞旋起来，两把长剑舞出团团青芒，恍似水银泻地。

剑影曲声间，不时响起太平公主爽朗的笑声。

她的心情相当好。虽然李隆基那个死鬼还没有找到，但大局已经完全按照自己的设想进行。现在看来，在自己巧妙的掩饰下，范平这个假皇帝已经瞒过了皇兄李旦的昏花老眼。这关键时候，常元楷和李钦应该已在南衙顺利夺取诸卫的兵权。

那时候北门四军和南衙诸卫的兵权尽数在手，王毛仲、陈玄礼这些李隆基的绝对亲信将官便可立即囚禁。至于魏知古这些顽冥不化的文官，倒成不了大气候，可以留着慢慢收拾。

但这次兵变终究要有个由头和最终的解释。其实最好的解释她早已想好，那便是李隆基阴谋袭杀太上皇，图谋夺权作乱。唯有如此，才能顺顺当当地斩杀皇帝及其党羽陈玄礼等人。

按照她的设想，青瑛这次舞剑完毕后，只要传来南衙顺利夺权的消息，她便会再命青瑛登场献舞。而在那时，她太平公主就会当场喝破青瑛的真实身份。这个李隆基的绝对亲信、辟邪司的干将，易容来此，必是居心叵测，而且青瑛所用的舞剑已被悄然换成了一对铁剑，虽然看着软绵绵的，实则是用来自西域的绝品软铁千锤百炼而成，锋锐无匹，削铁如泥。

这就是她要刺杀太上皇的铁证，而那个背后指使者定然就是李隆基。这对君臣借助选妃，演了一出别有用心的惊天刺杀。

只不过那时候，范平作为李隆基的替身，很可能就会就此被杀。死就死吧，这个假皇帝已经没有任何作用了，趁早让其灰飞烟灭，死无对证。

大势已完全在握，母后武则天的故事马上就要重演了。太平公主的嘴角弯出了美丽的弧度，向肃立在殿门口的冷惊尘递上了询问的目光。

冷惊尘在晚宴开始时，便奉命赶回忙碌。在冷惊尘心中，这个盛宴才是天大的要事，至于失踪的李隆基，根本难以突破重重禁制来到这延嘉殿，而只要过了今晚，便再逃出去十个李隆基，也不足为惧。

在今晚这个政变计划中，冷惊尘身负重任。他要率领五百名身着御林军装束的公主府死士进入皇宫，作为太平公主政变成功的最直接军事力量。有了太平公主的密令，范平只得乖乖地下了"口谕"，今晚负责宫内防卫的李易德自然不敢阻碍这支劲旅入宫。

所以冷惊尘虽是公主府的典军，今晚却几乎成了半个大内禁卫统领，已经悄然在延嘉殿周遭巡查了三轮。当然他还有个更重要的任务，那便是传递常元楷那边的消息。

可惜那边一直没有什么消息传来。不过在冷惊尘看来，没有消息也不错，很可能说明常元楷那边已经很顺畅地控制住了局面。

漆黑的长街上忽然亮了起来，一队人马正匆匆赶来。

隐身树上的陆冲双瞳骤缩，全身如一张拉满的弓般绷紧。他往常对敌时向来都是先出玄兵术惑敌，但今晚不同，他要刺杀，要一击必中。那把紫火烈剑已慢慢探出了衣袖。

迎面驰来的这队人马居然是金吾卫在前开路，中间更有羽林卫的高大骑士，灯笼火把映得半条街亮堂堂的，可以清晰地瞧见当中两位神情肃然的将军，正是金吾卫将军李钦和左羽林大将军常元楷。

陆冲不得不佩服王琚这家伙，虽然擅使阴谋诡计，但这厮算计得倒是真准，这两个家伙，果然是要去南衙夺取兵权。

他的眼芒陡地一灿，在人马中看到了三个相貌奇特的老者，三张老脸被火把光芒映得红彤彤的。

天罗三老！陆冲暗凛，想到刚听得袁昇说起天罗门精锐已投靠了太平公主，看来这三个老怪物当年虽是武延秀的死党，但在宗楚客和武延秀覆灭后，也被太平公主搜罗了。这三老的道号分别唤作袁公、龙翁和鹿隐，辈分甚高，单打独斗倒没什么过人之处，却精修一门大天罗法阵，最擅守御。而为首的秃头老者袁公心机深沉狠辣，是个十足的狠角色。

陆冲刚要暗骂一声晦气，忽然浑身一颤，他看到了一个熟悉的矮壮身影。是那个东瀛术士，当日他冒雨斩杀太平公主的大总管华仙客时曾遇到此人的强力狙击。这家伙与胡僧慧范身边那个东瀛剑客师出同门，同样的术法凶悍、刀法狠辣。虽然自己砍掉了这家伙的半只耳朵，但这东瀛矮鬼也让自己受了伤。

老子一人对付三个老不死，那是有败无胜，若再加上半只耳，老子可是有死无生。陆冲在心底破口大骂起王琚来，不知他能不能及时偷出陈玄礼和王毛仲！

这时候，王琚已乘着沉沉夜色，仗着术法高明，悄然赶到了昨晚君臣豪饮的寝殿。他清楚地记得，王毛仲和陈玄礼都被扶入了这座寝殿的偏殿去休息。

这座偏殿黑沉沉的，甚至没有点上一根蜡烛。黑洞洞的屋内，却有一道白影子在疾步奔走。这影子只在榻前丈余方圆转着圈，有时还用手在身前触摸。

幽暗的殿宇，转圈的白影子，这情形瞧来颇为古怪阴森。

"高力士。"王琚目力过人，一眼便认出那白影子正是李隆基最信赖的宦官高力士。

不知为何，老高只穿着白色小衣，迷迷糊糊地在屋内转悠着，口中还不时喃喃着："不对，不对……怎么走不出去？"

"鬼打墙！"

王琚一眼看出这屋里被人设了一门"鬼打墙"的邪异法阵，高力士迷药醒来后就深陷阵中，如同旷野乡间遭遇"鬼打墙"的迷路人一样，只觉四处碰壁，任是怎么冲突，也挣扎不出。

王琚身子一晃，悄然闪入，手中捏了一个符咒，迎头拍在了高力士的眉心。高力士浑身一震，立时心神渐清，才从那种恍惚中挣扎出来。

"王侍郎，这是怎么回事？"高力士仍觉得头脑昏沉。

"老高，给你看看万岁的手谕。"王琚从怀中抽出李隆基刚刚书就的短笺让高力士看了看，沉声道，"明白了吧，出了大事，朝廷被人捅了天大的窟窿。"随即，扯着高力士的手便向外闯。

两人刚走到左首偏殿，便听得殿内传来陈玄礼怒冲冲的吼声："怎么回事，老子这酒为何一直醒不了？还有……这王毛仲，竟醉成了这样。你们这几个混账狗贼拦着我们作甚，快，快去传御医……万岁没有我们护驾，若是有何差池，老子活剐了你们……"

瓮声瓮气的声音中还带着一股半酣的醉意,显见陈玄礼并未完全醒酒。那几个小宦官持刀佩剑,守在紧锁的殿门外。那为首小宦官冷言冷语地道:"陈大将军,让你们在此醒酒歇息,正是万岁的旨意。我等未奉口谕,放你们出去,回头万岁不将我们的人头打成了狗头?"

几个小宦官齐声哄笑起来。笑声未落,忽然一道高大的人影闪来,一把揪住为首小宦官的脖领,劈面便是两个耳光,喝道:"老子先将你这贼脸打成狗头,谁给你们的胆子,千牛卫的将军也敢调笑?"

正是高力士看得心头火起,赶过去挥掌便打。

范平在这里犯了个不大不小的错误。他紧急提拔了几名小宦官,都去看守寝殿内关押着的王毛仲和陈玄礼这两员大将,对高力士这大宦官却以为无足轻重,只是下了轻微迷药和法阵。却不知高力士是李隆基身前第一宠信的大宦官,多年来积威所致,只一厉声叱喝,立即将那几个小宦官唬得服服帖帖。

"快开门!"王琚大踏步闪出,喝道,"不用传御医,拎一桶冷水来便成。"

高力士只是醉酒后被软禁,并未被范平宣布有何罪责,至今仍是宫内实权极大的第一宠臣宦官。有他在身侧,王琚便胆气大壮。

一桶冷水兜头浇下,陈玄礼和王毛仲尽都酒醒。

"万岁密令,现在,咱们要即刻赶赴南衙!"王琚晃了晃李隆基交给他的那支作为信物的玉笛,再抽出一幅素绢,沉声道,"这里是万岁御笔亲书的手谕。"

"只怕不成,"高力士盯着那幅素绢手谕,沉吟道,"这确是万岁的真迹无疑,可惜,上面没有玺印。只怕南衙的将官们不会认吧?"

被火把映得半边天发红的长街上,忽然耀出一道铁红色的剑气。

陆冲出手了,没有任何犹豫,紫火烈剑划出一道毅然决绝的弧光,横空射出。

这是名震江湖的剑仙门御剑术,这一剑又是如此刚烈果决。紫芒闪处,金吾卫将军李钦应声落马,喉头鲜血飞溅。

"有刺客，结阵！"天罗三老几乎同时大喝。三老阅历过人，迅疾围拢到了常元楷身边，掌上各自闪出诡异的红芒，大天罗法阵已经蓄势待发。

紫火烈剑再次发出尖锐的厉啸，凌空斩向常元楷。

"剑仙门高手，大家留意。"三老的喝声紧促，却不慌乱，三人掌上六道红芒起落纵横，登时将紫火烈剑阻住。

紫火烈剑仿佛陷入了泥沼中，在空中进退不得。隐身树上的陆冲心中一沉，默念法诀，那把剑忽然光芒尽敛，如同一片漆黑的暗云，随即融于夜色中。

"在震位，那株树上！劲弩，发！"天罗三老为首的袁公忽然挥手指向陆冲隐身之处。话声一落，一片密集的羽箭已如蝗虫般向陆冲藏身的那株老树射来。

漫天横飞的羽箭和四散的枝杈落叶中，忽有一道黑影如怒鸢般无声无息地扑向常元楷。

那东瀛术士倏地闪出，刀光如电劈出。凌空扑来的黑影似乎躲闪不及，发出闷闷的一声怪响，骤然碎裂开来。

"易身法！"天罗三老的注意力尽都被这一刀吸引过来，袁公不由瞋目大喝。东瀛术士大吃一惊，才发现自己所劈中的不过是一条粗大的短鞭。

同一刻，陆冲发出一声闷哼，口角渗出了血丝。这种易身法其实是陆冲玄兵术的极致，适才他挥出的短鞭化成了他本人的模样，术法虽然类似障眼法，但要想瞒过天罗三老和那东瀛刀客，在那短鞭上也凝集了其本人的罡气道法。短鞭碎裂，他本人也同时经脉巨震。

陆冲却没有停息，乘着这难得的一瞬机会，他的真身已悄无声息地钻入了三老的内圈，剑上紫芒骤灿，劈向常元楷。

两股黏稠的劲道斜刺里缠裹过来，正是三老中的鹿隐挥出了鹿角双镰，龙翁则祭出了五龙如意抓。暗夜的火影烛光中，忽然跃出了矫健的鹿影和飞旋的龙身，登时将气势磅礴的铁剑阻住。

"陆冲，你败了！"袁公狞笑一声，掌中翻出一道金芒，正是天罗门的至宝禹王神鼎。这件专门索拿克制诸般法器的至宝一直被天罗门掌门凤九曲随身携带，慧范深知这次南衙夺权非同小可，便命袁公暂将此宝借来。

禹王神鼎划出一道黄灿灿的光华，骤将紫火烈剑的紫芒吞噬。

陆冲只觉虎口剧痛，仿佛被一万只蝎子蜇上，拼力握紧，才没将铁剑失手。

蓦地一道凄厉的刀光跃出，正是那东瀛刀客再次出刀。他认出了这人就是当日带给自己奇耻大辱的蒙面刺客，这一刀倾尽全力，势若天雷轰山。

陆冲左袖奋力挥出，玄兵术运转到极致，三把流星锤和两面软盾连环飞出。只闻轰然震响，两面软盾几乎同时被长刀劈裂，但东瀛刀客的刀势终于收回，将几乎触到面门的两把流星锤荡开。

"给我杀了他，越快越好！"常元楷望着左支右绌的陆冲，冷笑着。他又瞟了眼横尸当道的金吾将军李钦，暗自庆幸，这刺客倒是替他杀了一个升官路上的劲敌。

天罗三老的大天罗法阵居然同时用上了兵刃法器，甚至还用上了师门至宝。一旁还有个气势汹汹的东瀛刀客。陆冲彻底陷入了死战。

"青瑛，下辈子，你会嫁给老子吗？"陆冲在心底发出一声无奈的长叹。

身影骤然交错，噗噗闷响，东瀛刀客的发髻被陆冲的铁剑劈散，而陆冲的身上又添了一道深深的血槽。

延嘉殿内，宴饮正酣，太上皇李旦甚至有了几分醉意。

相较于成竹在胸的太平公主，范平的心底颇有些紧张。他已经隐隐看出了太平公主的狠辣后手，当然不会这样坐以待毙。

按照事先的安排，他要先发制人。

好在这里是太极宫，是正儿八经的李隆基的地盘，负责拱护这里的大将便是被自己收服的李易德。经得独门迷药和惑心术双管齐下，李易德已经对他死心塌地。在盛宴开始后，李易德借着在殿前巡视的机会，跟范平对了几次眼色。

一串细密的筝声响起，换了一身白色长裙的青瑛再次登场。这已是她第二次上场了。

该动手了！范平暗自咬了咬牙，悄然起身离席，对身后侍候的宫女做了个离席更衣的手势。

按理说，他应该表现得对青瑛非常痴迷，在青瑛舞剑时必须兴味盎然地全场注目。但他已经等不及了。青瑛的剑舞太迷人，包括太上皇在内的所有人都被迷住了，所以他退场时不必向太上皇示意，也不失礼数。

他潇潇洒洒地出了盛宴主殿。一直盯着皇帝动向的李易德急忙赶过来陪着他去了更衣的地方。

延嘉殿内的陈设不如太平公主和当年的宗楚客府邸那般穷奢极欲，但胜在广大轩敞，专供皇帝更衣方便的暖阁设置得不远不近，拐弯穿过一个回廊便到了。

四个宫女正捧着香气馥郁的香炉和金盘温水等物在那儿侍奉着。范平挥了挥手，让她们尽数退下。

"陛下，看来您已经下定了决心？"李易德问道。

"准备好了吗？"范平的目光凌厉起来。

李易德皱了皱浓眉，道："陛下今日下午亲自下了另一道密令，那便是容许太平公主的典军冷惊尘带着一批公主府的护卫进宫，那批人竟有五百人之多。现在看，那些人着实有些麻烦。"

李易德有些疑惑。万岁既然已经决定对太平公主动手，为何还容许他们派一支护卫进宫，这不是自缚手脚吗？

"这就是朕的欲擒故纵之术！"

范平当然不能告诉这个昏头昏脑的属下，自己其实一直被师尊和太平公主控制着。他只是冷笑道，"太平也很想在今晚动手，她筹谋已久，常元楷和李钦已在宫外布置好了多路大军，咱们在动手之前，万不能打草惊蛇，明白吗？"

"末将明白，万岁圣明！"李易德其实根本不明白，但作为一名大将，他不需要把许多事弄明白，只要执行到底就是了。

"那就不要啰唆，现在就动手！"

"末将得令！"李易德猛一叉手，全身盔甲发出锵然一响。

他刚要转身，猛觉后颈一麻，身子软软倒地。一道挺拔的身影在李易德身后出现。

"离明潇？"范平望着那张清瘦的脸孔，又惊又怒，陡地握住了袖中的龙凤双斩，忽然眼神一闪，沉声道，"不对，你是……袁昇！"

"原来是范平兄。"扮作离明潇的袁昇淡淡一笑，"某一直觉得奇怪，找一个易容酷似天子之人容易，但要将我和高力士等人都骗过去，难乎其难。不得不说，你那次假意外放出京，实在高明至极，甚至让我和王琚都忘了，世间还有你范兄这号惊才绝艳的人物。"

两个人静静对望着，心内波澜起伏。

"袁兄，"范平舒了口气，"你我之间早就互有救命之恩。我也不必瞒你，现在的李隆基大势已去，兄何不归顺于我，你我是真正出生入死的兄弟，我自会许你真正的泼天富贵。"

"我不需要。"袁昇回答得斩钉截铁。

"好吧，"范平很无奈地叹了口气，忽地沉声喝道，"冷典军，杀了他！他是袁昇。"

冷惊尘果然就在这时如鬼魅般地闪到。他心思细密，其实对李易德这个皇帝近臣很不放心。特别是他率领五百死士秘密入宫后，就不可避免地与全权负责宫内防卫的千牛卫将军李易德发生了一些摩擦。

范平在退场前，与李易德悄然对过眼神。这种简单的眼神交流微不可查，却没有逃过冷惊尘的眼睛。他不敢过分逼近，却仍是悄悄追了过来，没想到一眼便看到李易德被一个神秘人轻松击倒。

待听得范平高叫眼前这个"离明潇"竟是自己苦寻不得的袁昇，冷惊尘的双眼立时变得冰冷如刀。回眸间劲风骤紧，他袖间腾起一道长长的灿然光华，那把长枪法器也如惊蛇出草般出现在他手中。

范平话一出口，双掌齐挥，龙凤双斩也同时攻出。

枪为百兵之祖，更长的枪便是槊，放长刺远，无坚不摧，在唐初的军中风靡一时。冷惊尘的法器便是长枪，长枪虽让他在对战时占尽了便宜，但终究太长，取枪时声势虽猛，终究慢了一瞬。虽只是短短一瞬，却没让他与范平的龙凤双斩形成前后合击之势。袁昇就在此刻出手，长剑斜斜撩出，一道回转的剑芒划出，登时将龙凤双斩架住。

同一时刻，回廊的墙上忽然探出一只狰狞的龙爪，出其不意地狠狠抓向范平的脑顶。

范平心内一寒，原来袁昇早就预料到我会来此，已在这地方预先布下了画龙术。

龙爪从天飞降，这一抓之中有风起云涌，有波涛翻滚，有风雷隐隐。在狭窄的回廊间完全无法抵御。范平只得奋力团身缩头，同时双斩回旋，护住面门。

但他的任何动作，都不如这天降神龙的一抓快捷。噬的一声，范平的脑顶要害虽然避开了，他的脸却破了，或者说那张假脸被龙爪一下撕裂了。

范平踉跄后退，脸上已觉出血水的黏腻，更可怕的是，那张假脸就那样零零碎碎地半挂在脸上，狼狈不堪。他手忙脚乱地想将那张脸再糊在脸上，一抹之下，才发觉脸皮已经碎裂。

无论是青瑛还是范平，所用的易容术都是一种奇特的蛊术，名叫"千丝蛊"。只不过青瑛千辛万苦搜罗来的这门"千丝蛊"，早就为慧范所精通，这才让她的易容卧底之策从一开始便失算了。而为了真正钳制范平这个心机诡诈的弟子，慧范并没有传给他蛊丝变脸的秘术细节，所以现在范平根本无法修补这张"破脸"。

连冷惊尘都呆住了。他长枪在手，却忘了刺出。太平公主今晚一切计划的基础就是这个假皇帝，现在这家伙却被人撕破了脸皮，那么很快，太平公主的所有阴谋都将大白于天下。

冷惊尘只愣了一瞬，便义无反顾地挥枪刺出。当今之计，只能是尽快斩杀袁昇。回廊内非常狭窄，冷惊尘的长枪却幻出长短不一的五朵枪花。枪花中挟着雷霆般的强悍气机，回廊间甚至生出了嗡嗡龙吟。

袁昇身上重伤未愈，画龙术极耗真元，他适才匆匆运笔后，那条龙也只能完成一招神龙探爪。此刻他不得不回身剑笔齐出，堪堪撑住了这气势磅礴的一枪。

冷惊尘目眦欲裂，枪尖发出灿然的厉芒，回廊间忽然幻出无数朵凄厉的枪花，又在一瞬间合而为一，劲急无比地投向袁昇的心窝。

万法归一枪，正是他得自恩师宣机的绝门秘术。这一枪之下，甚至整个回廊都发生了诡异的扭曲。但枪势才出，冷惊尘的耳内忽然传来一缕细微而熟悉的叹息："是你，你在这里？"

在枪声剑鸣中，老琴师的这道声音却很随意地切入他耳中，让冷惊尘心神俱震，无坚不摧的枪势威力大减。

"抱歉，范兄，其实适才刚看到我时，只要你大声一呼，我就会身陷重围。"袁昇全神应对冷惊尘，却对身后的范平冷笑道，"现在已晚了，该轮到我大声一呼了！"

他说着果真长长吸了口气，似乎便要纵声长啸。

范平大惊失色，忙喝道："冷兄，快，快绊住他！"蓦地斜身掠向暖阁那半启的窗户。他只想迅速逃离此地，只要设法找到师尊慧范，就能在盏茶工夫内修复好自己的脸。

哪知他这么心慌意乱地一跃，却正着了袁昇的道。就在他整个身子即将穿出窗子的一瞬，猛觉后颈一僵，已被袁昇制住。

全身瘫软的一瞬，范平听得耳边传来袁昇依旧淡定的声音："六郎，速去救下李易德。"

暖阁外、回廊间的激战虽然迅若雷霆，实则袁昇、范平和冷惊尘三人各有忌惮，都没敢弄出太大声响。而回廊外原本五步一岗地肃立着的四位宫女，都已被袁昇以迅雷不及掩耳之势戳中了昏穴。所以这场打斗一时还没有被人发现。

此刻大殿内兀自鼓乐齐鸣，那段筝曲已是高亢入云、声可裂石，几乎掩盖了天地间的一切杂音。

青瑛的一手剑舞正舞到妙处，随着她的疾转，那雪白的纱裙如飞絮如白虹如飘雪，舞得仿佛满厅都有白色的花影错落盛开，厅中彩声不绝。

在飞旋剑舞的同时，青瑛也在心思疾转。如果一切都无可挽回，那么她只有一个办法，在舞剑时突然动手，一剑斩杀太平公主。她能感觉得出，这两把剑有些异常。

她知道这法子太过行险，太平既然将自己的身份看破了，那么极可能早已做了防备。也许她正等着自己这飞蛾投火的一刺。

筝曲已经进入了最后的高潮，青瑛知道不能再等了，哪怕是飞蛾投火，也要长虹贯日般地刺出这一剑。就在她即将腾身跃起的一瞬，一个矫健的身影忽地闪到了她的身侧，那人手中擎着一面鼙鼓，随着他挥掌轻拍，鼙鼓发出一串激越昂扬的鼓声。

这人竟是……天子李隆基！

只不过李隆基此时却穿着普通侍卫的服饰，向青瑛微微点头。青瑛大吃一惊，细瞧这李隆基虽然面容略显憔悴，双眸却炯炯有神。

"青瑛，辛苦你了，真的是朕。"二人舞姿交错的一瞬，李隆基在她耳边说道，"那假货已被袁昇拿住了。"

这是一股极为熟悉的风采神韵，让青瑛的芳心霎时一宽。果然是万岁，他终于回来了，袁老大看来也在。她飞快地扫视殿内，可惜没有看到陆冲的身影。

李隆基这一登场献舞，殿上霎时便是一阵轰动。

"父皇，今日是个喜庆日子，三郎着戎装，且为父皇同献一曲破阵乐舞！"李隆基朗声大笑，将鼙鼓向太上皇遥遥高举三次，示意行礼。他当然无暇换上龙袍，但将一身侍卫装束说成是戎装，倒也颇为巧妙。

太平公主却骤然脸色一沉，见这"范平"忽然登场献舞，举止颇为出格，隐隐觉得哪里不大对头。

李旦今晚兴致甚高，已经喝得醺醺然了，笑道："三郎，秦王破阵乐舞可要百余甲士持戟作舞呀，怎么三郎你只有两人，看来天子果真要一人能当百万兵！"

相传当年李世民还是秦王时，率兵大破刘武周，天下遂有"秦王破阵"之曲流传。贞观年间，在已是大唐皇帝的李世民亲自推广下，秦王破阵乐成了大唐第一宫廷乐舞，须有乐工一百二十八人披甲持戟，演战阵之形进行歌舞，场面壮观震撼。所以李旦有此一问。

"那是破阵乐，朕这却是辟邪舞。"李隆基手挥鼙鼓，敲击出一串响亮激越的音节，"朕今日之舞，要辟的是大唐之邪，窃国之奸！"

他击鼓之时，青瑛运剑如风，如一只白色飞凤绕着他旋转，看似翩翩起舞，实则暗含护卫之意。

"辟大唐奸邪……怎么回事？"李旦听出儿子话中有话，酒便醒了一半。

太平公主生出一种不安的预感，似笑非笑地道："方今河清海晏，九夷宾服，哪里有何奸邪之说？"

"不，奸邪正在兴风作浪！好在今晚的盛宴上，朕要让这些奸邪现形，灰飞烟灭。"李隆基再击鼓，轰然三声鼓鸣。

正所谓闻鼓则进，这三声鼓响颇有战场上催人进军之意。

袁昇几乎踩着鼓声大步入殿，扬手将范平扔到了场心。

殿内一片哗然。几乎所有人都生出一种错觉，以为袁昇将天子抛在了地上，那人的脸孔就是李隆基的脸。可惜，只有半张脸，另外那半张则是无数细丝缠绕着，就那样藕断丝连地耷拉在下巴处，露出里面那张略显苍白的脸孔。

眼见范平无力地瘫在那里，慧范双瞳陡缩，双手不由向袖中摸去。忽然一股沉浑的剑气凌空压来，慧范一凛，和丹云子那道冰冷的目光碰在一处，不由暗自松开了握着法器的手。

李隆基哈哈笑道："父皇，众卿，都请细看。在朕昨日驾临太平公主府后，便被一群逆贼囚禁，然后便是此人冒充成了朕的模样，就在刚刚入席落座时，此人还在装腔作势地冒充朕。不得不说，姑母，您这一招以假乱真之计实在高明，可惜，天佑大唐，天命在我。不知姑母您犯下如此大逆不道之罪，死后有何面目去见高宗皇帝，去见大唐的列祖列宗？"

太平公主脸色煞白，只咬着牙道："陛下，请不要血口喷人，我并不认识此人，更不知道你说的什么以假乱真之计。"

李隆基冷哼一声，再次挥掌击鼓。

鼓声响起，众人陡觉眼前一花，一个宫廷乐师打扮的人飘身闪入厅内，扬手将一人抛入场中。众人先是惊讶于这乐师那张满是伤疤的丑脸和神出鬼没的身法，随后便将目光落在地上那人身上。

冷惊尘瘫在地上，不住抽搐着，手上兀自握着未及收回的七尺长枪法器。

李隆基朗声道："此人本是太平公主府内的典军冷惊尘，却持枪入宫，欲行不轨，似乎还带了大批公主府死士护卫。大逆之心，昭然若揭。姑母，您还有什么话说？"

"太平，幺妹，这……到底是怎么回事？"李旦的声音打战，浑身都哆嗦起来。他万万没想到，自己苦心孤诣地调和这对姑侄的关系，最终的结果居然是妹子悍然施出了这样的狠手。

太平公主心中剧震，却面不改色，冷冰冰地说："皇兄，我再说一遍，我不认识这个假皇帝。这冷惊尘倒是我的人，但他现在显是受制于人，只怕是被什么人绑架至此。臣妹恳请太上皇彻查此事，务要还臣妹个清白。"

"你自然可以不认！"李隆基仰头大笑，"朕这出辟邪舞还没演完。"猛然挥手狂击鼙鼓。

这一次却是一连串细密连击，连绵不绝的急促鼓声扰得殿内众人一阵心紧。

忽听得一阵嘈杂声自外传来，有铠甲碰撞声，有拦阻声，有叱喝声，大殿正门外似乎来了大批不速之客。众人张皇四顾之际，大殿正门忽然闯进三人，为首之人一脸仓皇，正是李易德，而跟在他身后的两人竟是王琚和陈玄礼。

要知此刻殿门外戍守的都是李易德的亲兵。李易德为袁昇制住后，当时便瘫软在了回廊间，目睹了袁昇挑破范平假面的惊人一瞬。李易德惊得魂飞天外，才知自己原来一直是受这假皇帝蛊惑，险些将太上皇等人一股脑射杀。

袁昇赶入殿后，吴六郎将这场大变的紧要处跟李易德简略说了几句，便扯着他赶到宫门外，将陈玄礼等人迎入宫中。

此刻疾奔而入的王琚手中提着一个布袋，将布袋一抖，里面滚出了两颗人头。殿内再次爆出一阵惊呼。那两颗人头正是常元楷和李钦的。

王琚适才终于将陈玄礼和王毛仲两员大将救出，但也正如高力士所料，李隆基的手谕密旨没有印鉴，实在难以服众。关键时刻，王毛仲铤而走险，直接去内苑调来了自己嫡系的"万骑"。

他只有皇帝的一纸无印诏书，难以调动大军，只能从"万骑"禁军中选了对自己忠心耿耿的五百铁骑。

勤王之战首先在南衙外的长街上打响，就在陆冲几乎要支撑不住的时候，王毛仲、王琚等人终于率兵冲到。王琚目光犀利，远远望见围攻陆冲那几人的强悍术法，便知道仅凭简单的冲击很难一时三刻解决问题，而若引发混战的话，自己这五百人可能会吃亏。这位出身草莽的内宰相是个十足的狠辣角色，当机立断地下令劲弩射击。

这五百骑士训练有素，皆乘西域良马，配置大唐最精良的机弩，数百支闪电弩在暗夜里突然爆射，立时彻底改变了战局。

常元楷身边的金吾卫和羽林卫护卫不过百余人，迅速被射乱了阵形。

天罗三老全力应对陆冲，猝不及防之下都被劲弩射中。这三个老滑头在权贵间辗转寄身，深知江湖和朝廷的险恶，见势不妙，立即忍痛联手突围。三老功高术深，法宝精强，更兼见机得早，竟趁乱逃之夭夭。

这三人一逃，登时让常元楷的护卫们军心大乱，许多兵卒也跟着四散奔逃。东瀛术士忙将常元楷扯下马来，背着他便要逃窜。猛然间一道电芒闪过，紫火烈剑横空劈落，犹如天神施法，将常元楷的人头斩下。

陆冲的肩头也被数支弩箭射中，却浑然不顾，眼见得手，才哈哈大笑着仰面栽倒。

头顶的夜宇在飞速旋转，跟着便听到有人在大声呼喊他的名字："陆兄，陆……"陆冲觉得四周的一切都在慢慢模糊，似乎所有的精力和元气，都在飞速地离自己而去。

延嘉殿内一片混乱，王琚仍旧先给太上皇和李隆基施了大礼，才从怀中展开一幅血染的诏令，朗声道："此诏令是从大逆常元楷身上搜来的，上面有中书令萧相的印鉴，还有太平公主的亲笔签印。用太平公主和中书令两道密令，让常元楷和李钦去南衙夺取军权，太平公主谋大逆之罪，已大白于天下！"

殿内忽然安静了许多。李旦接过王琚恭敬递来的诏令，只看了两眼，便双手颤抖，悲声道："幺妹，你……还有何话说？"

太平冷硬着脸，一言不发。其实那道诏令上她本可以不签名押印，但范平那个混账进宫后动作不知为何慢了数倍，她担心那慢吞吞的天子玺印误了事，才急着盖上镇国公主府的印鉴，现在反而成了无法抹去的罪证。

袁昇知道陆冲的任务有多凶险，这时不见他的踪影，心下焦急，忙走到王琚身边，低声问："陆冲呢？"

"陆将军……重伤，我们赶到的时候，他已然不支，只得拼力将他抢回。"王琚竭力做出一副悲恸的样子，当然不敢说自己下达的那个尽数射杀的冷硬命令，"本要将他即刻送入医馆，但他执意要来这里。他说，便死了也要瞧一瞧青瑛副使。我们便将他拉来了，此刻便在殿外……"

青瑛听得了他的话，登时浑身冰冷，未等他将话说完，便疯了般奔了出去。

陆冲是被人背进宫来的，浑身浴血，只是简单地涂药包扎，此刻静静地仰在丹墀前。同来的一众禁军都如临大敌在四下警戒，只有背负他同来的那禁军执刀在他身旁守护着。

青瑛赶到近前，瞧见陆冲的脸色已经苍白如纸，满身缠裹着血染的布条，登觉双腿再无一丝气力，一下子跪倒在他身前。

"冲郎，冲郎，你这呆子，你快醒醒啊……"

在她的拼力呼号下，陆冲的双眼微微睁开了一线，望着她，居然笑了笑："老子可能就要死了，告诉我……为什么……要离开我？"

"我没有办法，"青瑛泪如雨下，哽咽道，"当日刘幽求要谋刺太平公主事败，大势已去之前他找到了我……我本不想答应，但是他威胁说，他已看破那日刺杀华仙客的人就是你……如果不随他，我们整个辟邪司都要受灭顶之灾。"

"刘幽求这个臭贼球，老子回头……做鬼也不会放过他。"陆冲虽然说得凶狠，却在望着她笑，声音也很细弱，"适才那一刻，我在想……下辈子，你会嫁给我吗？"

青瑛再也忍耐不住，放声大哭："呆子，我这辈子就嫁给你，你活半天，我嫁你半天，活一刻我嫁你一刻，这一辈子生死都是你的。"

陆冲笑了，长长舒了口气，慢慢闭上了眼。

"郎君！"青瑛慌了，哭得声嘶力竭。

袁昇赶了过来，忙将一颗药丸塞入陆冲嘴中，查了下伤口，沉声道："莫慌，他死不了，只是失血过多。"

"老子当然死不了，"陆冲服下那丹丸，又得袁昇的罡气注入，又无力睁开了眼，骂道，"臭婆娘别吼了，待会儿跟我回去……入洞房……"

青瑛破涕为笑，连连点头，却不知说什么是好，只是紧紧攥住他的手，只怕手稍松一松，他就会离自己而去。

第十章

再上凌烟阁

殿内的太平公主忽然爆发出一阵狂笑。

"你们这些乱臣贼子，你！你们！还有你们！"她歇斯底里地啸叫着，伸手指向了身边所有的人，"给我抓起来，统统给我抓起来！"

她变成了一个疯狂的女人。

再没有人回应她，甚至连萧至忠都黯然垂下了头去。只有李旦木然望着这个妹子，痛苦地摇着头。

太平转向身后的慧范，厉声大叫起来："你还愣着干什么，快出手哇！"

慧范默然肃立，深邃的双眸闪着鬼火般的诡异光芒。那双老眼内仿佛蕴含着无尽的毒辣，又似藏着无数的噬人妖鬼，随时会喷薄而出。

丹云子登觉不妙，横身挡在了太上皇身前。王琚见状忙护住了李隆基。宣机则握紧了胡琴，紧盯着慧范，若有所思。

"你哑了吗？死了吗？"太平号叫着，猛地揪住了慧范的脖领拼力摇晃，"你的天邪策呢？你的天书奇谋呢？"

哗啦啦一下，慧范竟被她"摇散了架"，整个人忽然炸裂开来，如一块朽木般崩碎成无数碎块。

"慧范"那碎裂的身躯四下里疾射，十余根高烧的红烛被扑灭了大半，殿内霎时幽暗了许多。众人惊呼嘶号声中，却见一股黑气从那残碎的躯体中散出，带着嗡嗡的嘶鸣，四下里飞撞开来。

"小心，是毒蜂！"丹云子大喝，"快，护住太上皇和万岁！"他大袖狂舞，卷起阵阵罡风，将袭近的毒蜂震死。

慧范这招"毒蜂脱壳"之计太过狠辣，飞出的毒蜂太多，毒性又颇猛厉，霎时间便叮得殿内一片鬼哭狼嚎。更可怕的是，殿内的蜡烛一根接着一根地熄灭，大殿逐渐变暗。

一片混乱中，在地上抽搐的冷惊尘忽觉腰间一暖，一股罡气透骨而入，耳中更传入一道尖细而坚定的声音："抓住李隆基，就能逃出去。"

冷惊尘双眸一灿，骤然跃起，抢到了太平公主身边，双袖疾挥，两道捆仙索从袖内飞出，将太平公主捆得严严实实，缚在了背上，转身向外急冲。

冷惊尘要的绝不仅仅是逃出去，他还要荣华富贵，一切都要着落在这个女人身上，而且正如太平公主所说，外面还有她的五百死士，那可是慧范用邪术艰苦特训的一支劲旅。

现在还胜负未分。

太平公主又惊又喜，低叫道："好，惊尘，好样的，冲出去，最好能杀死李隆基！"

冷惊尘精神一振，乘黑挥出青焰枪，劲风烈烈，疾向太上皇扫去。陈玄礼大惊，腾身斜跃，要待挥剑阻隔。哪知冷惊尘的身子却忽然一折，虽然背着个人，兀自飘急如电，青焰枪耀出凄厉的枪芒，当头罩向李隆基。

陈玄礼刚被冷惊尘引到李旦身边，好在李隆基身边还有王琚。这位内宰相才不在乎太上皇是死是活，他要护的人只有李隆基。此时他双眸灼灼地盯住长枪，掌中长剑横飞，全力相抗。

但这一枪"七星落"是冷惊尘毕生功力之所聚，来势虽疾，落下时却如繁星错落，恍惚间殿内仿佛有星光离合，罡移斗转，隐隐然有天象之威。

王琚只觉双眸被纷繁闪落的星光映得头晕目眩，一片恍惚间，肩头已被枪杆重重抽中，那把长枪竟是瞬息未停，直取李隆基的小腹。

陡然间一道人影闪来，长剑当头迎上，正是袁昇已不知何时悄然赴到。

枪剑顷刻间交击数次，罡风呼啸，震得四周蜂尸横飞。袁昇伤处牵动，只觉浑身气血翻涌。冷惊尘双眸如欲喷火，长枪再吐，青焰枪上耀出紫青色的寒芒，竟是最决绝的"紫微枪"，满空星斗般的枪影忽然凝而为一，仿佛从北斗七星化为紫微帝星，气势君临天下。

枪剑再交，发出沉闷如雷的一响。就在袁昇难受得几乎要吐血之际，对面的冷惊尘忽然僵住了。他身后的两道捆仙索也同时崩断，太平公主哀号着滚了下来。

袁昇护住李隆基退后了一步，却见冷惊尘慢慢跪倒。在他的胸口上现出一道血痕，血痕慢慢增大，他的肩上、腹上、背上先后爆出了血花。

一道乌沉沉的剑芒才攸忽闪没，正是丹云子施出了剑仙门中最高明的气剑之术。

黑影一闪，宣机忽然抢上，一把揪住冷惊尘的脖领，大喝道："快说，快说！我是谁？"

"师尊，对不住！"冷惊尘忽然笑了，这一刻，他才觉得先前苦苦追求的一切都是如此微不足道，大叫道，"对不住，宣机师尊……"

所有的一切都要烟消云散了，但这一刻望见师尊宣机的丑脸，竟让冷惊尘觉得有些欣慰。

随着冷惊尘拼尽最后气力的这声大喊，宣机全身剧震，仿佛被一道巨雷劈中，无数记忆的残碎影像如星光如闪电般汹涌而又纷乱地袭入心间。

他愕然僵在当场，喃喃道："宣机……师尊？难道我是宣机，宣机又是谁？"

"不好，范平逃了！"袁昇大喝起来，"快，大家莫要慌乱，快点起蜡烛！"

殿内这时早已乱成了一锅沸腾的热粥，许多宫娥女眷在哭号，听得袁昇的怒喝，才有几个小内侍跑去点燃蜡烛。

明烛再次点燃，却见殿内已是狼藉一片，好在此时殿内门窗大开，毒蜂四处乱撞，已大多穿窗飞走。

"慧范用易身术遁走，还带走了范平！"袁昇四顾之后，大惊喝道，"大家小心，殿外还伏着公主府的一支死士亲兵。"

李隆基大喝道："李易德何在，你这蠢材，快集结兵士，给朕护住延嘉殿。"

李易德知道这是自己最后戴罪立功的机会，大喊了声"臣遵旨"，便疾步冲出。他遵照范平的旨意，本就安排了一列亲兵持劲弩在附近随时恭候，此时倒正好派上用场。随着他的连声呼喝，数队侍卫如风般掠出，张弓持弩，齐刷刷地护住了延嘉殿。

大殿外原本也是彩灯高悬照得亮如白昼，此刻不知为何，却是乌沉沉一片。

袁昇凝目瞧去，却见高高丹墀下空旷广场的远处，竟起了一团雾气。雾气在悄然扩大，雾中影影绰绰地，密密匝匝不知有多少人正无声地逼近。

"大家留意，"他心内骤紧，忍不住大喝道，"有人在施法！"

青瑛正陪着陆冲守在丹墀下，见状心惊肉跳，忙抱起陆冲，飞步逃回了殿内。丹云子赶过去细察，度入一股精纯罡气，陆冲苍白的脸上终于有了血色。

"少时会有一场大战，只怕险恶无比！"丹云子脸色沉重，对青瑛道，"你一定要看护好他。"

"师尊，你也要保重！"陆冲虚软地一笑。

青瑛却心头一紧，在她心底，这位丹云子是个游戏风尘的宽心老头，陆冲则更是个没心没肺的家伙，没想到这时这对师徒竟会说出这样凝重的话来。

她有些疑惑，这边有丹云子坐镇，宣机虽然糊涂，却也是大术师的身手，更何况还有袁昇和数千禁军侍卫。而对方不过是一个老胡僧慧范和五百死士而已。

难道他们已看出了什么，难道还有什么更大的凶险？

李隆基也赶过来探望陆冲，闻言同样一凛，大喝道："李易德，还愣着做什么，放箭！"

李易德忙抢出几步，正待扬手施令，遥遥的雾气中却有人振声大喝："我乃当朝天子，谁敢大逆不道，向天子放箭？"

白雾中冲出一骑骏马，马上那人一身醒目的明黄色皇袍，正是范平，只不过此时他已完全恢复了天子李隆基的容貌，头上的凤翅翼善冠在火光映衬下闪着耀眼的金色，更具天子风范。

延嘉殿前的侍卫们多是见过皇帝的，登时却愣住了，乱糟糟放下了手中的机弩。

"众卿听真，假皇帝便在殿内，此时正要谋逆太上皇。此大逆之贼，必乱箭诛之。谁能先诛此獠，赏黄金万两！"范平手指殿内，一番话说得字正腔圆。这十足的李隆基音容笑貌，更让众禁军犯了嘀咕。

李易德见手下兵卒不听使唤，气得连声喝骂催逼，最后干脆抢过一支劲弩，向昂头大笑的范平迎面射去。有主将身体力行，便有胆大的亲信追随，于是更多的侍卫举起弩机攒射。

羽箭先是很零星，随后便如密雨般攒射过去。

眼见李易德的劲弩射到，范平却傲然不动。他身后的白雾中忽然升起一面白幡。白幡在夜色里轻轻旋转，那一片箭竟被一股奇怪的力量吸入了白幡内。

白幡是公主府的人折叠后设法带入宫内，再临时组装而成的，并不太大，看上去就是皇帝的黄罗伞盖那般大小，只是四周飘出九根长长的幡带。白幡以一种奇异的韵律旋转着，长带便如九根巨大的手臂般舒展开来，有股铺天盖地的强悍气势。

随着巨幡不紧不慢的飞旋，所有的羽箭都被白幡吸入，仿佛被一只无形的大嘴吞噬了。

"看到了吧，"范平笑得愈发张狂，"朕是天命之所归，众卿还不倒戈擒贼，更待何时？"

"不可能！"袁昇不可置信地望着那怪物般的巨幡，"术法难掩大道……可这是什么术法，居然能破弩箭？"

便如当日破解弓甲案时他对陆冲所说的，这个世界有这个世界的规则，道术乃至妖法都极少能应用于战阵，更难以改变大势。这也是以袁昇、冷惊尘之能，仍畏惧劲弩的原因。

但现在，这把高高擎起的巨幡，仿佛是一个突然降世的白色老妖，几乎完全无视于这个天地的法则。

"小小妖术，有何惧哉，兄弟们，给老子杀！万岁和太上皇就在大家身后看着呢，现在是大家报效朝廷的时候！"李易德生就一股天不怕地不怕的狠劲，嘶声大吼，左手腰刀，右手流星锤，当先冲去。数十名亲信侍卫也振声怒吼，随着自己的长官冲去。

两拨人马很快便在丹墀数十丈外短兵相接。

李易德和千牛卫众侍卫呼喊着冲杀前去。禁军们对自己的身手极为自信，况且其兵刃、铠甲都远超对手，果然这一路冲去，就如虎入狼群，迅疾地插入了对方的阵势。

但很快，李易德等人便震惊无比，无数刀剑狠狠斩杀在公主府的死士们身上，竟冒出一串串的火花，仿佛砍在金石上一般。

那些死士根本没有反击，只是迈着沉稳甚至有些木然的步子向前逼近。千牛卫们被他们撞得东倒西歪，先前的勇武气焰登时变成了震惊、骇然乃至惊慌失措。

头上的巨大白幡依旧在旋转，自下仰望，更有种遮天蔽日的气象。离得近了，李易德才看真切，那九条长带上竟缀满了骷髅饰物，瞧来分外诡异。随着白幡的旋转，数十名禁军先后倒下，甚至没有发出什么哀号呼喊。

"孽障！妖法！"李易德狂啸着抖开了流星锤，双锤犹似流星赶月般击向丈外的白幡。他已看出这巨幡正是这些邪法的源头。

白幡内耀出一道淡淡的星芒，流星锤的链子忽然寸寸断裂。一只巨锤倒飞回来，打得李易德胸骨断裂。他口中鲜血狂喷，居然同样没有哼叫一声，便栽倒在地。

"他们……已不是活人了！"远观战局的袁昇不由低叹。

"那是什么？"王琚惊问。

"他们的躯体接纳了奇怪煞气，这才坚逾铁石，而正常人绝对无法忍受这种煞气入身的痛苦。他们应该已被一种惨烈符法炼制过，此刻，他们的神魂几乎已不属于自己。他们应该是……活死人！"

一道犀利的紫电光芒忽然横空划出，跟着又有一道更加粗重的青色光焰凌空疾飞，一紫一青两道光焰，同时袭向白幡。

出手的竟是丹云子和宣机。

两人都是大宗师手眼，连出手的方式都完全一致，丹云子飞出的是陆冲的紫火烈剑，宣机则拾起地上的青焰枪抛出。这两人都可以草木成剑，可以御气成剑，此刻却不约而同地祭出了本门的精锐法器。

巨大风幡上忽然耀出大片星芒，跟着便有一道金鞭般的粗大影像从幡内探出，凌空下击，狠狠斩在一枪一剑上。青焰枪和紫火烈剑的光芒尽敛，在夜空中虚化成了一长一短的两条淡影，随即被巨幡吞噬。

丹云子和宣机几乎同时发出一声闷哼，丹云子连退了数步，宣机则僵硬地吐出了一口血水。

"怎会如此？"丹云子大惊失色，嘶喊道，"速请太上皇、万岁暂避，走角门。"

袁昇忙喝道："千万不要贸然出殿，他们慢慢逼近，其实就是要将我们都逼出殿去。那巨幡的阵势还没有完全展开，容我们先探看虚实，再做定夺。"

丹云子一凛，登觉有理，只得守护在李旦和李隆基身边。陈玄礼疾步冲向丹墀，呼喝着殿外惊慌的侍卫们："快，结成阵，软盾列阵，劲弩射击，就是拿人撑，也要给老子撑住。"

眼见太上皇和天子父子二人并肩而立，脸上神色倒还镇定，殿内乱作一团的臣僚贵胄也都安静下来。

"好，好样的慧范，好样的范平，"太平公主狂笑起来，"快杀进来，拿了这些乱臣贼子……"

"幺妹，你错了，"李旦叹息道，"你觉得你还有利用价值？他们会将你、将我、将殿内的所有人都杀死。明日朝会，那个假隆基一定会在殿上宣示说明，是逆贼太平公主袭杀了太上皇，而他这个皇帝荡平了叛逆而已。"

太平狂笑顿止，脸色变得灰白一片。她是何等机灵的人物，只是当局者迷，此时被皇兄点破，才觉出无尽的沮丧和寒意。

"今晚的月色好亮，难道是……凌烟阁法阵？"袁昇凝望着那道未及散尽的淡淡鞭影，忽然想道，"原来慧范的意图，本就是要做鹬蚌相争得利的渔翁！"

丹云子忍不住问："月色明亮，那又有何异常？"

"凌烟阁上的法阵之力与月色明晦关系紧密，而慧范一定是从秦太医或是秘门那里，得到了盗取法阵地煞之力的秘法。丹云子国师，时不我待，这里守护万岁和太上皇的重任便交给你了。"袁昇向丹云子点点头，随即望向宣机，"先生可愿与我同去破阵？"

宣机默然望着他，眼神如枯井无波，无动于衷。

青瑛忽向宣机道："老齐，你随袁将军同去破阵，你欠我的，咱们一笔勾销。"

宣机眼神一亮，终于点了点头。袁昇道："那里有先生一个死对头，或许能让您想起什么。如果能破了此阵，某一定会力助先生忆起过去。"

那两道目光慢慢灼热起来，宣机沉声道："好，同去。"

"还有我，带我同去！"黛绮横身挡在袁昇身前。

袁昇这次没有犹豫，点了点头，当先转身奔向殿后角门。

果然如袁昇和丹云子先前预料的，大殿四周都已经被那些无声无息的死士围住，那团雾气也越来越浓。看来这座延嘉殿已是李隆基一方最后的遮掩物。

"那雾气中有毒，禁军们都是被这雾气所伤。那些活死人身上有一种极强的煞气护身，而那白幡的煞气最浓，所有煞气的来源，便在凌烟阁上。"袁昇说着凝目远眺，从这里可以清楚地看到凌烟阁上那抹迥异于往昔的明亮辉光。

"知道我为何要答应你，活死人们的这些煞气，让我有种很熟悉的感觉。"一瞬间宣机仿佛想到了那次在地穴深处的可怕经历，他眯起老眼，沉声道，"延嘉殿四周，后门蕴藏的杀气最浓，而以西北方的杀气最弱。"

"不错，世间也许只有你，能冲出这个阵。"袁昇望着他，目光复杂。

"我试试。"宣机缓缓吐出这三字，随即腾身跃出。

袁昇忙扯了下黛绮，紧追了过去。

三人悄没声息地穿窗而出，屏息冲向最薄弱的西北方。

天上的那轮月果然很亮，阴云和雾气却阴郁得可怕，仿佛那轮月亮是假的，是被人用金纸剪下来贴在天上的。整个天象都显得诡谲而可怕。

"闭六识，除了双眼，锁七窍。"宣机传音过来。他的身法很古怪，身周也耀出一抹淡淡的雾气，仿佛要和周遭的浓雾融为一体。看来宣机到底在紫电门偷偷钻研多年，其后又从长安地府中死里逃生，这股天魔煞的力量，竟已被他摸到了一些门径。

宣机散出的那抹淡雾慢慢扩大，将袁昇、黛绮也包裹其中。黛绮忍不住望向袁昇，袁昇的脸在雾气中看不真切，他的眼神却无比坚定地刺向远方浓雾的最深处。

我们不会分开。她在心底默默念叨了一句。仿佛有感应般，袁昇手上传来的热力越来越浓，一股强大的劲力带着她如飞般向前疾奔。

黛绮很快就察觉到身周都是公主府那些活死人的身影，这些人都不说话，甚至不带着生人的气息，仿佛鬼影绰绰。好在三人各怀异术，在宣机奇异术法的指示下，尽数敛住声息，隐身雾中，犹如一把看不见的锥子，急速扎向了浓雾深处。

凌烟阁前空荡荡的，没有任何喊杀声，甚至看不见一个人影，刹那间黛绮以为袁昇判断失误。

最奇怪的是，如此重要的凌烟阁，居然无人值守。甚至连凌烟五岳那五个兢兢业业的老道姑都不见踪影，看来范平昨晚当上皇帝后，定然下达了一项禁止旁人涉足凌烟阁的密令，至少已将数十年间奉命看守此处禁地的凌烟五岳都调离了。

她猛一抬头，发现月光直直地打在凌烟阁上，让整座楼发出淡淡的青芒，看上去仿佛是空中楼阁，神秘而妖异。

只不过，这里也矗立着一面巨大的白幡。这白幡较之先前战阵中的那面还要巨大，而且诡异地悬在半空中，与凌烟阁的第三层楼平齐，在那抹银子般明亮的月辉下幽幽转动，显得说不出地阴森。

"这感觉当真恐怖，这个慧范，到底掌握了多少秘密？"黛绮仰望着巨幡，不禁喃喃低语。

袁昇也仰头望着那巨幡，只觉一股宏大甚至恐怖的力量从天至地，源源不绝地被凌烟阁吸引过来，再通过那道巨幡送入战阵中的另一面白幡上。

"我上去，你留在这里，替我守住退路。"袁昇依旧如往常那样对黛绮下达命令，"只要登楼破阵，那些活死人和这阴阳双幡，便不足为惧。"

猛一回头，夜色中已不见了宣机的身影，他心头微沉，不知这人到底恢复了多少记忆，只是他的行为愈发古怪，难以捉摸了。

"好，我等你。"这次女郎倒没有争着跟他一同上去，而是乖巧地一笑，"还记得你给我讲过的那个尾生的故事吗？"

袁昇怔了下。尾生抱柱是《庄子》和《史记》中都有记载的故事，黛绮没听过，所以袁昇第一次说给她听时，她觉得很新鲜。这故事是说一个重情重信的男人尾生，与心仪的女子相约在桥下，但那女子没有来，忽然天降暴雨，河水慢慢高涨，而尾生始终抱着桥柱苦候他的意中人，最终被淹死。

当时黛绮觉得新鲜之余，却很郁闷，觉得这个尾生太痴，又觉得这女子太无情，甚至很天真地让袁昇将这故事改成大圆满的结局。袁昇却说，这故事流传了千年，早已天下皆知，所以结局无法更改。

"当然记得……"听她忽然提起这凄恻故事，他的心不由紧了紧。

"我现在就是尾生，我会在这里等你，你一定要回来。"女郎在夜色里望着他，明眸中有些湿润的东西在闪。

袁昇想说什么，终究没有说出口。两个人都意识到了眼前的凶险，显然已超过了以往的任何一次。

他再次仰起头，高高的凌烟阁就这样巍峨地矗立在月光中。

这件事想想就颇为荒唐。他袁昇执掌辟邪司，但多年来全力辟邪到了最后，居然最大的邪佞，反而是这座象征着大唐最高荣耀和权势的凌烟阁。

这里是大唐的荣耀象征，秘藏着大唐的权力图腾，现在，这里却成为碾压大唐的一台巨大机关。

"等我回来！"

袁昇最后低喝一声，随即振衣登楼。

楼内灯火通明，猛一进楼，袁昇甚至觉得那些灯辉有些刺目。凝目细瞧，他不禁有些愕然。

凌烟阁是个三层高的巍峨阁楼，第一层其实仅有寻常摆设，第二层才陈设着阎立本呕心沥血所作的二十四幅大唐文武功臣的巨像，这两层阁楼内都点着明晃晃的灯烛，烛火以琉璃罩仔细地罩着，映得两层楼阁内流光溢彩。

而在最高的第三层楼，那上面没点一盏灯，却最为明亮。那都是月光，仿佛天地间所有的月辉都被吸引到了那里。

那些耀眼的月辉经过窗棂木格的分隔，形成了北斗七星的奇妙形象，打在二层阁楼中最醒目的那幅尉迟敬德像上。阁楼内还隐隐地有些奇异乐声，如仙泉叮咚，如天风缕缕，宛然便是传说中的仙乐。

袁昇知道，那都是阵眼启动后，与天元地煞相沟通交流后所生出的妙韵，这才真正是庄子所说的"天籁"。

显然，当年秦清流殚思极虑想盗取的阵心法流，此刻正源源不绝地被那巨幅画像所吸取、淬炼、转化……

"这里是袁天罡设置的七星巨阵的阵眼所在。袁天罡苦心孤诣布下七星巨阵，本是要克制天魔煞，但在天魔煞被我等破去后，这里其实已成为一股可以独自调动整个长安地煞的奇异机枢。"袁昇缓步登楼，声音从容不迫，"从秦清流到宗楚客的秘门，都曾对此做过钻研，现在，这些秘密终于都落入了你慧范的手中。"

阁楼上传来慧范的一声轻叹："说得有道理，不过在天魔消失后，七星巨阵的力量出现了巨大的不平衡，而宇宙的一大原则就是平衡，故而这股力量取之有道，正所谓'天与不取，反受其咎'！"

刚刚踏上了第二层阁楼，袁昇的步子忽然顿住。他早看到了在尉迟恭像前，有道人影在闪，从那熟悉的气息来判断，他知道那一定是慧范这个老狐狸。但当那人悠然转过身来，袁昇不由浑身僵硬了。

那人确实是慧范，但此时，他的形貌衣饰打扮却是鸿罡真人。

"徒儿，无论如何，有你这样的弟子，为师都颇为欣慰。"鸿罡微笑着。他披一身杏黄色的高功鹤氅，在耀目的灯辉下映出一派氤氲霞彩，显得仙气十足。

袁昇认得这身装束是师尊当年遇有朝政大事时才穿的，而此刻那慈和温煦的目光，宝光流动的面容，都让袁昇生出一阵阵犹若隔世般的恍惚。

"师尊，"他抑住心底的万千波涛，甚至强压下自己给他叩拜行礼的冲动，只淡淡道，"徒儿给师尊请安。"

鸿罡缓缓道："你还没有改变自己的主张？"

"既然无错，又何必变？"

"哪怕前行是悬崖，哪怕会跌得粉身碎骨？"

袁昇双唇紧抿，没有言语，只是目光复杂地望着鸿罡，良久，才缓缓叹道："师尊布的这个局当真是超然之局，作恶多端的市侩慧范已经死了，而忠于大唐的鸿罡国师却如仙人般复活了，无论太平公主这次政变是胜是败，师尊都已稳操胜券。"

"你还真以为师尊会甘居太平之下？"鸿罡依旧温和地笑着，"现在太平唯一的价值，就是充当今晚叛逆的主谋，今夜过后，天下就是李隆基的，当然，那是我的李隆基！"他轻拍着尉迟恭的画像，赞道，"不愧是阎立本的真迹，利用七星与月华之天象，调动强大的长安地煞，生出如斯无穷妙用。只怕当年的画者阎立本和布阵者袁天罡，都没有想到会有今日吧？"

"这才是最终的天邪策！难道你早就算出李隆基会登基，要用范平冒充李隆基？"袁昇犹豫着，忽地恍然道，"是了，千丝蛊可千变万化，这才是你成功的关键。自然，你搜罗来的这个范平，也实在是奇才。"

"千丝蛊本就是雪无双的绝学之一，当年她传给我时，只是我们之间的玩笑。"说到雪无双时，鸿罡的眼神难得悠远起来，"当日的我们，谁也不会想到，这个游戏后来可变幻出如此惊天动地的大局！而李隆基曾被下过傀儡蛊，同样也与无双有关，因此竟能暗克千丝蛊，这也是天意了……咄！"

鸿罡的叹息声忽然化为一声大喝。原来袁昇乘他扬扬自得之际，大袖轻挥，袖内旋出两柄流星锤，疾向那幅尉迟恭像撞去。这是他自陆冲那里学来的玄兵术，此刻双锤突发，势道劲急猛恶。

"雕虫小技。"鸿罡冷哼，也将大袖挥出。这一挥则运上了"袖里乾坤"的秘术，袖内生出强大吸力，袁昇最先化出的流星锤和随后施出的链子枪、飞抓等诸多玄兵都被那大袖席卷一空。

"明白吗？无论如何，最终的天意在我这里！"鸿罡笑得好整以暇。

猛听咔咔声响，袁昇只觉浑身罡气一空，右手悄悄拔出的掩日剑竟坠落在地。同一刻，鸿罡刚刚夺下的流星锤、链子枪等玄兵也从他袖内落下，砸到楼板上。

"七星法阵的巨力已经真正运转开来了，所有的术法都将失效。"鸿罡朗声大笑间，一只手还牢牢地吸住袁昇的左掌。此时法阵之力彰显，诸般术法都已失灵，但鸿罡施展的却是自身深厚的罡气，仗着雄浑掌力，将袁昇死死拖住。

阁内的天籁之声愈发急促，仿佛有无数飞仙在阁内环绕飞舞，一起奏响仙乐。

"现如今法阵之力已不可逆转，袁昇，你这逆徒，"鸿罡振声长笑，"我要让你亲眼看着大唐尽归我手！"

他的笑声忽然凝滞，一道比电还快的身影斜刺里扑来，寒芒一闪，一剑刺入了他的小腹。

鸿罡闷哼一声，挥掌拍向那人脑顶。那人正是化身为丑琴师的宣机。不知为何，他只觉眼前这个老道士让他万分厌恶，难道果如袁昇所说，这人就是自己的死对头？

他当年在水官祠下遭遇浅月和东瀛剑客的亡命搏杀，当时三大高手的激战引发了地煞震荡，宣机最终虽然力毙两大对头，但因遭了地煞和强敌的双重攻击，九死一生逃出后，已神志不清，却又无巧不巧地被青瑛所救。他这些年一直视青瑛为恩人，此次赶来破阵又有青瑛的嘱托，眼见袁昇势危，便毫不犹豫地扑过去相救。

宣机身手奇快，眼见掌到，也横掌撑住。两个一生之敌对望着，眸中都有波涛汹涌。

"小十九，你还要躲到何时？"鸿罡奋力大喝。

一道人影如疾风般闪出，剑芒璀璨，正是高剑风斜刺里冲出，自后疾刺宣机的背心。宣机听得剑风，拼力闪避，那把剑仍是从肩胛透入。

袁昇见高剑风目光有些僵直，心中一震，看来小十九果然是遇到了慧范，再被这老胡僧用鸿罡的旗号摄住了心魂，又被带入了宫内。

高剑风使的是纯粹的剑法，不受法阵之力的羁绊，剑势犀利无比。宣机一身术法难以施展，心思一惊之际，再也阻不住鸿罡倒逼过来的汹涌掌力，身子向后跌出，口中鲜血狂喷。

高剑风的长剑已如影随形般向宣机斩落。袁昇喝了声"住手"，拾起地上的掩日剑扑去，横剑挡住。

双剑相交，袁昇重伤未愈，长剑又再脱手飞出。

"小十九，高剑风！"袁昇盯着高剑风直愣愣的双眸，忍不住喝道，"难道你还不明白？"

"十七兄！为什么……你为什么要背叛师尊？"高剑风的目光中有些犹豫，有些迷茫，更有许多痛苦。蓦地，他长剑疾转，斩向袁昇的肩头。袁昇仓促之间只得伸手，一把扣住了长剑。

"这不是背叛，"袁昇五指滴血，却一字字道，"这世间没有永恒正确的人，包括将你养大的师尊。"

高剑风望向鸿罡，眸中的苦痛和犹豫之色更增，颤声道："我都听到了，师尊，为什么是这样？为什么你是慧范，为什么要诈死？"

鸿罡捂着小腹伤处，眼神也有些酸涩阴郁，沉声道："先前我命你在楼下守护，但你还是放了袁昇登楼，而且还暗中偷听……便是因为你对师尊，一直心存疑惑？"

"想想你那个二师兄！"袁昇大叫道，"小十九，永远不要让别人代你思考，永远要自己亲自观之思之！"

高剑风痛苦地摇了摇头，蓦地抛了长剑，抱头哭道："师尊，我不能，我们不该这样……"话音未落，他的身子忽然高高飞起，人在半空，口中热血狂喷。

鸿罡一掌将爱徒击飞，眼神瞬间变得锐利阴森，身子一晃，鹤氅飘飞，已奔到阁楼当中那幅硕大的尉迟恭像前，从怀中掏出一面圆镜高高擎起。那面圆镜纹饰华美精细，上面镏金嵌玉，显是一件法器宝物。

"时辰已到！"鸿罡狞笑声中，将宝镜郑重挂在胸前。

随着他将双手在胸前虚抱，镜上立时闪出熠熠光芒，霎时间整座楼阁都有光彩流动，二十余幅巨像同时耀起灿然光华，数十道光华在空中交汇融合，聚成一道宏大的光束，齐向尉迟恭像射去。

"镜法！"袁昇不由惊呼出声。

镜法也叫镜道，术法界认为，铜镜"清明周正，影似非虚"，可用宝镜炼心，也可用其鉴物照形的功能，吸纳大阵法效，当年秦清流所用的翻天印，其实就是一种精简的镜法而已。而此刻鸿罡挂在胸前的宝镜，则是灵虚门真正的镜法宝器。

霎时间，尉迟恭像变得璀璨耀眼，再将那道宏大光束射向宝镜。鸿罡真人挺立像前，整个人都泛出一抹夺目的恢宏气象，宏大光束被他胸前宝镜尽数吸收，再反射向空中，打到高悬夜空中的那面巨大白幡上。

白幡上生出无数奇异的光影图像，如星月，如山峦，如林泉，变幻的光影如流水般射向星空。从这里就可以遥遥地看到，延嘉殿前战阵中的那面白幡也有光芒耀出，似在遥相呼应。

袁昇长吸了一口气，奋力向鸿罡奔去。此刻高剑风和宣机都已身受重伤，只有他还有一战之力。

"袁昇，你阻挡得了吗？"鸿罡好整以暇地笑着，将宝镜的铜链挂在了颈上，再自怀中掏出一幅画，展了开来。

又是那熟悉的红琉璃轴，那有些老旧的画卷，却只剩下最后一幅画了。

"你的天书？"袁昇声音发颤，心底忽有一种难言的不祥之感。

"你是天书选定之人，这最后一幅了，不想看看是什么吗？"鸿罡胸前的宝镜兀自熠熠生辉，他的双手却将半截残卷倏地展开。

那是一座楼阁——凌烟阁。

整幅画卷都是黝黑的色调，而画卷当中的凌烟阁却是流光溢彩，仿佛深夜中突然出现的神仙楼阁。

袁昇一凛之际，鸿罡屈指一弹，那幅画已飞入一个灯架内，被琉璃罩中的油脂和火花一舔，迅疾燃烧了起来。

望着那幅画在火光中迅速地扭曲变形，袁昇竟有些呆愣，一时间无数的画面和线条，随着那跳跃的火焰向他脑海中汹涌冲来。袁昇无力地跪倒在地。

"所有的一切，都早已被天书注定，无法逆转。"鸿罡一双老眼放着灼灼的幽光，"包括你袁昇的命运。"

袁昇心内一片冰冷。他知道凌烟阁内寻常术法都无法使用，但无所不通的鸿罡还是动用了唯一不受禁制的元神攻击。可此时他明明察觉，却无法抵御。在鸿罡那绵软幽寒的语调中，他只觉额头突突发颤，全身气血上涌，元神几乎要破体飞出。

"大势在我，势不可挡！"鸿罡的声音愈发深邃，"来吧，孩子，你喜欢书画，不如让师尊将你化作一名画中人，自此在画中逍遥自在，再没有生老病死，再没有烦恼忧愁。"

"不会！"

阁内忽然响起一道清脆的叱喝，黛绮飞步赶来，伸掌按在了袁昇的后背。

"没有用的，一切都已注定，包括你的命运。"鸿罡的手慢悠悠地按向袁昇的头顶，悠然笑道，"你瞧，火光中那最后一幅天书即将化为灰烬了，你这天书见证者的使命已经完成，那便跟它一起，回归天界吧。"

袁昇心神巨震，这时才隐约明白为何慧范要将自己选为"天书见证者"。因为在这世间，只有自己一个人知道慧范的底细。而他一次次地当着自己的面焚烧那些"天书画卷",其实就是一次次的心神攻击。

自己在不知不觉间已经将那些天书图谱固化在脑中,同时固化在脑中的还有这样一份信息——一切都被天书算定,一切都已不可逆转。

袁昇跪倒在地,眼见那只枯瘦老掌慢慢压向头顶,无力感充斥全身。

鸿罡的算度既深且远,那六张"天书图谱",由丹炉起,由凌烟阁终,仿佛一个神秘的圆环,将一切变数都锁在了其中。袁昇有时候会想,这些画当是慧范事后补画的,但此刻心力交瘁之下却愈发固执地认为,这些图也许是慧范早就画好的,天书,本就应很早便存在于天地间。

正自无可奈何之际,一股清纯的气息猛从后颈投入。女郎虽然没有说话,但他分明听到她的声音,仿佛在不屈不挠地呐喊:"挺住,不要屈服!"

在鸿罡刺耳的大笑声中,女郎的这道灵力就似是刺破无尽黑暗的一线天光。袁昇盯着那幅还在熊熊燃烧的画卷,只觉那刺目的火焰仿佛是跳跃的鬼怪,正吞吐着红色的舌头告诉他,一切不可逆转。

但下一刻,心内那一线天光忽然放大,与眼前的火光融为一体。

袁昇忽然大喝一声,一腿扫出。灯架突然倒落翻转,火花四溅。这灯架是个精致华美的双龙造型,如二龙戏珠般拱护着上方的灯盆,盆里面蓄着油脂,上面罩着琉璃盏。那最后一张天书便在琉璃盏内燃烧着。此刻袁昇连环两腿踢出,油脂和火花登时四处迸飞。

"孽障!"鸿罡大喝,大袖飞卷而出,却忘了此时已无法施展"袖里乾坤"的术法。灯架倾倒时,内里的油脂流出,触到了天书之火,立时燃了起来。

黛绮双眸一亮,腾身蹿向第二个灯架……一时间灯架先后倾倒,油脂四射,转眼间便燃到了长长的明黄重幔,阁内常年务求干燥,这些重幔都是见火就着,迅速便燃成了火龙。

"住手,你们这些孽障!"鸿罡嘶号着,拼力扑打,但他术法难施,又怎及得上黛绮四下里扯倒灯架的速度。忽然间秦叔宝像和魏徵像先后燃了起来,跟着大火终于熊熊而起,尉迟恭的画像也被烈火裹住,一道道耀目的光芒登时被火光吞噬。

"你这孽徒!妖女!"鸿罡目眦尽裂,奋力向黛绮扑来,但重伤之下,浑身无力,脚下一个趔趄,栽倒在地。

"师尊，起火了，快逃吧。"高剑风这时候刚缓过一口气来，强撑着冲来，拦腰抱住了鸿罡。忽然间被小徒弟抱住，一身术法再难施展的鸿罡才觉得自己是一个老人，一个衰朽无力的老人。

"师尊，一切都结束了！"袁昇单掌擎起一个灯架，奋力向阁外掷出。

一道火光划空飞过，凌烟阁外的硕大白幡忽然发出恐怖的嘶啸，烈焰升腾，跟着猛地爆裂开来，成了一个烈焰熊熊的恐怖火球。

"不要……"

鸿罡声嘶力竭地狂叫着，却已无能为力。高剑风眼见此刻阁内浓烟四起，忙抱着师尊抢到了窗口，转身向袁昇大叫道："十七兄，快走吧，阁内火势太大了……"

袁昇却已精疲力竭，身周火蛇乱舞，烟气四拱，他的视线渐渐模糊，心内更是一时欢喜，一时悲恸，这些倾城倾国的传世名画，居然被自己这样一个嗜画成痴的人付之一炬了……

蓦然间一口鲜血吐出，袁昇只觉眼前一黑，昏了过去。

黛绮忙赶过去一把将他抱起，飞步冲向了窗口。

第十章　再上凌烟阁

——— 尾声 ———

　　大唐先天二年七月初六，暮色初临长安。夕阳已挂上林梢，炊烟在崇贤坊那些高低错落的茅舍泥屋间漫起来。

　　在那些纵横散乱如迷宫的简陋房间内，又传来阵阵"呼卢"的叫喝声。一座数间木棚打通的大房内，众赌徒正赌得热火朝天。

　　孙小狮子赤膊站在赌案前，手里面拈着骰子，满头大汗，却不敢投出去。

　　这已是凌烟阁大火后的第三天。

　　当晚，凌烟阁法阵火起，那两柄吸纳传递地煞的惊天巨幡也随之一燃一毁。随着法阵巨效消失，延嘉殿前的浓雾四散，逼近延嘉殿的那批活死人再也没有地煞之力可恃，终于被疯狂反扑的禁军们横扫。

　　范平见势不妙，转身飞遁。他原本还对师尊抱有一线希冀，待看到凌烟阁那熊熊大火时，才明白大势已去。眼见王琚亲率数名禁军高手逼近，范平知道逃无可逃，竟在被抓前仰药自尽。

　　李隆基当场下令，将已近崩溃的太平公主索拿下狱，太平的羽翼萧至忠和窦怀贞意图乘乱逃遁，被当场诛杀。算上早被陆冲斩杀的常元楷和李钦，太平公主这次志在必得的大政变以彻底失败而告终。

转过天来，太平门下的另两位宰相崔湜和岑羲、知右羽林将军李慈、中书舍人李猷、雍州长史新兴王李晋等党羽先后落网。李隆基是个狠角色，对这种谋大逆者的处决都是从重从速，当日便是一颗颗血淋淋的人头落地，随后便掀起一场针对太平公主嫡系死党的严查追索。

首犯太平公主被赐死，其所有子女尽皆被抓，等待他们的都将是被赐死的命运，只有二子薛崇简因为屡次劝诫其母甚至遭受鞭笞而被李隆基赦免。看来李隆基大度地饶恕了薛崇简没有将牡丹阁勘察透彻的"失察之过"，甚至还给这位表弟赐了李姓，官爵如旧。

这两日朝中和辟邪司都忙成一团，自然没人搭理孙小狮子。

孙小狮子在钟府别院待得百无聊赖，只得灰溜溜地回了迷魂塘。他跟那些泼皮兄弟吹嘘自己入了辟邪司，随即招来阵阵嘲笑。跟他抢地盘最凶的许霸王甚至拍着他的肩膀告诉他："爷是正经的大唐皇城内卫大统领，归太上皇直管，你这辟邪司还是小了点。"

孙小狮子很无奈，他甚至找不到辟邪司的衙门口在哪儿。而最让他郁闷的是，那个三郎和吴六郎许给自己的五百贯巨款连个影子都没见，偏这时许霸王率众找上门来，索要当初他欠下的十五贯赌债。孙小狮子又羞又恼，只得再开了一场大赌。

可今日小狮子的手风极其不顺，一路输下来，到得黄昏已是债台高筑。许霸王狂喜不已，这最后一把干脆不赌钱了，因为孙小狮子已经欠账高达五十贯，所以他要求孙小狮子将迷魂塘的这片地盘让给他。

孙小狮子自然不答应，气急败坏之下，将骰子放下，在怀中一通乱摸，终于掏出了李隆基给他的那块三色玉佩，想充作赌资。听他说这块玉佩是正宗的于阗羊脂玉，赌伴们又是一阵哄笑。

一道冷冰冰的声音便在此时传来："小狮子，这块玉佩可要收好，那可是你的命根子。"

聚大案前的赌徒们忽然被挤得东倒西歪，一人大步闪来，一把将玉佩夺在手中。

许霸王正赌在兴头上，见有人竟来搅局，便想破口大骂。孙小狮子一眼打见那人，大叫道："六爷，您可来了。"指着那人喊道，"许霸王，睁开你的狗眼瞧瞧，长安城的辟邪司吴六郎，怎么样，这回知道爷没说大话吧？"

那人一身翠绿色的官袍，腰板笔直，脸带官威，幞头更齐整得让这些泼皮恨不得纳头便拜，正是在长安黑道赫赫有名的吴六郎。

"六爷，果然是您。"许霸王也识得吴六郎，忙赔上一副笑脸。

吴六郎根本不瞅旁人，将那玉佩小心地擦了擦，重又塞入孙小狮子手中，道："跟我走吧。三郎喝酒喝到兴头上，想起了你来。"

孙小狮子大喜过望，正输得一塌糊涂的时候，难得有这位爷强行给自己解围，兴冲冲跟在吴六郎身后挤出了人群。

"六爷，"许霸王忙叫道，"认赌服输，欠债还钱，这可是道上的规矩，小狮子前前后后已输了五十贯的赌债，总得有个了断吧。"

"不就是五十贯，辟邪司的人不会赖账。"吴六郎回过头来冷笑，"明日一早，自会有人来还。"

许霸王一脸愕然，指着孙小狮子，道："六爷，您说什么？他……他果然是……"

"不错，孙小狮子现在是辟邪司统领副使，"吴六郎站定了，居高临下地扫视着屋内一众目瞪口呆的泼皮，徐徐道，"近日他一直奉皇命探查太平公主谋逆大案，并立下殊功。"

一句话说完，屋内鸦雀无声。吴六郎双掌轻击，两名侍卫大步上前，捧出一身簇新锦袍，不由分说便套在了孙小狮子身上。

足蹬牛皮皂靴，腰围锦织抱肚，绣着凶悍辟邪形象的浅绿色官袍披上了身，革带再一束紧，孙小狮子登时变得器宇轩昂。众赌徒泼皮全愣巴巴盯着他，震惊无语。闻讯赶来的小霞瞧见孙小狮子这架势，又惊又喜，竟叫出了声。

吴六郎扯着孙小狮子大步出了屋，院落外便立着数匹高头骏马。孙小狮子一路脚下仿佛踩着棉花般，行到了马前，听得一声"上马"，便迷迷糊糊地跨上马去。

平生头一次骑上了这样的骏马，孙小狮子更觉得如在梦中，抚着一身灿然的官袍，笑说："六爷，您实在是够朋友，竟拿来这身行头唬了我那帮朋友……"

"谁说我是来唬你朋友的！你当我匆匆赶来，就为了给那帮泼皮逗个乐子？"吴六郎正色道，"先透你个消息，你这辟邪司统领副使的官职，是万岁钦封的。你出身虽低，但敢作敢为，又立下如此大功，这职位原也是当得的。快走吧，万岁这时候在兴头上，正要见你。咱们速速赶赴隆庆池，到了那里再给你洗漱，我还要教教你面圣时的大致礼数。"

"什么……万岁？"孙小狮子紧紧攥住缰绳，颤声道，"不是说三郎要见我吗？"

"蠢材，三郎就是万岁呀，除了当朝天子，谁还能有如此天大手笔？"吴六郎似笑非笑地望着他，"你不是老嚷嚷要赌个大的？恭喜你，赌对了。喂……你怎么了？"

孙小狮子傻了似的僵在那里，幸福地呼吸着七月的暮风，忽觉一阵天旋地转，竟摔下了马去。

隆庆池在长安城之东，这座数十顷的大池是京师内一片难得的湖光盛景。李隆基五兄弟做郡王时，便在池边修筑了"五王子府"。据说当时池内云气弥漫，时有黄龙腾空。唐中宗李显因为此池有龙气，甚至曾驾幸，泛舟戏象，以做镇厌。现在来看，李显以"真龙之身"亲临，仍是终究阻不住李隆基的"郁郁帝王气"。

此时隆庆池张灯结彩，水色天光夕影霞彩和灯辉相映，幻出深碧与血红、淡紫等诸色彩芒。在湖心那座巨大的龙舟上，天子李隆基与王琚、魏知古等一众近臣正饮得酒酣耳热，兴致盎然。

"……今日特例，陆冲重伤初愈，可少饮些酒，嗯，这可是青瑛替你求情。"李隆基指点着陆冲，高声笑道，"好吧，今晚朕要做三桩赐婚！"

王琚当仁不让地及时给天子接上话头："万岁赐婚，天下盛谈，不知是哪三桩？"

"其一，佳人独闯太平巢穴，见微知著，冒险传讯；义士一剑当万骑，力斩贼魁，白虹贯日！这两人情深意切，却是一对欢喜冤家，往日合久而分，今夕分久必合，朕一定要让他们终成眷属。"

李隆基说话间，双眸凝在陆冲与青瑛这两大爱将身上，目光中有感激更有温情。偎坐在李隆基身边的江梅儿却将目光始终凝在他的身上，她的眸光中只有深情款款。

现在她已成了正式的嫔妃，昭仪的名分并不高，但她不在乎。她当初跟他在一起时原也没想过要什么名分。就如那日两人死里逃生之际，她说的，咱们永远在一起。

那时候两个人就要穿越黑暗，前方已有了盛大的光亮。现在，他已经是她这一生中最盛大的光。

陆冲与青瑛自然起身谢恩。陆冲不顾青瑛的嗔怨，在一众臣僚好友的笑闹声中，连尽了三大盏。

"第二桩，便是这幅书法的主人。"李隆基笑着展开了那幅书法，"绍可，如此良人，岂可屈之外宅？"

那绢上是两个沉凝的大字——无愧。正是钟旭外宅中那温婉女子所书。

钟旭万想不到皇帝这时候还想到自己和自己不能收入府内的姬女。他一直惧内，此时有了天子发话，终于可以堂堂正正地将她纳为姜室，急忙起身叩拜谢恩，心绪激动之下，竟将酒盏弄翻，洒得满襟都是酒水，又惹来一阵大笑。

"袁昇，"李隆基忽然笑问，"还记得那日朕出了天琼宫时，跟你在车上说的话吗？"

在说起最紧要的第三桩赐婚之前，天子忽然岔开一句"闲话"，登时让众人都觉新奇。好在这句话也不算太闲，毕竟众人都以为，这最后一桩赐婚，必然是要给袁昇和黛绮了，而此时天子所问之人，也正是袁昇。

袁昇道："臣自然记得。"

"那时候朕还是临淄郡王，奉命主持天琼宫的玄真法会，袁昇也在天琼宫内为玄真大法会忙碌。不料天琼宫内生出了一系列的变故，那时节我二人曾聊过一番话。"天子郑重望向袁昇，缓缓举杯，"你对我说，这个天道，其实是一直在寻找一个人，这个人，能与民休息，与民为善！这句话，朕始终记得。"

袁昇也颇为感慨，举杯道："不错，现在陛下就是这个天道选定之人，与民休息，与民为善！"

众人都听得心神激荡，齐声赞叹。君臣同饮了一大杯。

李隆基放下酒盏，目光悠远起来，叹道："自则天圣后晚年迄今，十余年间，先后有武氏、二张、韦后、太平公主等人乱政，牝鸡司晨，荼毒天下。好在如今，大唐终于到了大乱之后的大治之时。"

众人听了更觉感慨万千。诚如李隆基所说，这个天下，在武周时期的则天女帝晚年起，便陷入了各种党争旋涡中，什么武家党、李家党，其后中宗李显登基，又多了韦家党。更奇特的，则是出现了大批女性干政强人，前有武则天、上官婉儿，后有韦后、太平公主、安乐公主，当真是你方唱罢我登场，前者甫灭后者继。

这些强横的当权者皆是骄奢淫逸，横征暴敛，与民争利。远的不说，这已是太平公主政变覆灭的第三日了，而对太平公主的抄家还没有完成。因为公主府内财货堆积如山，珍玩宝物可媲美皇宫大内，其府内的羊马、园林和放债息钱，只怕数年都收不完。大唐帝国经过这些宗室豪强的连番侵蚀，甚至已经摇摇欲坠。

"好在这些乱象，都结束了。这个天下，也该长治久安了。"李隆基眯起眼，望着西天那抹璀璨的霞彩，沉声道，"朕已经想好了新的年号，就叫……开元！"

"开元，好名字！"王琚昂然道，"陛下睿智圣明，班固《典引》有云，'厥有氏号，绍天阐绎，莫不开元于太昊皇初之首'，正所谓，一元复始，万象更新，有此开元盛名，必有开元盛世！"

众臣又是一阵激动。这次大变之后，太平公主及其党羽被扫灭一空，李隆基大权在握，终于成了名副其实的真皇帝。而他英锐奋发，多谋善断，是个难得的雄武之主，大唐也终该迎来真正的大治了。这也正是王琚、袁昇、陈玄礼等嫡系近臣随他浴血搏命的热望所在。

龙舟上群情激昂，众人齐齐举杯痛饮，更有人热泪长流。

"这第三桩赐婚嘛……"李隆基这时才拾起先前的话头，目光却戏谑般地从黛绮的脸上划过。波斯女郎的神色颇为紧张，要与心上人喜结连理，其实她面临的难度远超青瑛。

望见黛绮那可怜巴巴的眼神，李隆基终于不忍再卖关子，却叹道："袁昇，这一次你要感谢青瑛，这可是她亲口向我恳求给你和黛绮赐婚的。不过此次荡平大逆，袁昇、黛绮虽然居功至伟，却百密一疏，竟让大逆主谋胡僧慧范逃了……"

听得天子话锋一转，说起那晚荡逆的疏漏之处，众人的神色也紧了起来。当時凌烟阁火起，慧范苦心孤诣所布的法阵土崩瓦解，但公主府那五百死士被尽数扫荡后，慧范居然神秘地失踪了。袁昇当时已昏厥，而黛绮全力救助袁昇，拼命逃离烈火熊熊的凌烟阁后，自然无力再追查慧范了。事后大火熄灭，检验凌烟阁时，却一直没有慧范的踪迹。

"此事让朕寝食难安。限你十日内务必将慧范给朕找到，活要见人，死要见尸，哪怕将长安掘地三尺！"李隆基将酒盏向袁昇高高举起，"擒得大逆主谋慧范，朕给你们赐婚，还要亲临婚典。"

群臣听得都暗抽了一口寒气。走了主谋慧范，这不仅是天子的一块心病，也是朝廷一大心腹之患。但传闻这慧范机诈百出，若想在十天内擒得他，委实是一件天大苦差。黛绮的脸色瞬间便委屈起来，青瑛忙悄悄拉住了她的手。

"臣谢恩领旨。"袁昇却沉稳地躬身，再将那盏酒遥遥高举，昂首而尽。

"好，朕盼着早到你的大婚吉日。"李隆基望着袁昇，会心一笑，心内颇为自己"使功不如使过"的妙招得意，目光一转，瞧见那边吴六郎正带着孙小狮子登上了龙舟，不由朗声笑道，"诸君请看，那边来了个天下最敢赌的叫花子头……"

这一场君臣同欢的豪饮，直到月上中天，李隆基才在高力士和陈玄礼的陪伴下尽兴而归。

热闹散尽，隆庆池恢复成了月下佳人般的宁谧。袁昇和黛绮乘着一叶小舟，在潺潺的碧波中悠悠荡荡。

两人偎依着，可仰见头顶那仿佛是硕大碧玉般的苍穹，几颗明暗不一的星遥遥地眨着眼，远处的大龙船上还有灯火阑珊，仍有酒意未尽的武将们笑闹声零星地传出。

黛绮忧心忡忡地问他："怎么办，你放走了你那老师，这回如何向万岁交差？"

"小十九在照顾他，也是在监视他。他这次机关算尽，心血耗尽，又受了重伤，真正病入膏肓，已耗不过几日了，就让他寿终正寝吧。"袁昇仰望头顶的疏星朗月，沉了沉，幽幽地叹道，"现在大事已了，我却是个闲云野鹤，我们可以去放心游逛，你想去江南，还是想去西域？"

"真的？"黛绮胸中一热，心想难得他还记得两人游历天下的闲话，"嗯，你想去哪里，我便随你去哪里。"

袁昇悠然躺在舟内，仰望着她的笑靥，忽然问："那晚在凌烟阁下，你亲口说要做尾生，只在楼下候着我，为何后来你又冲上楼来了？"

"我早说过，我不喜欢尾生那故事的结局。"女郎笑了笑，眼神却认真起来，"这下你明白了吧，其实故事的结局真是可以改变的，只要那尾生肯自己去追去拼。"

袁昇也笑了，她的明眸在月下盈盈闪动，在他眼中，竟比天上的星光月辉还要醉人。

天上一轮皎月，明亮的清辉投在深碧的湖水中，烙出一道道的闪闪银圈。小舟犁出了一线碧痕，悠悠然驶向远处那道苍茫而又澄澈的月华。

全文终

尾
声

后记

　　大唐是一个让我很着迷的朝代。

　　除了风华绝代的唐诗，唐朝另一个标志性文化就是志怪传奇，《酉阳杂俎》《幽怪录》等作品，幽深诡谲，想象奇崛，成为我国短篇小说发展的第一个高峰。以《酉阳杂俎》为代表，这种让人瞠目结舌的魔幻主义色彩，在唐以前没有，在唐以后也不复见。

　　其中应该有唐代文人常以传奇文章来博取声誉以及唐人兼收并蓄的开放性等多种原因。

　　大唐是如此灵异、宏大、变幻、开放，而从武则天死后至李隆基扫平太平公主的这段历史，则又是大唐一个权力斗争的密集期，波澜起伏，风起云涌。这对写作者来说，实在是一个"难得"的历史题材，可谓真实历史背景下东方魔幻悬疑的"天赐奇缘"。

　　所以我写了《大唐辟邪司》。

　　而书中涉及的那些神奇传说，大多都有些根源。

　　比如关于"猫妖"的传说，"大隋开皇十一年，隋文帝的独孤皇后遭遇猫妖邪法侵害"，此事在正史《隋书》和《资治通鉴》中都有记载。唐高宗时期，朝廷颁布修订的《大唐疏议》中规定："蓄造猫鬼及教导猫鬼之法者，皆绞；家人或知而不报者，皆流三千里。"朝廷对猫妖的惩防，真的是上升到了法律层面。

又如，《梦中身》中提到的著名幻术"绳技"，最早见于唐人皇甫氏所作《源化记》中的"嘉兴绳技"，说的正是一个囚犯用绳技表演来逃跑的故事。

又比如唐太宗游地府的传说，最早见于唐高宗年间的《朝野佥载》，只不过故事还很简单，到了武则天时期的敦煌变文《唐太宗入冥记》（题目是后人考据时所加），故事就丰富了许多。《入冥记》被王国维誉为"宋以后通俗小说之祖"，其中已有了判官崔子玉的早期形象。

关于崔府君庙，清陕西巡抚、历史金石学家毕沅在《关中胜迹图志》中记述，早在李世民的老爹李渊当政的武德三年，在长安城西四十里就有了崔府君庙，而且"太宗梦与神遇，遂封号曰'府君之神'"。实则这个崔府君，应该是判官崔子玉等多种原型的整合。

总之，唐太宗游地府及崔府君的传说，在唐代已经广泛流传，至今长安还有多处地名与崔府君有关。

倒是尉迟恭和秦琼做门神、魏徵梦中斩泾河龙王之事，最早见于大家都很熟悉的《西游记》，故事定型于明代，本书的历史背景下应该不会有此传说。

不过，唐代敦煌变文《入冥记》现仅存残本，其首尾都已缺损。喜欢大胆假设的胡适在《西游记考证》中提出，"我们疑心那魏徵斩龙及作介绍书与崔判官的故事也许在那损坏的部分里，可惜不传了。"我们倒可以给胡博士提供个不算"小心求证"的证据：玄武门事变中被杀的李建成是太子，所谓龙子龙孙，正与泾河龙王相对；魏徵又曾经为太子李建成之旧部。魏徵梦斩泾河龙王，很可能是影射李建成被杀的"玄武门之变"。如此小心翼翼地避开"玄武门之变"这一李世民的不光彩之页，是否也正说明该故事可能是在唐代成形的？

所以，许多看似荒诞的古代传说背后，都有些政治纷争的暗影时隐时现。在大唐神秘深邃的暗夜背后，还是有很多不为人知的秘密，等待我们用文字去挖掘。

辟邪司的几大能人干将中，袁陆青黛四人是我用了些笔墨功夫描写的，吴六郎只是个符号，让我略觉遗憾的是高剑风着墨不多，还是有些单薄了。

有读者问我喜欢辟邪司的哪号人物，我更喜欢的是袁昇。

后记

这是个超级暖男，对任何人都是一派和煦温暖，哪怕是面对背叛自己的属下，也依旧温和；明知安乐公主早倒向了金钱与权势，还是去助其解除猫妖之厄，最后时刻仍毅然去救她。只是袁昇因为负担的东西太多，所以有时候难免忧郁，更曾被好友陆冲讥笑戴着厚厚的"面具"生活。但总体上，他是个很值得信赖的朋友。现在的人都太自我，很难找到袁昇这样的人了。

因为难得，所以喜欢。

王晴川 记于2018年6月